secession

secession

Emmanuelle Bayamack-Tam
ARKADIEN
Roman

Aus dem Französischen von
Patricia Klobusiczky

Emmanuelle Bayamack-Tam

ARKADIEN

Roman

Dieses Buch erscheint im Rahmen des Förderprogramms
des Institut français.

INSTITUT
FRANÇAIS
Deutschland

Die Originalausgabe erschien unter dem Titel
»Arcadie«.
© 2018 P.O.L. Éditeur, PARIS

Erste Auflage
© 2020 by Secession Verlag für Literatur, Zürich
Alle Rechte vorbehalten

Übersetzung: Patricia Klobusiczky
Lektorat: Christian Ruzicska
Korrektorat: Peter Natter
www.secession-verlag.com

Gestaltung und Satz:
Erik Spiekermann & Marco Stölk, Berlin
Herstellung:
Daniel Klotz, Berlin
Druck und buchbinderische Verarbeitung:
Friedrich Pustet, Regensburg
Papier Innenteil: 100g Fly 05
Papier Vor- und Nachsatz: 115g Fly 05
Papier Überzug: 115g Surbalin perleffekt
Gesetzt aus Lyon und FF Din
Printed in Germany
ISBN 978-3-906910-80-2

Für Célia, Céline, Geneviève
und Philippe, alle Mitglied im
einzigen Club, der was taugt.

Wahre Gemeinschaft ist das Wirken eines inneren Gesetzes,
und das tiefste, einfachste, vollkommenste
und erste ist das Gesetz der Liebe.
Robert Musil, *Der Mann ohne Eigenschaften*

1.
Es wurde Abend und es wurde Morgen: erster Tag

Wir kommen nachts an, nach einer anstrengenden Fahrt im Toyota Hybrid meiner Großmutter – schließlich mussten wir halb Frankreich durchqueren und dabei Hochspannungsmasten und Mobilfunkantennen meiden, während uns die Schreie meiner Mutter in den Ohren hallten, trotz ihrer Rüstung aus Antistrahlungstüchern. Wie wir an diesem Abend empfangen werden, wie mein erster Eindruck von den Örtlichkeiten ist, weiß ich kaum mehr. Es ist spät, es ist dunkel, und ich muss das Bett mit meinen Eltern teilen, weil für mich noch kein Zimmer vorgesehen ist – an meinen ersten Morgen im Liberty House erinnere ich mich hingegen ganz genau, vom Licht der Dämmerung an, das durch die gestärkten Vorhänge fällt, ohne mich wirklich zu wecken.

Auf dem Rücken ausgestreckt, die Hände schlaff im Schoß gefaltet, mit Satinmasken auf ihren wächsernen Gesichtern, flankieren meine Eltern mich wie zwei friedvolle Grabfiguren. Diesen Frieden hatte ich mit ihnen bisher nie erlebt. Tag und Nacht musste ich mit den Schmerzen meiner Mutter und den quälenden Sorgen meines Vaters zurechtkommen, mit ihrer ständigen, sinnlosen Aufregung, ihren verzerrten Gesichtern und ihrem ängstlichen Gerede. Also bleibe ich liegen, obwohl ich es kaum erwarten kann, aufzustehen und mein neues Heim zu erkunden, und ich lausche ihrem Atem, mache mich ganz klein, um mehr von ihrer Wärme abzubekommen und mich wohlig in ihre Laken zu kuscheln.

Von draußen dringt fröhliches Trillern zu mir, als teilten ganze Nester voller unsichtbarer Spatzen meine Freude, am Leben zu sein. Es ist der erste Morgen und auch ich bin neu. Endlich stehe ich auf und ziehe mich lautlos an, um die Marmortreppe hinunterzugehen, und stelle dabei fest, wie abgenutzt die Stufen in der Mitte sind, als wäre der Stein geschmolzen. Ehrfürchtig klammere ich mich ans Eichengeländer, das vom Griff

Tausender feuchter Hände längst poliert und nachgedunkelt ist, ganz abgesehen von den Tausenden jugendlichen Schenkeln, die es triumphal bestiegen hatten, um blitzschnell in die Eingangshalle hinabzurutschen. Kaum habe ich das lackierte Holz berührt, überwältigen mich aufreizende Bilder: *Mädchen in Uniform*, Faltenröcke, die den Blick auf Beine in opaken Wollstrümpfen freigeben, brave Zöpfe, schrilles Gelächter, wenn die Schülerinnen unter sich sind. Von diesen Wänden geht etwas Eigentümliches aus, ein Jahrhundert lang haben Heranwachsende sie mit ihren hysterischen Anwandlungen und sapphischen Freundschaften geprägt – aber das begreife ich erst später, als ich erfahre, welchem Zweck dieser Riesenkasten ursprünglich diente, in den ich gerade eingezogen bin. Jetzt gehe ich die Treppe einfach mit kleinen Schritten hinunter und atme in der großen Halle mit dem zweifarbigen Fliesenbelag eine Art religiösen Duft ein. Ja, es riecht nach Bohnerwachs, nach Pergament, geschmolzener Kerze und frommer Hingabe, aber das ist mir völlig schnuppe, ich will nichts wie raus, her mit der Freiheit, der belebenden Luft, dem verdunstenden Tau, dem frühen Morgen, der allein mir gehört.

Arkady überrascht mich auf der herrschaftlichen Freitreppe mit ihrem verschnörkelten Vordach aus Schmiedeeisen, ich kann mich nicht von der Stelle rühren angesichts dieser ungeheuren Schönheit: sanft abfallender Pinienwald, junge Heidelbeersträucher, von Bäumen zerstäubte Sonnenstrahlen, der gedämpfte Ruf eines Kuckucks, das unmerkliche Rascheln eines Eichhörnchens, das über Moos und Laub davonflitzt.

»Gefällt es dir?«

»Ja! Und wie!«

»Nur zu, es gehört alles dir.«

Das lasse ich mir nicht zweimal sagen und flitze ebenfalls davon, unter die hohen Bäume, auf das magisch glitzernde

Licht zu, ich suche diesen unsichtbaren Vogel, dessen Kuken und Kichern meiner eigenen Stimmung so gut Ausdruck verleiht. Und so stoße ich bald auf meine Großmutter, die gedankenverloren einen riesigen Haufen loser Erde am Fuß einer Pinie bestaunt. Ohne mich richtig anzusehen, fragt sie: »Was das wohl ist? Ein Grab? Sieht so aus, als hätte hier vor Kurzem jemand gegraben. Ich trau dem Ganzen nicht, diesem Haus, diesem Arkady ...«

Ich hätte große Lust, mich an diesen makabren Hirngespinsten zu beteiligen, wäre meine Großmutter nicht splitterfasernackt. Als eingefleischte Anhängerin der Freikörperkultur nutzt sie jede Gelegenheit, sämtliche Hüllen fallen zu lassen, dennoch hatte ich gehofft, dass sie ihr Paillettenkleid nicht ganz so schnell ablegen würde. Wobei ich den Anblick der unbekleidet umherstreifenden Kirsten gewohnt bin. Zu meinen frühesten Erinnerungen zählt, dass ich einmal fast gegen ihre Vulva gestoßen wäre, als ich aus meinem Zimmer trat. Mein Blick reichte gerade bis zum Industrial Piercing, mit dem eine ihrer äußeren Schamlippen durchstochen war, eine Art goldener Nietnagel, der einiges her machte, sodass ich unwillkürlich und mit aller Kraft danach griff, was zu verständlichem Geschrei führte: »Lass das, Farah, das ist kein Spielzeug!«

Da ich höchstens drei gewesen sein dürfte, zog ich umso fester an diesem faszinierenden Ding. Paff, erste Erinnerung, erste Klatsche. Geschrei auch meinerseits, was meine panischen Eltern auf den Plan rief. Marqui erfasste mit einem Blick die Tragweite des Dramas, das sich gerade abgespielt hatte, er nahm mich auf den Arm und sagte so würde- wie vorwurfsvoll: »Sie sollten sich wirklich etwas überziehen, Kirsten, ein Höschen, ein T-Shirt, was auch immer. Ich bin es langsam leid!«

»Wir sind hier unter uns! Ich muss doch wohl nicht auf meine eigene Familie Rücksicht nehmen. Außerdem hat mir diese kleine Gans ganz schön wehgetan.«

»Geschieht Ihnen recht. So werden Sie kein zweites Mal Kleinkinder mit Ihrem Metalltand in Versuchung führen!«

Meine Großmutter gab sich damals geschlagen, ohne daraus eine Lehre zu ziehen, und so stellt sie nach wie vor ihren knochigen, vertrockneten Körper zur Schau, der tatsächlich nichts Anstößiges, weil schlicht nichts Menschliches mehr an sich hat. Man braucht schon viel Fantasie, um sich vorzustellen, dass dieser kahle Venushügel, diese ockergelbe Hülle, dieses schlaffe, bleiche Gewebe, dieses Netz aus inzwischen schlangenartigen und sogar geschuppt anmutenden Venen früher nicht nur einem weiblichen Wesen, sondern einer der schönsten Frauen ihrer Generation gehörten. Und ihr Busen ... Nachdem sie immer lautstark verkündet hat, Büstenhalter seien tödlich für die Brüste, erkennt sie offenbar nicht, dass ihre eigenen nunmehr parallel zum Brustkorb verlaufen, die restlos erschöpften Brustwarzen hängen dreißig Zentimeter unterhalb ihres Ursprungs und schlackern bei der geringsten Bewegung.

Da es keinen Sinn hat, meiner unbezähmbaren Großmutter die Leviten zu lesen, kauere ich mich folgsam vor das frisch ausgehobene Grab und zerkrümele ein paar Erdbrocken, bevor ich mich an eine Vermutung wage:

»Vielleicht war das ein Tier?«

»Was für ein Tier wird das gewesen sein? Ein Riesenmaulwurf?«

»Ich werde Arkady fragen.«

»Na klar, geh doch deinen Guru fragen.«

Ich weiß kaum, was ein Maulwurf und erst recht nicht, was ein Guru ist, und so verschlägt es mir die Sprache, wie so oft bei Kirsten, die zu allem eine Meinung hat und ihre ehernen

Ansichten unaufhörlich von sich gibt. Zu Arkady habe ich mir selbst noch keine Meinung gebildet, doch weil er meine Mutter gerade vor dem sicheren Tod gerettet hat, vor einem langsamen Dahinsiechen unter den entsetzlichen Qualen, die eine Elektrohypersensitivität bedingt, möchte ich, dass Kirsten ihm eine Chance lässt, und so wage ich immerhin zu fragen:

»Warum bist du überhaupt mitgekommen, wenn du Arkady nicht leiden kannst?«

»Ich sehe mich nur vor.«

Sie macht auf dem Absatz kehrt, Richtung Liberty House. Ihrer stolzen Haltung konnten die Jahre nichts anhaben, und so geht sie immer noch wie auf dem Laufsteg, wahrscheinlich ahnt sie nicht, welches Schauspiel ihre schlotternden, beuligen Trizepse und erschlafften Pobacken bieten. Als sie in Sichtweite des Hauses gerät, wickelt sie sich halbherzig in ihr Paillettenkleid, aber ich werde sehr bald einsehen, dass mir egal sein kann, welchen Eindruck die Nacktheit meiner Großmutter auf die Einwohner vom Liberty House macht, die sich alle nach dem Paradies vor dem Sündenfall sehnen.

Ich bleibe allein mit dem ungeklärten Rätsel des Grabhügels und dem zweiten großen Rätsel, das dieses Areal eines mediterranen Waldes mir aufgibt mit seinen schuppigen Stämmen, seinem rauschenden Laub, seinen harzigen Düften und seiner Tierwelt, die meine kleinste Regung belauert. Dieser Wald gehört mir, Arkady hat ihn mir geschenkt. Dass es sich nur um den weitläufigen Park eines Guts handelt, entgeht mir voll und ganz, für mich ist es ein noch unentdeckter Dschungel, den ich mit allem gebotenen Ernst verwalten will. Ich stecke meine Pfade ab, kennzeichne meine Bäume und erfasse die Zahl meiner Untertanen: Zwergfledermäuse, Steinböcke, Holzwürmer, Meisen, Raupen, Füchse, Blindschleichen ... Kein Tag vergeht, ohne dass ich etwas Neues, Magisches entdecke:

rote Pilze mit weißen Tüpfeln, Hasen, die vor Schreck erstarren, Heidelbeeren, Walderdbeeren, Schwärme winziger Fliegen, die über den Pfaden schweben, die makellos blau-schwarz gestreifte Feder eines Eichelhähers, die ich mir als Talisman in die Tasche stecke.

Das Rätsel des Grabhügels klärt sich übrigens ein paar Tage später, als meine Familie und ich zur Aufstellung eines Gedenksteins am Fuß der großen Zeder geladen werden: Im Liberty House haben auch Hunde ein Anrecht auf Bestattung. Schade, denn ich hätte gern Ermittlungen aufgenommen, eine nächtliche Exhumierung durchgeführt, menschliche Knochen oder wenigstens einen Schatz aus Dukaten und Dublonen freigelegt. Ich werde meine Zeit aber nicht mit Jammern verschwenden, nur weil man mir dieses Rätsel entschlüsselt hat, dafür bleiben im Liberty House noch zu viele andere bestehen. Meine Kindheit hat gerade eine neue Wendung genommen, so unverhofft wie zauberisch, das spüre ich, und so steigen am Grab dieses unbekannten Hundes Glückseligkeit und freudige Erwartung in mir auf. Und ich brauche nur das Gesicht meiner Mutter anzusehen, endlich frei von Imkerschleiern und schmerzbedingten Ticks, um mich in meinen herrlichen Hoffnungen bestärkt zu fühlen.

2.
Fürchtet Euch nicht

Es war höchste Zeit: Meine Mutter litt an Migräne, Gedächtnisverlust, Konzentrationsstörung und chronischer Erschöpfung. Meinem Vater ging es blendend, doch vor lauter Empathie war er genauso angegriffen wie sein Rehlein und suchte eifrig nach einem Zufluchtsort, einer Heilanstalt, einem Schlupfloch, wo sie mit ihrer sagenhaften Hypersensitivität den Strahlen entkommen würde. Mir ist bewusst, wie viel Hohn eine solche Diagnose hervorruft, und selbst ich scheine mich über die Symptome meiner Mutter lustig zu machen, aber ich kann bezeugen, dass sie vor ihrer ersten Kur in einer weißen Zone Höllenqualen litt.

In meiner Erinnerung an diese bedrückende Phase trägt sie die ganze Zeit eine Art Imkeranzug, eine Schutzhaube, ein Antistrahlentuch und Kupferfaserhandschuhe. In dieser Aufmachung erregt sie viel Argwohn, während ich im Gegenteil gerührte und mitfühlende Blicke auf mich ziehe, da meine Mutter sich einer so strengen Spielart des Islam unterworfen hat, dass sie nicht den kleinsten beruhigenden Hauch Haut oder Haare mehr enthüllt. Und wer weiß, ob sie sich nicht radikalisieren und in die Luft sprengen wird, mit TATP und Schraubenbolzen garniert, bereit, die Ungläubigen zu durchsieben, von denen es in der Nachbarschaft nur so wimmelt? Kein Wunder, dass unsere seltenen Spaziergänge immer wieder in Psychodramen ausarten und Rehlein schleunigst heimkehrt, in Tränen aufgelöst unter ihrem Niqab. Also geht sie gar nicht mehr aus dem Haus, ruht auf den Kissen ihres Mah-Jong-Sofas, spricht mit schwankender Stimme und wedelt ihr Personal wehleidig herbei: Marqui, Kirsten und mich, Gatte, Mutter und Tochter dieses eleganten Wracks.

Wir leben in völliger Abschirmung. Metallene Rollläden haben unsere schönen Samtvorhänge ersetzt, sie sollen die Strahlen zurückwerfen und teilen das elektromagnetische Feld in drei, dennoch verspürt Rehlein jedes Mal ein heftiges Brennen, wenn sie an den Fenstern vorbeigeht. Dabei hat Marqui sich wirklich alle Mühe gegeben, unser Heim zu isolieren, beim Elternschlafzimmer angefangen: Schutztapete, Netzabkoppler, Vitalfeldtechnologie, die den Elektrosmog in heilsame Strahlung verwandeln soll, giftbindende Pflanzen, nichts wurde ausgelassen, um Rehlein ein wenig Ruhe zu verschaffen. Vergebens, denn sie schläft nur drei Stunden pro Nacht, meistens in der Badewanne, entflicht dem Ehebett, obwohl es mit einem Antistrahlenbaldachin versehen ist. Dass wir keine Computer mehr haben, keine Mobiltelefone, keine Induktionskochfelder, versteht sich von selbst. Sogar die Kaffeemaschine wurde verbannt. Wir benutzen wieder das Schnurtelefon, den italienischen Espressokocher aus Edelstahl und LED-Leuchtmittel. Von zehn Nachbarn besitzen aber sechs WLAN. Und natürlich leben wir in unmittelbarer Nähe einer Mobilfunkantenne. Auch wenn Marqui unsere Wohnung zum Refugium umgestaltet hat, siecht Rehlein dahin und die Liste ihrer Symptome wird immer länger: Kopfschmerzen, Gelenkschmerzen, Tinnitus, Schwindel, Übelkeit, Muskeltonusschwund, Juckreiz, Sehschwäche, Reizbarkeit, kognitive Störungen, unkontrollierbare Ängste, um nur einige zu nennen.

Davon abgesehen, kommt es mir so vor, als hätte ich meine Mutter immer nur nervenschwach und lethargisch erlebt. Tatsächlich machten die Ärzte, die sie konsultierte, keinen Hehl daraus, dass ihr motorisches Defizit und ihre nachlassende kognitive Leistung eher durch eine Depression bedingt waren als durch eine vermeintliche Überempfindlichkeit gegen Elektrosmog. Weil diese Diagnose für Rehlein aber eine Beleidigung darstellt, wirft sie unbedarften Medizinern den Blick einer gebrochenen Lilie zu, – ist sie doch das Ebenbild von Lillian Gish, und obwohl der Star der Stummfilmära den meisten kein Begriff ist, sorgt meine Mutter dafür, dass er nicht in

Vergessenheit gerät. Lillian Gish starb ja als Hundertjährige, und Rehlein dürfte es, wie allen zerbrechlichen und überbehüteten Prinzessinnen, nicht anders ergehen. Das stelle ich ohne jeden Groll fest, weil ich meine Mutter aus tiefstem Herzen liebe und sie diese Liebe voll und ganz verdient, mit ihrer Freundlichkeit, die ihrer Schönheit in nichts nachsteht. Sie wäre sogar lustig und heiter, wenn die Depression – oder die EHS – sie nicht daran hinderte. Ja, man sollte sich an diese Kürzel gewöhnen, die in unseren Familienalltag eingedrungen sind, denn meine Mutter ist nicht nur hypersensitiv gegen elektromagnetische Wellen, sie leidet außerdem an MCS, multiple Chemikaliensensitivität, und an ICEP, idiopathische chronische eosinophile Pneumonie, hinzu kommt ihr Reizdarmsyndrom, wobei sich all das bei näherer Betrachtung als ein und dieselbe Pathologie entpuppt: generelle Unverträglichkeit. Und das hat sie ganz bestimmt nicht von ihrer Mutter geerbt, der unverwüstlichen Kirsten, die laut eigenem Bekunden in zweiundsiebzig Lebensjahren nie auch nur den kleinsten Anflug von Schwermut verspürt hat und überhaupt nicht nachvollziehen kann, was ihrem Rehlein widerfährt. An die Kosenamen sollte man sich übrigens auch gewöhnen, denn alle, die ins Liberty House einziehen, müssen ihre bürgerliche Identität aufgeben.

»Stimmt genau, hier gilt das Gleiche wie in der Fremdenlegion«, donnert Arkady. »Wir pfeifen auf das, was ihr früher wart. Es zählt einzig und allein, was Liberty House aus euch machen wird!«

Und so hat Arkady praktisch alle enttauft, nie um eine Verniedlichung oder einen Spitznamen verlegen. Aus meinem Vater wurde Marqui, aufgrund seiner schweren Dysorthographie beharrlich ohne »s« geschrieben; meine Mutter ist Rehlein, Fiorentina ist Mrs Danvers, Dolores und Teresa heißen Dos und Tres, Daniel ist Nello, Victor wird mal Monsieur Bitch, mal Monsieur Mirror gerufen, Jewel ist Lazuli und so weiter. Mir wurde das Einführungsritual versagt, wahrscheinlich, weil mein überaus zartes Alter diese symbolische Neugeburt überflüssig machte. Der Ehrlichkeit halber sollte ich jedoch erwähnen, dass Arkady meinem Vornamen in der Regel kryptische Beinamen hinzufügt: Farah Facette, Farah Diba, Prinzessin Farah, Kaiserin Farah und so weiter. Diese Titel schmeicheln mir natürlich, aber ich habe keine Ahnung, was an mir auch nur den Hauch von Adel oder Überlegenheit erkennen lassen könnte.

Dessen ungeachtet, sind wir im Liberty House glücklich gewesen. Dort führten wir tatsächlich das idyllische Leben, das Arkady uns versprochen hatte, wobei er die Rolle seines Lebens spielte, die des guten Hirten, der seine arglose Herde auf die Weide führt. Ich betone das umso mehr, als dieses Glück nun bedroht, wenn nicht unrettbar geschädigt ist. Vor fünfzehn Jahren jedoch, als wir unter einem blauen Junihimmel diesen absurden Gedenkstein einweihten, fühlten wir uns leicht, von unseren Ängsten befreit, voller Zuversicht, und zwar zum ersten Mal seit Langem, ich zum ersten Mal überhaupt, da ich meine Eltern immer nur furchtsam eingekapselt erlebt hatte, unfähig, sich der Außenwelt zu stellen. Mit sechs war ich bereits die Stütze meiner kleinen Kernfamilie, diejenige, die hinausgeschickt wurde, um reale und eingebildete Klippen zu umschiffen: Ich holte die Post, brachte den Müll hinunter, kaufte Brot oder die Zeitung. Kirsten übernahm Wocheneinkauf und Behördengänge und reagierte eher verhalten auf unsere Entscheidung, ins Liberty House zu ziehen:

»Mag ja ganz nett sein, so eine weiße Zone, früher oder später wird es auch in dieser Gegend Mobilfunkantennen geben. Vielleicht stehen in der Nähe schon Hochspannungsmaste! Oder ein Atomkraftwerk, von dem ihr nichts ahnt.

Außerdem ist dieser Schuppen mindestens 150 Jahre alt. Bei dem vielen Blei, Asbest und Schimmel werdet ihr dort keine drei Jahre aushalten!«

Drei Jahre entsprachen der Ansicht meiner Großmutter nach in etwa der Lebenserwartung, die uns aufgrund dieser flüchtigen organischen Verbindungen bleiben würde. Denn obwohl sie die Phobien ihrer Tochter und ihres Schwiegersohns nicht uneingeschränkt teilte, war sie ebenfalls der Meinung, dass wir einer vom Aussterben bedrohten Art angehörten. Wir fürchteten uns, und unsere Furcht war so vielgestaltig und heimtückisch wie das, was uns bedrohte. Wir fürchteten uns vor neuen Technologien, Klimaerwärmung, Elektrosmog, Parabenen, Sulfaten, digitaler Steuerung, Tütensalat, Quecksilberbelastung im Meer, Gluten, Aluminiumsalzen, Grundwasserverschmutzung, Glyphosat, Entwaldung, Milchprodukten, Vogelgrippe, Diesel, Pestiziden, raffiniertem Zucker, Umwelthormonen, Arboviren, intelligenten Stromzählern, um nur einiges zu nennen. Und auch wenn ich selbst noch nicht so recht verstand, wer uns da an den Kragen wollte, wusste ich, dass sein Name Legion ist und wir bereits kontaminiert waren. Ich machte mir Befürchtungen zu eigen, die mir zwar fremd gewesen waren, sich aber mühelos mit meinen kindlichen Ängsten verbanden. Ohne Arkady wären wir über kurz oder lang gestorben, weil die Panik größer war als unsere Fähigkeit, sie auszuhalten. Statt Krankheit, Wahn oder Selbstmord hatte er uns eine wundersame Alternative geboten. Er hatte uns in Sicherheit gebracht. Er hatte zu uns gesagt: »Fürchtet Euch nicht!«

3.
Die ewige Anbetung

Ich bin für die Anbetung geschaffen. In ihrem Klima blühe ich auf. Und niemand verdient Anbetung mehr als Arkady. Wäre ich ihm nicht begegnet, hätte ich vielleicht mein ganzes Leben damit zugebracht, mittelmäßige Menschen anzubeten, und es dadurch vergeudet. Ich hatte das unermessliche Glück, dass unser Retter sich als herausragender Mann erwies und der kultischen Verehrung, die ich ihm auf Anhieb und für immer angedeihen ließ, tausendmal wert war. Bevor ich ihn kennenlernte, hatte ich schon einen ausgeprägten Hang zur Vergötterung, nur dass sich dafür kein Gegenstand finden ließ: Meine Eltern lösten bei mir eher Mitleid aus und den Drang, sie zu beschützen, während ich meine Großmutter zwar sehr liebte, aber kaum zu ertragen vermochte. Arkady zog meine Inbrunst, meinen unbedingten Willen zu Fügsamkeit und selbstvergessener Hingabe sofort auf sich. Von den ersten Tagen unseres Lebens im Liberty House an hatte er mich auf den Fersen.

»Was machst du da, Farah Facette?«

»Ich komme mit dir mit.«

»Na gut, wie du willst.«

Er gewöhnte sich rasch an meine Gesellschaft und bedachte mich mit den gleichen flüchtigen Streicheleinheiten wie seine Meute von Katzen und Hunden – dennoch verfolgte er meine persönliche Entwicklung so aufmerksam wie niemand zuvor, weder meine armen Eltern noch meine Großmutter oder die Lehrerschaft in der Vor- und Grundschule; diese hatte lediglich meine Unansehnlichkeit und meine Ausgrenzung durch Gleichaltrige zur Kenntnis genommen, eine Ausgrenzung, die meine Lehrerinnen und Lehrer aufgrund der Gegebenheiten offenbar für unausweichlich hielten. Vermutlich dachten sie, wer so hässlich ist, müsse daran selbst ein klein wenig Schuld tragen.

Tatsächlich endete mit meiner Geburt eine lange Reihe von bemerkenswert attraktiven und makelfreien Wesen. In der Familie meiner Mutter pflegt man in Ermangelung anderer Eigenschaften und Ressourcen eben die Schönheit weiterzuvererben. Väterlicherseits sieht es nicht ganz so spektakulär aus, und trotzdem habe ich auf drei Generationen vergilbter Fotos nur harmonische Gestalten und ansprechende Gesichter entdeckt, weit entfernt von dem Anblick, den ich selbst biete, mit meinem krummen Rücken, meinen hängenden Lidern, meiner platten Nase, meinen konturlosen Lippen und dem animalischen Haaransatz. Die Pubertät hat alles nur noch schlimmer gemacht: Ich wurde knochig und klobig, meine Körperbehaarung geriet außer Kontrolle, und anstatt wie erwartet mächtig anzuschwellen, breiteten sich meine Brüste als eine Art Zittergelee über den Oberkörper aus, mit zwei kaum wahrnehmbaren lachsblassen Warzen. Beim sexuellen Wettbewerb bin ich folglich chancenlos, von vornherein disqualifiziert. Zu meinem Glück werden im Liberty House vor allem die Verlierer der großen Parade aufgenommen und den unerbittlichen Zwängen der Gesellschaft entzogen. Verglichen mit Arkadys anderen Gästen bin ich gar nicht mal so schlecht dran: Unter all diesen Fettleibigen, Scheckhäutigen, Bipolaren, Elektrosensiblen, Schwerdepressiven, Krebskranken, Polytoxikomanen und demenziellen Greisen mache ich mich sogar ganz gut. Immerhin bin ich jung und geistig gesund. So oder so ähnlich lautet die Botschaft von Arkady, als ich mich eines Tages an ihn wende, weil ich Klarheit erlangen möchte:

»Findest du mich hübsch?«

Ich nehme an, dass Mädchen in der Regel ihre Mütter danach fragen, aber wie soll ich das bei meiner Mutter wagen, die seit ihrem zartesten Alter unbestritten als herrliche Erscheinung gilt? Tatsächlich hatte Kirsten, als sie auf die vierzig zuging und das baldige Ende ihrer eigenen Modelkarriere vorausahnte, beschlossen, die Reize ihres einzigen Kindes in klingende Münze umzusetzen und es schon sehr früh zum Preispudel gemacht, zu einer Art vorzeitigen Minischönheitskönigin. Und obwohl meine Mutter zu sehr mit ihren Problemen beschäftigt ist, um auf ihr betörendes Aussehen Wert zu legen oder sich irgendetwas darauf einzubilden, wende ich mich für eine Beurteilung meines Äußeren trotzdem lieber an Arkady, der mich in dieser Hinsicht weniger einschüchtert. Ich kann nicht leugnen, dass er meine Frage sehr ernst nimmt, und so stellen wir uns gemeinsam vor einen großen Spiegel, der mit Rostflecken übersät ist. Während er mich hin und her dreht, um mich erst von vorn, dann im Profil und in Dreiviertelansicht zu begutachten, schöpfe ich allmählich wieder Hoffnung: Arkady ist ein Zauberer, der meine Schwachpunkte verschwinden lassen oder sie in überraschende Vorzüge verwandeln kann – aber da habe ich seine gnadenlose Ehrlichkeit und Offenheit nicht bedacht.

»Du bist ein bisschen ... massig. Und deine Augen sehen so aus, als würden sie voreinander fliehen. Außerdem setzt dein Haar zu tief an, so wirkst du etwas beschränkt. Mach mal den Mund auf. Ja, deine Zähne sind gar nicht so übel, jedenfalls sind sie intakt. Schade nur, dass deine Vorderzähne ...«

»Was ist mit meinen Vorderzähnen?«

»Sie stehen zu eng beieinander. Und du hast einen leichten Überbiss.«

»Was?«

»Macht doch nichts. Mir ist das lieber als diese überbehandelten Gebisse: ein und dasselbe Lächeln für alle – das ist so gar nicht meins!«

Ich weiß natürlich, dass Arkady Kieferorthopädie ablehnt, hätte aber selbst nichts gegen eine Zahnspange gehabt, wie sie alle tragen. Selbst ein Korsett hätte mich nicht gestört, denn ich habe, wie Arkady feststellt, einen Buckel – dabei sieht man in Frankreich schon seit Jahrzehnten keine Buckligen mehr.

»Deine Zähne sind ja noch passabel, aber das da, dein Rücken, da hätten deine Eltern doch zumindest ...«

Er spricht den Satz nicht zu Ende, um Rehlein und Marqui keine Schuld zu geben, aber auch, um sich nicht selbst Lügen zu strafen, da er gern verkündet, man müsse sich so akzeptieren, wie man ist, mit seinen etwaigen Makeln – der dicken Nase, den Falten, der Orangenhaut, den vorstehenden Zähnen oder abstehenden Ohren, eben all dem, was die entsprechende Chirurgie zu korrigieren, zu reparieren, zu richten anbietet. Zwischen der Unbekümmertheit meiner leiblichen Eltern und den Dogmen meines geistigen Vaters werde ich so schnell keinen geraden Rücken erlangen, und so betrachte ich mich voller Verzweiflung in diesem altersbedingt doch schmeichelhaften Spiegel.

»Ich bin missraten.«

Jegliche Hoffnung auf Widerspruch wird auch jetzt wieder enttäuscht: Arkady nickt.

»Stimmt, sie haben dich ein bisschen verpfuscht. Aber nur ein bisschen, klar, nicht dass du mir noch das Wort im Mund umdrehst!«

Das, was er gesagt hat, macht mir schon genug zu schaffen, da brauche ich ihm keine schlimmeren Kränkungen zu unterstellen. Also hebe ich nur leicht meinen schweren Pony an, um die Stirn freizulegen und mein Gesicht dem strengen Blick von Arkady auszuliefern, dem ich nur recht geben kann: Etwas muss bei meiner Embryonalentwicklung schiefgegangen sein, hat mein rechtes Auge zu weit von meinem linken entfernt, meine Nase plattgedrückt, meinen Kiefer schwerer gemacht. Ich bin nur knapp, also wirklich ganz knapp an einer pathologischen Hässlichkeit vorbeigeschrammt. Gerade, als ich seufzend kehrtmachen will, packt er meinen Arm und zieht mich an sich.

»Wie alt bist du?«

»Vierzehn.«

»Hast du schon deine Regel?«

»Nein.«

»Lass uns noch ein Weilchen warten, aber wenn du in den nächsten zwei oder drei Jahren niemanden findest, der mit dir geht, und den Sprung wagen willst, kommst du am besten zu mir.«

»Wozu?«

»Keine Ahnung, das wirst dann du mir sagen.«

»Willst du mit mir gehen?«

»Warum nicht?«

»Aber du hast schon einen Freund …«

Diesen Einwand bringe ich nur der Form halber hervor, denn ich hätte nichts dagegen, dass Arkady den abscheulichen Victor betrügt, und vor allem nicht, wenn er es mit mir täte. Allein die Vorstellung, dass Arkady und ich miteinander Sex haben, bringt mich völlig aus dem Häuschen, Victor hin oder her. Er hält mich immer noch umfangen und blickt mich so zärtlich wie zweifelnd an:

»Stört dich, dass ich bereits einen festen Freund habe?«

»Aber nein, überhaupt nicht!«

Er soll sich ja nicht einbilden, dass ich deswegen Skrupel hätte, und er soll auf keinen Fall dieses Versprechen zurücknehmen, das er mir gerade macht! Ich bin erst vierzehn, aber ich weiß bereits, dass ich ihn liebe und begehre, obwohl er schon fünfzig ist und sein Aussehen fast so viel zu wünschen übrig lässt wie meins: Arkady – klein, dicklich, mit hellen Glubschaugen und einem Wulst zwischen Nase und Oberlippe, der an Affen erinnert – ist alles andere als ein Ausbund an Schönheit. Er schließt die Arme noch fester um mich und flüstert mir ins Ohr:

»Ich werde immer für dich da sein, Farah, okay? Und du bestimmst, wo es langgeht. Wenn du willst, schlafen wir miteinander, aber wir müssen nicht.«

»Gefalle ich dir?«

Er zuckt mit den Schultern und reißt die Augen auf, als wäre meine Frage überflüssig oder die Antwort selbstverständlich: »Na klar!«

»Aber warum sagst du dann, dass ich verpfuscht bin?«

»Weil dein Kopf merkwürdig aussieht und dein Körper auch. Aber das kann mit der Zeit besser werden. Und wenn nicht, ist mir das scheißegal. Ich finde dich sexy.«

»Warum legen wir dann nicht gleich los?«

»Ich fände es besser, wenn du es mit jemandem tust, den du wirklich liebst. Zumindest das erste Mal.«

»Du bist es doch, den ich liebe!«

Er lacht, greift mit beiden Händen nach meinem Schopf, zieht daran und dreht mein Haar ein, als wollte er daraus einen Knoten machen. In seinem Blick liegt jetzt keine Spur Zärtlichkeit mehr, was ich in ihm erkenne, gefällt mir aber so gut, dass ich meine geballte Überzeugungskraft in meinen eigenen zu legen versuche. Wozu die Warterei? Kein anderer als er wird jemals diese Wirkung auf mich haben. Ich würde gern etwas sagen, aber ich traue meinen eigenen Worten nicht, nie im Leben werden sie dem Gefühl gerecht, das er in mir auslöst. Wie soll eine Vierzehnjährige den Mann ihres Lebens dazu überreden, sie mit einer ordnungsgemäßen Entjungferung über alle Maßen zu beglücken? Denn ich habe den Eindruck, dass er mir gerade etwas Derartiges angeboten und es zugleich auf den Sankt-Nimmerleinstag verschoben hat. Also probiere ich es mit seinen eigenen Worten, was mir nicht ganz leichtfällt:

»Ich werde nie wen finden, der mit mir geht! Das weiß ich ganz genau ... Und ich will ... den Sprung wagen. Jetzt gleich.«

»Aber du bist noch nicht mal voll sexualmündig! Soll ich deinetwegen im Gefängnis landen?«

Seinen Worten zum Trotz ist er durchaus verlockt, das spüre ich und drücke mein Becken fester an seins. Er reißt sich mit einer Hüftdrehung von mir los, aber ich habe den Eindruck, dass er dafür einiges an Willenskraft aufbieten musste.

»Farah, mein Schatz, lass uns ein anderes Mal darüber reden, einverstanden? Glaub mir, du bist noch zu jung.«

»Ich bin nicht zu jung. Ich bin zu hässlich!«

Immerhin kenne ich Arkady seit neun Jahren und nehme seine frohe Botschaft von jeher begierig auf. Um ihn anzustacheln, nimmt man am besten eine Hässlichkeit für sich in Anspruch, die er nicht anerkennt, weder bei mir noch bei irgendjemand anderem. Arkady gibt allen eine Chance, Buckligen, Fettleibigen, Schielenden, alten Schabracken oder abgehalfterten Beaus. Er stöhnt:

»Du bist perfekt. Denk einfach eine Weile nach, bevor du dich dem Erstbesten an den Hals wirfst.«

»Du bist nicht der Erstbeste! Ich kenne dich!«

»Und grade das ist schade. Nimm lieber einen Unbekannten, das wäre für dich erregender.«

»Du erregst mich!«

»Was weißt du schon von Erregung?«

Wie soll ich ihm erklären, dass mir außer Scham und Panik kein Gefühl vertrauter ist als dieses? Und warum widersteht er mir so hartnäckig, nachdem er mit allen anderen hier ins Bett gestiegen ist, auch mit meinen Eltern – die sind aber so leicht einzufangen, dass das nicht zählt, man braucht sie nur kurz anzuherrschen, damit sie zu allem Ja und Amen sagen. Doch selbst wenn man meine armen Eltern nicht mitzählt, ist Arkadys Jagdbeute immer noch beeindruckend. Meine Großmutter ist die einzige, die dabei fehlt, schließlich ist Arkady ganz und gar nicht ihr Typ. Was wäre denn ihr Typ? Problembeladene Frauen, die in der Regel fünfzehn bis zwanzig Jahre jünger sind als sie. Kirsten hatte nur geheiratet, um sich fortzupflanzen. Kaum war dieses Ziel erreicht, hielt sie sich an das, was ihr am meisten zusagte, und so sind Laurence, Valérie, Roxane, Malika und andere an mir vorbeidefiliert, lauter raschelnde, nach Vanille oder Mimose duftende Geschöpfe.

Komisch, wie schnell sich die meisten Leute festlegen: Mit zwanzig ist die Sache geritzt, nicht nur, ob man ausschließlich Männer liebt, oder ausschließlich Frauen, sondern auch, ob man brünett oder blond bevorzugt, sportlich oder intellektuell, Schwarze oder Araber usw. Ich weiß aus sicherer Quelle, dass Arkady meine Großmutter anbaggern wollte, und aus ebenso sicherer Quelle, dass sie ihn zum Teufel gejagt hat, just wegen solcher lächerlich begrenzter Vorlieben. Aus mir unerfindlichen Gründen verabscheut sie alles Männliche. Mädels, die wie ich etwas kerlhaft anmuten, haben bei ihr keine Chance. Schoßhündchen hingegen schon, nimmt man ihre Neigung zu niedlichen lockigen Wesen ernst, für die Malika bis heute das beste Beispiel liefert; zugleich stellt sie für meine Großmutter einen Rekord dar, weil die beiden fast drei Jahre zusammen waren, mit allen anderen dauerte es selten länger als drei Monate. Kurzum – Arkady hätte gern meine Großmutter vernascht, gibt sich jedoch wählerisch, wo ich ihm aus freien Stücken und von ganzem Herzen meine jugendlichen Reize anbiete. Das beunruhigt mich, egal, wie ich es deute. Am liebsten würde ich weinen, beherrsche mich aber. Tränen passen nicht zu meinem Pferdegesicht. Anstatt meinem Kummer freien Lauf zu lassen, versuche ich, Garantien auszuhandeln:

»Na gut, aber wenn ich fünfzehn bin, dann machst du's?«

»Ja, unter der Bedingung, dass ich nicht dein Erster bin.«

»Das ist doch Schwachsinn! Ich will keinen anderen als dich, und es soll ein Fest werden, verstehst du, eine Art Zeremonie.«

Jetzt habe ich ihn geködert, das spüre ich: Niemand liebt Feste mehr als Arkady. Im Liberty House werden ständig welche veranstaltet. Der Nachteil ist, dass ich mir für meine Entjungferung nicht unbedingt ein größeres Publikum wünsche, aber was sein muss, muss eben sein. Ich brauche nur noch acht Monate durchzuhalten. Bis dahin werde ich meinen Damenbart entfernen, meine Zähne und meinen Rücken richten lassen – ich werde die Schönste sein. Arkady bemerkt meinen betrübten Blick in den Spiegel.

»Hör auf, dich so anzustarren! Weißt du nicht mehr, was ich dir über Spiegel gesagt habe?«

Sobald es um ihn geht, fällt mir alles wieder ein, und seine Predigt über Spiegel zählt zu denen, die mich besonders begeistert haben. Einmal im Monat ruft Arkady uns alle zusammen, um Vorträge über die unterschiedlichsten Themen zu halten. Mit »uns« meine ich die Gäste des Liberty House, meist rund dreißig an der Zahl, mit unerheblichen Schwankungen, was häufiger durch Todesfälle bedingt ist als durch freiwillige Abreisen. Welcher zurechnungsfähige Mensch würde schon von sich aus eine so sichere Zuflucht verlassen, einen Ort, der so frei ist von allem, was die Außenwelt zur ständigen Bedrohung macht, zu einer Fallgrube, in der wir ein Leben lang vor uns hinsiechen sollen, wenn man überhaupt von Leben reden kann – wie Arkady uns gern in Erinnerung ruft: Was die meisten Menschen unter Leben verstehen, ähnelt nur sehr vage einem erfüllten Dasein; sie fristen eine kümmerliche Existenz, sie vegetieren dahin, sie sterben in der Erwartung, ihr Leben würde jeden Moment beginnen, aber dieser Moment kommt nie. Um ihr Leben zu beginnen, müssten sie sich zunächst allem entziehen, was sie langsam abtötet, das ist ihnen aber nicht bewusst, und selbst wenn es ihnen bewusst wäre, hätten sie dazu nicht die Kraft.

Mir ist klar, dass ich von meinem Thema abschweife, also von Arkadys Spiegelpredigt, um darauf zurückzukommen, muss ich allerdings erneut abschweifen, und zwar um ein Kapitel zu eröffnen, das mir einiges abverlangt, geht es da doch um die Liebesbeziehung zwischen Arkady und Victor – auch wenn ich es mir anders wünschte, muss ich mir doch eingestehen, dass der Mann meines Lebens mehrere Leben hat und in einem dieser Leben ist er der Liebhaber von Victor Ravannas, der ihn zwar nicht verdient, aber trotzdem Anspruch auf ihn erheben darf, während ich vor Sehnsucht vergehe.

4.
Der Spiegel der einfachen Seelen

Ich würde Victor gern auf eine Art und Weise beschreiben, die seine abstoßenden Merkmale wiedergibt. Bin ich objektiv? Keineswegs, aber ich muss subjektiv vorgehen, wenn ich mich nicht in rhetorischen Vorsichtsmaßnamen und halbherzigen Umschreibungen verlieren will: Victor ist ein Scheusal, wer das nicht offen anspricht, verschleiert die Tatsachen. Dass es ihm gelingt, Arkady über sein wahres Wesen hinwegzutäuschen, ist für mich so verblüffend wie betrüblich. Vielleicht täuscht Arkady sich auch nur selbst, weil er unfähig ist, sich die Existenz solch einer schwarzen Seele vorzustellen. Das ist die Gefahr bei höheren Wesen: Sie können keine niedere Gesinnung und auch keine niederen Beweggründe nachvollziehen.

Ich muss Victor Ravannas zugestehen, dass er über eine gewisse Stattlichkeit und Gewandtheit verfügt, die ihn durchaus zu einem angenehmen Gesprächspartner machen können. Er imponiert allein schon durch seine Erscheinung: Groß und gewaltig dick, hat er stets einen Knaufstock dabei, dessen Nutzen zwar fragwürdig ist, der dafür aber mächtig Eindruck macht. Der achteckige Knauf aus schwerem Elfenbein fügt sich in eine Strategie ein, die viel ausgeklügelter ist, als es den Anschein hat, doch ich kenne mich mit Äußerlichkeiten aus, mir selbst erschweren sie das Leben so sehr, dass ich nicht auf sie hereinfalle, und so ist mir nicht entgangen, dass Victor stets versucht, sich mit einer Aura von Vornehmheit und edler Abkunft zu umgeben. Darüber wird kein Wort verloren, während jedes Detail es glauben machen soll, von seinem Gehstock bis zu seiner kunstvoll geringelten silbrigen Frisur, von den gebauschten Ärmeln seiner Hemden zur vorgeblichen Lässigkeit seiner Lederpantoffel. Diese Eitelkeiten könnte ich ihm verzeihen, wenn er sie durch Herzenstugenden ausgleichen würde, aber er hat ja kein Herz, anders gesagt nur ein speckummanteltes Organ, das fleißig weiterschlägt, trotz aller Wunschgebete, die ich täglich aufs Neue formuliere. Da Fettleibigkeit die Lebenserwartung beträchtlich senkt, ist nichts daran auszusetzen, wenn man das Unvermeidliche herbeiwünscht. Leider durchkreuzt Victor jede Prognose und erscheint Tag für Tag voller Glanz und Theatralik an unserem Tisch, wo er sich einer grenzenlosen Gefräßigkeit hingibt. Im Liberty House werden die Mahlzeiten gemeinsam im Refektorium eingenommen, Victors absolutem Lieblingsraum, weil er so schön erhaben ist, beim Kreuzrippengewölbe angefangen, unter dem er unerhörte Essensmengen verschlingt – und sich dabei den scheußlichen Mund sachte mit einem Monogrammtaschentuch abtupft, da bei ihm alles Pose, affektierte, kalkulierte Verrenkung ist.

Bevor Liberty House sich in eine Zuflucht für Freaks verwandelte, war es ein Mädchenpensionat, und das Haus bewahrt noch vielerlei Spuren seiner ursprünglichen Bestimmung: das Refektorium, die Kapelle, die Lernstuben, die Schlafsäle und vor allem unzählige Porträts der Schwestern vom Heiligsten Herzen Jesu, eine ganze Serie von Ehrwürdigen und Glückseligen, die nur dem Namen nach glückselig waren, wenn man ihren tuberkulösen Teint und trüben Blick bedenkt. Ich weiß nicht, welches Sammelsurium von Bischöfen, Theologen und Ärzten über ihren Status befunden hat, jedenfalls wurden Verbitterung und Frustration offensichtlich mit Märtyrertum verwechselt. Ein Segen, dass ich mich inzwischen nicht mehr so leicht einschüchtern lasse wie früher, denn als ich hier ankam, machten mich diese vielen erbaulichen Farbdrucke eher mürbe. Ich fürchtete mich ganz besonders vor einer Ordensschwester aus Kerala, die in einem Flur im ersten Stock mit gelben Wangen und irren Augen nach mir spähte. Wenn ich an ihr vorbei musste, drückte ich mich an der Wand gegenüber entlang und hielt den Atem an, dennoch nahm ich die bleibende Wirkung ihres Grolls und die Ausdünstung aller üblen Fieber wahr, die sie hier befallen hatten. Im Gegensatz zu mir ist Victor ganz vernarrt in Maria-Eulalia vom Heiligsten Herzen und wollte eine Zeit lang ein Fresko in Auftrag geben, das sie mit ausgebreiteten Armen und ekstatischem Lächeln darstellen sollte, den Blick zum dornenbekrönten Herzen erhoben, dem sie ihr ganzes erbärmliches Leben gewidmet hatte. Als aber die Gäste des Liberty House dazu befragt wurden, stimmten sie zum Glück mit einer einzigen Ausnahme dagegen, sämtliche Mahlzeiten unter dieser frommen Ägide einzunehmen – denn natürlich wäre dem Refektorium die zweifelhafte Ehre eines Wandgemäldes der Erleuchteten von Kerala zuteil geworden.

Tatsächlich ist Victor nicht nur ein Heuchler und eitler Fatzke, er ist außerdem noch ein Frömmler der übelsten Sorte. Man muss ihm allerdings lassen, dass seine Verehrung für Maria-Eulalia sich gering ausnimmt im Vergleich zum Kult, den er um seinen berühmtesten Namensvetter betreibt, gemeint ist Victor Hugo. Oh ja, Victor der Kleine vergöttert den Großen. Selbst seine Begegnung mit Arkady erfolgte von Gnaden des *Châtiments*-Dichters – ob Gnade hier das richtige Wort ist, sei dahingestellt. Jedenfalls schlug bei beiden der Blitz ein, als sie gerade eine Büste von Hugo in dessen Pariser Gemächern an der Place des Vosges bewunderten. So sehr ich bedaure, dass Victor und Arkady sich ineinander verliebten, kann ich mich über die segensreichen Folgen ihrer Begegnung und Leidenschaft doch nur freuen, über dieses Phalansterium, das sie gemeinsam entworfen und verwirklicht haben, wobei sie sich in ihrem Größenwahn gegenseitig befruchteten, unter der Schirmherrschaft des illustren Meisters, selbst ein Experte in Megalomanie. Denn obwohl das Liberty House einst von in Gottesfurcht erstarrten Nonnen angeleitete und Zopf mit Schleife tragende Schülerinnen beherbergte, haben Arkady und Victor daraus einen Ort gemacht, der vom Geist Hugos durchweht ist und eher an das Hauteville House erinnert als an eine Klosterschule – schon allein wegen seiner Inneneinrichtung.

Geknausert haben sie jedenfalls nicht. Das karge Mobiliar der Nonnen wurde durch gotische Anrichten und Lehnstühle ersetzt, an allen Ecken und Enden stößt man auf prunkvolle Teppiche und Wandbehänge aus Damast. Und dann sind da noch die Spiegel, ein Steckenpferd von Victor, der sie mit manischer Entschlossenheit auf Trödelmärkten aufstöbert und in allen Varianten zur Schau stellt. Wandspiegel, Stehspiegel, dreiteilige Rasierspiegel, Hexenspiegel, Sonnenspiegel aus den 70er Jahren, Ankleidespiegel, blattvergoldete Spiegel, Intarsienspiegel, Spiegel mit Rahmen aus geflochtenem Rattan, Tau, Bambus, Messing, gekalktem Holz, Schmiedeeisen, asymmetrische, ovale, achteckige, rechteckige, facettierte Spiegel – im Liberty House kann man keinen Schritt tun, ohne seinem entgeisterten Ebenbild gegenüberzustehen. Mit entgeistert meine ich allerdings mich, denn Victor wirkt immer entzückt, wenn er sich betrachtet. Aus dem großen Salon hat er einen richtigen Spiegelsaal gemacht, in welchem er ständig umherstolziert, um jedes kleine Detail zu überprüfen und an die richtige Stelle zu rücken: den Gehstock mit Elfenbeinknauf, das karmesinrote Einstecktuch, die Manschettenknöpfe, die wohlgeordnete Fülle seiner schneeig schimmernden Locken. Leider werden alle Mühen, die er auf seine Erscheinung verwendet, von seiner unförmigen Hose mit Gummizug ruiniert, dem einzigen Modell, das solch eine knietief hängende Plautze zu fassen vermag. Auch wenn ich weiß, wie sehr Arkady jede Form von Monströsität toleriert, frage ich mich doch, wie ihr Sexualleben aussieht. Dessen ungeachtet lautet Victors Spitzname im Liberty House tatsächlich »Monsieur Mirror«. Und so wird man mir bestimmt nachsehen, dass ich Arkadys Schmährede gegen diese Spiegel für eine Art von Kritik am zügellosen Narzissmus seines Liebhabers gehalten habe. Schließlich war er selten so leidenschaftlich und überzeugend wie an jenem Tag, an dem er uns in die Kapelle zusammentrommelte, um uns jeglichen Blick auf spiegelnde Oberflächen zu untersagen. Seine Stimme vibrierte vor Eindringlichkeit, seine Wangen röteten sich, seine Faust flog nach oben oder stürzte auf das schwere Eichenpult nieder, wenn er seiner Empörung trommelnd Ausdruck verlieh:

»Nicht nur, dass die Spiegel zu eurer Seelenmarter beitragen – mir ist schleierhaft, was ihr dort erfahren oder nachprüfen wollt. Die Spiegel können euch nichts beibringen, rein gar nichts! Und sei es nur, weil sie ihren eigenen geometrischen Gesetzen folgen. Versucht doch mal, die linke Hand vor eurem Spiegel zu erheben, dann werdet ihr feststellen, dass euer Ebenbild die rechte hebt!«

Arkady lässt den Blick über seine Zuhörer schweifen, über all die offenen Münder und wackelnden Köpfe, die nur eines anstreben: die positive Bewertung ihres Schönheitskapitals. Sie haben wohl vergessen, dass man im Liberty House vor allem bei den weniger Begünstigten rekrutiert. Mit offensichtlicher Ausnahme meiner wunderschönen Mutter und meines Vaters, dem jeder Charme und regelmäßige Gesichtszüge bescheinigt, sehen alle anderen, ich inbegriffen, schauderhaft aus und können in der Tat von den Spiegeln keinerlei Trost erwarten. Arkady fährt fort:

»Außerdem ist nichts kälter und glatter als ein Spiegel! Was kann er schon von eurer Wärme einfangen, euren Unebenheiten, eurem Innenleben, also genau dem, was euch ausmacht und von jedem anderen unterscheidet? Wisst ihr was?«

Die Versammelten beben, atmen mit ihm ein und halten erwartungsvoll die Luft an. Arkady runzelt die Stirn, zieht die Augenbrauen zusammen und nimmt diesen herrischen Ausdruck an, der ihn in meinen Augen so unwiderstehlich macht.

»Wir werden alle Spiegel im Haus verhängen oder umdrehen. Alle! Auch die Spiegel, die ihr im Zimmer oder im Bad habt. Verstanden? Liberty House soll zur spiegelfreien Zone werden!«

Seine Schäfchen nicken, Arkady ist aber noch nicht fertig.

»Mir ist zu Ohren gekommen, dass manche von euch sogar Vergrößerungsspiegel besitzen. Das geht dann doch zu weit, meint ihr nicht? Jetzt mal ganz ehrlich: Welcher Teil – von euch, von mir, von uns – verdient so viel Aufmerksamkeit? Im Ernst?«

In einer der Reihen vor mir nehme ich wachsende Unruhe wahr, ein Rascheln und Stöhnen: Dadah möchte sich zu Wort melden, und das dauert bei ihr immer eine gewisse Zeit, als müssten sich ihr altersschwaches Hirn und ihr ebenso altersschwacher Körper erst einmal aufwärmen und zurechtruckeln, um überhaupt zu funktionieren. Ein wütendes Schnauben, das Froufrou ihrer Rüschen, Zähneknirschen, das ungeduldige Hämmern ihrer Hand auf der Armlehne, dann ist sie so weit: »Arkady ...«

Ihre nach fast hundert Jahren Raucherei vermännlichte Stimme erhebt sich unter dem Kreuzrippengewölbe und schlägt alle in Bann – mit Ausnahme von Arkady, der sich durch nichts beeindrucken lässt. Man muss wissen, dass Dadah – mit bürgerlichem Namen Dalila Dahman – stets gesprochen hat, um Furcht zu wecken und Gehorsam zu fordern; und selbst, wenn sie das gar nicht fordern wollte, fürchtete man sie und gehorchte ihr, so wie ihr praktisch alles von Geburt an in den Schoß gefallen ist. Als steinreicher Spross einer Familie von Kunsthändlern war Dadah nichts Besseres eingefallen, als sich noch mehr zu bereichern, über jedes vernünftige, ja vorstellbare Maß hinaus, denn wer hat schon die Gehirnkapazität, die Größe eines Vermögens zu ermessen, das auf Millionen beziffert wird? Eins muss man Dadah allerdings lassen, sie wusste ihr Geld auszugeben, und im Gegensatz zu dem, was eine dämliche Volksweisheit behauptet, hat dieses Geld sie durchaus glücklich gemacht. Würden die Gebrechen des Greisenalters sie nicht an ihren Rollstuhl fesseln, wäre sie übrigens noch immer regelrecht glücklich und unempfänglich für das Leid von anderen, und zwar in einem Grade, wie man ihn maximal erreichen kann. Nun, da Arthritis und Emphysem sie davon abhalten, in ihren Privatjet zu springen, ist ihre Welt auf die Größe des Liberty House geschrumpft, das vor allem von ihr gesponsert wird. Doch obwohl sie Dutzende von solchen Wohlfahrtseinrichtungen großzügig fördern könnte, geizt Dadah bei ihren Spenden, während sie verschwenderisch mit Worten umgeht, die unsere mangelnde Dankbarkeit anprangern – und uns jeden Euro, den sie für Heizkosten und Landschaftspflege aufwendet, teuer bezahlen lässt. Ja, Reiche können ganz schön knickrig sein, trotzdem kenne ich außer Dadah niemanden, der Verpackungen aus Aluminium wiederverwendet und anderen rät, das Kochwasser für die Kartoffeln später zum Pflanzengießen oder Geschirrspülen zu benutzen. Mittlerweile ist sie in Fahrt geraten, und ich bin sicher, dass sie zu Arkadys großartigem Vortrag über die Spiegel einiges zu sagen hat.

»Arkady, Vergrößerungsspiegel sind beim Schminken doch sehr praktisch, besonders in unserem Alter!«

Mit ihren sechsundneunzig Jahren ist Dadah bei weitem die Älteste im Phalansterium, aber sie redet immer so, als wäre ganz Liberty House eine Seniorenresidenz. Dabei sind – einmal abgesehen von meiner erst zweiundsiebzigjährigen Großmutter und Victor, der da vorgibt, fünfzig zu sein – die meisten Gäste in der Blüte ihres Lebens. Es kommt Dadah jedoch gelegen, so zu tun, als stünden alle hier kurz vor ihrer Vergreisung. Auf der Kanzel sammelt Arkady seine Notizen zusammen, ein Bündel vergilbter Blätter, die vermutlich kaum Bezug zum Thema des

Tages haben, aber er liebt es nun mal, seine Eloquenz mit solchen Requisiten zu unterstreichen und mit den Insignien der Gelehrsamkeit Eindruck zu schinden. Dalila Dahman muss sich warm anziehen.

»Wozu die Schminke? Habt ihr jemals erlebt, dass jemand durch Make-up oder Lippenstift schöner wird? Das Gegenteil ist der Fall: Glaubt mir, mit jedem Lidstrich, jedem Tropfen Nagellack, jedem Puderhauch rückt ihr ein Stück weiter von aller Schönheit und Wahrhaftigkeit ab!«

Dadah klammert sich an die Armstützen ihres elektrischen Rollstuhls für siebentausend Euro und bebt, weil sie sich angegriffen fühlt und gleichzeitig auf ein Wortgefecht mit ihrem Lebenscoach freut – denn so lautet die Rolle, die sie Arkady zuweist. Gleich bei ihrer Ankunft hat sie ihm ihre Seele anvertraut und voller Erleichterung deren Führung überlassen. Dennoch lehnt sie sich immer wieder wegen Kleinigkeiten auf, damit niemand vergisst, dass sie jederzeit ihre Freiheit – und ihr Geld – wieder für sich beanspruchen kann. Und so hebt sie zu einem Plädoyer für Blush und Wimperntusche an, die sie hartnäckig als Rouge und Mascara bezeichnet, trotzdem verstehen wir sie, vor allem, da sie beides im Übermaß aufträgt und uns das von Arkady gegeißelte Unnatürliche lebhaft vor Augen führt: asymmetrische, safrangelb bestäubte Wangenknochen, geschwollene, fettig glänzende Lippen, verspachtelte Falten, verklebte Wimpern. Neben ihr – natürlich nur im übertragenen Sinn, weil sie sich gegenseitig nicht leiden können und jede Tuchfühlung meiden – wirkt meine Großmutter so frisch und rosig wie ein Laib Reblochon. Man muss wissen, dass sie der Kosmetikindustrie schon lange vor ihrer Begegnung mit Arkady misstraute und lieber ihre von erweiterten Äderchen durchzogenen Wangen und ihr zerknittertes Dekolletee zur Schau stellt, als sich mit irgendeiner Creme zu behelfen – geschweige denn mit Skalpell oder Silikon.

Arkady hört Dadah nur mit einem zerstreuten, vielleicht sogar ungeduldigen Ohr zu. Er mag ja gerontophil sein, doch die senilen Haarspaltereien, in denen Dadah regelmäßig schwelgt, gehen ihm schnell auf die Nerven. Leider hat sie sich nun des Themas bemächtigt und wird so bald nicht lockerlassen. Im Gegensatz zu Arkady, der immer mit einer Bühne und einem andächtigen Publikum rechnen kann, wenn er sich äußern möchte, bleibt Dadah inzwischen die willfährige Aufmerksamkeit versagt, die sie in ihrer Glanzzeit erlebt hat. Zwar ist sie nach wie vor reich und furchterregend, ihr Verstand lässt sie aber meist dermaßen im Stich, dass ihr selbst die größten Speichellecker in ihrer Gefolgschaft kaum mehr zuhören. Doch obwohl Dadah nicht mehr alle Tassen im Schrank hat, bleiben ihr genug Synapsen, um zu merken, dass ihr Wort nichts mehr gilt. Darum nutzt sie jede Gelegenheit auf das Ausgiebigste, um andere zuzuschwallen, und setzt sich dabei souverän über sämtliche Unterbrechungen und Anzeichen von Überdruss hinweg. Mangelnder Zuspruch dient ihr sogar als Ansporn, und so dreht sie sich genüsslich in ihrem Rollstuhl hin und her und setzt mit ihrem Kontra-Alt dramatische Akzente:

»Das ist ja unerhört, dass eine Frau sich nicht einmal mehr hübsch machen darf, solange sie noch kann! Kleinere Unreinheiten zu beheben, ist außerdem ein Gebot der Höflichkeit! Heutzutage findet man äußerst wirksame Anti-Aging-Produkte. Ja wirklich!«

Seltsamerweise glaubt Dadah immer noch, ihre Haut weise nur winzige Makel auf, etwa ein brauner Fleck hier, oder dort eine geplatzte Ader, ein Lachfältchen vielleicht, die man alle leichter Hand mit Concealer oder Highlighter abdecken kann. Und da deutet sie auch schon mit zittrigem Finger auf ihre verheerten Gesichtszüge, als wollte sie uns zeigen, welche Wunder die Kosmetologie bei ihr bewirkt hatte – dabei ist Dadah der lebende Beweis ihrer Unwirksamkeit. Während sie für dreißig Sekunden triumphierend verstummt, nimmt Arkady geschwind den Faden seines Vortrags wieder auf und wendet sich dem »einzigen brauchbaren Spiegel« zu. Als guter Redner holt er etwas weiter aus und baut gezielt Spannung auf, sodass sich alle den Kopf zerbrechen und überlegen, was wohl gemeint sein könnte. Das gibt auch mir genügend Zeit, allerlei kraftlose Vermutungen anzustellen: die Augen, das Gewissen, die Quellen, die Brunnen, die Pfützen, der Himmel, was weiß ich. Dann erweist sich allerdings, dass ich vollkommen daneben liege, denn nun reckt sich der kleine Arkady hinter seinem Pult zur vollen Höhe auf und verkündet, dass *Der Spiegel der einfachen vernichtigten Seelen und jener, die einzig im Wollen und Verlangen der Liebe verbleiben* fortan unser aller Spiegel sein soll. Natürlich folgt auf diese Erklärung ehrfürchtiges Schweigen, aber mit ein paar flüchtigen Blicken nach links und nach rechts stelle ich fest, dass keiner was verstanden hat, abgesehen von Victor, dessen selbstgefällige, vielsagende Miene mich auf den Gedanken bringt, dass er hinter diesem hochliterarischen Verweis steckt. Sollte es sich nämlich um ein Buch handeln, dann stammt die Idee garantiert nicht von Arkady, der das Lesen verabscheut.

Ich habe eine Weile gebraucht, bis ich das erkannte, weil er fortwährend bekundet, die Literatur im Allgemeinen und den großen Victor im Besonderen zu lieben, und weil er das Liberty House zudem noch sehr großzügig mit Glasschränken und Regalen ausgestattet hat, die Hunderte Bücher mit Goldschnitt fassen. Ich habe selbst, auf den Aubusson-Teppichen der Bibliothek sitzend und von einem Sonnenstrahl beleuchtet, stundenlang in ihnen geblättert, als vollendete Allegorie jugendlichen

Bildungshungers, aber auch als Mensch gewordene Ratlosigkeit – denn es handelte sich bei den meisten Büchern um uralte Abhandlungen über Arithmetik oder Agronomie, die Arkady meterweise gekauft hatte, wohl eher darauf bedacht, die Einbände auf unsere Sesselbezüge abzustimmen, als unseren Wissensdurst mit richtigen Büchern zu stillen. Nachdem diese dekorativen Schwarten zur hagiografischen Sammlung der Schwestern vom Heiligsten Herzen hinzugekommen sind, bleibt für die Literatur hier im Grunde nur wenig Raum – ein Regalbrett, wenn überhaupt. Nein, ich übertreibe, denn auch wenn Victor ein furchtbarer Angeber ist, hegt er für die Poesie eine wirkliche Leidenschaft und besitzt eine eigene Bibliothek. Zu meinem Leidwesen befindet sich diese jedoch im Zimmer, das er mit Arkady teilt, und besteht außerdem aus einem herrlichen neogotischen Glasschrank mit drei Flügeltüren, die er stets mit einem Vorhängeschloss sichert, sodass ich mir noch nie Zugang dazu verschaffen konnte, trotz meiner heimlichen Erkundungen ihrer Hochzeitssuite.

Ich liebe Arkady und halte ihn für den Inbegriff von Seelengröße, dennoch muss ich zugeben, dass Victor und er sich selbst die prunkvollsten Räumlichkeiten zugeteilt haben, während den Gästen des Liberty House geradezu klösterliche Zellen oder Bettnischen zugewiesen wurden, die man durch Unterteilung der Schlafsäle gewonnen hatte. Ich selbst verfüge nur über ein fünf Quadratmeter kleines Kämmerchen, und meine Eltern sind kaum besser dran. Das ist mir aber egal. Es gefällt mir sogar, auf so engem Raum zu hausen, und ich fühle mich in meinem Schlupfwinkel mit dem winzigen Fenster geborgen. Vor allem, weil besagtes Fensterchen auf das Geäst einer Atlas-Zeder blickt und ich mich allein schon über ihre Nachbarschaft freue, über den Duft ihrer Zapfen, das beständige Schrammen ihrer Zweige gegen die Fassade, das fröhliche

Getöse der Vögel, die in ihnen nisten und mich jeden Morgen wecken – jeden Morgen, als wäre es der erste Morgen. Bevor ich ins Liberty House einzog, lebte ich in einem Zustand sensorischer Entbehrung, der mir nicht einmal bewusst war. Eltern, die ihr Kind mehr als hundert Meter von einem Grasmückennest oder Zistrosenstrauch entfernt aufwachsen lassen, sollten strengstens bestraft werden. Meine Eltern haben diesen Fehler begangen, sodass ich um ein Haar nie das Vergnügen erlebt hätte, meine Blütenblätter in der Sonne zu entfalten, die Wange an einen harzigen Baumstamm zu schmiegen oder auf eine Gewitterfront zuzustürmen.

Arkady wagt sich an eine mitreißende Exegese der gelungensten Seiten seines *Spiegel der einfachen Seelen*, aber ich höre ihm gar nicht mehr zu, weil mir schlagartig diese Erkenntnis gekommen ist: Die einfache und vernichtigte Seele bin ja ich; das Verlangen der Liebe ist mein einziges Verlangen – ohnehin habe ich nie so recht gewusst, was die Liebe von der Vernichtigung unterscheidet. Während der Mann meines Lebens sich voller Begeisterung über Marguerite Porète und die Brüder und Schwestern vom Freien Geist auslässt, lasse ich meinem eigenen freien Geist freien Lauf, auf dass er die duftenden Pfade meiner Ländereien beschreite. Dort, vom zirpenden Lied der Zikaden umgeben, genieße ich die Vernichtigung und das Gefühl, dass mein ganzes Wesen sich im Wind verstreut wie der Kopf einer Pusteblume.

»Niemand kann als Mensch ausgelöschter sein!«

Arkady blickt mich an, als erriete er meine Gedanken und richtete diesen Schlusssatz direkt an mich, höchstwahrscheinlich ein Zitat der bemerkenswerten Marguerite Porète, deren gesammelte Werke zu beschaffen ich mir augenblicklich vornehme – es sei denn, sie stecken bereits zwischen zwei Bänden des *Palmier séraphique*, einem Machwerk, das sowohl Arkadys

Vorliebe für Halbledereinbände befriedigt als auch dem spirituellen Trachten der Schwestern vom Heiligsten Herzen gerecht wird. Der Titel – *Seraphisches Palmbuch* – gefällt mir sehr, und ich habe es mehrmals angefangen, doch mit jedem Versuch sinkt es mir unweigerlich aus der Hand, sobald ich beim erbaulichen Leben des Jean Parent ankomme, auch bekannt als »Meister der Tränen«, was mir längst eine Warnung hätte sein sollen: Nichts ist langweiliger als Heulsusen. Kurzum, auch ich bin ausgelöscht, meinen bukolischen Betrachtungen vollkommen hingegeben, wesenloses Schirmchen einer Pusteblume, oder gehe ganz und gar in meiner Vergötterung Arkadys auf, als eifrige Schülerin, Groupie, fast schon Leibdienerin – ganz wie er will. Doch etwas in mir sträubt sich gegen die Auflösung, das spüre ich, etwas hält stand. Zart, aber zäh, wie ein Versprechen auf neuerliches Sprießen nach sommerlicher Glut oder winterlichem Frost, wie eine empfindliche Jahreszeit, für die es keinen Namen gibt, außer meinem, vielleicht.

Arkady hat seine Predigt beendet und schickt uns weg zu unseren Beschäftigungen. Alle stemmen sich erleichtert aus ihren Stühlen. Nur Victor bleibt auf seinem sitzen, man muss allerdings wissen, dass er Hilfe braucht, um sich hochzuquälen, und dass ich ihm diesen Gefallen ganz sicher nicht tun und sein angestrengtes Ächzen und das Schwabbeln seiner Plautze nicht ertragen werde, hopp, ich husche davon, obwohl er nach mir Ausschau hält und seinen Siegelring auf den Knauf seines Stocks klirren lässt. Soll er doch allein zurechtkommen: Ich habe mich zwar der Sklaverei verschworen, doch er ist mein Herr nicht.

5.
Sie blühen, sie blühen

Im Liberty House arbeiten alle halbwegs gesunden Erwachsenen – was nicht besonders viele sind, nimmt dieses Haus doch vor allem Invalide auf, und zwar jeglicher Art. Meine Mutter etwa ist wegen ihrer Neigung zur raschen Ermüdung und ihres Migränefelds von jeder Tätigkeit entbunden. Ja wirklich, in Ermangelung elektromagnetischer Strahlen musste ihre Empfindlichkeit eine andere Ausdrucksform finden. Außerdem hat sich ihr Körper an bestimmte Symptome gewöhnt: ihr diese zu entziehen, wäre fast so grausam gewesen wie sie weiterhin technologischer Verschmutzung auszusetzen. Auch wenn es ihr sehr viel besser geht, neigt sie noch immer zu Panikattacken, Kopfschmerzen und niedrigem Blutdruck. Wohingegen sich mein Vater der Zucht und dem Verkauf von Blumen verschrieben hat und dabei feststellen durfte, wie viel Liebe und Geduld er dafür aufbringt.

Lange vor unserer Ankunft gedieh das Liberty House auf Arkadys Anregung hin zu einer Produktionseinheit für Bio-Anbau von Obst und Gemüse. Also haben wir einen Obst- und einen Gemüsegarten, auf die ich einen gewissen Anspruch erhebe, auch wenn sie nicht ausdrücklich zu meinem Verantwortungsbereich zählen. Der Obstgarten interessiert mich nicht genug, um ihn den Wespen streitig zu machen, die wegen der gärenden Äpfel und Birnen dreist, ja sogar richtig aggressiv werden, aber der Gemüsegarten ist ein herrlicher Ort, mit seinen Reihen von ins Kraut schießenden Kohlköpfen, den Belrubi-Erdbeerpflanzen, den schweren Kürbissen und dem Geruch der Tomatenblätter, den Sonne wie Regen intensivieren.

Mein Vater fing zunächst behutsam an, mit Dahlien und Kapuzinerkresse, dann aber, vom Erfolg seiner Sträuße auf den Märkten im Umland berauscht, erweiterte er seine Angebotspalette: Gladiolen, Schwertlilien, Tulpen, Nelken, Osterglocken, Ringelblumen, Margeriten, und wurde zum Experten für Samen, Sämlinge, Naturdünger und natürliche Insektizide. Mit leuchtenden Augen und zutiefst bewegt kehrte er aus dem Garten und den Gewächshäusern zurück und konnte sich ebenso endlos über die Blütenknospe der Herbstanemone auslassen wie über den Duft der Lilien oder Freesien. Blumen sind tatsächlich ein geniales Gesprächsthema: Probieren Sie es aus, Sie werden feststellen, dass jeder dazu eine Meinung hat, jeder seine Lieblingsblume oder, ganz im Gegenteil, eine, die er wegen ihres penetranten Dufts oder ihrer Arroganz nicht zu ertragen vermag. Doch, doch! Immer gibt es wen, dem das Heliotrop zu prätentiös oder die Pfingstrose zu sehr von ihrem eigenen Krausköpfchen eingenommen ist: Zeitgleich mit seinem Thema hatte mein Vater sein Publikum gefunden, Leute, die ihm endlich zuhören, ihm, der sich bis dahin seiner Untauglichkeit als Gesprächspartner schmerzhaft bewusst war. Als er einmal am Mittagstisch ein wenig ins Schwadronieren geriet, mit geröteten Wangen und in hastigem Tempo – so hatte man Marqui noch nie erlebt –, zog er sogar die Aufmerksamkeit von Victor dem Kleinen auf sich, der voll und ganz mit dem Löffeln seiner Kürbiscremesuppe beschäftigt war. Nach dem Essen schleifte er meinen Vater in die Bibliothek und zog zwei Bücher mit blauem Perkalineinband heraus, die laut den sorgfältig eingeklebten Exlibris eine gewisse Odette Garnier der Gemeinschaft vom Heiligsten Herzen vermacht hatte: *Botanik für Damen*, Band I und II.

»Scheint dich ja zu interessieren, wirf mal einen Blick hinein. Stell dir vor: Blumen haben eine Sprache!«

Dabei war Sprache genau das, woran es meinem Vater gebrach, weshalb er trotz eingefleischter Denkfaulheit diese Bücher von der ersten bis zur letzten Seite las – seither ist er wie ausgewechselt.

Um das Ausmaß dieser Metamorphose greifbar zu machen, muss ich bis zur Schulzeit des armen Eros Marchesi – meines Vaters – zurückgehen. An seine Jahre in der Vorschule erinnert er sich nur vage, soweit er weiß, hat er alle zufriedengestellt, immer freudig bereit, im Chor mitzusingen, Bälle zurückzuspielen oder in Reifen zu springen; sonst war er immer schön artig und streckte die Zunge nur heraus, wenn er die vier krakeligen Buchstaben seines Vornamens zeichnete. In der ersten Klasse wurde es komplizierter. Der kleine Eros war mit einem vertrauensvollen Lächeln hineingegangen, mit unendlich gutem Willen und der Überzeugung, dieser Wille würde reichen, um alles richtig zu machen. Das aber war nicht der Fall: Er wollte so gern und machte alles falsch. Genauer gesagt, scheiterte er exakt an dem, was in seinem ersten Grundschuljahr das Allerwichtigste zu sein schien – lesen lernen. Mit den Buchstaben hatte er nie Schwierigkeiten gehabt, ehe er sie zusammenbringen sollte. Das Alphabet rezitierte er wie ein kleiner Papagei und fand auf Anhieb das *X* oder das *M* in der gestickten Fibel, die ihm seine Großmutter mütterlicherseits hinterlassen hatte. Mit Wörtern lief es nicht so gut, geschweige denn mit Sätzen, doch alles drehte sich just darum: Um Buchstaben, die Wörter bildeten, die wiederum Sätze bildeten, die allen etwas sagten, nur ihm nicht. Nein, ich übertreibe, im Januar hatten es von den dreißig Schülern seiner Klasse drei immer noch nicht kapiert: Mein Vater, eine kleine Migrantin, die nur Shikomor sprach, und ein seltsames Kind, in dessen Zuckerhutschädel wohl kein Gehirn passte.

Von der ersten Stunde an bereitete sich mein Vater gründlich auf den Unterricht von Madame Isnardon vor. Er legte sich die Utensilien auf seinem kleinen Pult ordentlich zurecht, schlug das Lesebuch auf, verschränkte die Arme und sperrte die Ohren weit auf. Vergebens. Die Buchstaben auf der Seite fingen sogleich an zu tanzen, und die schrillen Erläuterungen von Madame Isnardon verstärkten seine Panik nur noch. Daniel führte die Mauleselin in den Stall, die Magd tischte einen dampfenden Braten und Mandarinen auf, Valérie verletzte sich mit einem Feuerstein, die Gänse marschierten zum Teich, und so ging es endlos weiter. Die sepiafarbenen Illustrationen im Buch klärten ihn zum Glück ein wenig über das bukolische Leben von Daniel und Valérie auf, sonst wäre er in Tränen ausgebrochen. Fragen beantwortete er auf gut Glück, nahm die Bilder zu Hilfe, erkannte hier und da ein Wort wieder, landete ganz selten einen Treffer und zog sowohl die mitleidigen Blicke von Madame Isnardon als auch das höhnische Lachen seiner Klassenkameraden auf sich. Im April hatte sogar die Kleine von den Komoren begriffen, worauf es ankam, und las stockend vor, während sie ihm immer wieder triumphierende Blicke zuwarf: »Daniel schlägt die Ratte mit einem Rattanstock und tötet sie.« Daniel war tatsächlich grausam, sie aber auch.

Mein Vater hatte mit allen möglichen Schwierigkeiten zu kämpfen. Die erste bestand darin, dass manche Buchstaben für ihn farbig waren und die anderen nichts dergleichen erwähnten, mit keiner Silbe. Als er das *a* als roten Buchstaben zu bezeichnen wagte, machte Madame Isnardon runde Augen und nahm dann den Faden ihrer geduldigen Erklärung wieder auf: »R-a, Ra, wie in Ratte, wie in Rattan, verstehst du?« Nein, er verstand nichts, oder nur, dass dieser schreckliche Daniel die Ratte mit einem Rattanstock zu Brei geschlagen hatte. Denn das war für ihn eine weitere Schwierigkeit – er wusste nicht, welchen Wirklichkeitsgehalt er den Sätzen zuschreiben sollte, die alle um ihn herum munter von sich gaben. Mit der Zeit war ihm Valérie ans Herz gewachsen, ihr blonder Zopf, ihre Puppe, ihre Kleidchen; die Mauleselin, die Ziege und die Gänse schienen ihm ebenso liebenswert, und er bangte um sie, wenn sie so kopflos zum Fluss eilten, in dem zu ertrinken sie Gefahr liefen – und wo ihnen auch noch Daniel mit seinem unerbittlichen Rattanstock auflauerte. Am Ende mischte sich auf der Seite im Lesebuch alles bunt durcheinander, die harmlosen Spiele von Valérie, die Tollerei der Gänseherde und die Umtriebe des schrecklichen Daniel. So sehr er sich konzentrierte, die Augen aufriss, den Zeigefinger anleckte, um der Zeile zu folgen, verketteten sich die Wörter unter seiner Fingerkuppe wie Prozessionsspinnerraupen, wobei hier und da ein Vokal trügerisch aufblinkte: blau das *e*, orange das *o* ... Er hielt inne und warf Madame Isnardon einen entmutigten Blick zu. Für ihn war das zutiefst bedrückend, als gäbe es ein System, so gewaltig wie magmatisch – nur dass alle anderen damit zurechtkamen und dem Unförmigen eine Form gaben, die chiffrierten Botschaften entschlüsselten, die Daniel und Valérie von ihrem kleinen Bauernhof aus schickten, und deren verborgenen Sinn freilegten.

Nachdem die Klassenlehrerin ihnen einen Wink gegeben hatte, erkannten meine Großeltern schließlich, wie schwer ihrem Sohn das Lesen fiel, und sie bemühten sich um Abhilfe, setzten immer mehr heimische Übungsstunden an, mit dem kleinen Jungen auf dem Schoß und dem aufgeschlagenen Lesebuch auf dem Wohnzimmertisch. Leider scheiterte Eros zu Hause genauso kläglich wie in der Schule. *Was ist bloß mit dem Jungen los? Ist er zu beschränkt?* Diese Frage stellten sich meine besorgten Großeltern am Ende jener Sitzungen, die für alle eine Prüfung waren. Möglicherweise war mein Vater wirklich beschränkt, obwohl er über einen normalen IQ verfügte, der ihm erlaubte, Rechenaufgaben zu lösen oder sich drei Gedichtstrophen zu merken – natürlich unter der Voraussetzung, dass man ihm das Gedicht vorlas. Ungeachtet seines IQs musste er die erste Klasse im Folgejahr wiederholen, während das Gros seiner Mitschüler in die zweite versetzt wurde. Das

Kind mit dem Zuckerhutschädel war auch in der Ersten verblieben, es saß wie gewohnt in der letzten Reihe und hatte seinem Leidensgenossen mit einem unmerklichen Zwinkern seiner Eidechsenaugen Mitgefühl und Solidarität bekundet. Diese Art von Bruderschaft kränkte Eros, der entschlossen war, kraft doppelter Anstrengung ans Ziel zu kommen, doch verfehlte er dieses Ziel nach wie vor. Zu seinem Glück starb das Kind mit dem Zuckerhutschädel bereits im November, vor Ort, aus heiterem Himmel, kerzengerade auf seinem Klassenstuhl und vollkommen lautlos. Sein Herz, vermutlich ebenso verkümmert wie sein Hirn, wollte nicht weiterkurbeln und setzte dem kurzen Leben von Jean-Louis – so hieß das Kind – ein Ende. Eros war der einzige, dem schließlich auffiel, dass Jean-Louis in eine unnatürliche Starre verfallen war und seine Eidechsenaugen sich getrübt hatten. Was tun? Er fasste sich ein Herz und schlich zum Schreibtisch von Madame Isnardon, um ihr ins Ohr zu flüstern: »Frau Lehrerin, Jean-Louis ist tot!«

Anders als Eros erwartet oder sogar befürchtet hatte, war Madame Isnardon in schallendes Gelächter ausgebrochen, weil sie glaubte, er hätte einen Scherz versucht, und auf diesen eingehen wollte, vor allem aber, weil es für sie unvorstellbar war, dass ein siebenjähriges Kind urplötzlich starb, und dies an einem denkbar unpassenden Ort.

»Ach was, er ist gewiss nicht tot! Du weißt doch, dass Jean-Louis immer so still und so brav ist. Im Gegensatz zu einigen anderen!« Bei dieser Gelegenheit warf sie dem Grüppchen unverbesserlicher Schwätzer einen vernichtenden Blick zu – es kam ja nicht so oft vor, dass man den armen Jean-Louis als Vorbild hinstellen konnte. Doch just in diesem Augenblick war der Unglückliche endlich vom Stuhl gefallen und hatte dabei verschiedene hochgefährliche Gegenstände verstreut: eine Gartenschere, Schraubenmuttern, eine Rauchgranate und mehrere

Fläschchen Rum. Dieser unerwartete Tod brachte also ans Licht, dass Jean-Louis sehr wohl ein Innenleben gehabt und nach Monaten des Misserfolgs und der Demütigung aus lauter Groll sogar seine persönliche Version des Schulmassakers von Littleton geplant hatte. Wer weiß, ob nicht die Strapazen der Vorbereitung zu seinem vorzeitigen Ableben geführt hatten? So oder so traf es Eros sehr hart, als hätte der schreckliche Daniel ihm einen Schlag mit dem riesigen Rattanstock verpasst. Durch Jean-Louis' Tod glückte das, was kein Unterricht, keine Lehrmethode, kein Lesebuch zuwege gebracht hatte: Die Buchstaben hörten auf zu blinken, die Silben hörten auf, sich zu verdrehen, die Wörter gerieten nicht mehr durcheinander. Auf so brutale wie tragische Weise war es Eros wie Schuppen von den Augen gefallen – und er las. Inzwischen hatten seine Eltern vom Hausarzt der Familie eine sachkundige Diagnose erhalten: Ihr kleiner Junge sei hochgradig legasthenisch und dysorthographisch. Selbst wenn er dem Analphabetismus entgehe, würde für ihn die Schriftsprache immer eine offene Fallgrube bleiben.

Da ist es kein Wunder, dass er vierzig Jahre später begeistert die Idee aufgreift, mit Blumen statt Worten zu kommunizieren. Die beiden mühsam entzifferten Bände der *Botanik für Damen* erweisen sich als Quelle wertvoller Informationen. Ihm ist durchaus bewusst, dass er mit Alpenveilchen und Geranien lediglich Gefühle und Empfindungen ausdrücken kann, aber das ist immerhin etwas, außerdem hofft er, eine reichere Blumensprache zu entwickeln als jene, die er dank Odette Garnier, Victor Ravannas und der so treffend benannten Roselyne Saniette – Autorin seiner neuen Bibel – begierig aufgenommen hat.

Auf den Märkten verkauft er inzwischen fertige Sträuße, mit rechteckigen Kärtchen versehen, die er trotz seines hinlänglich bekannten Handicaps hingebungsvoll selbst beschriftet. Demnach bedeutet ein Bund roter Amaryllis, weißer Hortensien und blauer Anemonen *Auch wenn Sie mir zu kokett sind und ich unter Ihren Launen leide, vertraue ich Ihnen weiterhin*, während Schwertlilien und feuerrote Levkojen von überschwänglicher Liebe künden – heute mehr als gestern und längst nicht so sehr wie morgen.

Überdies ist mein Vater in der Lage, sich dem komplizierten Gefühlsleben seiner Kunden anzupassen und ihnen personalisierte Gebinde anzubieten. Möchte man um Verzeihung bitten oder um ein Rendezvous, eine Warnung aussprechen, seinem Bedauern über eine Indiskretion oder Verleumdung Ausdruck verleihen: Blumen können alles sagen und das tun sie ausgiebig. Bald schon ist er etwas überfordert, weil die Kunden nicht nur gern bei ihm bestellen, sondern ihm auch gern ihr Herz ausschütten.

»Wissen Sie, Monsieur Marchesi, ich habe wirklich kein Glück: Immer falle ich auf Heteros rein, die nur mal sehen wollen, wie das ist, mit einem Kerl zu schlafen, einfach so, für eine Nacht, und zack sind sie wieder weg. Während ich mich emotional binde, daran kann mich doch keiner hindern, oder?«

»Nein, ganz sicher nicht.«

»Und so falle ich jedes Mal wieder auf die Schnauze.«

»Ich stelle Ihnen ein paar Glockenblumen zusammen. Und Gelben Enzian.«

Und so ähnelt mancher Strauß am Ende eher einem Apothekenrezept als einer Liebesbotschaft: Rosa Kamille für den unverstandenen Geliebten, gelbe Mädchenaugen für den glücklosen Rivalen, bunte Löwenmäulchen für den, der es gar nicht mehr erwarten kann. Gerade bei den leidenden Seelen wirken die Sanftmut und Geduld meines Vaters Wunder, sodass an seinem Stand jeden Sonntag ein Riesenandrang herrscht. Ich diene ihm als Aushilfe, binde Strauß um Strauß und befestige am Stängel der Aronstäbe, Kapuzinerkressen oder Hyazinthen jeweils ihre kleine Simultanübersetzung: *Hören Sie auf Ihr Herz*, *Zu lieben ist Ihnen jetzt verwehrt*, *Die Hoffnung, die Sie mir schenken, entzückt mich*. Währenddessen hält mein Vater die Hand eines untröstlichen Kunden und beschwört ihn, sich durch Blumen heilen zu lassen. Schlussendlich hat er seine Bestimmung gefunden und eine neue Einkommensquelle für das Liberty House: Dank seiner kodierten Sträuße und den therapeutischen Einlagen überweist mein Vater der Gemeinschaft stetig wachsende Beträge. Aber noch längst nicht genug, wie wir bald sehen werden. Dabei können zwar nicht alle arbeiten, aber alle können Geld verdienen, wie unser spiritueller Führer zu wiederholen nicht müde wird – und damit muss ich wohl auf einen weiteren der denkwürdigen Vorträge von Arkady zu sprechen kommen.

6.
Die Liebesschwadrone

An diesem Tag arbeiten die gusseisernen Heizkörper mit Blumendekor auf Hochtouren, um uns unter lautem Gurgeln und Plätschern aufzuwärmen. Meine Großmutter kommt gerade von einem Urlaub auf Formentera zurück und ist in Topform. Neben ihr wirkt meine Mutter abgezehrter denn je, aber das will nichts heißen: Es geht ihr blendend, und sie wird uns alle überleben, mich eingeschlossen, da sie sich inzwischen jede Anstrengung und Sorge spart. Arkady steigt mit bekümmerter Miene auf die Kanzel, was mich wegen seines doch so unbeschwert-heiteren Gemüts ein wenig beunruhigt. Statt seines vergilbten Bündels von Pseudonotizen hat er eine Art großes Eintragungsbuch dabei, welches er auf das Pult legt, ohne dass seine Miene sich aufhellt.

»Die Zahlen sind richtig schlecht. Ich weiß nicht, wie es mit uns weitergehen soll, wenn es so weitergeht.«

Diese merkwürdige Doppelung fällt ihm nicht auf, dem Publikum wohl auch nicht, das ihm wie üblich mal mehr, mal weniger Aufmerksamkeit schenkt. Ich bin die einzige, die sich Sorgen macht. Meine Großmutter kratzt sich Schorf von der sonnengebräunten Wade, Victor poliert seinen Knauf, Dadah neigt schon den greisen Kopf und Daniel starrt Löcher in die Luft. Daniel? Aber ja, er ist auch da, mit seinem Rattanstock bewaffnet und bereit, sämtliche Ratten der Welt zu Brei zu schlagen. Nur dass es im Liberty House keine Ratten gibt und dass unser Daniel nichts mit Daniel aus dem Lesebuch zu tun hat, samt Bauernhof, Mauleselin, Gänsen und der kleinen Valérie. Nein, es handelt sich um Victors Patensohn, einen mürrischen jungen Schlaks. Mir war nie recht klar, worin Victors Patenschaft besteht, vermutlich eher aus erotischen Praktiken denn rein erbaulichen Absichten. Jedenfalls hängt sich Daniel mit einer geradezu lasziven, betont auffälligen Ermattung an die Fersen seines Patenonkels, als wäre er gerade erst dem

Brautbett entstiegen. Das kommt mir für Arkady eher kränkend vor, wobei es ihm gar nicht in den Sinn käme, ausschließliche Liebe zu verlangen. Und damit komme ich wieder auf die Liebe zu sprechen, mein eigentliches Thema, besser gesagt, das von Arkady an diesem Dezembermorgen. Noch redet er über die Jahresbilanz, man merkt ihm aber an, dass er dazu keine Lust hat und so schnell wie möglich zur Sache kommen möchte. Jetzt ist es soweit: Sein Blick bohrt sich in meinen, doch kaum nehme ich dies erfreut zur Kenntnis, funkelt er mit seinem hellen Auge Dadah an, bevor er Rehlein, Gladys, Epifanio, Daniel, Kinbote, Coco, Jewel, Salo und alle anderen ins Visier nimmt, all seine Schäfchen, die sich in wolliger Trägheit aneinanderkuscheln.

»Omnia vincit amor!«

Keiner von uns kann Latein, mit Vergils Losung sind wir allerdings vertraut, weil Arkady sie sich zwischen seine beiden Schulterblätter hat tätowieren lassen und sie alle naselang wiederholt. Liebe besiegt alles, klar, doch Arkady will sie offenbar zum Kriegsgerät machen, zu einer Waffe, die zwar nicht tödlich, aber wirksam ist, um die Gesellschaft für unsere fortschrittlichen Ansichten zu gewinnen.

Im Liberty House schwimmen wir in Liebe – in der Liebe, die Arkady uns schenkt und die wir erwidern, aber auch in der Liebe, die wir einander entgegenbringen, selbst wenn das Gemeinschaftsleben unweigerlich zu Irritationen führt. *Wir* ... Ich behaupte, dass ich dieses Pronomen verwenden kann, ohne dass es lächerlich wird, ohne dass es auf ein blutleeres, verkümmertes Gefüge wie die Paarbeziehung oder die Familie verweist. Ich behaupte sogar, dass mein Start ins Leben mich zur Spezialistin für das *Wir* macht, im Gegensatz zu den meisten Menschen, die davon keinen Schimmer haben und ein Leben lang nicht auf die Idee kommen, dass man etwas anderes sein kann als sein eigenes Ich. Ich war von Kindesbeinen an *wir*, das macht die Sache leichter. Nicht nur, dass ich Haus und Tisch mit mindestens dreißig Leuten jeden Alters und jeder Herkunft geteilt habe, ich musste auch auf eine besondere Nähe zu meinen Eltern und meiner Großmutter verzichten, die sich alle sehr bald auf neue Bindungen einließen und von der unverhofften Deregulierung ihres Sexlebens entzückt waren. Außerdem musste ich mich mit dem Gedanken anfreunden, dass Arkady allen gehörte. Darum kann ich *wir* sagen, ohne dass es anmaßend oder unpassend wäre. Darum bin ich auch nicht weiter erstaunt über Arkadys neue Predigt. Im Grunde regt er doch nur an, dass wir alles, was wir intra muros ausprobieren, auch außerhalb unserer Gemeinschaft zur Anwendung bringen, nämlich Selbstlosigkeit, schranken- und bedingungslose Lust und eine vollkommen freie, vollkommen wilde Liebe. Nach dieser gedanklichen Eskapade konzentriere ich mich wieder auf den Redner – den Mann meines Lebens, obwohl er das nicht wahrhaben will und diese Wendung keinerlei Sinn für ihn ergibt. Arkady ist beim Lauf der Welt angelangt, tatsächlich läuft die Welt verkehrt, weil sie nicht begreift, dass es reichen würde zu lieben, etwas Aufmerksamkeit und Wohlwollen aufzubringen, die unwiderstehliche Kraft des Begehrens so weit wie möglich zu teilen und zu verbreiten, um der Barbarei ein für alle Mal den Garaus zu machen.

»Wenn ich an diese vielen unglücklichen Menschen denke, die sich gegenseitig umbringen ...«

Der Blick verliert sich in der Ferne, die Stimme wird unstet, die Aussage vage. Wir werden nicht erfahren, ob er an die jüngsten Attentate denkt oder an den Krieg in Syrien, auch wenn er aus diesem Land stammt. Vielleicht ist er dort nur geboren, da er praktisch nie darüber spricht und von seiner Herkunft und Lebensgeschichte ohnehin kaum etwas preisgibt, als hätte diese erst mit Victor und dem Liberty House begonnen. Davor nichts oder nur sehr wenig: Er ist in Syrien geboren, hat im Libanon gelebt, in der Schweiz, in Polen – also nirgends, beziehungsweise in Ländern, die keinem etwas sagen. So oder so ist die Liebe seine Heimat, das Liberty House, wir. Darum pocht mein Herz so heftig, wenn ich ihn ansehe und ihm zuhöre, im Einklang mit seinen Gefühlen, seiner Empörung, seinem Mitleid, seiner unermesslichen Trauer über die törichten Gesetze, die das Leben bestimmen. Ich bin in ihm, wie er in mir, was für alle Mitglieder unserer kleinen freiheitlichen Bruderschaft gilt. Liebe besiegt alles, wer wüsste das besser als ich, nachdem ich erleben durfte, wie er den Wahn meiner Eltern besiegt hat, ihre Soziopathie, ihre krankhafte Unentschlossenheit, ihre suizidalen Anwandlungen, ihre depressiven Anfälle, ihre vielfältigen Phobien, ihre Unfähigkeit, sei es, ein Kind aufzuziehen, sei es, für sich irgendeine Art von Zukunft zu entwerfen. Ich habe gesehen, wie sie, von Arkady geliebt und angeleitet, ihre zusammengeknüllten Seelchen so weit entfalteten, dass sie zu umgänglichen Erwachsenen wurden – auch wenn sie noch längst nicht reif genug sind, aber was soll's, ich habe mich daran gewöhnt und bin reif genug für drei.

Auch wenn wir vor neuen Technologien geschützt sind, heißt das nicht, dass uns keine Nachrichten erreichen: Ihre Wellen branden gegen die Feldsteinmauern, die das Anwesen einfrieden. Victor lässt sich täglich eine eklektische Auswahl von Printmedien zustellen und verbringt den Vormittag mit der Lektüre von *Le Monde*, *La Croix* und *Le Figaro* – ja, auf diese drei beschränkt sich sein Eklektizismus, die auch uns, sobald Monsieur Mirror sie gewissenhaft durchgelesen und ihre Seiten zerknittert und beschmutzt hat, zur Verfügung stehen. Nicht dass er besonders schmutzig wäre oder seine Hände nie abwischt, aber er sondert ständig eine Art fettigen Dunst ab. Allein deswegen begnüge ich mich oft mit den Kommentaren der anderen, um mich über das Tagesgeschehen zu informieren. Außerdem habe ich in der Schule leicht Zugang zum Internet und mache davon ausgiebig Gebrauch. Schließlich bin ich gegen rein gar nichts hypersensibel und selbst wenn, würde ich es um nichts in der Welt meinen Glaubensgenossen verraten, erst recht nicht meinen Eltern; ich bin nicht gerade froh darüber, in einer weißen Zone zu leben, und ich gäbe alles für ein iPhone. Andererseits bietet das Leben im Liberty House so viel, dass ich bestimmt nicht weinen werde, nur weil man mir den Zugang zu sozialen Netzwerken erschwert. Ich habe meine eigenen Netzwerke. Sie schlängeln sich unter den Buchen und Eschen, sie kreuzen die Pfade der Stare und Eichhörnchen, sie führen an Wiesen und Hochwäldern entlang, an Herbstzeitlosen, die in aller Unschuld ihre giftigen Staubblätter öffnen, an Brombeersträuchern, die ebenfalls in aller Unschuld mit ihren schwarzen Ranken Fallen stellen. Ich bin glücklich. Ich brauche weder Periscope noch WhatsApp oder Snapchat.

Während ich wieder einmal in Gedanken abgedriftet bin, hat Arkady seinen Dienstbefehl formuliert: Er beschwört uns, in die Welt hinauszugehen, um sämtliche leidenden Seelen, die wir dort zwangsläufig antreffen würden, mit Liebe zu überschütten. So einfach und großherzig dieses Programm klingt, ist es in Wahrheit eine Rekrutierungsoffensive, die auf reiche Leute abzielt. Natürlich darf man jeden und alle lieben, von dieser Möglichkeit macht Arkady selbst regen Gebrauch und vögelt sich ohne Ansehen der Geschlechts- oder Alterszugehörigkeit durch, wenn wir aber unser gemeinsames Dach und unser beschauliches Landleben erhalten wollen, müssen wir etwas wählerischer werden. Das Beste wäre, schwerreiche Witwer oder in Ungnade gefallene Erben für unsere Sache zu begeistern, damit das viele Geld sinnvolle Verwendung fände. Sicher, wir haben Dadah, doch sie überweist der Gemeinschaft nur einen winzigen Bruchteil ihres Vermögens und weigert sich hartnäckig, Arkady in ihrem Testament zu bedenken, außerdem droht sie ständig damit, uns zu verlassen und ihre großzügigen Gaben auf irgendeinen Neffen zu verwenden, der so bestechlich wie undankbar sein dürfte. Fortbestand und Wohlergehen des Phalansteriums hängen von der Diversifizierung seiner Einkommensquellen ab und wir alle können zu dieser Diversifizierung etwas beitragen.

»Ihr seid meine Liebesschwadrone«, brüllt Arkady. »Los, raus mit euch! Stürmt die Straßen und Plätze, sprecht die Leute an, erzählt ihnen von unserem Experiment. Sie warten nur darauf, dass man mit ihnen über Liebe redet, dass man sich für ihre Seele interessiert, dass man sie überhaupt an die Existenz dieser Seele erinnert! Die sie selbst wahrscheinlich vergessen haben.«

Da hat er nicht Unrecht. In der Außenwelt, ob in der Schule oder auf dem Markt, redet mit mir niemand über seine oder meine Seele. Neben mir zappelt Daniel herum, stöhnt und lässt mich an seiner Ungeduld teilhaben:

»Ist das jetzt eine Heilige Messe oder was?«, flüstert er in mein offenes Ohr. Aber ja, in gewisser Hinsicht schon, und warum auch nicht? Obwohl ich selbst nie hingegangen bin, habe ich die katholische Liturgie schließlich mit jeder Pore aufgenommen, da mir ständig Reliquiare, Heiligenlegenden oder Fotos verzückter Nonnen begegnen. Sechzig Jahre nach dem Auszug der Schwestern vom Heiligsten Herzen atmen die Wände des Liberty House noch immer Frömmigkeit, während Arkady selbst im Ritus der Syrisch-Orthodoxen Kirche erzogen wurde. Auch wenn er selten darauf zu sprechen kommt, hat er sich eine gewisse Vorliebe für Goldornamente, lockige Bärte, purpurne Messgewänder und Zauberkunststücke bewahrt: Jagt man die Religion zur Tür hinaus, springt sie durch das Fenster wieder herein. Als unser Gemüsegarten im Vorjahr von Blattläusen befallen wurde, sprach Arkady sogar ein Exorzismusgebet, das er einer zweisprachigen, in schwarzes Chagrinleder mit Goldprägung gebundenen griechisch-arabischen Handschrift entnommen hatte, dem Erbstück einer kykladischen Großtante. Im Namen der Cherubim und Seraphim wurden zwanzig verschiedene Arten von bösartigen Winzlingen mit Nachdruck aufgefordert, Auberginen und Chinakohl unverzüglich zu verlassen, und ich muss zugeben, dass die Schädlinge sich sofort aus dem Staub machten, vermutlich vor lauter Schreck über Arkadys Vehemenz, gut möglich aber auch, dass es an der Schmierseife lag, die wir wild versprüht hatten.

So oder so habe ich, wie alle anderen, meine Anweisungen erhalten: Falls ich einem Reichen begegne, soll ich ihn verführen und ins Liberty House bringen, wo Arkady die Sache besiegeln wird. Da es mir so offenkundig an Charisma fehlt, ist es wirklich besser, wenn andere an meiner Stelle das Begonnene zu Ende bringen. Mir fällt auf, dass Daniel in Bezug auf seine Attraktivität die gleichen Zweifel hegt wie ich. Tatsächlich ähneln wir uns sehr und werden häufig für Geschwister gehalten: Groß, pferdeähnlich, knochig und mit sehr dunklem Teint, haben wir beide etwas Androgynes an uns, das für Verwirrung sorgt. Und so haben wir beschlossen, gemeinsam auf die Pirsch zu gehen, um unsere Chancen zu erhöhen. Mit meiner Figur einer Kampfringerin und den ersten Anzeichen eines Damenbarts sehe ich aus wie zwanzig, dabei bin ich noch keine fünfzehn – in diesem Alter soll ja meine Entjungferung im großen Stil begangen werden, es sei denn, Arkady verweigert die führende Rolle, die ich ihm dabei zudenke, in diesem Fall würde ich den Anstich auf später verschieben und einfach nur meinen Geburtstag feiern. Daniel hingegen ist sechzehn, ohne die geringste Spur jugendlicher Frische aufzuweisen. Wegen seines schleppenden Gangs, seiner stets gerunzelten Stirn, seines aschgrauen Teints und seines trüben Blicks kann man ihn sogar leicht für sechs Jahre älter halten. Trotzdem wird er mich zum Sonntagsmarkt begleiten. Während Marqui Blumen und Ratschläge zur Selbstentfaltung an den Mann bringt, werden wir Kunden ködern – sofern ihnen ein gewisser Wohlstand anzumerken ist. Wir haben ebenfalls etwas zu verkaufen: unsere Jugend, klar, aber auch unser kleines freiheitliches Evangelium. Die Zeugen Jehovas, die sich gleichfalls zwischen den Ständen tummeln, müssen sich warm anziehen, mit ihren altmodischen Broschüren und ihrer Verkündigung des Königreichs. Daniel und ich leben doch im Königreich, es existiert, es ist bereits da, nur wenige Kilometer von diesem mediterranen Markt entfernt; wir brauchen es nicht zu verkünden, wir brauchen nur unsere willigen Opfer dorthin zu führen, die vielen müßigen Privatiers, die nicht wissen, was sie mit ihrem Geld, mit ihrer Zeit, mit ihrem Leben anstellen sollen. Selig, die reich sind, denn ihnen wird alles gehören, wenn sie bereit sind, unserer frohen Botschaft zu lauschen, unseren glühenden Worten, dieser feurigen Rede, die besagt, dass wir sie gern leidenschaftlich lieben wollen, wenn sie uns nur den Nervus Rerum stärken, die goldene Munition für den Krieg liefern, den wir gegen die Ungerechtigkeit und den Aberwitz dieser Welt führen.

Und es klappt: Vom ersten Sonntag an sammeln wir neue Anhänger. Offenbar bilden Daniel und ich bei aller individueller Reizlosigkeit ein unwiderstehliches Paar. Und natürlich hat Arkady uns überzeugende Elemente für die Ansprache mitgegeben: das Ende der Welt, die allgemeine Vergänglichkeit, die sieben Spiegel der Seele, die überwältigende Vision der Liebe. Wenn mir die Worte fehlen, springt Daniel mit ungewohnter Verve ein. So kannte ich ihn bisher nicht und muss gestehen, dass er mich richtig umhaut. Woher nimmt er diesen spöttischen Witz und dieses lüsterne Augenfunkeln, während er sonst so müde und lustlos dreinblickt? An diesem Tag fahren wir ganz berauscht von unserem Erfolg im Kleintransporter meines Vaters zum Liberty House zurück: Eine gewisse Nelly Consulat, die sich als Urenkelin eines Astronomen vorstellt und vor allem selbst als Millionärin bezeichnet, hat großes Interesse an unserem Angebot bekundet. So blond wie Dadah brünett ist, jedoch viel fitter als Letztere, obwohl beide ungefähr gleich alt sind, halten wir diese Nelly alle für ein erstklassiges Neumitglied, sodass Arkady sie mit allen Ehren und einem üppigen Festmahl empfangen will.

»Wir bereiten für sie unseren Tofu im Blätterteigmantel mit Trüffelcreme zu, und den Flan aus roter Beete mit Mascarpone-schaum, einverstanden? Und unsere Ravioli mit Salbei-Butter-nut-Füllung: Sie wird begeistert sein!«

Wie immer, wenn es ums Fressen geht, spitzt Victor die Ohren und gibt seinen Senf dazu: »Und dazu vielleicht noch Tempehscheiben mit Minze und Preiselbeeren? Und zum Nachtisch ein Sabayon aus Jasmin und Himbeeren!«

Essen ist wie Blumen: ein ideales Gesprächsthema für Leute, die nichts in der Birne oder sich gegenseitig nichts zu sagen haben, was vermutlich Hand in Hand geht. Und wieder möchte ich Sie ermuntern, das selbst einmal auszuprobieren und das Thema aufzuwerfen, einfach so, ganz beiläufig. Sie werden staunen, wie sich die Gesichter aufhellen, die Zungen lösen und Quasi-Autisten das Wort ergreifen, um ihr Rezept für Schokoladenkuchen preiszugeben oder sich zu ihrer Vorliebe für Fisch oder Fleisch zu bekennen – eine Vorliebe, die bei uns keine Rolle spielt, da wir streng vegetarisch leben, deswegen auch Tempeh und Tofu. Dem Veganismus sind wir entronnen, aber nur knapp, nach turbulenten Debatten und einer nicht minder turbulenten Abstimmung. Hätte Fiorentina nicht aufgepasst wie ein Luchs, wäre die Umfrage sicher mit einem Sieg der Anti-Gluten-Fraktion ausgegangen, einer kleinen und sehr umtriebigen Lobby in unserer Gemeinschaft. Fiorentina hat sich jedoch mit ihrem ganzen Gewicht in die Waagschale geworfen, und so werde ich umgehend mein Versäumnis wettmachen und ihr die verdiente Anerkennung zollen.

7.
Der Garten der Qualen

Wäre ich nicht bereits in Arkady verliebt, wäre ich es bestimmt in Fiorentina, ihrem fortgeschrittenen Alter zum Trotz – wobei sich dieses nur schwer bestimmen lässt. Eines immerhin steht fest: Sie war vor allen anderen da. Anscheinend zählte sie sogar zu den Schülerinnen des Heiligsten Herzen, damals, als das Liberty House noch als Mädcheninternat fungierte. Arkady und Victor haben sie dort vorgefunden und gleich miteingekauft, samt Haus und Anwesen, das sie gespensthaft verwaltete. Aufgrund der ungeschriebenen Gesetze, die unser Leben im Liberty Haus regeln, hat sie einen Spitznamen verpasst bekommen, der genauso kryptisch ist wie meiner, nämlich Mrs. Danvers. Sie findet sich damit ab, wie mit allem anderen, den Launen von Arkady, den Schrullen von Victor, dem Aktionismus der Veganer, dem Leichtsinn der einen und den Schwächen der anderen. Dies fällt ihr umso leichter, als sie sowieso nur macht, was sie will. Es dauert eine Weile, bis man ihre Charakterstärke erkennt, da sie mit ihrer Schürze und ihrem sanften Blick wie eine Allegorie der Fügsamkeit wirkt – tatsächlich schätzt sie Fügsamkeit vor allem bei den anderen. Man braucht sie nur in ihrer Küche zu erleben, wo sie Hilfe allein unter der ausdrücklichen Bedingung annimmt, dass die Helfer sich ihr unterordnen und sich ausschließlich an ihre Anweisungen halten. Angesichts dieses eisernen Willens hatte die Anti-Gluten-Fraktion nicht die geringste Chance. Nein, ich irre mich und muss einsehen, dass die Liebe mich blind macht – was in ihrem Wesen begründet liegt. Ich irre mich, denn trotz ihrer autokratischen Neigungen und ihres ehernen Herzens erlitt Fiorentina an dem Tag, als sie uns ihr *vitello tonnato* nicht mehr servieren durfte, eine furchtbare Niederlage. Dazu muss man wissen, dass Fiorentina aus dem Piemont stammt: Für sie steht im Mittelpunkt einer Mahlzeit ganz selbstverständlich der Wildschweinbraten, mit einem Carpaccio als Vorspeise und Polenta als Beilage – oder allenfalls eine Pfanne voller gebratener Steinpilze. Für Desserts hat sie gar keinen Sinn und bereitet sie ohne Lust oder besonderen Eifer zu, dennoch sind ihre *crostata di castagne*, ihr *semifreddo al torroncino* oder ihre *sbriciolata fragole e panna* von erlesenster Qualität.

In der ersten Zeit zählte das Liberty House nur eine Hand voll Mitglieder und suchte gleichzeitig nach seiner Ausrichtung, Funktionsweise und Hausordnung. Das heißt, dass Fiorentina sich nach Herzenslust am Herd austoben und alle Welt ihrer Fleischdiät unterwerfen konnte, abwechselnd mit *arrosticini*, Leber auf venezianische Art, Hackbraten und gezupften Ochsenbäckchen – und natürlich mit ihrem berühmten Wildschweinbraten. Ich war nicht dabei, was ich bedaure, denn Daniel schwärmt mir mit Tränen in den Augen von ihrem *fritto misto* aus Kalbsbries vor. Doch dann musste sich Fiorentina zack nach zwei, drei Jahren ungeteilter Herrschaft geschlagen geben. Nicht, dass man ihr Titel und Amt streitig gemacht hätte, nein, sie blieb unumstößlich die Herrscherin unserer Küche, dafür hatte Arkady aber die Gleichheit von Mensch und Tier zu einer der sieben Säulen seiner Weisheit erklärt und uns somit lebenslänglich den Genuss von Osso Bucco und Kaninchen in Senfsauce entzogen. So esse ich eben in der Kantine Fleisch, obwohl meine Eltern der Schulverwaltung zahlreiche antispeziesistische Briefe geschickt haben. Und ich hege den Verdacht, dass auch Fiorentina gegen unsere Statuten verstößt und ihr *vitello tonnato* still und heimlich in ihrer gigantischen mittelalterlichen Küche verzehrt.

Dabei ist Arkady gerade dann besonders eloquent, wenn er über Tiere redet, ich könnte mich bei diesem Thema kaum auf eine einzige Predigt stützen, da es diesbezüglich Dutzende gibt – und ich mein eigenes, also Fiorentina, nicht aus den Augen verlieren will. Aber was kann ich noch über diese italienische

Sphynx erzählen, die Daniel Metallica nennt, ein Spitzname, der sich durch Anschaulichkeit auszeichnet und dem Gerüst aus rostfreiem Stahl entspricht, das sie hinter ihrer sanften Miene, ihrem Wachspuppenteint und ihrem piemontesischen Gurren verbirgt? Fiorentina hat zwar eine Tochter und eine Enkelin, aber weder Ehemann noch Schwiegersohn. Als würden sich im Valle Maira die Frauen untereinander fortpflanzen. Tochter und Enkelin tauchen gelegentlich bei uns auf, um endlos lange auf Italienisch zu tuscheln. Wo sie herkommen und wo sie leben, wenn sie nicht gerade im Liberty House herumgeistern? Ein Rätsel, ein weiteres Rätsel in diesem Leben, das nur aus wohlgehüteten Geheimnissen und strengster Zurückhaltung in jeder Lage besteht. Selbst wenn man sie niederwalzte, würde Fiorentina den Schlüssel zu ihrer Seelenfestung nicht hergeben.

Ihr Zimmer liegt gleich neben meinem, im abgelegensten Teil des Hauses, dennoch kann ich an den Fingern einer Hand abzählen, wie oft ich im Laufe von zehn Jahren Gelegenheit hatte, einen Blick auf ihre Chenilletagesdecke, ihren Kleiderschrank aus dunklem Holz und das Foto von Papst Benedikt XVI. zu erhaschen – entweder hat sie den Übergang zu Franziskus noch nicht vollzogen oder sie hegt gegen ihn einen Groll, der nicht minder obskur ist als der Rest ihres Seelenlebens. Kurzum, neben Kruzifix und Palmzweig lächelt breit und mit päpstlich erhobener Hand allein Benedikt. Fiorentina, sie lächelt nie und lacht noch weniger. Nein, ich übertreibe und lasse mich von meinem Hang zu stehenden Wendungen mitreißen, denn sie hat durchaus heitere Momente – man muss nur zur richtigen Zeit am richtigen Ort sein, will man sie nicht verpassen. Sie ergeben sich ganz unerwartet und aus völlig undurchschaubaren Gründen, auch wenn ich mit der Zeit ein paar Konstanten ausgemacht habe. So kann Fiorentina über Tiere Tränen lachen, vor allem, wenn sie jung und ungestüm sind, denn auch Fleischesser sind empfänglich für den tollpatschigen Charme eines Kätzchens oder Kalbes.

Zu Fiorentinas Pech ist unsere Liebe zu Tieren anders geartet als ihre und verbietet, dass man sie verzehrt. Das hat Fiorentina sehr wohl verstanden und sie verzichtet darauf, ihre Missbilligung offen zu zeigen, aber ich spüre sie in ihren Gesten, ob sie Eier schlägt, Staudensellerie zerteilt oder ihren Maisgrieß rührt, alles Gesten, die sie perfekt beherrscht, ohne ihre Kochkünste damit voll entfalten zu können. In Ermangelung besserer Speisen serviert sie uns Borretschflans, Auberginentians, Minestrone, Raukenpesto oder Pfifferlingfrikassee, doch ohne rechte Überzeugung. Wäre sie dem Ort nicht so stark verbunden, wäre sie nach all der Zeit nicht sogar unfähig, woanders zu leben, hätte sie ihre Dienste sicher vernünftigeren Leuten angeboten. Leider haben die Bewohner des Liberty House den Antispeziesismus voll und ganz verinnerlicht, würde Fiorentina also wieder Fleisch auftragen, müsste sie mit lebenslanger Verbannung rechnen, das heißt mit dem Tod, angesichts ihres Alters und ihrer Unkenntnis der modernen Welt. Oder könnte sie dank ihrer Seelenstärke in einer feindlichen Umgebung überleben? Und wer weiß, ob sie nicht bereits Schlimmeres ausgestanden hat? Zwischen der nackten Armut ihres heimatlichen Tals und dem missionarischen Wahn der Schwestern vom Heiligsten Herzen hat sie bestimmt keine einfache Kindheit gehabt. Das Erwachsenenalter dürfte für sie eine Erleichterung gewesen sein, und ich kann verstehen, dass sie ungerührt bleibt vom Los der Hühner und Schweine, deren Alltag sie sicher in einem Schuppen mit losen Planken und über einer Schüssel Kastanienbrei geteilt hat. Die anderen Hausbewohner sind nicht so abgehärtet, sie können das tierliche Leid nicht ertragen. Ich stehe eher auf Fiorentinas Seite und teile die Ansicht, dass ein Hase dazu bestimmt ist, im Pfeffer zu landen. Zwar habe ich gelernt, so zu tun, als ob die Tiere meine Geschwister wären, aber ich denke mir meinen Teil.

Ich weiß nicht, wann Arkady und Victor sich zum Vegetarismus bekehrt haben. Als ich mit meiner Familie im Phalansterium angekommen bin, stand bereits fest, dass man dort weder Fleisch noch Fisch mehr isst. Eier und Milchprodukte waren noch umstritten, doch inzwischen hat Fiorentina, wie schon berichtet, über den veganen Fundamentalismus und die orthorektischen Fantasien mancher Bewohner obsiegt.

Im Liberty House leben wir in gutem Einvernehmen mit allen möglichen Tieren: Mit Hunden und Katzen, natürlich, aber auch mit einem Haufen Geflügel und sogar einem kleinen Bestand an Kühen und Ziegen, die wir abwechselnd melken, während wir versuchen, ihrem dämpfigen Ausschlagen und übelriechenden Gefurze auszuweichen. Ich verstehe vollkommen, dass wir nicht das Recht haben, sie nur zu töten, um in den Genuss ihrer Hachse oder Hochrippe zu kommen, fordert man für sie jedoch die gleiche Achtung ein wie für Menschen, bin ich nicht bereit, diesen Schritt zu vollziehen, und der Umgang mit unserem degenerierten Kleinvieh bestärkt mich erst recht im Gefühl meiner Überlegenheit. Abgesehen von der Fähigkeit, Eier zu legen und sich heiser zu gackern, verfügen Haus- und Perlhuhn über keinerlei nennenswerte Kompetenzen und sind nicht einmal besonders sympathisch. Hunde sind wenigstens freundlich, und ich kann nachvollziehen, dass man seine Freunde nicht verspeist, aber ein Huhn? Gott weiß, wie sehr ich Arkady liebe, doch wenn er auf die Kanzel steigt, um sich für die Tiere stark zu machen, verschwimmt alles vor meinen Augen, bekomme ich Ohrensausen, fliehe ich in Gedanken, renne meine Steilhänge hinunter, klettere die Bäume hoch, wälze mich im Gras mit seiner Glasur aus Herbstzeitlosen, warte darauf, dass dieses Wiederkäuen Claudelschen Unsinns ein Ende nimmt. Ja, Arkady, der zwar wenig liest, jedoch gern als Literaturkenner auftritt, hat Victor Hugo, Marguerite Porète und Paul Claudel zu seinen Lieblingsautoren erklärt und plündert sie im großen Stil, um seine verblasenen Predigten zu untermauern, anstatt sich auf seine eigenen Geistesgaben zu verlassen, so beachtlich diese sind – als weise seine herrliche Intelligenz einen blinden Fleck auf, einen toten Winkel, der sich seiner Vernunft entzieht und dafür wahnwitziger Tierliebe und der Verkündung von so absurden wie erniedrigenden Gaumenverboten Vorschub leistet.

Ich fordere alle auf, die gegen das Stopfen von Gänsen sind, eine halbe Stunde in deren Gesellschaft zu verbringen. Nach einigen Schnabelhieben werden sie vermutlich weniger Skrupel haben, sich ihre Foie gras schmecken zu lassen. Außerdem ist die Gans ein scheußliches Tier, mit ihren gelb umrandeten Augen, den schuppigen Füßen und diesem Hals, den sie streckt, als wollte sie einen Rekord brechen, den bisher Schwan oder Strauß halten – die ebenso hässlich und gemein sind. Zur Krönung des Ganzen gibt es in unserem Hühnerhof auch ein Pfauenpärchen. Das Weibchen mag ja noch angehen, das sich mit seinem unscheinbaren Gefieder nicht aufspielt, der Hahn ist dagegen unerträglich, mit seinen furchtbaren Schreien, dem vorgeschobenen Kropf und der aufbrausenden Entfaltung seines Prachtbürzels. Erwartungsgemäß hat Victor ihn zu seinem Totemtier gemacht: Als filigrane Figur ziert der Pfau seine Visitenkarten und sogar seinen Siegelring, ein Schmuckstück, das er als uraltes Erbstück zur Schau trägt, dabei hat er für dessen Fertigung verschiedene Ohrringe und sein Taufkettchen einschmelzen lassen. Aber zeichnet sich der Pfau nicht gerade durch seine Gefallsucht aus, ist er nicht, abgesehen von seinem dekorativen Aspekt, das unnütze Tier schlechthin?

Je mehr ich mit der Tierwelt zu tun habe, desto weniger verstehe ich, dass Arkady auf seine Vorherrschaft über niedere Wesen und auf die Möglichkeit ihrer größtmöglichen Ausbeutung verzichtet. Das äußere ich umso gelassener, als ich Tiere liebe und am glücklichsten bin, wenn ich einem Igel begegne, unverhofft auf ein Füchslein stoße oder auf einen Bussard mit wildem Blick. Und natürlich habe ich an unserer Meute von verkrüppelten Hunden und Katzen einen Narren gefressen. Denn das Liberty House nimmt nicht nur gesellschaftliche Außenseiter auf, es ist auch eine Zuflucht für Tiere, da Arkady und Victor ständig Laborkaninchen, Schafe, die für den Abdecker bestimmt sind, oder Kläffer, die man am Straßenrand ausgesetzt hat, retten. Unsere Hunde und Katzen werden selbstverständlich mit vegetarischen Kroketten gefüttert, wobei die Katzen sich ihren Anteil an tierischen Proteinen dadurch sichern, dass sie die Feldmäuse des Anwesens dezimieren, die sie zuvor ganz langsam bei lebendigem Leibe zerlegen. Und auch hier gilt: Man braucht nur etwas Zeit mit einer Katze zu verbringen, um zu erkennen, dass sie von allen Vivisektierern der grausamste und hemmungsloseste ist, ohnehin ist Grausamkeit in der Tierwelt, und der Mensch ist da natürlich inbegriffen, überaus verbreitet.

Bevor wir über die ungerechte Behandlung unserer tierischen Freunde Tränen vergießen, schlage ich allen eine Schnupperlehre im Dschungel vor, wohlwissend, dass der Dschungel gleich vor unserer Tür beginnt. In jedem Vorstadtgarten, auf jeder Grünfläche findet man ganze Populationen von kleinen Folterknechten im Feder- oder Fellkleid. Von Insekten gar nicht zu reden, die in der Universalgeschichte der Grausamkeit ein eigenes Kapitel verdienten. Jeder Garten ist zunächst ein Garten der Qualen, die anderen im Humus oder harmlosen Blätterrauschen verborgen bereitet werden. Und die Krustentiere stehen dem in nichts nach. Wenn Sie diese für ungefährlich halten, zu nichts anderem fähig als mit Mayonnaise garniert auf Ihrem Teller zu enden, dann haben Sie noch nicht von der Cymothoa exigua gehört, die nach und nach die Zunge des Wirtsfisches vertilgt, um dann ihren Platz einzunehmen, indem sie sich mit den Beinen am Stumpf festkrallt. Und was soll man zum Sackkrebs sagen, der seinen Sadismus bekanntlich an der Strandkrabbe auslebt, indem er, neben anderen Misshandlungen, deren Geschlechtsorgane umfunktioniert. Antispeziesisten wissen ja gar nicht, wie recht sie haben, wenn sie behaupten, das Schlimmste spiele sich im Meer ab, auch wenn sie dabei nur an den Schaden denken, den die Schleppnetzfischerei anrichtet, aber vollkommen außer Acht lassen, was die Meerestiere sich gegenseitig antun. Und so kann Arkady sich noch so lang und breit über das beeindruckende Gehirn der Kopffüßer auslassen oder über die Solidarität unter Affen, mir ist das völlig schnuppe: Ich weiß nun mal Bescheid und werde auch künftig meinen Cheeseburger essen, im Gegensatz zu den Mitgliedern meiner erweiterten Familie und ohne dass sie es merken, da ich jeden Tag mit der ehrlichen Miene und dem matten Blick eines waschechten Vegetariers heimkomme – denn ich bin eine Schlange, was in unserem Eden einiges heißen will. Was soll's. Ich stehe zu meinen Schandtaten, meinen Eidbrüchen und deren Verschleierung, wenn das die Voraussetzung sein soll für ein halbwegs friedliches Dasein an diesem Ort, den mein Umfeld beharrlich als Garten der Lüste betrachtet, und zwar aus purer Unfähigkeit heraus, die Seiten voller Mord und Blut zu lesen, die dort Tag für Tag geschrieben werden.

8.
Ich bin fünfzehn
und ich will nicht sterben

Als ich hier ankam, teilte ich die irrationalen Ängste meiner Eltern, doch mit den Jahren haben meine eigenen die ihren verdrängt. Bald bin ich fünfzehn, mit irgendwelchen Weichmachern oder elektromagnetischen Strahlen kann man mir keinen Schrecken mehr einjagen. Es liegt mir fern, deren schädliche Wirkung abzustreiten, doch in Wahrheit beunruhigt mich das, was der Mensch dem Menschen antut, weitaus mehr als Umwelthormone und krebserregende Substanzen. Wenn man schon eine Todesursache braucht, wäre mir eine lange Krankheit lieber als die Kugel einer Kalaschnikow: Bei einer langen Krankheit hätte ich Zeit, die Dinge auf mich zukommen zu lassen, Zeit, mich an den Gedanken zu gewöhnen, Zeit, die Freunde auszuwählen, die ich um mich scharen, und den Ort, an dem ich den Tod erwarten würde – tief im Herzen meines Reichs kenne ich eine Schlucht, nein, keine richtige Schlucht, nur eine kleine Bodensenkung, mit weichem Gras ausgelegt und von einem Nussbaumwäldchen umschlossen, die sich dafür perfekt eignet. Vorausgesetzt, ich sterbe nicht vorher, von einer Maschinengewehrsalve oder der Explosion einer Apexbombe dahingerafft. So unwahrscheinlich ein gewaltsamer Tod in meinem Fall auch ist, denke ich unwillkürlich an ihn, sobald ich die Umfassungsmauer des Liberty House hinter mir lasse, die im Fall einer Invasion zwar nichts Abschreckendes an sich hätte, aber sehr anschaulich macht, was uns von all jenen trennt, die sich nicht für den Weg der Weisheit in sieben Stufen entschieden haben.

Was uns trennt, wird mir an jedem Werktag aufs Butterbrot geschmiert. Ich brauche nur in den Bus zu steigen, der die Schulkinder einsammelt, entlang eines Flusses, dessen Namen ich nicht nennen werde. Obwohl ich mich immer vorne hinsetze und meine Stirn an die Scheibe presse, heimse ich binnen einer halben Stunde so viele blöde oder beleidigende Bemerkungen ein, dass es für ein ganzes Leben reichen dürfte. Nicht, dass sich diese Bemerkungen gegen mich richten – gegen mich oder sonst jemanden. Sie werden geradezu mechanisch unter den Gymnasiasten gewechselt, und alles andere passt dazu: das Gegrinse, das Spucken, die Steppjacken mit den Kapuzen aus Webpelz, die Rucksäcke mit demselben schwarz-roten Logo, bei allen dieselbe Hässlichkeit, nur ich habe meine eigene. Es geht gar nicht darum, dass ich jeden Morgen aufs Neue von der Grobheit und Engstirnigkeit meiner Altersgenossen eingeholt werde: Wenn ich nur meine Schulzeit aushalten müsste, würde ich mich damit abfinden, vor allem, weil sie bald vorbei ist. Nein, mich beunruhigt, dass ich bei den Erwachsenen genauso wenig Güte spüre wie bei den Kindern – von den Jugendlichen gar nicht zu reden, denen Boshaftigkeit zur zweiten Natur wird. Außerhalb meiner kleinen geheimen Bruderschaft haben die Menschen keine Lust, gut zu sein, sie denken auch nicht daran, besser zu werden, nach Höherem zu streben, sich zu bilden. Mit ihrer krassen Ignoranz kommen sie sehr gut zurecht. Und wenn sie die Gelegenheit bekommen, auf mich zu schießen, werden sie es tun. Dafür braucht es keinen Grund: Wahnsinn reicht. In der Außenwelt heißt es alle gegen alle und jeder für sich – nein, nicht einmal das: Jeder tötet zunächst sein Inneres ab, denn man muss gestorben sein, ehe man in den Krieg zieht.

Letztlich hat mich meine Erziehung weder darauf vorbereitet, Gewalt zu verstehen, noch darauf, sie zu erleiden – und erst recht nicht, sie anzuwenden. Um sich auf dem Gebiet der Barbarei auszukennen, genügt es nicht zu beobachten, wie Katzen Mäuse umbringen, oder regelmäßig mit dem Schulbus zu fahren, und das Problem mit den Menschen in meinem Umfeld, angefangen bei meinen Eltern, besteht darin, dass ihre Güte sie zu Schwächlingen macht. Im Fall eines Angriffs wären sie unfähig, sich wirksam zur Wehr zu setzen. Ein Glück, dass das Haus so schwer zugänglich ist. Da nur eine einzige

Straße dorthin führt, werden wir den Feind schon von Weitem kommen sehen – so haben wir wenigstens Zeit, uns zu verschanzen, wenn wir schon nicht zu den Waffen greifen. Und dann komme, was wolle. Im Keller ist genug Proviant vorrätig, um einer mehrmonatigen Belagerung standzuhalten, und bekanntlich zeichnen sich Terroristen nicht gerade durch Geduld aus.

Angst und Schrecken halten mich jedoch nicht davon ab, mich in die nächstgelegene Stadt zu wagen, deren Namen ich ebenfalls nicht nennen werde. Man sollte nur wissen, dass es sich um eine grenzüberschreitende Kommune von überschaubarer Größe handelt, wo so viele Straßen, Läden und Cafés mit gut besuchten Terrassen zu finden sind, dass eine Fünfzehnjährige sich darin verlieren kann, und zwar genüsslich verlieren, von Passanten gestreift, aus denen Freunde werden könnten. Offenbar habe ich den Glauben an die Menschheit nicht vollends verloren, da ich auf ein Wunder hoffe, das mir unter allen Gesichtern ein bestimmtes zu erkennen geben wird, auf eine lichte Stelle in der dunklen Masse, auf einen unbekannten Freund, den ich als Erinnerung in mein schwebendes Schloss tragen werde. Denn das kommt erschwerend hinzu: Weil mir ständig die Lehre leidenschaftlicher Liebe eingetrichtert wird, weil ich ständig die Glutsprache des Begehrens zu hören bekomme, denke ich nur noch daran. Deswegen suche ich trotz meiner panischen Angst vor Überfällen und Anschlägen unter den Lichtern der Stadt weiterhin nach der verwandten Seele, selbst wenn ich schnurstracks in die Geborgenheit meiner Dachkammer zurückeile, selbst wenn ich zu meiner geheimen Senke renne, um mich dort einzuigeln, oder zur Gabelung eines Nussbaums, selbst wenn ich meinen Vater in seinem nach Freesien duftenden Treibhaus aufsuche, wo mir nichts passieren kann. Dabei will ich doch unbedingt, dass mir etwas passiert, und darüber hinaus weiß ich nicht mehr, ob ich mir die Zuneigung meiner Angehörigen wünschen soll, die vom Blumenhauch beschlagenen Glasscheiben, das italienische Gurren von Fiorentina in ihrer Küche, das groteske, aber harmlose Watscheln von Victor, die erstarrten Harztropfen am Stamm meiner Pinien, den betörenden Duft des Sommers, den blauen Himmelsfleck inmitten metallgrauer Gewitterwolken, das Klingeling unsichtbarer Herden, die Katze, die mir hartnäckig auf meinen Geheimpfaden folgt – meine Zone, die es gegen alles und jeden zu verteidigen gilt, auch und zuerst gegen mein Verlangen, auf Abwegen zu wandeln. Denn mir ist durchaus bewusst, dass ich das Liberty House mit diesen unvermeidbaren jugendlichen Impulsen von innen her bedrohe.

Ich bin fünfzehn und ich will nicht sterben, klar, jedenfalls nicht in einem Kugelhagel oder unter den Trümmern eines zerbombten Flughafens. Ich will aber auch nicht vollständig und für alle Zeiten verschont bleiben, oder anders gesagt: Ich bin fünfzehn und ich will gern sterben, aber nicht, bevor ich geliebt wurde, nicht, bevor ein Daumen meinen Wangenknochen berührt hat. Eine sehr merkwürdige Formulierung, ja, ich weiß, man muss es gesehen haben, um es zu verstehen, muss gesehen haben, wie Arkady mit einem ebenso zärtlichen wie bohrenden Daumen Victors Gesicht streichelt, um zu verstehen, warum es wahr ist, ja, die Liebe siegt über alles, und warum ich es laut und deutlich sagen kann, ich habe diesen Sieg ja miterlebt, diese Rettung in letzter Minute von allem, was drohte zu versinken, verlorenzugehen, Schaden zu nehmen. Jetzt wird es aber Zeit für mich, gerettet zu werden und gewisse Versprechen erfüllt zu sehen.

»Nächste Woche werde ich fünfzehn. Weißt du noch, was du zu mir gesagt hast?«

»Keine Ahnung.«

»Wenn ich fünfzehn bin, wirst du mit mir schlafen.«

»Habe ich das wirklich gesagt?«

»Ja.«

»Hast du deine Regel?«

»Was bist du denn so auf meine Regel fixiert? Nein, habe ich nicht, na und?«

»Du bist sehr süß, Farah Facette, aber ich würde lieber mit einer richtigen Frau schlafen.«

»Aber du hast doch gesagt, wir brauchen nur zu warten, bis ich sexualmündig bin!«

»Das ist sicher besser, aber so lange du körperlich noch ein Kind bist, hilft das auch nicht weiter.«

»Brüste habe ich aber schon, guck mal!«

Eigentlich brauche ich ihm gar nichts zu zeigen, weil er oft genug Gelegenheit hat, mich unbekleidet zu sehen: Wir haben nur Gemeinschaftsduschen, und die Hausordnung schreibt allen Nudismus vor. Doch zwischen jenen, die sich wie meine LGBT-Großmutter bei jedem Wetter nackt zeigen, und denen, die wie Fiorentina sogar im Hochsommer Seidenstrumpfhosen tragen, sind in unserer Gemeinschaft alle möglichen Varianten vertreten. Ich laufe selbst in Shorts oder Höschen herum, sobald es warm genug ist, ohne meine magere Brust zu bedecken. Ich lasse sie – bleiche Kugeln und blasslila Warzen – nur zu gern von der Sonne bescheinen, damit sie ihre hässliche Winterfärbung verliert.

»Und auch Schamhaar!«

Arkady wirft einen skeptischen Blick auf den Bund meiner Pyjamahose, verzichtet jedoch auf eine Überprüfung. Da entgeht ihm was. Schamhaar ist das Üppigste, was ich zu bieten habe.

»Fünfzehn und immer noch keine Regel, da sollten wir vielleicht einen Arzt fragen. Wobei ich mich mit der Pubertät von

Mädchen nicht so gut auskenne … Wie ist es bei den Mädchen in deiner Klasse?«

Die Mädchen in meiner Klasse sind schon lange keine Mädchen mehr. Alle haben schon seit der Siebten richtige Brüste und regelmäßige Blutungen. Ich bin die einzige, deren Körper noch zögert. Wir einigen uns darauf, dass Arkady mich bald zu einem Frauenarzt begleitet, aber das löst mein Problem nicht, schließlich geht es mir darum, die Liebe zu finden. Stimmt ja gar nicht, wenn man's genau betrachtet, die Liebe steht mir ja gegenüber, in einem dreifarbigen Trainingsanzug, der wen auch immer verunstalten würde, nur ihn nicht – ihn, den Äußerlichkeiten nach eigenem Bekunden im Allgemeinen kalt lassen und Kleidervorschriften ganz besonders. Arkady, du meine Liebe … Alles wäre so viel einfacher, wenn du meiner keimenden Weiblichkeit Tribut zollen könntest, anstatt mir Surrogate anzubieten:

»Warum nimmst du dir dafür nicht Nello? Der ist doch süß, dieser Nello.«

Nello, beziehungsweise Daniel, ist nicht übel, aber er gibt sich nicht die geringste Mühe, begehrenswert zu erscheinen, und läuft immer so rum, als würde er tausend Tode sterben. Bevor ich mit ihm was auch immer ausprobiere, müsste ich ihm diesen leidenden Blick austreiben.

»Oder Salo. Wie wär's mit Salo?«

Salo ist unser Bipolarer, darum weiß ich nicht so recht, wie ich Arkadys Vorschlag aufnehmen soll. Habe ich Lust auf einen Mann mit fixer Idee? Denn das ist Salo nun mal: Er hat seine Marotten und kann sich stundenlang über etwas auslassen, ohne den sichtlichen Überdruss oder die Ausweichmanöver seines Gegenübers zur Kenntnis zu nehmen. Ohnehin scheint sein Bewusstsein für die Existenz anderer Menschen nur sehr schwach ausgeprägt zu sein. Natürlich ist das auch bei vielen vollkommen zurechnungsfähigen Leuten der Fall, dennoch wünsche ich mir, dass mein erster Liebhaber sich zur Abwechslung mal ein wenig auf mich konzentriert. Nichts gegen das Gemeinschaftsleben oder die kollektive Liebe, aber ich hätte es gern etwas exklusiver. Dabei ist die Liebe im Liberty House diffus und unbestimmt: Jeder bekommt seinen Teil und alle verfügen über das Ganze – was mir in der Theorie mehr zusagt als in der Praxis. Seit ich hier angekommen bin, teile ich alles mit allen: die Duschen, die Mahlzeiten, die Haushaltspflichten, die Abende am Kaminfeuer oder die Sonnengrüße. Selbst meine Eltern gehören mir nicht mehr, und manchmal ertappe ich sie dabei, wie sie mich verdattert anblicken, als wären sie derart mit ihrer eigenen Existenz beschäftigt, dass sie meine vollkommen vergessen hätten. Ihre elterliche Sorge haben sie ganz und gar Arkady übertragen, wie sie sich im Übrigen aller Lasten entledigt haben, aller Verpflichtungen und Zwänge eines Erwachsenenlebens. Treffe ich sie zufällig im Flur oder im Gemüsegarten, reagieren sie recht gnädig auf meine Liebkosungen, die an einen hechelnden Welpen erinnern, wirken zugleich aber auch immer leicht erstaunt, als fragten sie sich, was ihnen diese Zärtlichkeitsbekundungen eingetragen hatte.

Da ist es kein Wunder, dass ich zumindest bei einem Menschen leidenschaftlichere Gefühle und eine stärkere Hingabe als die laue Zuneigung wecken möchte, die mir die Mitglieder unserer Bruderschaft entgegenbringen, Eltern und Lehrmeister eingeschlossen. Ich würde es sehr gern über Dating-Portale versuchen, aber die multimediale Bibliothek an meiner Schule sperrt diese Internetseiten, als wäre es völlig ausgeschlossen, dass Jugendliche nach der Liebe suchen. Wenn Arkady mich also auch künftig verschmäht, habe ich nur dann eine Chance, auf einen Partner zu stoßen, der meinen Ansprüchen genügt, wenn ich weiterhin durch die Straßen der Stadt streife, diese

Straßen, die im Regen blinken, als wollten sie mich vor der Verzweiflung bewahren und sagen: Nur Geduld, die Liebe wird kommen.

9.
Die Liebe wird kommen und deine Augen haben

Da manche Zusagen leichter einzuhalten sind als andere, bringt mich Arkady wie versprochen zum Frauenarzt. Sollte er aber glauben, mich deswegen nicht mehr entjungfern zu müssen, täuscht er sich gewaltig – so leicht kommt er mir nicht davon. Der Frauenarzt heißt Madame Tourteau, und ich ahne zwar, dass in diesem Namen eine geheime Anspielung auf deren Fachgebiet steckt, bin jedoch viel zu gestresst, um zu erraten, was ein Taschenkrebs mit Gynäkologie zu tun hat. Ohne genau zu wissen, was mich erwartet, fürchte ich mich vor der Untersuchung meiner Geschlechtsorgane und dem Durchkneten meiner unterentwickelten Brustdrüse. Meine Angst erweist sich als unbegründet, denn Madame Tourteau ist reizend und zeigt sich kein bisschen überrascht, dass ich von meinem geistigen Führer begleitet werde. Der gibt sich allerdings als mein Vater aus und wedelt mit dessen elektronischer Gesundheitskarte vor der Nase der netten Ärztin herum.

»Und was führt dich hierher, Farah?«

»Na ja, ich hab meine Regel nicht.«

»Aha. Seit wann?«

»Wie, seit wann?«

Sie sieht mich ebenso müde wie geduldig an:

»Deine Regel. Wie lange hast du sie schon nicht mehr? Du hast wohl Angst, schwanger zu sein?«

»Das ganz sicher nicht: Ich bin Jungfrau!«

Unwillkürlich blicke ich aus dem Augenwinkel zu Arkady, um mich zu vergewissern, wie diese Mitteilung auf ihn wirkt, aber er behält seinen väterlich zufriedenen Blick bei, während Madame Tourteau ihre Sonntagsrede über die Unregelmäßigkeiten des Menstruationszyklus bei sehr jungen Mädchen hält:

»Es besteht wirklich kein Anlass zur Sorge. Erst recht nicht, wenn du noch keinen Geschlechtsverkehr hattest.«

Jetzt blickt sie Arkady aus dem Augenwinkel an. Vermutlich fragt sie sich, inwiefern ich im Beisein meines Vaters die Wahrheit sagen kann. Dieser legt eine schützende Hand auf mein Schlüsselbein und beeilt sich, das Missverständnis aufzuklären:

»Farah hat noch nie ihre Regel gehabt. Kein einziges Mal. Darum sind wir hier. Normalerweise ist es mit fünfzehn ...«

Madame Tourteau macht sich schwungvoll daran, uns zu beruhigen:

»In Frankreich beträgt das Durchschnittsalter für die erste Regelblutung zwölfeinhalb Jahre! Das heißt, manche Mädchen bekommen sie mit acht und andere mit sechzehn. So ist das nun mal.«

»Ja, aber die Mädchen in meiner Klasse ...«

»Tss, tss, ich werde dich trotzdem untersuchen, aber ich beharre darauf: Es ist durchaus nicht unnormal, mit fünfzehn noch keine Regel zu haben. Zieh dich aus. Soll dein Papa so lange rausgehen?«

Auf keinen Fall will ich mit Madame Tourteau allein sein. Sie macht zwar einen netten Eindruck, aber man weiß ja nie, genauer, man weiß nur allzu gut Bescheid. Ich für meinen Teil weiß aus Erfahrung, dass ich bei anderen das Schlimmste zu wecken vermag, sadistische Triebe und wahnhafte Anfälle. Papa soll bleiben.

Mit den Füßen in den Steigbügeln erdulde ich stumm, dass Madame Tourteau ein Metallobjekt in meine Scheide einführt und schonungslos, wenn auch mit nachlassendem Eifer darin herumwühlt. Mir kommt es vor wie eine Ewigkeit, doch irgendwann zieht sie ihr Folterwerkzeug wieder raus und wirft die gepuderten Latexhandschuhe beiseite.

Arkady hüstelt höflich:

»Ob das ratsam ist, so ein Spekulum bei einer Jungfrau?«

Sie blickt ihn entrüstet an und entgegnet:

»Monsieur, um die Vagina und den Gebärmutterhals zu untersuchen, hat man bis dato nichts Besseres gefunden als das Spekulum. Mit dem man überdies alle möglichen Proben entnehmen kann. Im Fall Ihrer Tochter ist das allerdings ...« Sie hält inne, damit er sich selbst ausmalen kann, warum der Fall seiner Tochter so viel heikler ist als das Gros ihrer gynäkologischen Praxis.

»Ich werde eine Echografie vornehmen. Wissen Sie, was das ist?«

Ich stelle fest, dass sich mittlerweile alles zwischen Arkady und Madame Tourteau abspielt, als läge ich nicht mitten im Raum auf dem Rücken, so nackt wie am Tag meiner Geburt. Offenbar kennt sich Arkady mit bildgebenden Verfahren in der Medizin bestens aus, keine Ahnung, wie er dazu kommt, sodass er mit der Ärztin über Wellen, Ultraschall und Piezoeffekt plaudert, während sie ihre Sonde über meinen gelverklebten Bauch führt und bläulich pulsierende Bilder uns ihr rätselhaftes Signal senden. Fast rechne ich damit, dass auf dem Bildschirm ein Fötus in 3D erscheint, doch nichts erscheint, natürlich nicht. Es vergeht Zeit. Madame Tourteau scheint immer mehr Aufnahmen zu machen und Maße zu nehmen, wobei sie die Abzüge mit gestrichelten Linien versieht, die genauso mysteriös anmuten wie alles andere, wie diese Lichttrichter, in denen dunkle, kaum konturierte Gebilde treiben.

»Gut ...«

Offensichtlich ist es alles andere als *gut*, trotzdem wische ich mir den Bauch ab und ziehe mich rasch wieder an, damit die Diagnose mich nicht in hilfloser Rückenlage erwischt. Die Mühe hätte ich mir auch sparen können, da die Ärztin mich keines Blickes würdigt: Wenn sie nicht gerade ihre Aufnahmen durchsieht, fingert sie an ihrem Montblanc herum oder wendet sich an Arkady, wobei sie aus lauter Verlegenheit jeweils beim Satzanfang hängenbleibt:

»Das ist recht eigenartig, denn normalerweise ... Ich mag mich ja ... Und trotzdem sollte man annehmen ... Tja, mal sehen, ob ... Wir werden also ...«

Auch Satzanfänge nehmen mal ein Ende, sodass ihr die rhetorischen Vorsichtsfloskeln ausgehen und sie mit ihrem Kugelschreiber in meine Richtung deutet:

»Allem Anschein nach hat Farah keine Gebärmutter. Und auch keine richtige Vagina.«

Niemand weiß besser als ich, dass ich eine habe, sie selbst hat ihre Nase und ihr Spekulum gute zehn Minuten lang reingesteckt, was soll also dieser Zirkus?

»Das heißt, sie hat nur eine drei Zentimeter große *cupula*. Grob gesagt fehlen ihr die zwei oberen Drittel der Vagina. Meiner Ansicht nach haben wir es hier mit dem MRKHS zu tun, dem Küster-Hauser-Syndrom, wenn Ihnen diese Bezeichnung lieber ist.«

Mir ist gar nichts lieber, und die Bezeichnungen sind mir schnurz. Ich will nur meine Gebärmutter wiederhaben und auch die zwei fehlenden Drittel meiner Vagina. Man wird mir nämlich nicht ausreden können, dass ich sie vor meinem Eintreten in die Praxis von Madame Tourteau noch hatte, zumindest lebte ich in dieser Vorstellung, was aufs Gleiche hinausläuft, wenn man bedenkt, wie wenig ein fünfzehnjähriges Mädchen von beidem Gebrauch macht. Natürlich hatte ich schon mal den Finger in meine Scheidenhöhle gesteckt und festgestellt, dass es dort nicht viel zu erkunden gab, weil ich aber keine Ahnung hatte, wie sie bei anderen beschaffen war, hielt ich mich einfach an die klitorale Befriedigung.

Inzwischen ist Madame Tourteau nicht mehr zu bremsen. Von ihrer Diagnose berauscht, erzählt sie uns jetzt voller

Überschwang von den Fehlbildungen, die mit meiner utero-vaginalen Aplasie einhergehen.

»Hören Sie gut?«

»Äh ... ja.«

»Sind Sie sich da wirklich sicher? Und was ist mit Ihrem Rücken? Keine Beschwerden? Keine Verkrümmung der Wirbelsäule? Keine Skoliose?«

»Ich habe eine Hyperkyphose.«

»Da haben wir's! Das passt ins Bild! MRKHS-Patientinnen haben oft Probleme mit dem Knochenwachstum. Ihre Nieren sollte man auch überprüfen, am besten durch eine Magnetresonanztomografie.«

»Wann bekomme ich denn meine Regel?«

»Niemals. Ihre Eierstöcke wirken zwar funktionstüchtig, aber Sie werden keine Regel haben.«

Arkady wacht allmählich aus der Benommenheit auf, die ihn befallen hatte, als er von meiner seltenen Krankheit erfuhr – offenkundig ist sie so selten, dass Madame Tourteau zum ersten Mal eine solche Patientin in ihrer heimeligen Praxis empfängt, die sich bisher Verhütungsmethoden, Schwangerschaftsbegleitungen und Hormonersatztherapien widmete, möglicherweise auch dem einen oder anderen Fall von Brustkrebs, wenn überhaupt.

»Wird sie Kinder haben können?«

»Ohne Gebärmutter und ohne Gebärmutterhals? Unmöglich. Es wäre ja schon ein Glück, wenn sie Geschlechtsverkehr haben kann!«

»Wieso?«

»Ihre Tochter kann nicht penetriert werden. Bei einer Vagina von drei Zentimetern, wo denken Sie hin!«

An diesem Punkt scheint ihr endlich aufzugehen, wie grausam ihre Aussagen sind, sie wird rot und will uns nur noch schleunigst loswerden, kritzelt in Windeseile Briefe an andere Ärzte, die in Sachen MRKHS-Syndrom versierter sind als sie, und wirft mit Beschwichtigungen um sich:

»Man kann wunderbar ohne Gebärmutter leben. Und die Regel ist vor allem eine Unannehmlichkeit. Manche meiner Patientinnen würden alles darum geben, sie nicht mehr zu haben.«

Als sie uns – mit allerlei Überweisungsscheinen und Rezepten versehen – zur Tür bringt, wird sie von ihrem Diagnosedämon eingeholt und greift mit inquisitorischer Hand nach meinem Kiefer, um ihn ins Licht zu halten.

»Was mir allerdings zu denken gibt, ist dieser Hirsutismus. Normalerweise haben MRKHS-Patientinnen einen weiblichen Phänotyp. Ihr Äußeres ist normal, mit Brüsten und schwacher Behaarung, in der Schamgegend, unter den Achseln – mehr nicht. Farah scheint jedoch einen Schnurrbart zu bekommen ...«

Arkady schiebt mich eilends hinaus, bevor Madame Tourteau uns schlankweg erklärt, dass ich dabei bin, von innen wie von außen zu vermännlichen, doch das Unheil ist bereits angerichtet und so schleichen wir bedrückt zurück zum Auto.

»Sollen wir noch eine Runde drehen? Magst du zum Hafen?«

Im Gegensatz zu meinen Eltern, die nicht das Geringste von meinem Leben außerhalb des Liberty House ahnen, weiß Arkady über meine städtischen Eskapaden bestens Bescheid.

»Nein. Ich will nach Hause.«

»Komm schon, Farah, wir gehen was trinken. Bei den Sablettes gibt es ein tolles Café. Ich kenne die Kellnerin, außerdem haben sie dort einen unglaublich guten Prosecco. Du wirst begeistert sein.«

Ich bezweifle nicht, dass er die Kellnerin dieses Cafés kennt und noch viele andere, dank seiner Neigung, allerorten mit aller Welt ins Gespräch zu kommen, aber ich habe keine Lust, meinen Kummer im Spumante zu ertränken, und wäre er noch so hervorragend. Nein, meinen Kummer möchte ich durchleiden, ich möchte ihn gründlich unter die Lupe nehmen, ehe ich ihn in die Knie zwinge. Nur dass Arkady anderes im Sinn hat.

»Wir gehen da jetzt hin.«

Pech gehabt, es ist Anfang Dezember und sein tolles Café in der Nachsaison geschlossen, wie alle Cafés entlang des Strandes. Wir treten wie zwei Deppen auf den Sand ein und lassen uns von der trostlosen Atmosphäre um uns herum durchdringen.

»Ist doch egal, dass du keine Gebärmutter hast, Farah. Ich habe schließlich auch keine.«

»Ja, aber du bist ein Mann. Während ich mich immer für ein Mädchen gehalten habe. Bis heute jedenfalls.«

»Bist du ja auch!«

»Bin ich nicht! Ich habe weder Gebärmutter noch Vagina.«

»Das ist doch alles Quatsch. Sieh dir mal Daniel an.«

»Was ist mit Daniel?«

»Er hat weder Behaarung noch Adamsapfel und ist trotzdem ein Junge!«

»Entschuldige mal, Daniel ist ein ganz schlechtes Beispiel!«

»Warum?«

»Weil er genauso ist wie ich: weder Junge noch Mädchen!«

Wir setzen uns auf einen Wall aus feuchtem Sand, gegenüber einem grauen, reizlosen, aufgebrachten Meer – meilenweit entfernt von dem, wie es sein kann, wenn die Sonne es zum Spiegel ihrer Pracht kürt.

»Wo liegt denn der Unterschied, ob du nun eine Gebärmutter hast oder nicht?«

»Ich hab auch keine Vagina.«

»Gehen wir die Probleme einzeln durch. Wozu überhaupt braucht man eine Gebärmutter?«

Ich weiß nicht mehr, welcher Idiot Gesundheit als das Schweigen der Organe definiert hat, doch eins steht für mich fest: Gesundheit ist in erster Linie das Vorhandensein dieser Organe, seien sie noch so laut und schmerzanfällig. Mir fehlt die Gebärmutter, ich leide am Küster-Hauser-Syndrom. So. Das ist meine Krankheit. Sie mag selten sein, mich aber macht sie voll und ganz aus. Während ich vom Leder ziehe, hört mir Arkady mit großen Augen zu.

»Ist das wirklich dein Ernst?«

»Mein voller Ernst. Siehst du, wie recht du hattest, als du meintest, meine Eltern hätten mich verpfuscht? Bei meiner Embryogenese ist was schiefgelaufen.«

»Es läuft doch immer irgendwas schief. Bei der Embryogenese oder sonst danach.«

»Aber ich habe nun mal keine Gebärmutter. Und die braucht man, um Kinder zu kriegen, da hast du die Antwort auf deine Frage.«

»Du bist fünfzehn! Du willst Kinder? Du bist selbst noch ein Kind!«

»Jetzt will ich keins, aber was, wenn ich später eins will?«

»Dann lässt du dir eine Gebärmutter implantieren. Deine Mutter kann dir ja ihre überlassen, sie braucht sie nicht mehr.«

»Und was ist mit meiner Vagina?«

»Die braucht auch kein Mensch!«

»Das sagst du!«

»Eben, und ich spreche aus Erfahrung: Sexualität beschränkt sich bekanntlich nicht auf den Vaginalverkehr.«

»Hast du nicht gehört, was Madame Tourteau gesagt hat, Arkady? Ich habe eine *cupula*! *Cupula*!«

»Wie nennst du sie?«

»Cupula.«

»Nein, die Gyn!«

»Madame Tourteau?«

»Madame Toretto, nicht Tourteau, mein Gott. Weißt du überhaupt, was das ist? Apropos Taschenkrebs, wie wär's mit 'nem Teller Meeresfrüchte am Hafen?«

»Du bist doch Vegetarier, oder?«

»Klar, doch um dich aufzuheitern, würde ich so viele Taschenkrebse, Strandschnecken und Garnelen kaltmachen wie nötig.«

Ich weiß zu schätzen, dass er sich redlich um einen Themenwechsel bemüht; und auch, dass er bereit ist, gegen sämtliche Speisegebote zu verstoßen, die er unserer kleinen Gemeinschaft höchstpersönlich verkündet hat, dennoch finde ich, meine anatomischen Fehlbildungen verdienten etwas mehr Aufmerksamkeit.

»Weißt du überhaupt, was eine Cupula ist? Ich kenne nur eine, und zwar die der Eicheln. Ist dir klar, wie die aussieht, die Eichelcupula?«

Er weiß es natürlich, schließlich hat er mir gezeigt, wie man aus ihnen Pfeifen macht, während er mir zugleich das Wort und die Technik beigebracht hat: Man bildet eine Faust, platziert die Cupula zwischen Zeige- und Mittelfinger und bläst. Das erzeugt einen schrillen machtvollen Ton, der sämtliche Tiere des Waldes zu wecken vermag und im Notfall sehr hilfreich ist. Den Notfall kann ich auch von seinem Gesicht ablesen, während ich wütend aufzähle, was mir aufgrund meiner utero-vaginalen Aplasie alles entgehen wird: »Wie eine Sexbombe sehe ich sowieso nicht aus, was werden die Kerle erst für eine Fresse ziehen, wenn sie merken, dass sie mich nicht mal penetrieren können? Und selbst wenn ich einen finde, der sich davon nicht abschrecken lässt, und es zwischen uns was Ernstes wird, was soll ich ihm dann sagen? Wenn du ein Kind willst, mein Schatz, musst du dir eine andere suchen, denn ich werde niemals schwanger werden, selbst wenn du dich stundenlang in meiner Cupula abmühst. Wenn ich es nämlich richtig verstanden habe, ist meine Vagina nicht nur drei Zentimeter klein, sondern auch noch eine Art Sackgasse, oder? Ich fass es einfach nicht!«

»Glaub mir doch, Farah, es spielt keine Rolle, ob du Gebärmutter und Vagina hast oder nicht. Kerle wirst du auf jeden Fall abkriegen, und zwar jede Menge. Oder Frauen! Frauen ist so was ziemlich egal, wenn sie unter sich sind, und eine Vagina erst recht, so weit kommen die gar nicht.«

»Was redest du da für einen Müll! Wie wär's, wenn du Kirsten erklärst, dass Tussis sich einen Dreck um die Vagina scheren?«

Meine LGBT-Großmutter hat stets damit geprahlt, wie viel Befriedigung sie aus ihrer Vagina zieht und welche Lust es ihr bereitet, in die ihrer Gespielinnen vorzudringen, um deren Geschmeidigkeit und Reizempfindlichkeit zu erproben. Da Arkady schweigt, fahre ich fort: »Ist die Vagina etwa keine erogene Zone?«

»Nicht unbedingt, Farah, es kommt wohl auf die Frau an. Manche sind rein klitoral.«

»Ach ja? Ich dann hoffentlich auch.«

»Pass auf: Nächste Woche organisieren wir ein großes Fest, um deinen fünfzehnten Geburtstag zu feiern. Eine *Quinceañera*, wie in Mexiko. Einverstanden?«

»Du gehst mir auf die Eier, mit deiner *Quinceañera*.«

Eier dieser Art wird man bei mir irgendwann auch noch entdecken, im Lauf der nächsten medizinischen Untersuchungen. Wahrscheinlich halten sie sich in meinem Bauch versteckt und passen einen günstigen Moment ab, um in meine großen Schamlippen hinabzugleiten und sie in einen roten, baumelnden, faltigen Hodensack zu verwandeln – dank des männlichen

Hangs zum Exhibitionismus kenne ich mich mit Hodensäcken aus, und die des Liberty House sind mir nicht weniger vertraut als der Hautlappen unserer Truthähne, dem sie übrigens stark ähneln. Victor ist der einzige, der seine Fortpflanzungsorgane mit einem Hemdzipfel bedeckt – eine seiner wenigen guten Eigenschaften. Mein Bauch wirkt zwar normal, so auf den ersten Blick, doch inzwischen weiß ich, dass man dieser Normalität nicht trauen darf und er vermutlich noch andere unangenehme Überraschungen für mich bereithält, andere fehlende oder überzählige Organe, und genau das packe ich auch mehr oder weniger vor Arkady aus.

»Man darf der Normalität niemals trauen, Farah. Das solltest du inzwischen wissen. Tatsache ist: Je gesünder und normaler jemand nach außen hin wirkt, desto mehr ist sein Inneres von Krankheit zerfressen. Da ist es besser, sich von vornherein an jene zu halten, die ihr Leiden offen zur Schau tragen und niemanden hinters Licht führen wollen. Genau das versuchen wir ja im Liberty House.«

Er hat recht. Unser Phalansterium ist der ideale Ort für alle möglichen Patienten in Erwartung einer Behandlung – ob nun Lyell-, Asperger-, Cyriax-, Alezzandrini-, Down- oder neuerdings auch Küster-Hauser-Syndrom –, die durch die Flure irren, im Refektorium ihre Mahlzeiten einnehmen und auf den sonnengesprenkelten Rasenflächen Asanas üben. Während ich so trübe vor mich hin sinniere, bringt mich Arkady in Liegestellung und bettet meinen Kopf in seinen Schoß.

»Spürst du's?«

»Was?«

»Ich bin geil. Du machst mich geil.«

»Ach ja?«

Tatsächlich spüre ich deutlich, wie sein Glied unter meinem Nacken anschwillt. Na und? Was hat das schon zu bedeuten?

Arkady kriegt bei allem und nichts einen Ständer, das weiß jeder. Seine Erektion beweist gar nichts, erst recht nicht, dass ich fähig bin, andere zu erregen, deren Libido nicht ganz so stark ist – denn trotz meiner fünfzehn Jahre erkenne ich bereits, dass die meisten durchs Leben gehen, ohne auch nur zu ahnen, was das eigentlich ist. So wird mir niemand weismachen, dass Fiorentina sich jemals den Bauch halten musste, weil sie solche Lust hatte zu ficken. Gleiches gilt für Vadim oder Palmyre, diese Wesen, die ewig ungerührt bleiben; für meine Mutter, die den Sex über sich ergehen lässt, um anderen eine Freude zu machen, obwohl sie persönlich nie darauf Lust hat, wie sie selbst eingesteht. Von Salo gar nicht zu reden, der die Paarung für eine ebenso raffinierte wie perverse Erfindung hält: »So was von ausgebufft: Darauf muss man erst mal kommen! Einfach sein ... sein Ding in ... ihr Ding reinzustecken! Oder in das Ding eines anderen, wobei das unter Kerlen genauso ekelhaft ist, wohlgemerkt. Wenn man schon unbedingt penetrieren will, ginge es auch auf weniger seltsame Art: Zunge ins Ohr, Finger in den Mund, was weiß ich noch alles. Warum müssen es unbedingt unsere Ausscheidungsorgane sein? Gott hatte doch eine Ewigkeit Zeit, sich das zu überlegen, er war ja nicht gezwungen, sich in letzter Minute was einfallen zu lassen, wie die Menschen sich fortpflanzen sollen!«

Als er so vor sich hinplapperte, musterte er mich und war von Ekelschaudern überlaufen, als hätte ich ihm just angeboten, mich zu penetrieren, was ganz sicher nie vorkommen wird. Selbst wenn ich ihm mehr bieten könnte als eine Cupula, so hat er mir doch nie gefallen. Nicht nur wegen seiner mentalen Defizite, sondern weil seine Geschlechtsorgane ebenso verkümmert sind wie meine – was ihn nicht davon abhält, ein Adamit zu sein, ganz nach dem Vorbild der anderen Mitglieder. Das hinter den Adamiten steckende Konzept ist eine der vielen

Denkströmungen, die unsere Gemeinschaft in sich vereint – na ja, Arkady und Victor, vor allem, denn was mich betrifft, so pfeife ich vollkommen auf die theoretischen Sockel unseres kleinen, vor allen Übeln geschützten Lebens. Ich begnüge mich damit, die paradiesischen Prinzipien wahrzunehmen, die zur Folge haben, dass Salo nackt herumläuft, sobald die Temperaturen es erlauben, während er zugleich den allergrößten Ekel gegenüber dem Geschlecht der anderen und gegen Sexualität im Allgemeinen kundtut.

Ein Sonnenstrahl findet schließlich seinen anämischen Weg durch die Wolkendecke, und unter meinem Nacken wird Arkadys Glied immer härter. Er nimmt den Faden wieder auf:

»Alle Körper sind Teil der Natur! Willst du dir das nicht ein für alle Male in deinen Schädel gehen lassen? Dich hat es nicht weniger schlecht getroffen als andere. Victor zum Beispiel: Hättest du lieber seinen Körper? Klar, er ist mein Kerl, ich liebe ihn abgöttisch, aber dennoch, dieses ganze Fett muss einer erst mal mit sich herumschleppen: Er kann kaum gehen und hat massenweise Hautkrankheiten, wegen der Falten, dem vielen Schweiß, und, und, und ... Würdest du mit ihm tauschen wollen?«

»Und trotz allem begehrst du ihn?«

Er starrt mich entgeistert an, als würde ich den letzten Schwachsinn von mir geben.

»Also wirklich, Farah, du lebst jetzt mit mir seit du, ich weiß es auch nicht mehr genau, sechs, sieben bist ...«

»Sechs.«

»Hörst du mir eigentlich zu, wenn ich mit dir rede?«

»Mit gespitzten Ohren.«

Ich verrate ihm lieber nicht, dass ich abschalte, wenn er auf Tiere zu sprechen kommt. Und dies umso mehr, als ich jetzt weiß, dass sein Antispeziesismus keiner ernsthaften Prüfung standhält und nur wenig reicht, damit er sich aufmacht, um

Strandschnecken zu verspeisen. Vielleicht macht er ja auch nur bei Bauchfüßlern eine Ausnahme, die sich zugegebenermaßen kaum um unser Mitgefühl bemühen.

»Wie oft soll ich dir, soll ich euch allen noch sagen: Das Begehren weht, wo es will! Man darf sich sein Begehren auf keinen Fall von wem auch immer diktieren lassen! Klar, da muss man ein wenig achtsam sein: Es ist einfacher, auf Schönlinge zu fliegen als bei sich selbst zu spüren, dass ein Fettsack, ein Schwerstverbrannter, ein alter Knacker für uns anziehend sein kann.«

»Ein Schwerstverbrannter? Im Ernst?«

Manchmal frage ich mich, bis zu welchem Grade er nicht Opfer seiner ermüdenden Theorien ist und wie ehrlich er wohl bei seinen eigenen Vorlieben ist. Aber ich liege falsch, wenn ich mich das frage: Ich habe ausreichend Beweise seiner unermüdlichen sexuellen Umtriebe gesammelt, ich zähle die Male schon gar nicht mehr, da ich im Dickicht auf Arkady gestoßen bin, während er es Victor besorgte – und wenn nicht Victor, dann wildfremden Menschen, Männern wie Frauen, die in der Tat unscheinbar, wenn nicht sogar richtig hässlich waren, will heißen, in jeder Hinsicht Arkadys Schönheitsideal entsprachen – also gar keinem, wie inzwischen jedem klar sein dürfte.

Er seufzt, ich spüre deutlich, dass meine Unfähigkeit, seine Sicht der Dinge nachzuvollziehen, ihn traurig stimmt. Er steht auf, klopft sein Blouson ab und reicht mir die Hand.

»Komm, los, ab nach Hause.«

Als wir im Auto sitzen, verliere ich mich im Schauspiel seiner Hände am Lenkrad, in seinem konzentrierten Ausdruck, seinen routinierten Gesten. Vielleicht liegt es daran, dass ich noch keinen Führerschein habe, aber mich beeindrucken Leute, die ein Auto steuern – Arkady beeindruckt mich sowieso immer, egal was er tut oder anhat. Echt irre. Obwohl er heute alles andere als vorteilhaft gekleidet ist, mit seinem alten Blouson von Sonia Rykiel aus orangerotem, wattiertem Samt, einem Geschenk meiner Großmutter, die mit den Restbeständen an Vintageklamotten aus ihrer Modelzeit das ganze Haus einkleidet. Ich habe selbst jede Menge Kostümjacken, Bustierkleider, Pullover mit Zierkragen und Safarianzüge, die ich auf keinen Fall außerhalb vom Liberty House anziehe, während Arkady sich jederzeit gern alles Mögliche überwirft, solange es nicht aus einer Boutique stammt.

Unterwegs wirft er mir ständig besorgte Blicke zu und legt schließlich seine rechte Hand auf meinen Oberschenkel, den er auf seine gewohnt energische Art knetet.

»Wart's nur ab, ich werde dir ein Fest bereiten!«

Ich weiß nicht recht, ob er meine *Quinceañera* meint oder die Lust, die er mir unbedingt noch verschaffen will, doch auf einmal bin ich gar nicht mehr da, ich erlebe einen dieser Momente, in denen ich mich blitzartig auflöse und die mir normalerweise widerfahren, wenn ich zu lange bei Sonne und Wind in der Astgabelung eines Baumes gesessen, mich zu lange der Betrachtung von Blumen oder Vögeln hingegeben habe. Nur dass dies bislang stets Zustände glücklicher Trance waren, während ich mich nun grausam und endgültig meiner selbst entleert fühle in Anbetracht meiner Beckenhöhle, die letztendlich kaum was enthält, wenn ich den Abzügen glauben darf, die mir Madame Toretto in die Hand gedrückt hat – da ich sie schon bei ihrem Namen nennen muss.

»Wer bin ich denn überhaupt?«

Die Frage ist mir herausgerutscht und erwischt uns beide kalt, Arkady genauso wie mich. Er lässt von meinem Oberschenkel und dem Lenkrad ab und fängt sich gerade noch rechtzeitig, um uns ein verhängnisvolles Ausweichmanöver zu ersparen. Das hätte immerhin meinen existenziellen Nöten ein Ende gesetzt, aber so viel verlange ich gar nicht: Eine Antwort würde mir genügen. Und diese Antwort, das wird mir jetzt klar, war lange Zeit an meine Weiblichkeit geknüpft. Eine labile, zweifelhafte Weiblichkeit, an die ich jedoch felsenfest glaubte, bevor mich die grausame Diagnose von Madame Toretto traf. Damit wir uns richtig verstehen: Ich weiß, wie ich aussehe, und meine Klassenkameraden haben es sich nie nehmen lassen, mich daran zu erinnern, und mich als »Kerl« bezeichnet oder schlicht »Farès« gerufen, der Vorname eines Mitschülers, für den dieser Gleichklang eine schwere Kränkung bedeutet. Ich bin 1,78 Meter groß, breitschultrig, muskulös und neuerdings auch schnurrbärtig: Sich da noch als Mädchen zu behaupten, ist nicht ganz einfach. Aber gut, ich sagte mir ganz einfach, dass meine Weiblichkeit ja noch in Reichweite liegen würde. Dass ich mir nur die Haare wachsen lassen, den Flaum rauszupfen, mich dazu aufraffen müsste, Lipgloss zu verwenden, Wimperntusche, kräftige Farben oder Pastelltöne zu tragen, um endlich bei der Girly Gang mitmischen zu können. Nicht dass diese Gang mich brennend interessierte, nein, aber sie schien mir immer mein unausweichliches Ziel nach einer herrlich unbestimmten Kindheit zu sein, nach einer wolkigen, blumigen, elementaren Kindheit.

Direkt vor mir löst sich die Straße auf, diese Straße, die sich an den Schluchten des Flusses entlangwindet, jenes Flusses, dessen Namen ich nicht nennen werde, diese Straße, die ich so gut kenne, da ich sie alle Wochentage in meinem Sammelbus zur Schule nehme. Arkadys Stimme dringt zu mir, wenn auch wie von fern:

»Farah, hör mit dem Scheiß auf. Wenn du nicht weißt, wer du bist, kann ich es dir gern sagen!«

Ich will nicht, dass er es mir sagt. Ich will, dass er schweigt. Wer ich bin, das geht nur mich was an. Außerdem nehme ich mich vor seiner Fähigkeit in Acht, bei jedem noch so beliebigen Thema endlose Rede zu schwingen. Aber klar, natürlich ist er in der Lage, eine Identität für mich zu ersinnen und mich davon zu überzeugen, dass das Geschlecht ein sozio-kulturelles Konstrukt ist, eine Attrappe, ein Trick, um Einfaltspinsel zu täuschen. Na und? Was, wenn ich trotz Schnurrbart und Stummelvagina ein Mädchen sein will? Was, wenn ich mich schon immer für ein Mädchen gehalten habe? Während Arkady die ganze Pracht seiner funkelnden Rhetorik entfaltet, rieseln meine Zellen auf den Asphalt, über die Felswände und in die wogenden Fluten des Flusses; ein letzter Rest Bewusstsein schwingt sich zu den wilden Wolken empor und geht in ihrem Gewirbel unter. Würde ich nicht so deutlich spüren, wie das Blut in meinen Ohren pulsiert und meine Eingeweide friedlich vor sich hinplätschern, wäre ich schlicht und ergreifend ausgelöscht. Aber Plätschern und Pulsieren möchten vielleicht genauso illusorisch sein wie der ganze Rest; vielleicht bin ich nur ein Vehikel für diese Illusionen, ein Zusammenwirken von Körper und Welt, das nichts mit mir zu tun hat.

Der Fluss schwillt an. Er ist über die Ufer getreten, er wallt und brodelt, er droht, die Straße zu überschwemmen – doch diesem stürmischen Brodeln muss ich standhalten, ich muss mich sammeln, um dagegen Front zu machen, um einen Deich zu bilden, um der Versuchung einer Überschwemmung zu widerstehen, die alles in mir erleichtern würde, wo Erleichterung doch auch keine Lösung ist. Arkady redet mit mir, und ich lasse seine Worte bis zu mir vordringen.

»Sollen wir's so machen? Ein großes Fest zu deinem Fünfzehnten und danach eine kleine, intime Feier, nur du und ich, zu deiner Entjungferung?«

Ich sage ja. Denn wenn ich nichts bin, kann ich getrost zu allem Ja und Amen sagen.

10.
Baile sorpresa

Ich habe so viel Lust dazu, dass ich mir gleich den Strick nehmen könnte, aber Arkady hält aufs Hartnäckigste daran fest, meinen Geburtstag im großen Stil zu begehen, und mobilisiert dafür die ganze Gemeinschaft. Leider gehört ihr auch ein gewisser Epifanio an, der aus Mexicali stammt und als ausgewiesener Kenner der *Quinceañera* fest entschlossen ist, die Zeremonie nach allen Regeln der Kunst durchzuführen. Mit meiner Hoffnung, es bei einem guten Essen, einer Torte und ein paar Ständchen bewenden lassen zu können, habe ich mich gründlich getäuscht. Nicht nur, dass ich mich aktiv an meiner eigenen *Quinceañera* beteiligen muss, sie erfordert auch noch einen ganzen Haufen Flitterkram: ein Kleid, ein Diadem, eine venezianische Maske, hochhackige Schuhe und so weiter und so fort. Ich würde nur zu gern einiges auslassen, aber das geht nicht, denn sobald ich in einem Punkt von der Tradition abweichen will, bekommt Epifanio einen Anfall. Es müsste ihm mal jemand mit gesundem Menschenverstand erklären, dass dieser Tand überhaupt nicht zu mir passt – aber bitte, der gesunde Menschenverstand hat sich komplett aus unserer Genossenschaft verflüchtigt, als würden demnächst alle ihren fünfzehnten Geburtstag feiern und nichts anderes im Sinn haben, als sich an lasziven Tänzen und zuckersüßen Cocktails zu berauschen, und diese Cocktails, ich erfinde hier nichts, müssen auch noch auf die Farbe meines Kleides abgestimmt sein. Dieses Detail hat meine Großmutter völlig elektrisiert, als sie davon erfuhr, und seither bringt sie Stunden damit zu, grenadinerote, minzgrüne oder curaçaoblaue Outfits aus ihrem Kleiderschrank zu zerren.

»Aber das kann ich nie im Leben anziehen!«

»Warum nicht? Damals habe ich mit diesem Kleid Furore gemacht.«

»Du trägst Kleidergröße 34, Kirsten, allerhöchstens 36.«

Meine Großmutter wirft sich in die Brust und presst dabei ein hautenges Kleid an ihre dürren Hüften.

»Stimmt, aber du bist auch nicht gerade dick!«

»Ich trage Größe 40.«

»Ach so ... Dann brauchst du etwas Fließendes, eine Tunika, eine Trapezform ... Mal sehen, was ich habe. Hier, sieh dir das an!«

Und schon zieht sie einen zerknitterten Fetzen hervor, der sich beim Entfalten als goldgelbes Seidenkleid mit ausgestelltem Rock entpuppt, also wie für mich gemacht, wenn man Kirsten glauben darf. Dennoch wende ich ein:

»Was gibt es in dieser Farbe denn für Getränke?«

»Na, dies und das, Zitronensirup, oder Pastis.«

»Pastis ist doch nicht gelb! Und ich werde garantiert kein Kleid in der Farbe von Sperma anziehen.«

Ich weiß nicht, ob sie meine Assoziationen teilt, doch allein die Vorstellung von Sperma entreißt ihr nachträglich ein angewidertes Stöhnen. Sie kann von Glück sagen, dass ihre seltenen Begegnungen mit einem männlichen Glied rasch in die Geburt meiner Mutter mündeten, sodass sie nie wieder rückfällig werden musste.

»Ich glaube, in Cocktails mischt man auch Farbstoffe, du brauchst dir also keine Sorgen zu machen. Probier lieber das Kleid an.«

Das Kleid passt, eine erste Erleichterung. Es schmeichelt nicht gerade meinem Teint, aber wenigstens macht es aus mir keine Sonntagsvogelscheuche. Jetzt muss ich nur noch zwei Paar Schuhe auftreiben, ja, zwei Paar, denn ich soll mit Ballerinas starten und sie im Lauf des Abends gegen die Stöckelschuhe einer erwachsenen Frau auswechseln. Für eine wie mich, die entweder Turnschuhe trägt oder barfuß geht, stellen allein schon die Ballerinas eine Herausforderung dar, was soll ich also zu den schwindelerregenden neun Zentimetern sagen, auf die meine Großmutter mich hieven will? Nein, njet, kommt nicht in die Tüte.

»Aber so will es die Tradition, mein Schatz!«

»Welche Tradition? Soweit ich weiß, sind wir keine Mexikaner!«

»Du könntest dir doch Epifanio zuliebe ein bisschen Mühe geben.«

Hilfe: Wer feiert hier seinen fünfzehnten Geburtstag? Epifanio, dieser frühvergreiste Mittvierziger, oder ich? Zur objektiven Wirklichkeit fällt meiner Großmutter keine Antwort ein, dafür ist sie eine Meisterin der surrealen Ausflüchte, wie alle in unserem Irrenhaus:

»Der Ärmste, er leidet an der Weißfleckenkrankheit!«

Tatsächlich verliert Epifanio seine Pigmente seit Kurzem in rasantem Tempo, doch obwohl ich keinen Zusammenhang mit meiner Geburtstagsfeier sehe, fährt meine Großmutter schwungvoll fort:

»Das ist stressbedingt! Wenn du ihn deine *Quinceañera* organisieren lässt, wird ihm das ein Ziel schenken und ihn beruhigen.«

So wenig man über diese Krankheit auch weiß, mir bleibt völlig schleierhaft, wie ein Einsatz als Zeremonienmeister den bereits sehr stark ausgeprägten Melanozytenmangel ausgleichen soll. Dafür erkenne ich glasklar, dass ich mir nichts als Ärger einhandeln werde, wenn ich mich weigere, dieses dämliche aztekische Protokoll zu befolgen. Man wird mich für eine grässliche Egoistin halten, die nur an ihren Spaß denkt, anstatt einen ihrer Mitbrüder vor Depression und Albinismus zu retten – denn das steht dem armen Epifanio unmittelbar bevor, dessen Flecken allmählich ineinanderlaufen und ihm anstelle des gewohnten kartografischen Anstrichs bald eine einheitlich bleiche Maske aufsetzen werden.

Kaum habe ich meine Großmutter verlassen, um im Pinienwald ein wenig durchzuatmen, höre ich hinter mir Epifanio keuchen:

»Farah, Farah! Mir ist etwas für die *baile sorpresa* eingefallen!«

»Was denn?«

»Deine eigene Choreografie!«

»Wie bitte?«

Das ist mal wirklich eine Überraschung. Ich war mehr oder weniger bereit, mit Arkady Walzer zu tanzen, vor allem, weil wir beide Salontänze mögen, aber ich werde ganz bestimmt nicht als Solistin zu den Klängen von Kanye West oder Shakira die Hüften schwingen.

»Aber du bist doch nicht allein. Du machst das mit deinen Freundinnen zusammen!«

Epifanio ist ja sehr nett, nur, wie kommt er drauf, dass ich Freundinnen hätte? Ich meine, er kennt mich schon seit Jahren – hat er mich jemals mit einem gleichaltrigen Mädchen gesehen? Mein einziger Freund ist Daniel, und wenn er auch als Mädchen durchaus überzeugen dürfte, kann ich mir nicht so recht vorstellen, wie er und ich diese Street-Dance-Choreografie zustande bringen sollen, denn genau so was will mir Epifanio offenbar eintrichtern. Jetzt macht er mir sogar noch vor, was ihm vor Augen schwebt, es sieht nach viel Waving und fröhlichem Stampfen aus. Wäre es nicht so traurig, könnte man sich darüber totlachen, über diesen molligen Mann mittleren Alters, der auf einem Teppich aus Piniennadeln herumhampelt und damit nur mich und eine Henne ergötzt – eine unserer Wyandotten, ein Prachtexemplar, gold-blaugesäumt –, die drei Meter von uns entfernt mit rundem Auge und erhobenem Lauf vor

Schreck über diese Darbietung erstarrt ist. Und zack macht sie sich mit Riesenschritten davon. Doch anstatt selbst aus dieser raschelnd überstürzten Flucht eine Lehre zu ziehen, will Epifanio mich auf der Stelle ein paar Grundschritte lehren, damit ich an meinem Geburtstag auch wirklich eine gute Figur mache. Ohne mich, denke ich, und lasse ihn einfach stehen, hüpfe wie eine Wyandotte-Henne unter das Laubwerk, bis ich die niedrigen Äste einer Eiche entdecke, die ich sogleich erklettere, um meinem Quälgeist zu entkommen. Während ich mich einige Meter hochhieve und es mir oben bequem mache, umarmt Epifanio den rauen Stamm und blickt flehend zu mir hoch:

»Farah? Du möchtest doch bestimmt, dass alles gut läuft? Dass dein Fest ein unvergessliches Erlebnis wird?«

Wenn das Fest katastrophal verläuft, werde ich es erst recht nicht vergessen, darauf weise ich Epifanio jedoch lieber nicht hin, der mir unbedingt den Ablauf seines aberwitzigen Programms erläutern will:

»Du musst deinen Gästen flammende Gläser reichen: Ein Fest für die Augen, wie du sehen wirst. Und dann schenkt dir Teresa eine Puppe: deine letzte Puppe.«

Epifanio ist ein paar Jahre früher als wir ins Liberty House gekommen und hatte damals schon heftige Hautprobleme, die sicher seinen Wunsch nach gesellschaftlicher Isolation begründeten, er hatte aber auch Teresa und Dolores im Gepäck, seine Zwillingstöchter, die auf meine Schule gehen, nur zwei Klassen unter mir. Dolores ist rothaarig mit Liliengesicht, durchscheinender Haut und hellen Wimpern. Teresa ist ebenfalls rothaarig, aber eine feurigere Version, mit dunklen Augen und idealem Goldteint, den man nicht vor der Sonne zu schützen braucht, während die arme Dolores auf Sonnenschirmchen, Hüte und Sunblocker angewiesen ist. Es versteht sich von selbst, dass ihr Vater die dermatologische Entwicklung der beiden sehr ernst nimmt, und so ertappt man ihn des Öfteren, wie er ihre kindlichen Wangen, ihre beweglichen Augenlider oder ihre Finger unter die Lupe nimmt, all jene Bereiche, die von der Weißfleckenkrankheit als erstes befallen werden.

Auf meiner hohen Eiche thronend, blicke ich auf den armen Epifanio herab, dem die Krankheit eine weiße Clownsmaske verpasst hat.

»Und die Torte? Bist du damit einverstanden? Du darfst nur kurz daran knabbern ...«

»Was heißt hier knabbern?«

»Du darfst sie nicht wirklich essen, nur ein bisschen davon kosten, und dann musst du sie gleich an deine Gäste verteilen. Einverstanden?«

Da ich von schwachen Menschen aufgezogen wurde, kann ich nicht Nein sagen. Und so sage ich Ja, anstatt Epifanio seinem Wahnsinn, seinem Pigmentverlust und seinen Töchtern zu überlassen, und gleite vom Baum hinab. Beim Heimkommen versetzt Fiorentina mir den Todesstoß, als sie mir mit vorfreudig leuchtenden Augen eröffnet, dass mein Geburtstag als Anlass für eine Art Wohltätigkeitsgala dienen soll, ein Fundraising für unser Phalansterium mit Nelly Consolat als Ehrengast. Ich nehme an, dass Fiorentina sich so unbändig darüber freut, weil sie dann Gelegenheit hat, ihre außerordentlichen Talente zu entfalten: Eintopf von alten Gemüsesorten, Krapfen aus Zucchiniblüten, Polenta mit Steinpilzen, Mangoldpasteten mit Tomaten aus Sorrent, Austernpilzflan, getrüffelte Tagliаtelle, Riesenravioli mit Raukenpesto, Engelssahne mit Clementinen, Kastanienmousse mit Giandujasplittern, da kann sie sich trotz der massiven Einschränkung durch unseren militanten Vegetarismus nach Herzenslust austoben. So sind im Grunde, von mir einmal abgesehen, alle zufrieden, und mich zu beklagen wäre falsch. Ich denke auch eher daran zu fliehen, als mich zu beklagen. Was ich natürlich nicht tun werde, würde ich mir doch sonst den zweiten Teil der Feier entgehen lassen, bei dem Arkady tapfer in meiner Cupula buddeln wird, damit ich das Erwachsenwerden anders erlebe als mit schwachsinnigen Stöckelschuhen und ebenso schwachsinnigem Tortengeknabber.

In der Schule haben Dolores und Teresa, diese kleinen Biester, überall herumerzählt, dass ich meinen fünfzehnten Geburtstag mit einem großen Fest begehen werde, und jetzt werde ich auf so beflissene wie heuchlerische Weise von meinen vermeintlichen Kameraden hofiert, die sich eine Einladung erhoffen.

»Komm schon, Farah, sei nicht so gemein!«

Auf einmal werde ich weder Farès noch Farouk mehr genannt, niemand fährt sich mehr mit dem Finger über die Oberlippe, um mich wegen meines Schnurrbarts zu verspotten, nein, plötzlich bin ich jemand, den man umschmeicheln und kosen muss. Ich weiß genau, warum sie's tun, ich weiß, dass sie wie alle Welt sowohl von unserem Luxusleben als auch von unseren Absonderlichkeiten gehört haben. In ihren Augen kommen wir der Kaste der Reichen, ja sogar der Adligen am nächsten, wobei sich in ihrer Vorstellung beides ein wenig vermischt. Sie möchten am Fest teilhaben, unseren Champagner trinken, unseren Kaviar essen, da sie von unserer kargen Lebensweise keine Ahnung haben – die Polenta wird sie enttäuschen. Außerdem wird man sie am Eingang auffordern – nein, nicht alle Hoffnung fahren zu lassen, sondern ihr Smartphone auszumachen und es Arkady oder Victor auszuhändigen. Umso besser: So können keine Videos von meiner *Quinceañera* im Internet viral gehen.

11.
Die Festkönigin

Am Tag X bin ich zwar schlecht gelaunt, aber gefasst. Natürlich würde ich den Programmpunkt mit dem Überraschungstanz lieber überspringen, für alle Fälle habe ich trotzdem eine Choreografie nach dem Vorbild von *Moderne Zeiten* entworfen, für die ich mein gelbes Kleid und die hohen Hacken gegen eine zu weite Hose, eine zu enge Jacke und ein Paar Doc Martens eintauschen werde. Ich bin zu dem Schluss gekommen, dass ich der Lächerlichkeit nur dann entrinne, wenn ich mich mit Haut und Haar hineinstürze. Sollte es doch zu einer peinlichen Videoaufnahme kommen, kann ich mich immerhin auf Chaplin berufen, dessen Filme ich zwischen null und sechs Jahren wie Milch eingesogen habe – bevor meine Eltern mit dem großen technologischen Abstillen begannen. Ich sehe mir seine Filme übrigens immer noch per Streaming an, sobald ich nur über eine Verbindung verfüge. Obwohl ich aus voller Überzeugung den Prinzipien anhänge, die unser freiheitliches und selbstbestimmtes Dasein regeln, habe ich ein riesiges Bedürfnis nach Bildern, nach Musik. Und so sehr ich meine Mitschüler verachte und zwischen ihnen und mir eine riesige Kluft erkenne, ist mir durchaus bewusst, dass ich ein gewisses Kenntnisniveau in Sachen Medien und soziale Netzwerke aufrechterhalten muss, wenn mein Schulalltag nicht zur Hölle werden soll. Teresa und Dolores teilen diese Ansicht, und sobald wir uns wieder in unserer weißen Zone befinden, tauschen wir feierlich die Informationen aus, die wir über iPhone-Apps, Youtuber und Songs erlangt haben. Wir werden immer etwas hinterherhinken, aber das ist besser als gar nichts, und weil auch Daniel über kostbares Wissen verfügt, bin ich weniger abgehängt, als ich es eigentlich sein müsste – und bin es trotzdem, und zwar vollkommen.

Kurz und gut, ich bin ganz in Goldgelb gehüllt. Mit meinem Haar lässt sich nichts anfangen, dafür hat mich Malika, die dergestalt in den Augen meiner Großmutter wieder Gnade findet, geschminkt und meine Lippen neu definiert, meine Kieferknochen weicher gemacht, den Trauerbogen meiner Augen kaschiert – *Contouring* nennt sie das. Und natürlich verschwand mein Oberlippenflaum mit dem Ruck eines Wachsstreifens. Ich bin am Zenit meiner Schönheit, will heißen, ausgesprochen hässlich, aber warum soll die Festkönigin eigentlich immer nur schön sein? Bekanntlich sind die Mitglieder königlicher Familien meist durch Inzucht entstellt und leiden unter Prognathismus oder Makroglossie, wenn sie nicht gerade reif fürs Irrenhaus sind. Von der Geisteskrankheit wurde ich verschont, doch mein Boxergesicht, meine Kyphose und mein Küster-Hauser-Syndrom lassen darauf schließen, dass ich in gerader Linie von den Habsburgern abstamme. Die Romanoffs wären mir lieber gewesen, innerlich genauso verkommen, dafür viel hübscher anzusehen, aber ich wurde ja nicht gefragt.

Ohnehin mag ich zwar die *Quinceañera* sein, die *Sweet Fifteen*, deren Eintritt in das Erwachsenenalter zelebriert wird, doch die wahre Festkönigin ist Nelly, nicht ich. Man braucht sich nur anzusehen, wie zuvorkommend sie von allen Seiten behandelt wird, während ich in meinem viel zu leichten Kleid freudlos herumgeistere. Kaum ist Nelly Consolat eingetroffen, wird sie auch schon durchs Haus und den bewirtschafteten Teil des Anwesens geführt – und ich muss anerkennen, dass sie auf ihren Drosselbeinchen wacker mitmacht, heiter, neugierig, unermüdlich:

»Ach, Sie bauen Steckrüben an? Wer hätte das gedacht! Die habe ich wohl als Kind das letzte Mal gegessen … genau wie Topinamburen. Und die gibt es hier auch, wie schön!«

Bei ihrem Alter lässt sie siebzig gelten, aber da sie das Gemüse aus Rationierungszeiten kennt, dürfte sie eher achtzig sein. Also immer noch eine Dekade jünger als die arme Dadah, die wir aus Angst, ihr Rollstuhl könnte in den Spurrillen versinken, auf der Vortreppe zurückgelassen haben, und die sich über ihre Entthronung schwarzärgert. Was soll ich erst sagen, der man das Blaue vom Himmel für diesen ganz besonderen Tag versprochen hat und die ich jetzt als Statistin hinter einer stinkreichen Alten hertrotte?

Der Abend verläuft dementsprechend, und ich kann in aller Ruhe über die Ironie des Schicksals sinnieren, die Arkady dazu veranlasst, den Ball mit Nelly zu eröffnen, anstatt mich für einen schmachtenden Walzer an seine Brust zu drücken. Es ist mein Geburtstag, aber den scheinen alle vergessen zu haben, bis auf Epifanio, der mich ständig damit nervt, dass ich mich für die *baile sorpresa* umziehen soll. Sieht er denn nicht, dass sich kein Mensch für meine *baile sorpresa* interessiert, für mein Diadem, für meine Stöckelschuhe, für mein *Contouring* und sämtliche Anstrengungen, die ich unternommen habe, um einem Mädchen von fünfzehn Jahren zu ähneln?

In unserem Refektorium, dem Anlass entsprechend in einen prunkvollen Saal verwandelt, darf ich wenigstens am Ehrentisch Platz nehmen, dessen Altersdurchschnitt ich zum Glück schlagartig senke. Eingeklemmt zwischen der immer noch schäumenden Dadah, dem liebedienernden Victor und einer kokettierenden Nelly, langweile ich mich zu Tode. Ja, ich langweile mich zu Tode, aber nur bis ich spüre, wie sich ein Fuß zwischen meine Schenkel schiebt. Ich hebe den Blick, sehe Arkady in die vor Schalk und Lüsternheit funkelnden Augen. Das Fest fängt endlich an.

Unter Fiorentinas Leitung bedienen uns die Kinder des Hauses. Viele sind es nicht: die Zwillinge, Malikas Sohn Djilali und Daniel, der im Grunde kein Kind mehr ist. Wäre ich nicht die *Quinceañera*, ich wäre Teil des Küchenpersonals, also bin ich heilfroh, sitzenbleiben zu dürfen und Arkadys bewegliche

Zehen meine Klitoris entdecken zu fühlen – denn ich habe zwar keine Vagina, aber eine voll ausgebildete Vulva mit allen erforderlichen Spalten und Falten. Wer glaubt, ich hätte mich nach meinem Besuch bei der Gynäkologin nicht umfassend informiert, der irrt. In unserer Bibliothek steht eine achtzehnbändige Enzyklopädie zu Frau und Familie, voll in Leder gebunden, Titel und Bandnummern in Gold: Die beiden letzten Bände sind der Hygiene und Körperpflege gewidmet, und deren unglaubliche Fülle an anatomischen Bildtafeln erzählte mehr, als mir lieb war.

Am Tisch wird eine Speise nach der anderen aufgetragen: Auf die Minimorillenclafoutis und Polentaschnitten mit Sprossengemüse folgen geräucherter Porree an Ziegenkäse, unmittelbar danach die Radicchioravioli in Portweinsauce, und dann die überbackenen Eier an weißem Trüffel. Kaum haben wir wieder etwas Luft geschöpft, geht die unerbittliche Fiorentina zum nächsten Angriff über: gefüllte Steinpilze, Selleriemousse mit Preiselbeeren, Risotto di Treviso, Topinambur mit Trüffelbutter – und hier kann sie aus dem Vollen schöpfen, weil die Trüffel auf dem Anwesen wachsen und wir ein Trüffelschwein namens Edo besitzen. Das Problem ist nur, dass auch Edo Trüffel mag und alles daransetzt, sie heimlich wegzufuttern. Wir hätten lieber einen Hund abrichten sollen, aber jetzt ist es zu spät, und abgesehen davon, dass unsere Hunde dauernd kläffen und kopflos durch die Gegend rennen, haben sie überhaupt kein Talent zu nichts. Was zur Folge hat, dass ich im Umgang mit Edo ebenso lernen konnte, die Hexenringe zu erkennen, die häufig einen Trüffelbaum anzeigen, wie auch dem Flug der Schwebfliegen, ihrem hartnäckigen Kreisen über dem immergleichen Fußbreit Boden, zu folgen. Wenn Fiorentina mir eine Leine um den Hals binden wollte, würde ich eine sehr tüchtige Trüffelsau abgeben, vor allem, weil Weibchen bei diesem Sport die Nase vorn haben, denn Trüffel sondern ein Pheromon ab, das den Sexualhormonen von Ebern stark ähnelt – doch inwiefern bin ich eigentlich noch ein Weibchen?

Bei Nelly hingegen bestehen keinerlei Zweifel: Sie ist für die aphrodisierenden Duftstoffe weißer Trüffel offenbar ebenso empfänglich wie eine Sau, und jedes neue Gericht lässt sie vor lauter anrüchiger Ekstase regelrecht aufjubeln und aufstampfen. Fehlt nur noch, dass sie die Hände faltet und gen Himmel blickt wie die Erleuchtete aus Kerala auf den Farbdrucken im ersten Stock. Als wir beim Nachtisch angelangt sind, hat sie ihren Vorrat an Mimik und Gestik allerdings aufgebraucht, vielleicht ist sie nach diesem endlosen Mastmahl auch einfach nicht mehr in der Lage, noch irgendetwas zu sich zu nehmen. Wie auch immer, das Matcha-Tiramisu und die Charlotte mit kandierten Clementinen entlocken ihr nur noch ein schwaches Lächeln, kein Vergleich zu ihrem verzückten Stöhnen zu Beginn.

Der Charlotte-Torte wurde in allerletzter Minute fünfzehn Kerzen hinzugefügt, aber man erkennt auf den ersten Blick den Notbehelf: Die Kerzen passen nicht zueinander und sind vom Gebrauch bei einem anderen Geburtstag schon halb heruntergebrannt. Ich kann mir kaum vorstellen, eine solche Torte in Stücke zu schneiden und großzügig an unsere Gäste zu verteilen, wie es die feine mexikanische Gesellschaft verlangt. Am Ende ist meine *Quinceañera* nur dem Namen nach eine *Quinceañera*, und das ist auch gut so. Am Nebentisch vergeht Epifanio fast vor Ungeduld. Ab und zu wendet er mir sein trauriges Clownsgesicht zu und gibt ein kehliges Pfeifen von sich, um auf sich aufmerksam zu machen:

»Farah!«

»Was?«

»Die *baile sorpresa*!«

»Ich habe dir doch gesagt, dass ich darauf verzichte!«

»Aber warum?«

»Jetzt ist es zu spät, das Essen ist fast vorbei.«

»Nein, es ist gar nicht zu spät. Du kannst auch nach dem Essen tanzen.«

»Ich mag nicht!«

»Und was ist mit der Puppe?«

»Gib sie Dolores oder Teresa!«

»Sie ist aber für dich bestimmt. Deine letzte Puppe!«

»Ich habe noch nie mit Puppen gespielt, also werde ich es mit fünfzehn erst recht nicht tun!«

Er taucht seinen Löffel in das Matcha-Tiramisu, aber man spürt den Mangel an Überzeugung und Appetit. Das Fest enttäuscht ihn. Mich auch. Zwar hatte ich nicht allzu viel erwartet, mir an diesem Tag des Übergangs vom Kindes- zum Erwachsenenalter aber doch mehr Zuwendung erhofft. Was habe ich denn schon Besonderes geschenkt bekommen, abgesehen von Arkadys großem Zeh, der mittlerweile in meiner Cupula ruht? Meine *Quinceañera* wird enden, ohne dass meine Person mehr Gefühlsbekundungen hervorgerufen hätte als sonst. Aber halt, da kommen Dolores und Teresa quer durch das Refektorium gelaufen, beide mit einem Tablett voller flammender Kelchgläser, die sie mir feierlich präsentieren. Was erwartet man nun von mir? Arkady zieht schleunigst seinen Fuß zurück, während Epifanio zu unserem Tisch eilt und mir ins Ohr flüstert:

»Nimm ein Tablett!«

»Wozu?«

»Trag die Gläser zu deinen Gästen.«

Halbherzig nehme ich das Tablett entgegen, das mir Dolores glücklich strahlend hinhält – wo sie doch selten Gelegenheit hat, derart zu strahlen, diese arme Dolores, die so unglaublich rothaarig ist, dass sie weitaus mehr Spott und Hänseleien auf sich zieht als ich mit meiner männlichen Erscheinung und meinen Klamotten eines Seemanns auf Kneipentour. Teresa, obgleich nicht weniger rothaarig, bietet dank ihres mexikanischen Teints eine geringere Angriffsfläche, und so bleibt nur zu wünschen, sie möge nicht die defizitären Gene ihres Vaters geerbt haben, da ihre hübsche, rosig-goldbraune Samthaut ansonsten bald unansehnliche Flecken ausbilden dürfte. Wie auch immer, ich stehe jetzt inmitten des mit tatkräftiger Unterstützung meines Vaters dekorierten Saals, geschmückt mit seinen Gestecken aus Farngräsern und Hortensien und den Girlanden aus purpurrotem wildem Wein, die er um jeden Tisch gewunden hat. Das Tablett ist aus massivem Silber und tonnenschwer. Ich sehe gerade noch, wie mein Gesicht sich inmitten der gefährlich rutschenden Gläser spiegelt, bevor eines von ihnen kippt und seinen flammenden Inhalt über mich ergießt. Getreu dem Grundsatz, dass leichte Stoffe entzündlicher sind als schwere, fängt mein Seidenkleid umgehend Feuer. Hätte ich doch nur mein Clochardjäckchen getragen, dann hätte ich mich nicht in eine menschliche Fackel verwandelt, aber für Reuebeteuerungen ist es nun zu spät, und in eben diesem Moment beschließt Epifanio, mit der Filmmusik aus *Moderne Zeiten* loszulegen. Zu seiner Entlastung muss ich erwähnen, dass er von meinem Flammeninferno nichts mitbekommen hat – für das er dennoch voll und ganz verantwortlich zeichnet mit seinen dämlichen Traditionen. Na bitte, ich habe gewonnen, ich bin die Festkönigin, der Höhepunkt des Abends: Alle starren mich an und rennen auf mich zu, der eine mit seinem Glas Wasser, ein anderer mit seiner Damastserviette, ein dritter mit seiner Champagnerflasche. In Windeseile bin ich gelöscht und nass bis auf die Knochen. Was vom Seidenkleid noch übrig ist, klebt an meinen massiven Formen – ganz abgesehen davon, dass es von unten her Feuer gefangen hat und also meine übermäßige

Behaarung, dieses schwarze, mir zu meiner ärgsten Beschämung bis zur Mitte des Oberschenkels reichende Fell kaum mehr verbirgt. Bleibt nur zu hoffen, dass das Technologieembargo strikt eingehalten wurde und niemand diesen qualvollen Moment verewigt hat.

Nach einem kurzen Aussetzer nimmt das Fest wieder seinen Lauf, und da es ohnehin bereits zu Ende geht, verabschiedet sich ein Gast nach dem anderen. Nelly hinterlegt einen Scheck in astronomischer Höhe in die eigens bereitgestellte Urne und schwört Stein und Bein, dass sie sich nun unbedingt unserer Bruderschaft anschließen möchte, selbst wenn sie dafür ihre luxuriöse Seniorenresidenz aufgeben muss. Wir haben den ganzen Aufwand also nicht umsonst betrieben, und das Opfer meiner Oberschenkel und meiner Würde war nicht vergebens. Denn mich beschleicht das Gefühl, wie ein Rindvieh dazustehen, was angesichts unserer vegetarischen Tafel ja wohl die Höhe ist.

Als Arkady, nachdem er unsere Stargäste hinausbegleitet und verabschiedet hat, endlich in der Küche auftaucht, findet er mich dort mit Fiorentina vor. Während sie die Bestandteile unseres Services, die ihr für den Geschirrspüler zu empfindlich scheinen, in warmes Wasser taucht, lege ich mir rohe Kartoffelscheiben auf die Verbrennungen, angeblich bringen sie in solchen Fällen am meisten Linderung. Er hockt sich vor mir nieder, um den Schaden zu ermessen, stellt fest, dass sich auf meiner roten, nässenden Haut bereits Bläschen bilden und seufzt teilnahmsvoll.

»Tut's weh?«

»Sehr.«

Tatsächlich leide ich Qualen und kann mir nicht vorstellen, dass in dieser ersten Nacht meines sechzehnten Lebensjahres irgendetwas zwischen meine Schenkel wird dringen können, egal was. Meine Entjungferung muss später stattfinden.

»Bist du sicher.«

»Ja. Vollkommen.«

»Ich wollte es ohnehin von hinten machen.«

»Mag ja sein, aber es hat auch hinten gebrannt.«

Er sieht mich an, in seinem Blick zeigt sich unendlich viel Mitgefühl, aber auch unendlich viel Liebe. Vielleicht habe ich ja genau darauf gewartet, auf diesen Blick, dieses zärtliche Flüstern:

»Farah Facette ...«

»Das wollte ich dich noch fragen: Wer ist Farah Facette?«

»Was? Du kennst sie nicht?«

»Nein, ich habe keine Ahnung, wer das ist.«

»Diese Bildungslücke hätte man längst schließen müssen.«

Das scheint mir auch so, weil er aber maßgeblich an meiner Bildung beteiligt ist, halte ich die Klappe.

»Farrah Fawcett war die schönste Frau der Welt. Ich werde dir Fotos zeigen.«

Er steht auf und reicht mir die Hände, zieht mich an sich, schließt mich in die Arme, küsst mich voller Leidenschaft.

»Und auch du bist die schönste Frau der Welt, Farah Diba.«

»Und wer ist die?«

»Die kannst du gar nicht kennen. Da zeige ich dir auch Fotos.«

Damit sollten sie endlich aufhören, diese alten Knacker, mit ihren Anspielungen auf längst vergangene Zeiten: Ich habe es satt, reichlich satt, nie was zu verstehen. Und das umso mehr, als ich wegen der weißen Zone nie verstehe, worauf die Jungen anspielen, na toll! Stimmt schon, dass meine Bildung vollkommen verpfuscht ist! Das versuche ich im Wesentlichen Arkady zu erklären, wobei ich mir die Mühe hätte sparen können, da ihm Groll und Kummer völlig fremd sind.

»Aber ich bin doch da, Farah, da, um dir alles zu erklären, was du nicht verstehst.«

»Ach ja? Dann erklär mir mal bitte, wer Sylvester Stallone ist.«

»Warum willst du das wissen?«

»Weil Nelly mir heute Abend immer wieder gesagt hat, ich würde ihm ähneln!«

Offenbar sieht Sylvester Stallone besonders abstoßend aus, denn Arkady wirkt etwas betreten. Anstatt mir zu antworten, drückt er mich noch fester an sich und trällert mir das Lied ins Ohr, das Charlot in *Moderne Zeiten* verhunzt: »*Je cherche après Titine, Titine oh ma Titine ...*«

Und hopp, schon legt er mit mir eine Art rasende Mazurka aufs Parkett, während er immer weitersingt – denn im Gegensatz zu Charlot kennt er den Text. Fiorentina beobachtet uns aus dem Augenwinkel, von unserer tänzerischen Performance ebenso ungerührt wie zuvor von meinen Verbrennungen. Dafür poliert sie hingebungsvoll eine unserer Cocktailschalen, eine wie jene, die sich über mein Kleid und meine Oberschenkel ergossen hat, und ist kurz davor, dabei selbst ein Liedchen zu trällern. Warum nur beten alle oder fast alle irgendwelche Gegenstände an und behandeln sie mit mehr Sorgfalt und Liebe als ihre Mitmenschen? Bei Victor verhält es sich ebenso, mit seinen Spiegeln, seinen Büchern, seinen Knaufstöcken und monogrammbestickten Hemden, bei Fiorentina nimmt es jedoch geradezu manische Züge an, und ich bin nicht sicher, ob sie ihre Tochter so liebevoll gepflegt hat wie diese Kristall-trinkschale, die sie lange und von allen Seiten in Augenschein nimmt, um sich zu vergewissern, dass nicht ein Gran Feuchtigkeit, nicht ein Körnchen Staub mehr an ihr haftet, bevor sie diese zu ihren ebenso unbefleckten Schwestern in den Geschirr-schrank stellt.

Nachdem er mit mir durch die ganze Küche gewirbelt ist, lässt Arkady mich endlich auf meinen Strohstuhl sinken und raunt mir zärtlich zu, dass in meinem Zimmer ein Geburts-tagsgeschenk auf mich wartet. Schon haste ich die Treppen bis hinauf zu meiner Dachkammer, wobei mir der Schmerz, den die Reibung meiner Oberschenkel verursacht, völlig schnurz ist. Auf meinem Bett ruht eine mit Intarsien verzierte Scha-tulle, offensichtlich eine Antiquität. Mir bleibt genügend Zeit für diverse Vorstellungen: Eine Diamantengarnitur, wie ich sie niemals anlegen, die mich aber trotzdem rühren würde; ein Satz japanischer Messer, auf Samt gebettete Edelsteine, oder auch eine Sammlung Füllfederhalter ... Weit gefehlt: Die Schatulle enthält nach zunehmender Größe geordnete Kerzen. Kerzen ohne Docht, wohlgemerkt. Komisch. Es kratzt an meiner Tür, Arkady ist da, wirkt aufgeregt.

»Na? Gefallen sie dir?«

»Jo, schon ... aber was ist das?«

»Eine Art Kerzen für die Vagina.«

Und hopp, da ist es raus. Es zeigt sich, dass die Dinger zum Glück nur aussehen wie Kerzen, denn für meinen Geschmack bin ich schon verkohlt genug: Es handelt sich tatsächlich um Dilatatoren mit unterschiedlichen Durchmessern, die ich in meine Vagina einführen soll, um sie nach und nach angemes-sen zu weiten. Arkady scheint sich derart über seinen Einfall zu freuen, dass ich mich zwinge, meine Enttäuschung zu ver-bergen. Ich verscheuche zudem die ungelegene Erinnerung an einen Bastelkoffer, den man mir zu meinem siebten Geburtstag geschenkt hatte und mit dem ich selbst Kerzen ziehen, ja sogar parfümieren und mit Pailletten verzieren konnte.

»Am Anfang machst du das ganz behutsam, mit kleinen Vor- und Zurückbewegungen. Und auch kreisende Bewegungen. Und du wirst sehen, nach ein paar Monaten wird deine Vagina so sein wie bei allen Mädchen! Wenn du willst, helfe ich dir.« Mein Geburtstag konnte noch so katastrophal gewesen sein, ich schlafe im Gedanken an dieses erotische Vorhaben doch ein, zwar mit Verbrennungen zweiten Grades an den Oberschenkeln, aber unbeschwert.

12.
Der andere Name
der Kindheit

Bevor Salo verrückt wurde, war er Dokumentarfilmer, und wir verdanken ihm eine ganze Reihe an Kurzfilmen, die unser Leben in der Gemeinschaft bezeugen. Die Winterabende sind die beste Gelegenheit für endlose Vorführungen, bei denen sich eine Sequenz an die andere reiht, dem rätselhaften Gesetz eines thematischen Fadens folgend. Salo findet sich darin zurecht, wir nicht unbedingt, aber so bleibt doch wenigstens eine Spur unserer Utopie, Bilder, die wir ins All schicken könnten, gemeinsam mit einem Gedicht von Emily Dickinson und einer Arie von Schubert.

Im vergangenen Dezember, ich war vom Surren des Projektors fast eingelullt, sah ich zu meiner Überraschung mich selbst auf der Leinwand. Man muss im Hinterkopf haben, dass mich Salos Kamera gemeinhin meidet, sie weicht mir aus – oder ich falle spätestens dem Schnitt zum Opfer, egal wie, im Endergebnis glänze ich durch Abwesenheit in unserem Filmarchiv. Dachte ich jedenfalls, doch siehe da, vor gut zehn Jahren gelang es mir anscheinend für drei Minuten, einen Eindruck auf einem Film zu hinterlassen.

Ich bin sechs. Wir wohnen seit ein paar Wochen im Liberty House. Meine Eltern fangen gerade erst an, sich zu erholen. Meine Großmutter ist auch dabei, aber noch zögert sie zwischen ihrer schönen Pariser Wohnung und dem Zusammenleben mit verhaltensgestörten Außenseitern. Ich hingegen habe nicht lange gebraucht, um mich mit allem anzufreunden, auf alles einzulassen, vegetarisch zu essen, nackt herumzulaufen, die Sonne zu grüßen, inmitten von Greisen zu leben, unter Lahmen und Syndromen aller Art. Hochbugsiert auf das Terrassengeländer, beobachte ich die Erwachsenen, die miteinander plaudern oder das Buffet plündern. Die Musik, bisher leise im Hintergrund, wird laut und wiedererkennbar, löst Jubelschreie aus. Die Kamera verweilt auf lächelnden Gesichtern, die

Körper zucken im Takt pulsierender Bassklänge. Meine Groß-mutter tanzt so bizarr wie brutal Rock'n'Roll und malträtiert dabei eine Geliebte, deren Namen mir entfallen ist, renkt ihr bei jeder Drehung den Arm aus, während meine Eltern schüchtern die Hüften schwingen. Nach und nach tanzen alle mit, Arkady natürlich, aber auch Jewel, Orlando, Palmyre, Richard, Vadim, bis hin zu Dadah, die noch nicht an den Rollstuhl gefesselt ist und sich ebenso hemmungslos bewegt wie meine Großmutter.

Auf meinem Geländer wirke ich begeistert, und ich erin-nere mich auch zehn Jahre später noch genau an das Gefühl, das der Anblick all dieser fröhlich selbstvergessenen, von hypnoti-scher Trance durchdrungenen Körper in mir auslöste – das, was Richard uns damals von den Balearen mitgebracht hatte. Meine Erinnerung ist umso klarer, als ich an diesem Tag nicht nur zum ersten Mal mit Tanz in Berührung kam, sondern auch mit Musik: Da ich meine ersten sechs Lebensjahre in einem schall-dichten Sarkophag verbracht hatte, kannte ich nichts Musika-lischeres als den Soundtrack von *Moderne Zeiten*, wen wundert es da noch, dass der Techno aus Ibiza mich komplett umhaute.

Ich verlasse meinen Hochsitz und mische mich unter die Erwachsenen. Ich hatte noch nie getanzt, mir noch nicht einmal vorgestellt, dass man das tun konnte. Zuerst hüpfe ich nur auf der Stelle und schwinge energisch mit den Armen, dann wage ich mich an eine so einfallsreiche wie ungestüme Pan-tomime, als wollte ich mir einen Körper zurückerobern, Emp-findungen, Lust, Freude – alles, was mir von Geburt an versagt worden war. Bald schon bin ich rot, zerzaust, schweißgebadet, ist mir das Kleid an den fetten Schenkelchen hochgerutscht. An dieses Kleid erinnere ich mich auch sehr gut: Kurz, weiß, mit Pailletten übersät und fransenbesetzt, stand es mir über-haupt nicht, war aber vermutlich Kirstens Versuch gewesen, mich aufzuhübschen.

Von den sphärischen Klangteppichen elektrisiert, schweben die anderen Tänzer geradezu. Sogar meine Großmutter, die ihre arme Odile – schau an, da ist mir der Name ja wieder eingefallen – endlich losgelassen hat und sich recht anmutig wiegt. Meine Mutter ist hinreißend, Arkady hält locker mit, während Richard als alter Hase des Amnesia und Pacha einfach sensationell ist, und Salo hat es nicht versäumt, mich offenen Mundes und dessen Beinarbeit bestaunend zu verewigen, einen glänzenden Speichelfaden am Kinn. Dann versuche ich mich selbst an kühneren Schritten, Gleitschritten wie sie Richard vormacht, mein Gesicht zu ihm erhoben, strebe ich nach Beifall und Ermutigung. Nichts habe ich von meinem Glück, von meinem Überschwang vergessen, den unser Stanley Kubrick so grausam auf Film gebannt hat – denn da, wo andere Kinder in ihrem Bemühen niedlich und rührend gewirkt hätten, bot ich ein schmerzliches Spektakel, und der von den Erwachsen auf mich gerichtete Blick, so, wie ich ihn zehn Jahre später wahrnehme, lässt daran keinen Zweifel aufkommen: Mitleid, Betrübnis, ja sogar eine Spur Scham, all dies lässt sich an den Augen meiner Eltern und meiner Großmutter ablesen. Selbst Richard, der sich schließlich meiner Präsenz bewusst wird, hält jäh inne, blinzelt mitfühlend in die Kamera.

Der Film endet mit mir in Großaufnahme: schweißverklebte Haare, Sprünge ohne Rhythmus, spitze Freudenschreie, breites Lächeln voller Zahnlücken. Was für ein Trauerspiel, diese Freude. Was für eine Verschwendung – dieses unbändige Verlangen, dazuzugehören und alles richtig zu machen, diese grenzenlose Liebe, an Erwachsene verschleudert, denen sie egal ist. Und was soll ich mit meiner Erinnerung nun anfangen, jetzt, wo Salos Film ihr ein schlagendes Dementi geliefert hat, den Bildbeweis dafür, dass ich mich zu Unrecht glücklich wähnte, oder besser gesagt, es nur aufgrund des Wunders von Unbewusstheit und Unverständnis war, wie der andere Name der Kindheit lauten mag? Welchen Wert also diesen Bildern beimessen, und welchen Wert meinem Gedächtnis, das sie in ihrer Kruste aus vermeintlicher Genauigkeit unversehrt bewahrt hat, unversehrt in ihrem Leuchten, das bis heute hell erstrahlt und mich lodern lässt?

Es war heiß, die Musik hämmerte in meiner Brust wie ein zusätzliches Herz, Richard floss förmlich schmachtend dahin, schön wie ein Filmstar in meinen überwältigten Augen, mit seinen leicht verlebten gut vierzig Jahren, seiner Bräune aus Ibiza, seinem nachlassenden Blond, seinem tropischen Geruch, den der Tanz noch verstärkte. Er war nicht als einziger schön: Alle waren es, selbst Dadah mit dem rabenschwarzen Wirrwarr ihres Haarknotens, ihren zauberischen Händen, die sie orientalisch durch die Luft schlängeln ließ, und dem rubinroten, über ein blendendweißes Gebiss gespannten Bogen ihrer Lippen; selbst Epifanio, ausgelassen fröhlich einen rothaarigen Zwilling auf jeder Hüfte; selbst Jewel, weniger abgezehrt als heute und vollkommen vertieft in ihre eigene Choreografie; selbst und allen voran Arkady, dessen zärtlicher Blick unseren Wandel verfolgte. Alle waren schön, rochen gut, konnten tanzen – alle, abgesehen von mir. Und hätte ich diesen Film nicht gesehen, hätte ich den Anfang der Liebe auf diesen Tag datiert, den Beginn von Glück und Freiheit.

13.
Die Bergpredigt

Gesagt, getan: Nelly ist bei uns eingezogen – ohne ihre hundert Quadratmeter samt Meerblick, Wäscheservice und Catering in Nizza aufzugeben. So behält sie einen Rückzugsort, falls unsere Wohnbedingungen ihr nicht zusagen. Dazu muss man wissen, dass die Zimmer im Liberty House Mönchszellen ähneln, und dass mit Ausnahme von Arkady und Victor niemand über ein eigenes Bad verfügt. Dadah mit ihrem Blasenkatheter und dem künstlichen Darmausgang ist das vollkommen egal, aber Nelly wird sich erst daran gewöhnen müssen. Im Augenblick scheint sie, beflügelt vom Tapetenwechsel, alles bestens zu finden und die kleinen Unbequemlichkeiten auszublenden.

Mit Nelly Consolat fegt ein wahrer Magnetsturm über unser Phalansterium – ohne bei unseren Elektrosensiblen besondere Symptome auszulösen. Wenngleich sie gern auf Technologie und auf die luxuriöse Behaglichkeit ihrer Seniorenresidenz verzichtet, bringt sie doch einen Überseekoffer voller wundersamer Objekte mit, die sie von ihrem ruhmreichen Urahnen geerbt hat: ein Astrolabium, ein Teleskop samt Mahagonistativ, eine Sammlung von Ferngläsern aus Holz und Messing, unzählige Himmelsatlanten und eine Nachbildung des Torquetums von Peter Apian, die sie umgehend über ihr kleines Nonnenbett hängt. Außerdem verdankt sie ihrem Vorfahren, einem Pionier der Kometenbeobachtung, eine Kopie des Teppichs von Bayeux: So ungelenk der Halleysche Komet gestickt ist, erkennt man ihn dennoch auf Anhieb, und er ist mit einem lateinischen Satz versehen, den Nelly voller Emphase für jeden ihrer Besucher übersetzt:

»*Isti mirant stella*! Diese hier bewundern den Stern!« Unsererseits auch zur Bewunderung aufgefordert, brechen wir in begeisterte Ausrufe aus, vor allem ich, wobei ich mich schnell begeistern lasse und Nelly mich entzückt, mit ihrem heiteren Mundwerk, ihren kleinen Schrullen, ihren Erinnerungen an

Weltumsegelungen auf einem Frachtschiff, ihren Fotos vom Polarlicht und von archäologischen Ausgrabungsstätten sowie ihrer Sammlung von Steinen aus dem Weltall: Chondrite, Siderolithe, Remaglypte … Ich höre einfach nicht auf, sie unter ihrem gerührten Blick anzufassen:

»Da staunst du, was? Das ist ein Fragment des Asteroids 2008 TC3, auch bekannt als Almahata Sitta. Sein Absturz wurde live beobachtet! Das ist ein Ureilit, extrem selten, so was. Ich erzähle dir besser nicht, was ich tun musste, um an den ranzukommen!«

Sie lacht aus vollem Halse, während ich mir alles Mögliche ausmale, unter anderem schamlose Avancen, denn wenn Nelly auch schon neunundsiebzig sein mag, sieht sie noch sehr gut aus, und ich kann mir durchaus vorstellen, wie der eine oder andere Sterngucker sich von ihrem strahlenden Blond und ihrem schönen Lächeln bestechen lässt.

»Nun, ich habe dafür geblecht: Das kleine Ding da hat mich eine schöne Stange Geld gekostet! Aber gut, wer liebt, der rechnet nicht!«

Tatsächlich hat die Liebe, die sie für unsere kleine grenzüberschreitende Utopie hegt, sich rasch in überaus großzügige Spenden manifestiert. Arkady schmiedet bereits Pläne für ein weiteres Gewächshaus und will die Bedachung des westlichen Flügels reparieren lassen. Nelly liebt uns und wir lieben Nelly.

Victor ist wohl der einzige, der sich schmallippig erweist. Eines Morgens entdecke ich ihn am Fuß einer Eiche sitzend – ihn, der sich nur selten über den bewirtschafteten Teil des Anwesens hinausbewegt. Kaum, dass ich mich frage, wie er wohl hierher geraten ist und wie er seine Masse wieder wegschleppen wird, ruft er mir zu:

»Ach, du bist's. Was machst du denn hier?«

Diese Frage sollte lieber an ihn gehen. Ich bin hier schließlich zuhause, in diesen Gefilden, die Arkady mir bei meiner Ankunft im Liberty House geschenkt hat. Seit meiner unseligen *Quinceañera* sind vier Monate ins Land gegangen, der Frühling hält Einzug, ich habe Lust, mein Reich in Augenschein zu nehmen, will sehen, wie Eichhörnchen, Eichelhäher und Hasen den Winter überstanden haben. Ganz abgesehen davon, dass ich meine noch immer vom Brand lädierten Oberschenkel zur rascheren Heilung der Aprilsonne aussetzen möchte.

»Ach, ich laufe nur so rum.«

Aus Erfahrung weiß ich, dass den Leuten, wenn sie so ins Leere starren und diesen besorgten Ausdruck haben, ganz egal ist, was man sagt oder wie man ihre Fragen beantwortet. Sie wollen nur über sich reden, ihr kleines ichbezogenes Selbstgespräch abspulen, da spielt es wirklich keine Rolle, ob man ihnen zuhört oder nicht, man soll ihnen antworten, was sie hören wollen, eine Unterhaltung simulieren, von denen es täglich Millionen gibt. Ich rechne also damit, mich zu Tode zu langweilen, ist Victor doch so schulmeisterlich wie redselig.

»Weißt du was? Ich bin mir nicht sicher, ob Nelly ein guter Neuzugang für unsere Gemeinschaft ist.«

»Echt?«

Lautmalerei, Einsilbigkeit, Phrasenmodus: Ich halte mein Repertoire an nichtssagenden Antworten bereit. Während ich so tue, als lauschte ich ihm, wühle ich im Bau eines Mistkäfers, wobei Mistkäfer meines Wissens Winterschlaf halten. Jedenfalls bekommt man sie nur an warmen Tagen zu sehen. Hätten wir eine Internetverbindung, könnte ich das recherchieren, da dies aber nicht der Fall ist, bleibe ich zur Unwissenheit verdammt. Es sei denn, die Bibliothek des Liberty House enthält ein Handbuch der Insektenkunde, was sehr wahrscheinlich, aber noch zu prüfen ist.

»Wir haben hier schon genug solcher Greise. Ich glaube nicht, dass es der allgemeinen Stimmung hier guttut, wenn wir so viele Alte unter uns haben. Das Liberty House soll ja schließlich nicht zur Sterbeanstalt mutieren!«

Ich finde es ganz schön dreist, dass er so redet, als wäre er selbst ein taufrischer Jüngling, und ich werde es nicht zulassen, dass die arme Nelly aller möglichen Übel bezichtigt wird.

»Sie wirkt doch jung, oder?«

»Machst du Witze?«

»Aber nein. Außerdem steht sie wirklich ... mitten im Leben.«

Noch schone ich ihn und werde auf keinen Fall antworten, dass er selbst doch einen regelrechten Greis abgibt, mit seinen silbernen Locken, seinem Gehstock, seinem Siegelring und seinen steifen Allüren. Wobei ich keinen einzigen Erwachsenen kenne, der glaubt, sein Alter wäre ihm anzumerken – alle sind überzeugt, dass man sie für mindestens zehn Jahre jünger hält. Da Victor sich nicht zu einer Erwiderung bemüßigt fühlt, setze ich noch einen drauf: »Sie ist eine wahre Wucht! Wusstest du, dass sie die ganze Welt bereist hat? Und zwar auf einem Schiff!«

»Meinst du nicht, dass sie da ein wenig flunkert?«

»Sie hat mir Fotos gezeigt!«

Dieser skeptische Stubenhocker geht mir auf die Nerven, auch wenn ich zugeben muss, dass Nelly nicht gerade das Profil einer Abenteurerin hat und ich nie auf die Idee gekommen wäre, dass sie mir mit ihrer kümmerlichen Statur, ihrem schmalen Schädel, ihren zierlichen Gliedern und ihrem pausenlosen Piepsen einen so weiten Horizont erschließen könnte. Victor kommt es ohnehin nicht auf Nelly an, sie dient ihm nur als Einleitung, als Vorwand, um endlich loszuwerden, was ihn wirklich bedrückt. Das habe ich mir schon gedacht und setze meine entomologische Erkundung umso beherzter fort.

»Wenn sie dir Fotos gezeigt hat, will ich nichts gesagt haben. Du hast ja recht, Nelly ist nicht das Problem. Ich hätte nur gern eine Art Frischzellenkur für das Liberty House. Schade, dass du noch etwas zu jung bist, um Kinder zu bekommen ...«

Gut, Arkady hat mein abstoßendes kleines Geheimnis wenigstens nicht preisgegeben. Ausnahmsweise ist es ihm gelungen, den Mund zu halten, ihm, der so gern verkündet, dass man unter allen Umständen die Wahrheit sagen müsse und dabei nichts und niemanden schonen dürfe.

»Und was mich betrifft ...«

Er hat keine zwei Minuten gebraucht, um auf sein Lieblingsthema zu sprechen zu kommen: Ich, also er, denn in Victors Augen ist nichts so wertvoll wie das eigene Ich – wie in den Augen der allermeisten. Ich bin wohl die einzige, die sich für unbedeutend hält.

»Was mich betrifft, so hätte ich nur allzu gern Nachkommen gezeugt, aber das war, bei meiner sexuellen Orientierung, wie soll ich sagen, nicht ganz so leicht wie für einen Hetero ... Das mag heute sicherlich anders sein, aber ich bin heute keine zwanzig mehr.«

»Ach was, Männer können bis zu ihrem letzten Atemzug Kinder machen. Guck dir Charlie Chaplin an: Sein letztes hat er mit dreiundsiebzig bekommen.«

Charlot ist mein Idol, und ich erwähne ihn, so oft es nur geht – jedem sein Thema. Dieser Vorliebe sollte ich irgendwann auf den Grund gehen, im Gegensatz zu Victor habe ich dafür aber noch alle Zeit der Welt.

»Schön für ihn.«

»Könnte doch noch klappen, für dich und Arkady. Ihr braucht nur eine, die sich drauf einlässt.«

»Ja, danke, Farah, mir ist klar, wie Menschen sich fortpflanzen. Trotzdem, für mich ist es zu spät, ich hätte einfach nicht mehr die Energie, die nötige Ausdauer für ein kleines Kind ... Verstehst du, ich glaube, dass ich deshalb auch Nellys Einzug so schlecht verkrafte: Sie führt mir zu sehr meine eigene Gebrechlichkeit vor Augen. Und wir sind schon gebrechlich genug. Ich jedenfalls.«

Ich lasse ihn weiter darüber schwadronieren – soll er sich doch als zartes Etwas sehen, wenn er will, seiner ausladenden Plautze und der Wamme eines Zugochsen zum Trotz. Offenbar kann er meine Gedanken lesen, denn er setzt mit einem Hauch – aber wirklich nur einem einzigen Hauch – Selbstironie hinzu: »Ja, ich weiß, das sieht man mir nicht an, aber so ist es nun mal. Das kannst du nicht verstehen ...«

Warum muss er denn unbedingt mit mir reden, wenn ich nichts verstehe? Wahrscheinlich, weil ich für ihn gar nicht existiere. Ich bin nur zufällig genau in dem Moment vorbeigekommen, da er mal abladen wollte. Er könnte genauso gut mit dem Mistkäfer reden, den ich gerade ausgegraben habe und der vorsichtig die Fühler ausstreckt, während er aus dem krümeligen Boden hervorkriecht. Das trifft sich gut: Mistkäfer sind mit Scheiße vertraut, und Victor lässt seine ständig an anderen aus – seine Fettleibigkeit, seinen Typ-2-Diabetes, sein Reizdarmsyndrom ... Die Zeit vergeht, der Mistkäfer ist längst verduftet, um die ersten zarten Triebe zu finden und frische Ausscheidungen aufzuspüren. Mit etwas Glück stößt er auf die eines Fuchses. Stinkend, körnig und spitz, sind sie längst nicht so widerlich wie die Haufen der Stadthunde, die mir schon Übelkeit bereiten, wenn ich sie nur sehe. Diese Feststellung teile ich Victor mit, um ihn mundtot zu machen. Es klappt, wider Erwarten. Er hält inne und glotzt mich an:

»Was? Warum redest du jetzt von Hundescheiße? Das ist ja ekelhaft!«

Ich könnte ihm entgegnen, dass seine Gesundheitsprobleme es nicht minder sind, lasse ihn aber lieber selbst auf diesen Schluss kommen. Vergeblich, er reagiert nur mit einem Schulterzucken und einer reinen Formfrage:

»Langweile ich dich? Sag es mir ruhig!«

Der Form halber beteure ich das Gegenteil, was auch egal ist, denn er macht so oder so mit seiner Bergpredigt weiter – und hockt dabei tatsächlich auf dem kleinen Erdhügel, den die Wurzeln der Eiche mit der Zeit aufgeworfen haben. Als ich mich schon anschicke, ihn auf seinem Tumulus zurückzulassen, schlägt der Gong und erspart mir damit das Nachdenken über einen Vorwand für meine Flucht. Im Liberty House werden die Höhepunkte unseres Gemeinschaftslebens von einem tibetischen Gong aus sieben Metallen eingeläutet – insbesondere die Meditationen und die Ansprachen vor versammelter Truppe. Wir haben auch nepalesische Klangschalen, ihnen entlockt Arkady beruhigende und reinigende Töne – äußerst wirksam im Fall von Epidemien oder Konflikten. Und hopp, schon bereite ich mich darauf vor, dem demoralisierenden Bannkreis unseres geschätzten Victor zu entkommen, als mir einfällt, dass er sich ohne Hilfe nicht erheben kann. Widerwillig reiche ich ihm die Hand, doch kaum steht er auf den Beinen, umkrallt er auch schon seinen Gehstock und braucht dann ewig, um seinen gewaltigen Bauch auszubalancieren, während er unentwegt wie ein Walross schnauft. Zur Hilfe, zur Hilfe: Wo bleiben nur Schönheit und Leichtigkeit, als nötiges Gegengewicht zu den Tonnen an Unrat, die Victor glaubte, so ungeniert über mich auskippen zu dürfen. Zumal ich im Begriff bin, eine weitere Zerfallsepisode zu erleben – inzwischen erkenne ich deren Vorzeichen, diese leicht schillernde Luft, dieses Dröhnen in meinen Ohren, dieses Verdunsten von allem und jeden bis auf die tanzenden Partikel in und außerhalb von mir, dieser brutale

Zusammenstoß von Innen- und Außenwelt. Na bitte, schon ist's geschehen, ich bin nicht mehr ich – umso besser, denn bislang hat es mir nichts gebracht.

Der Gong ertönt ein weiteres Mal, sendet seine Schwingungen in den Pinienwald aus, dringt in den Bau der Mistkäfer vor, in das Nest der Eichelhäher, in den Kobel der Eichhörnchen und bis in mein Knochenmark. Ich schlüpfe zurück in meine enttäuschende Körperhülle, das Vehikel von Illusionen, den Sitz aberwitzigster Vorstellungen. Ich bin ich, da führt kein Weg dran vorbei, und so gehe ich langsamen Schrittes zum Liberty House zurück, mit Victor im Schlepptau, um Arkadys Predigt über die glasüberzogenen Stätten Hodeidahs zu lauschen.

14.
Hodeidah

Die glasüberzogenen Stätten waren eine Idee von Nelly, die Urenkelin eines Astronomen, ja, aber auch die Enkelin eines Seefahrers und die Tochter eines Archäologen. Und so steht sie gemeinsam mit Arkady hinter dem Pult aus massiver Eiche. In ihrer rosa metallisch glänzenden Daunenjacke, mit ihrer Mütze aus glatter Wolle wirkt sie, als wollte sie jeden Moment an Bord eines Polarforschungsschiffs gehen oder ein Trekking in den Tälern des Himalaya unternehmen, wo ihr Vater bedeutende Entdeckungen gemacht hat: in Tonkrügen bestattete Leichen – oder waren es gravierte Siegel aus Speckstein, keine Ahnung, bei Nelly versinkt man schnell in einem Meer aus Fakten und abenteuerlichen Geschichten. Arkady trägt wie immer sein Blouson von Sonia Rykiel aus orangerotem, wattiertem Samt. Die beiden passen überhaupt nicht zusammen, aber man spürt, dass sie von der gleichen unbändigen Energie getrieben werden, vom selben Wunsch, ihre Zuhörer zu elektrisieren. Während Arkady redet, präsentiert Nelly vergrößerte Fotos. Im Liberty House kommen weder Projektor noch Powerpoint zum Einsatz: Alles geschieht auf altmodische Art, womit sich die Mitglieder der Gemeinschaft denn auch nur allzu gern brüsten, haben sie doch aus ihrem Hang zum Archaischen ein Motiv für Stolz und grimmigen Jubel gemacht. In Wahrheit wurden sie in ihrem früheren Leben jedoch von der digitalen Welt und den sozialen Netzwerken besiegt – und nicht nur besiegt, sondern überwältigt und nachhaltig verschreckt, angefangen bei meinen Eltern und ihrer von mir bereits dargestellten Odyssee auf der Flucht vor dem elektromagnetischen Netz und auf der Suche nach einem Ort fern jeder Welle, jeder Technologie, jeden Fortschritts. Arkady ist voll in seinem Element, und ich, alle Gründe für grimmigen Jubel in den Wind schlagend, lasse mich nach und nach von seinem Überschwang, seiner Begeisterung anstecken:

»Inzwischen weiß man sehr genau, dass es schon vor langer Zeit Zivilisationen gab, die genauso, wenn nicht sogar weit fortgeschrittener waren als unsere! Die glasüberzogenen Städte und Festungen im Death Valley oder im Norden Syriens beweisen das unwiderlegbar. Und man hat in Zentralafrika Kristallplatten gefunden, Flächen aus geschmolzenem Glas, die sich nur durch atomare Vernichtung erklären lassen! Für Schmelzglas dieser Art braucht man Temperaturen, die unendlich viel höher sind als die eines Blitzes. Dort sind auch die Ausschläge an radioaktiver Strahlung noch sehr hoch. Bisher ist nicht geklärt, ob ein Atomkrieg die Ursache war oder ein nuklearer Störfall, aber eins von beiden muss es gewesen sein.«

Auf Nellys Fotos funkeln Türmchen und Minarette, als wären sie mit einer Frostschicht überzogen und mentholgrün lasiert.

»Seht euch diese Städte an! Reisende glauben zunächst an eine Fata Morgana, aber sie sind ganz real. Und ratet mal, was sich in unmittelbarer Nähe von diesen Glassiedlungen befindet? Uranminen, die offensichtlich schon vor Millionen von Jahren ausgebeutet wurden!«

Arkady lässt uns kaum Zeit, diese Information zu verarbeiten, ehe er sich wieder voller Schwung auf das schimmernde, schillernde Glatteis seiner Hirngespinste begibt:

»Das Weltenende hat bereits stattgefunden! Es findet jedes Mal aufs Neue statt, wenn der Mensch einen kritischen Grad an Zivilisation und Technologie erreicht. Bäng! Und jedes Mal geht's wieder von vorne los. Jedes Mal treten wir zu unserem größtmöglichen Pech aufs Neue aus der Höhle, zähmen wir das Feuer, erfinden wir das Rad, den Buchdruck, die Verstromung, die Atomkraft, und dann, was folgt? – Unheil, feurige Wagen, Apokalypse! Der Mensch stirbt durch die Hand des Menschen und braucht Jahrtausende, um sich wieder zu regenerieren, hier und da wieder aufzutauchen, zunächst in Form zerstreuter Stämme, die durch finstere Wälder, riesige Wüsten, unerforschte Ozeane voneinander getrennt sind, später dann in schier unbewohnbaren Megalopolen: Und dies ist dann das Endstadium, wie wir es jetzt erreicht haben und das dem Leben nicht ermöglicht, sich zu erhalten. Das Weltenende hat stattgefunden, ja, aber es wird wieder stattfinden, es steht sogar unmittelbar bevor und ich erkenne überall die Vorzeichen!«

Er predigt den Bekehrten: Von mir abgesehen, sehen alle Mitglieder der Gemeinschaft schwarz und glauben felsenfest, die Menschheit sei dem Untergang geweiht. Das Liberty House ist ihre letzte Zuflucht, doch im Falle eines Atomkriegs wird sie kein Steilhang, kein Eschenhain, keine Feldsteinmauer schützen. Arkady und Nelly zufolge geht es aber darum, sich auf die Vernichtung vorzubereiten. Wie diese Vorbereitung genau aussehen soll, ist nicht ganz klar, ich für meinen Teil würde gern von allen schulischen Pflichten entbunden werden, um genug Zeit für all unsere Reinigungs- und Sühnerituale zu haben – wenn das Weltenende naht, brauche ich wohl ohnehin keine Kenntnisse mehr anzuhäufen. Und wenn wir schon dabei sind, werde ich vielleicht die Dilatoren absetzen: Wozu eine Öffnung weiten, von der niemand Gebrauch machen wird?

Vor mir umschlingt Epifanio nervös seine Töchter. Offenbar hat ihn die Weißfleckenkrankheit nicht komplett seiner väterlichen Instinkte beraubt – während meine Eltern stramm bei ihrem zweisamen Egoismus bleiben und nicht einmal meine Blicke erwidern, da sie sich ihre fürsorglichen Gesten, ihre Liebkosungen und ihr wehmütiges Flüstern für einander vorbehalten. Hodeidah, Lop Nor, Euphrat Tal, Thar-Wüste, Reaktoren in Gabun: Nelly reiht Beispiele für Orte aneinander, an denen man die stummen, Jahrtausende alten Spuren von Welten entdeckt hat, die genauso fortgeschritten waren wie unsere und auf mysteriöse Weise untergegangen sind. Dann berichtet sie von der Flugtechnik im antiken Indien, die sowohl durch gravierte Stelen als auch durch epische Zyklen bezeugt ist. So soll das Mahabharata äußerst detailreich Kriege unter Einsatz von Kugelbomben, Strahltriebwerken, Giftgasen und interstellaren Raumschiffen schildern, die unserem zeitgenössischen Arsenal in nichts nachstehen. Ich verstehe nicht so recht, was die Durchschlagskraft der Vimanas mit den glasüberzogenen Städten zu tun hat, die für immer unter ihrer Platte aus grünem Jaspis versiegelt sind, doch ich soll mir sowieso nur merken, dass ihre Auslöschung die unsrige vorwegnimmt.

Ein weiterer Gongschlag gibt das Signal, die Versammlung aufzulösen, und so finden wir uns alle auf der weitläufigen Terrasse wieder, die Arkady und Victor mit Lecce-Stein neu gestaltet haben, weil er so unvergleichlich hell und glatt ist. Ringsum sehe ich nur trübe Gesichter und gerötete Augen, als hätte die Verkündigung der Apokalypse die Mitglieder meiner kleinen millenaristischen Bruderschaft doch tatsächlich kalt erwischt. Dabei hat Arkady uns gegenüber nie von etwas anderem gesprochen als vom Weltenende. Und hat uns sogar genau deswegen unter seine Fittiche und das schützende Dach des Liberty House genommen. Woran liegt es also? Allem Anschein nach hat Nelly mit ihren prähistorischen Atomkriegen, Strahlungswerten und indischen Epen die abstrusen Endzeitvisionen Arkadys wissenschaftlich untermauert. Außerdem endet er sonst immer mit dem ebenso ermutigenden wie tröstlichen Fazit, dass wir das Schlimmste überstehen, weil wir die Besten sind. Seit Jahren lassen wir uns von diesem Märchen wiegen: es uns urplötzlich vorzuenthalten, heißt, uns die entsetzlichen Qualen des Entzugs leiden zu lassen. Selbst Malika, die genauso wenig Hirn hat wie diese Schoßhündchen, denen sie zum Verwechseln ähnlich sieht, macht einen erschütterten Eindruck und schlüpft unter die martialische Achsel meiner Großmutter, während sie Djilali zärtlich den Nacken knetet.

Weil man aber doch leben muss, so lange man auf den Tod wartet, machen wir uns schließlich über Fiorentinas Risotto mit Butternut und Rosmarin her. Im Gegensatz zu ihren Tischgenossen wirkt sie gefasst, dennoch fällt auf, dass sie uns zum Dessert Schwimmende Inseln serviert, was man als Anspielung deuten könnte, als verschlüsselte Botschaft zu unserer Beruhigung: Die Welt wird sich vielleicht selbst zerstören, doch das Liberty House ist eine autarke Insel. Am Ende des Tages schaue ich bei Nelly vorbei und finde sie so lebhaft und fröhlich wie immer vor. Schön und gut, wer wie sie die siebzig einmal überschritten hat, nun, dem kann die Apokalypse ziemlich egal sein. Nelly hat Mittel und Wege gefunden, sich auf ihre alten Tage zu beschäftigen und schert sich nicht darum, dass ich noch nichts aus meinem Leben gemacht habe: Das Weltenende, das für mich eine Katastrophe wäre, wird für sie nichts weiter sein als ein knallender Schlussakkord, eine Art strahlender Abgang. Völlig damit beschäftigt, frisch eingetroffene Bücher und Grabobjekte auszupacken, schenkt sie mir so gut wie keine Aufmerksamkeit. Nur selten hält sie inne, um mir ein Tongefäß oder eine Fibel aus massivem Gold zu präsentieren. Nelly scheint solche Freude daran zu haben, ihre Kisten zu öffnen, ihre Habseligkeiten zu inventarisieren, den Platz und die Beleuchtung zu finden, die diese jeweils zur Geltung bringen, dass ich ihr auf keinen Fall den Spaß verderben möchte, indem ich die Wirkung ihrer Kassandrarufe auf unsere kleine Gemeinschaft anspreche. Das ihr von Arkady zugeteilte Zimmer kann noch so sehr zu den geräumigsten des Hauses zählen, es bleibt trotzdem zu klein für alle ihre Schätze, und so jubelt mir Nelly am Ende einen großen Krug aus Terrakotta unter:

»Hier, nimm das mit in dein Zimmer. Ich hole es mir dann später zurück. Oder auch nicht ...«

»Was ist das? Wo kommt das her?«

»Aus Anatolien. Da ist ein Kind drin.«

»Was?«

»Aber ja. Es wurde aufrecht bestattet, mit angezogenen Beinen.«

»Darf man sowas?«

»Darf man was?«

»Die Toten einfach bei sich haben, einfach so ...«

»Nein. Das ist vollkommen illegal. Aber was soll ich machen? Ich habe es geerbt. Von meinem Vater. Ich kann es doch nicht einfach wegwerfen!«

»Nein, aber Sie könnten es einem Museum stiften.«

»Kommt nicht in Frage! Dann behalte ich es eben, wenn du es nicht haben willst.«

»Nein, nein, schon in Ordnung.«

Tatsächlich stört es mich nicht besonders, das Zimmer mit einem türkischen Kind zu teilen, das seit Äonen tot ist. Im Gegenteil: So habe ich Gesellschaft. Mit Ausnahme von Arkady, der ab und zu vorbeischaut, besucht mich keine Menschenseele in meiner Kammer unterm Dach. An diesem Abend stellte ich den Krug neben mein Kopfende und streiche scheu über die abblätternde Glasur, betaste die seidige Glätte des uralten Tons.

»Schläfst du?«

Was für eine Frage – natürlich schläft es! Ich bin hier diejenige, die keinen Schlaf findet. Beinahe überkommt mich die Lust, mit meinem kleinen Kameraden den Platz zu tauschen: Es tut einem bestimmt gut, sich so, den Kopf zwischen den Knien, die Arme um die Schienbeine, in die Dunkelheit zu verkriechen, in die Wärme, die Stille. Es wäre sogar eine gute Möglichkeit, sich dem Armageddon zu entziehen, wenn auch mit einem geräumigeren Krug und ein paar Notrationen. Aber was hätte ich davon, wenn ich nach dem Weltenende aus meiner Amphore steige und nur noch Mondlandschaften, kontaminierte Quellen und haufenweise Skorpione vorfinde. Gehört wohl auch zu meinem Glück, dass ich zur Welt kam, während der Menschheit nur mehr einige Jahre bleiben! Während ich mir ein paar Frusttränen wegwische, klopft jemand an meiner Tür: Es ist Nelly, so energiegeladen wie vorhin, als hätte sie überhaupt keine Ahnung, welche Stunde schlägt – was gut möglich ist.

»Farah, was ich dir noch geben wollte, hier! Ein Foto von Sylvester Stallone!«

Sie drückt mir eine etwas knittrige Seite aus einer Illustrierten in die Hand und trottet davon. Angesichts der Karriere, die Stallone mit dieser Fresse hingelegt hat, sollte ich den Vergleich mit ihm nicht als Beleidigung auffassen, und dennoch fällt es mir schwer, diese neuerliche Kränkung zu schlucken. Ein Glück, dass Fiorentina nebenan bereits in ihre Tiefschlafphase gefallen ist. Ihr Schnarchen dringt zu mir durch, satt und regelmäßig wie immer, und ich presse mich an die Wand, um es besser hören zu können und mich von Fiorentinas Seelenruhe einlullen zu lassen.

15.
Endzeitträume

Im Liberty House ist es Brauch, dass man am Frühstückstisch seine nächtlichen Träume erzählt. Ich bleibe meistens stumm und lausche mit halbem Ohr diesen Berichten, die nur für den Träumenden voller Sinn und Zauber sind. Ganz abgesehen davon, dass ich bei manchen unterstellen würde, alles wäre frei erfunden, wie etwa bei Malika, die ständig zum Besten gibt, wie sie entführt und eingesperrt wird:

»... und dann hat er mich an die Bettpfosten gefesselt ... und so ... so eine Art Hammer rausgeholt, aber einen mit Zacken, wie bei einem Fleischklopfer, wisst ihr?«

»Woher willst du wissen, wie ein Fleischklopfer aussieht? Du bist doch Vegetarierin!«

Die Stimme meiner Großmutter zittert vor Argwohn, während Malikas jüngster Albtraum uns kalt lässt, haben wir doch inzwischen oft genug gehört, wie sie mit ihrer kindlichen Stimme die Misshandlungen beschreibt, die sie Nacht für Nacht erleidet.

»Und dann hat er meine Schenkel gespreizt, ich hatte solche Angst, und dann ...«

»Wie sah er denn aus? Du sagst immer ›er‹, aber bist du dir sicher, dass es diesmal ein Typ war? Du hast doch gesagt, dass er eine Sturmhaube trug! Und kein Wort gesagt hat!«

Malika bedenkt ihre Liebste mit einer x-ten Variante ihres sanften, weidwunden Blicks:

»Ja Kirsten, es war wirklich ein Typ.«

Ich vermute, dass genau dies meine Großmutter betrübt: Trotz ihrer leidenschaftlichen und sexuell erfüllten Beziehung träumt Malika weiterhin davon, dass ein Mann kolbenartige Gegenstände in sie hineinsteckt. Schlimmer noch: Anscheinend kehrt dieser Mann von Traum zu Traum wieder, ohne ganz derselbe, aber auch kein ganz anderer zu sein, sodass Kirsten hartnäckig zu ermitteln sucht, wer sich dahinter verbirgt – und tatsächlich umso hartnäckiger, als ihr Hauptverdächtiger José ist, Ex-Mann von Malika und Vater ihres kleinen Djilali. Wobei klar ist, dass Malika jedes Mal treffsicher entsprechende Indizien streut, wenn sie von einem vertrauten Duft, einem Déjà-vu-Erlebnis, einem portugiesischen Schimpfwort oder sonst was redet: Kirsten ist die einzige, die auf diesen Trick reinfällt und vor Wut schäumt.

Ausnahmsweise kann auch ich diesmal von einem Traum erzählen und falle Epifanio ins Wort, bevor er zur eintönigen Wiedergabe seines letzten Albtraums anhebt. Denn Träume, wie auch Darmgeräusche und Körpergerüche, tragen die Duftmarke derer, denen sie angehören. Fabuliert Malika von Übergriffen, so träumt Epifanio, dass er den Bus nach Èze oder Menton nimmt, dass er seine Brille verlegt hat oder dass er mit den Zwillingen Physik paukt. Wozu, frage ich euch, soll man überhaupt träumen, wenn die Visionen lediglich den Abklatsch eines faden Lebens ergeben? Und hopp, hopp, schon lege ich los:

»Wir waren alle im Haus und hörten plötzlich Lärm, als würde was explodieren. Wir gingen raus und sahen ein Gewitter: Der Himmel war vollkommen schwarz, wenn auch in weiter Ferne, hoch über uns. Wir sagten uns, dass der Krach wohl daher rührt. Und dann, urplötzlich, haben wir Tausende von Menschen gesehen, die auf uns zuglitten, wie eine Lawine oder ein Geröllstrom. Erst da wurde uns klar, wie, weiß ich auch nicht, so, wie einem im Traum eben alles klar wird, dass es tatsächlich ein Terrorangriff war, dort oben, in den Dörfern weit über uns, und dass die Leute flüchteten. Aber wir wussten, dass es Tausende Tote gegeben hatte und noch weitere folgen würden. Also sind wir alle wieder ins Haus, und Arkady hat uns angewiesen, die Türen und Fensterläden zu schließen und keinen Lärm zu machen, wir sollten so tun, als wäre das Haus verwaist, da wir ansonsten keine Chance hätten, zu überleben. So haben wir es dann auch gemacht, aber wir hörten die Leute, wie sie das Haus erreichten und gegen die Türen und Fenster schlugen, damit man sie reinlasse und rette, wir jedoch, wir sind vollkommen still geblieben, und dann bin ich aufgewacht, vor lauter Angst, dass man uns umbringen wird. Und das war's.«

Merkwürdigerweise löst mein Traum weder irgendwelche Reaktionen noch hitzige Analyse aus. Er ist allen vollkommen egal. Nur eine Wespe wagt vorsichtig ihre Mundwerkzeuge nach meinem Tahinibrot auszustrecken. Was ist los mit mir? Warum haben alle was beizutragen, wenn es um Malika oder Epifanio geht, und bringen keinen Ton raus, sobald ich den Mund aufmache? Liegt es an meinem Aussehen – das offen gestanden immer befremdlicher wird? Seit meinem Besuch bei Madame Toretto ist ja tatsächlich alles noch schlimmer geworden: Inzwischen läuft nicht nur meine Behaarung aus dem Ruder, auch Stimmlage und Muskelmasse sind außer Kontrolle geraten.

»Du hast richtig Schultern angesetzt, oder?«

Ja, ich habe Schultern angesetzt und an Tittenmasse verloren. Meine rasante Vermännlichung ist nicht mehr zu übersehen, Küster-Hauser-Syndrom hin oder her. Ich bin ein Irrtum der Natur, eine Ansammlung von Symptomen, die mir das Leben sehr schwer machen werden, ohne dass man für sie eine Erklärung findet, geschweige denn eine wirksame Behandlung. Je mehr Zeit vergeht, desto weiter entferne ich mich von der Positionierung, die ich im Sinne der Weiblichkeit anstrebte: Mir stets darüber im Klaren, wie reizlos ich bin, trachtete ich nur danach, eine gute Freundin zu sein, ein Mädchen mit rosigen Wangen und naturbelassenem Charme, ganz anders als die meisten Frauen mit ihrer kosmetischen Trickkiste. Tja, und nun wird mir sogar dieser bescheidene Platz verwehrt bleiben: Was Nischen betrifft, so bleibt mir nur noch die der Transgender, der

Shemales oder des dritten Geschlechts. Ich habe nichts dagegen, aber vorgestellt hatte ich es mir so wirklich nicht, und ich komme immer wieder auf die Frage zurück, die uns beinahe in den Straßengraben befördert hätte, Arkady und mich: Wer bin ich?

Über den Frühstückstisch hinweg – sobald es schön wird, steht er auf der Terrasse – begegne ich dem Blick von Arkady, seinem herrlichen, perplex wirkenden und zugleich auch liebenden Blick. Ob er über meinen Traum nachdenkt oder sich genau wie ich über mein Aussehen wundert, ist nicht zu erkennen. Seine Lippen formen einen lautlosen Satz, der für mich bestimmt ist, doch in genau diesem Moment schießen mir Tränen in die Augen und ich senke den Kopf. Platsch: Ein dunkler Stern ziert die Damastdecke, dicht gefolgt vom nächsten. Ich würde lieber nicht weinen, aber wie soll ich das anstellen? Was für ein Leben werde ich zustande bringen mit diesem Gesicht und diesem Körper?

Würde ich nicht in einer weißen Zone leben, könnte ich mich wenigstens in den Internetforen für Intersexuelle tummeln; ich könnte mich mit anderen Betroffenen austauschen und aus der vergleichenden Betrachtung unserer dysmorphen Merkmale etwas Trost schöpfen. Natürlich habe ich es in der Bibliothek und in der Mediathek mit ein paar flüchtigen Recherchen versucht, aber sobald ich auf Bilder von thailändischen Kathoeys oder indischen Hijras stoße, blickt mir garantiert immer jemand über die Schulter. Und so muss ich mich mit meinen einsamen Mutmaßungen und Grübeleien begnügen – und bin anfällig für Träume, die ich im Grunde niemandem erzählen kann, Träume, in denen ich einen Penis habe oder im Gegenteil hochschwanger bin und stolz einen bewegten Bauch vor mir hertrage, der einem Segel gleich im Wind knattert.

Als ich mich entschließe, meinen Blick wieder zu heben und Arkadys auszuhalten, sehe ich, dass meine Traurigkeit ihn berührt und auch er kurz davor ist, loszuheulen. Im Liberty House wird allgemein viel geweint. Arkady und Victor haben sogar Tränensitzungen eingeführt, damit wir unseren persönlichen und kollektiven Kummer gebündelt loswerden. Ich gehe nie zu diesen Sitzungen, aber meine Eltern sind dort Stammgäste und beteuern, dass sie sich anschließend immer erfrischt und gereinigt fühlen. Schön für sie.

Jetzt ist Palmyre dran, ihren Traum zu erzählen: Der Fluss schwillt an und droht sogar unseren Adlerhorst zu überfluten. Während sie sich versonnen aus dem Korb voller hausgemachtem Gebäck bedient, beschreibt Palmyre die ansteigenden Wasser, die unaufhaltsam in alles eindringen, die schillernden Ölaugen und den schalen Modergeruch, was so gar nichts mit unserer Vorstellung von schäumenden Strudeln zu tun hat. Jetzt geben selbstredend alle ihren Senf dazu. Tatsächlich verläuft der Fluss, dessen Namen ich nicht nennen darf, unterhalb unseres Anwesens. Wegen der Höhenlage hatten wir immer das Gefühl, dass er uns nichts anhaben kann, doch im Gegensatz zu meinem nicht minder plausiblen Bericht von einem Terrorangriff in den Bergen bringt Palmyres Traum sämtliche Gemüter in Wallung.

Über unseren Köpfen stimmt eine Schar Mauersegler eine schrille Melodie an, die erste des Jahres. Das scheint mir zu früh für den Vogelkalender, was ich den anderen wohlweislich nicht mitteile, sie würden ja doch nur feststellen, dass es keine Jahreszeiten mehr gibt und überhaupt alles im Eimer ist. Das Frühstück will gar kein Ende nehmen, wie so oft an den Sonntagen, die wir gewissenhaft als Ruhetag einhalten. Mir gegenüber zerdrückt meine Mutter ihre Banane in Honig und ertränkt sie dann in Dinkelmilch, bestreut mit Haselnusssplittern. Ihr

Traum handelt von einem Schwarm schwer identifizierbarer Insekten, aber sie erinnert sich ohnehin nur an einige Bilder, sodass die Exegeten damit schnell durch sind.

Pause. Die Sonne steht schon hoch am Himmel, und der Pinienwald setzt seine harzigen Düfte frei. Am liebsten würde ich aufspringen, mich schütteln und diesem Greisengeschwätz entkommen. Denn Victor bemerkte durchaus zu Recht, dass Nelly, auch wenn sie vor Vitalität strotzt, unser Durchschnittsalter in schwindelerregende Höhen treibt. Sogar die zarten vierzig meiner Eltern kommen mir welk vor im Vergleich zu der sprießenden Umgebung und meinen eigenen turbulenten Hormonen.

Zusammengenommen besagen unsere Träume alle das Gleiche: Wir haben Angst vor dem Ende – selbst ich, obwohl ich erst ganz am Anfang stehe. Kein vielversprechender Anfang, aber immerhin ein Anfang. Als ich mich anschicke, den Tisch abzuräumen und damit das Zeichen zu unserer sonntäglichen Zerstreuung gebe, begegne ich wieder dem Blick von Arkady und erkenne in ihm so viel Zärtlichkeit und Lüsternheit, dass ich darüber vollkommen vergesse, dass ich dem dritten Geschlecht angehöre und dass das Ende naht. Ich springe auf, lasse alles stehen und liegen, die Essensreste, die Damastdecke, das senile Wiedergekäue und die Traumdeutung. Meine Beine zittern vor einer Ungeduld und einem Begehren, das ich nur durch rasend schnelle Flucht zügeln kann. Ich stürze die Stufen unserer herrschaftlichen Freitreppe hinunter, laufe an den Gewächshäusern vorbei, lasse den blühenden Obstgarten hinter mir, den Teich, die geharkten Alleen, die Zivilisation, und stoße in den wilden Teil meines Reichs vor. Ich springe von einem mehrarmigen Ginster zum nächsten, hechte über schlammige Gräben, ziehe mich unterwegs am Ast einer großen Pinie hoch, hopp, nur ein kleiner Klimmzug, meine Muskeln eines Jungen müssen ja zu irgendwas nützlich sein; ich kreise um eine Kastanie, lege die Hand an ihren Stamm und erreiche schließlich nach unzähligen Luftsprüngen meine geheime Schlucht, meine Senke voller wilder Gräser. Ich brauche mich nicht umzusehen, ich weiß, dass Arkady mir gefolgt und unsere Zeit endlich gekommen ist.

16.
Komm und setz dich auf meinen Mund

Ja, da ist er schon, mein Liebster, schnaufend und schwitzend in seiner Tunika aus naturfarbenem Leinen und seiner bordeauxroten Samtpluderhose. Als wäre dieses Outfit nicht scheußlich genug, trägt er einen indianischen Brustschmuck, der sich mit jedem mühsamen Atemzug hebt. Mich stört das nicht, denn wenn alles so läuft, wie ich es will, wird er nicht lange warten und sich ausziehen, um nackt zwischen meinen Armen und Beinen zu liegen. Ich muss mich mit aller Macht zwingen, nicht gleich loszujauchzen, und lege mich in einer Pose ins Gras, die hoffentlich lasziv und einladend wirkt. Aber bei Arkady ist alles Posieren, jeder Versuch, sexy sein zu wollen, vollkommen vergebens: Er benötigt keinerlei Ansporn, um unendlich begehren zu können. Auf den Ellbogen gestützt betrachtet er mich, als wäre ich das achte Weltwunder, und stimmt eine Hymne an, wie ich sie noch nie gehört habe und vermutlich auch nie mehr hören werde – und ich kann nur jedem Menschen wünschen, eines Tages in den Genuss einer solchen Hymne zu kommen, denn so wie ich an diesem Tag, inmitten von Bärwurzdolden und Goldschwingel, sollten wir alle begehrt werden: »Du bist so schön, Farah! Komisch, letztes Jahr fand ich dich süß, aber ein wenig blass, und jetzt bin ich völlig verrückt nach dir! Ist dir eigentlich klar, wie verrückt ich nach dir bin? Vorhin, am Tisch, habe ich dich angesehen und gedacht, verdammt, wann kann ich sie endlich nageln? Es war nicht auszuhalten! Und als Palmyre dann auch noch mit ihrem Traum anfing, dachte ich, das geht wohl nie zu Ende!«

Ohne länger Zeit zu verlieren, zieht er mir die Jogginghose runter und schiebt meinen Pulli hoch, legt die Wölbung von Bauch und Oberschenkel frei. Ohne sich die Zeit zu nehmen, mich weiter auszuziehen, vergräbt er sein hingebungsvolles Gesicht in meine Scham.

»Und dann riechst du auch noch so gut, Farah, du riechst so unglaublich gut! Wenn du wüsstest, wie gut du riechst!«

Und ich mit meinen leisen Bedenken, diesen intimen Moment nicht vorhergesehen und also am Morgen nur eine hastige Katzenwäsche vollzogen zu haben, ich kann das nur schwer glauben. Während sich die Türkise seiner Komantschenkette in mein zartes Fleisch bohren, stößt Arkady einen Seufzer nach dem anderen aus und nimmt seinen ekstatischen Lobgesang wieder auf: »Mein Schatz ... Du sahst so traurig aus vorhin! Was macht dich so traurig, mein Herz? Ich will nicht, dass du traurig bist, niemals! Ich will, dass du glücklich bist und stolz, du selbst zu sein, ich will, dass du wie ein herrliches Schiff in die Welt hinaussegelst und sämtlichen Kerlen den Verstand raubst! Und den Mädels auch! Du bist so unglaublich geil!«

Da er dies nun zum zweiten Mal sagt, glaube ich ihm allmählich, zumal er zur Veranschaulichung seiner Rede aus den Samtfalten seiner Pluderhose einen pulsierenden, glänzenden Schwanz herauszieht, einer kleinen Schlange gleich auf mich gerichtet. So klein nun auch wieder nicht, übrigens. Er wird seine Mühe haben, ihn in meine Cupula einzuführen, auch wenn ich seit Monaten und mit allen Kräften daran arbeite, sie mit meinen Dilatoren zu weiten. Schon will mich beinahe aller Mut verlassen, aber Arkady lässt mir dafür keine Zeit: meine Schenkel leckend mit ebenso zäher wie zarter Zunge, facht er auch meine Erregung so stark an, dass ich den Faden meiner Traurigkeit und Ängste verliere. Er hält nur inne, um erneut meine Schönheit und sein unbändiges Verlangen zu besingen: »Ich will dich, Farah! Und du? Willst du mich? Willst du mich so sehr wie ich dich? Ich kann auch gern warten. Ich kann warten, bis du so weit bist. Wenn du nur nicht so unwiderstehlich wärst ...«

Er soll mir bloß nicht wieder mit dem Gerede kommen, dass ich zu jung sei und dass ich es besser mit jemandem machen sollte, den ich liebe, bevor ich es mit ihm treibe etc. Hier und heute ist der richtige Augenblick. Außerdem habe ich mir so viele Kerzen in die Muschi gestopft, dass ich im Grunde keine richtige Jungfrau mehr bin, also kann er sich seine Skrupel sonst wohin stecken. Ich hauche, im Einklang mit dem Wind in den wilden Gräsern und Eschenwipfeln: »Ich will dich!«

Und es stimmt: Nie habe ich wen anderes gewollt als ihn – auch wenn sich hier und da ein Unbekannter in meine Träume schleicht und mich zur Erkundung jener Stadt anregt, deren Namen ich nicht nennen darf, weil sie viel zu nah dran ist an unserem Hafen des Friedens, an unserem *snow-globe* ohne Schnee und Kugel.

Arkady strahlt über meinem bebenden Bauch.

»Wenn das so ist ...«

Er kriecht auf mich zu und packt mit inbrünstiger Zärtlichkeit mein Kinn.

»Meine Prinzessin ...«

Er bricht in schallendes Gelächter aus, als wäre ihm die Absurdität seiner Worte bewusst.

»Oder besser mein Prinz?«

Ich könnte mich durch seine Bedenken verletzt fühlen, aber ich teile sie ja und weiß, dass ich mein ganzes Leben mit diesen Zweifeln verbringen werde. Also will ich bei aller Unschlüssigkeit, seiner wie meiner, den Akt der Liebe vollziehen und gar nicht erst wissen, was ich bin, und auch nicht, was das aussagt über ihn und über mich. Ich bin bereit, nichts zu sein, nichts als ein Sturzbach der Liebe, entfesselt, um endlich zu strömen, endlich alles in meinem Lauf zu überfluten, ein Fluss, so anschwellend wie in Palmyres Traum, nur weitaus tosender und weitaus schonungsloser. Achtung, ich ströme. Arkady soll sich bloß vorsehen.

Er küsst mich. Lacht, seine Lippen an meinen, unsere Zähne stoßen aneinander, unser Speichel vermischt sich. Auch er riecht gut. Eine seiner wenigen Eitelkeiten, vielleicht sogar die einzige, ist das immer gleiche, schwere und intensive Parfum, das er zu jedem Anlass trägt. Zu jeder Tages- und Nachtzeit duftet er nach Palmenhain, Harz, Moschus, byzantinischer Sakristei.

Ohne dass ich es gemerkt hätte, hat er sich seiner Tunika und Pluderhose entledigt, und ich meinerseits versuche, was mir als Schlafanzug dient, loszuwerden. Geschafft, wir sind gemeinsam nackt und ich habe das Gefühl, ein Leben lang auf diesen Augenblick gewartet zu haben. Selig und siegreich blickt er mir in die Augen. Streichelt und schnuppert unablässig an mir herum, steckt mir seine Finger in den Mund, legt sie auf meine Lider, hebt mein Haar an, um mir auf die Lippen zu hauchen, in den Nacken, in die Ohren, fortwährend und immer wieder sein zärtlicher, gebieterischer Gesang, auf den ich mit meinem Hohelied der Liebe antworte, ich liebe dich, ich will dich, mein Geliebter, mein einziger, mein über alles Geliebter. Er dreht mich um und lacht beim Anblick meines Hinterns.

»Du hast wirklich den Arsch eines Jungen! Und ich weiß, wovon ich rede!«

Dank Freikörperkultur kann auch ich zwischen Jungs- und Mädchenärschen unterscheiden, und ich muss ihm einfach recht geben: knackig, straff, muskulös und stark definiert wie sie nun mal sind, haben meine Arschbacken nichts gemein mit den weichen Gehängen bei Malika, Jewel oder Rehlein. Geschweige denn mit den schlaffen Cellulitesäcken, wie sie so viele Frauen mit sich rumschleppen.

»Komm und setz dich auf meinen Mund!«

Ich komme seiner Bitte nach, zitternd vor Glück, mich verstanden zu fühlen. Ja doch, wirklich, ich hätte richtig blöd ausgesehen, wenn er mich zuerst hätte penetrieren wollen. Auch, wenn ich noch so sehr weiß, wie unkompliziert Arkady eigentlich ist, so bleibe ich doch meiner Fähigkeit gegenüber skeptisch, wen auch immer in meiner Vagina zum Höhepunkt bringen zu können. Selbst durch die Kerzen geweitet, bleibt sie viel zu klein für einen durchschnittlich proportionierten Schwanz. Ich knie mich ins Gras und hebe meinen Schritt über das glückselige Gesicht meines Geliebten. Arkadys Zunge trifft auf meine Klitoris und ich beuge mich zurück, um der leidenschaftlichen Erstürmung standzuhalten. Er lutscht, leckt, saugt, knabbert und bläst mir seinen warmen Atem auf das einzige Organ, dessen ich mir halbwegs sicher bin – doch wie lange wohl? Wie lange wird es dauern, bis es mir den Dienst versagt und ebenfalls eine üble Verwandlung erfährt?

»Leck dir die Finger!«

Sein Befehl erreicht mich abgehackt, feucht, und ich gehorche, ohne zu verstehen.

»Fertig?«

»Ja.«

»Steck sie dir tief in deinen Arsch!«

»Was?«

»Steck dir die Finger in den Arsch!«

Gehorsam hin oder her, denn just in diesem Moment spüre ich die Lust anbranden, zunächst auf einen Punkt begrenzt, als Reiz, dem ich fast schon ein Ende setzen möchte, und wenn ich dafür Arkady und seine Zunge zum Teufel schicken müsste, und dann als Gongschlag, der mich von Kopf bis Fuß in köstliche Schwingungen versetzt. Arkady befreit sich aus der Umschlingung meiner Schenkel und betrachtet mich voller Genugtuung.

»Gut, was?«

»Ja!«

»Du hattest aber schon mal einen Orgasmus, oder? Das war jetzt nicht das erste Mal?«

»Nein, mit dir zusammen ist es aber schöner als allein.«

»Aber ja, mein Herz, da machst du gerade eine wichtige Entdeckung: Zu zweit macht Sex mehr Spaß. Oder zu dritt, zu viert, zu mehreren. Hättest du Lust auf einen Dreier mit Daniel?«

»Nein.«

»Ihr seht euch nämlich verdammt ähnlich, das könnte sehr aufregend sein. Zu erleben, wie ihr miteinander Sex habt, wie ihr euch gegenseitig befriedigt und dabei auch mich ...«

»Darauf habe ich keinen Bock.«

Er seufzt bedauernd und wirft mich dann ins Gras, das von unserem Liebesspiel ganz plattgedrückt ist. In meinem grünen Winkel brennt die Sonne umso heißer, als wir dort vor dem kleinsten Windhauch geschützt sind. Dank Höhepunkt bin ich erst recht schweißgebadet, Arkady steht mir jedoch in nichts nach mit seinem roten, von meinen Sekreten beschmierten Gesicht. Ohne langes Zögern presst er sich an mich und liebkost mich aufs Neue, mit seinen Fingern, seinem Mund und seinem Schwanz, der während seines einfallsreichen Zungenspiels kein bisschen schlaff geworden ist. Kurz muss ich an den armen Victor denken, der jeden Tag mit dieser nie versiegenden Manneskraft konfrontiert wird, während seine beständig nachlässt – aber ich habe keine Zeit, mein Mitgefühl zu verschwenden, ich habe nur Zeit für mich und Arkady.

»Die Stunde unserer Selbst hat geschlagen!«

Diesen Satz hat Arkady soeben ausgesprochen, als könnte er meine Gedanken lesen und hätte mich auf dem Pfad der Ungeduld überholt. Sein weihevoller Ton verrät mir, dass es sich um ein Zitat handelt, und ich frage ihn, woher es stammt.

»Es fällt mir partout nicht ein. Wahrscheinlich von einem Dichter.«

»Victor Hugo?«

»Nein, nicht Victor Hugo. Es gibt wahrlich noch andere Dichter neben Victor Hugo! Es will mir aber partout nicht einfallen: Du lenkst mich einfach zu sehr ab! Und außerdem, weißt du ja, ist von uns beiden Victor der große Leser, während ich und Literatur ... Offen gesagt, geht sie mir eher auf die Eier. Sag das aber bloß nicht weiter!«

Mein Glück kennt keine Grenzen: Nur bei mir traut er sich zu sein, wie er ist, ungebildet, derb, auf Strandschnecken versessen. Er schenkt mir sein Vertrauen, und meines wächst schlagartig an. Ich erwidere seine Küsse und Berührungen, wage mich sogar daran, sein forsches Glied zu packen. Es ist das erste Mal, dass ich ein männliches Glied umschlossen halte, und vielleicht sollte ich mir etwas wünschen, doch alles, alles geht mir zu schnell, die Mauersegler, wie sie über uns kreisen und rufen, Arkadys Parfum, das sich mit dem Duft der nahen Pinien vermengt, das Hin und Her, das er meiner Hand einschreibt mit seiner so breiten und warmen eigenen, sein Keuchen und die Verzückung, die in seinem Blick aufscheint.

»Wo soll ich kommen?«

»Was?«

»Wo soll ich kommen?«

Egal, wie oft er die Frage wiederholt, ich verstehe immer noch nicht, was er meint.

»Auf deinem Bauch? Zwischen deinen Brüsten? In deinem Mund?«

Allmählich dämmert es mir, aber da geht die Salve bereits ab, landet weder auf meinem Bauch noch auf meinen Brüsten, sondern irgendwo zwischen Oberbauch und Sonnengeflecht, einem nichtssagenden Zwischenbereich, der nicht die geringste

Erregung aufkommen lässt. Dies ist auch meine erste Begegnung mit Sperma, und diesmal kann ich in aller Ruhe überlegen, was ich mir wünschen soll. Arkady reißt mich aus meinen Gedanken und deutet zum Himmel.

»Weißt du eigentlich, dass die nie landen?«

»Wer?«

»Die Mauersegler. Sie können monatelang fliegen, ohne auf dem Boden zu landen.«

Gute Idee. Ich greife sie umgehend auf und formuliere für mich den so inbrünstigen wie abwegigen Wunsch, immer weiterzufliegen – ohne langsamer zu werden oder anzuhalten, ohne seelisches Tief oder Selbstzweifel. Ich nehme vorsichtig etwas Sperma auf und führe mir die Finger zur Nase. Arkadys harziger, ambrahaltiger Duft ist einem faden und mir schließlich bekannten Geruch gewichen.

»Riecht nach Kastanie, findest du nicht?«

Mein kleines bewaldetes Reich beherbergt ihrer so viele, dass ich mir meiner Sache sicher bin, aus Höflichkeit aber lasse ich Arkady entscheiden, ob sein Samen mit diesen blumigen Noten verwandt ist, die ich nie wirklich zu meinen Favoriten zählte – ich bevorzuge bei Weitem die Lilien und Freesien meines Vaters.

»Ach ja?«

Mit Blumen kennt er sich genauso wenig aus wie mit Literatur, das wird mir sofort klar, aber ich verzeihe ihm das, denn sein Spezialgebiet ist das Menschliche. Oder die Liebe. Oder auch die Menschenliebe, was sehr viel seltener und sehr viel verdienstvoller ist als irgendwelche Qualifikationen auf dem Gebiet der Botanik.

17.
Oh die glücklichen Tage

Der Sommerbeginn hat mich vorläufig von sämtlichen schulischen Pflichten befreit, und so habe ich nichts anderes zu tun, als in Vollzeit ich selbst zu sein. Zum Glück wird diese Vollzeit von Unterbrechungen rhythmisiert, diesen bereits erwähnten Absencen, die immer häufiger auftreten. Das sollte mich vielleicht beunruhigen. Immerhin ist meine Mutter alles andere als der Inbegriff geistiger Gesundheit und meine Großmutter, dem erotischen Furor nach zu schließen, den sie an der armen Malika auslässt, ist mehr als nur übergeschnappt. Kann doch sein, dass ich an einer bipolaren Störung leide oder an einer neurologischen Schwäche – zusätzlich zu meinen ganzen anderen Fehlfunktionen.

Ist mir aber schnurz: Noch nie war ich so sehr im Einklang mit dem Sommer, seinem Sirren und Schrillen, den Hitzeschneisen inmitten der Pinien, den mineralischen Böen und dem strahlenden Blau. Allmorgendlich renne ich im noch zitternden Tau zu meinem Nest, meiner Senke, der Grasharfe, wo Arkady zu mir stößt, falls er mich dort nicht schon erwartet, der Länge nach hingestreckt, sein Blick zwar spöttisch, aber doch sehnsuchtsvoll. Schneller als gesagt sind wir nackt in unserem Paradies und entfesseln einer im anderen unsere hemmungslose Lust. Ich lag sehr wohl richtig, zu warten und mit ihm zu beginnen: Kein anderer hätte das so gut gemeistert. Ich sage ihm, was ich denke, doch er streitet das leichthin ab, lässig, gedankenlos:

»Quatsch, was redest du! Ich kenne eine ganze Menge Kerle, die das genauso gut können wie ich. Glaub mir, es liegt nur daran, dass ich dein Erster bin und du keine Vergleiche ziehen kannst.«

»Ich will, dass du mein Erster bist, mein Letzter und mein Einziger.«

»Mach mal halblang, Farah Facette.«

»Du hast mir immer noch keine Fotos gezeigt.«

»Fotos?«

»Farah Facette! Du hattest versprochen, mir Fotos zu zeigen.«

»Stimmt. Aber wo sollte ich welche finden?«

»Im Internet!«

Er blickt mich voller Kummer und Argwohn an.

»Ich darf dich dran erinnern, dass wir laut Satzung kein Internet nutzen dürfen. Du hältst dich doch hoffentlich auch in der Schule daran, oder?«

Ich habe meine eigene Satzung, und diese verbietet mir, Lügen zu erzählen. Man muss die Menschen schon verachten, um sie zu belügen, und Verachtung liegt nicht in meiner Natur.

»Doch, manchmal schon. Aber ich darf dich dran erinnern, dass wir dazu verpflichtet sind! Für die Schulaufgaben. Die Lehrer wollen es so.«

»Wir haben die Schulleitung gebeten, die Kinder des Liberty House davon zu befreien: dich, Dos, Tres, Djilali ...«

»Das kümmert die einen Scheiß. Bei Djilali ist das vielleicht anders, im Gymnasium aber werden wir genauso behandelt wie alle anderen.«

Natürlich verrate ich ihm nichts von meiner privaten kleinen Recherche in Sachen Transgender. Meine Wahrheitsliebe hat ihre Grenzen, und, um es gleich zu sagen, sie geht ganz gut einher mit leichter Verschleierung. Arkady seufzt, wirkt aber nicht so, als hätte ihn mein Geständnis wirklich schockiert. Er schmiegt sich an mich, umschlingt mich, drückt seine Nase an meinen Hals, diese fleischige, gebogene und stets leicht kalte Nase, die ich liebe. Ein verzücktes Röcheln entsteigt seiner Kehle, er rollt das *r* meines Vornamens und macht daraus einen prächtigen, herrschaftlichen, großzügigen Konsonanten: farrrrah, farrrrah, farrrrah ...

Wir wälzen uns im Gras, und alles fängt wieder von vorn an, die unentwirrbare Verschlingung unserer glühenden Leiber, das Keuchen, das Stöhnen, das Hin und Her, seine Hände, die mich packen, hochheben, wenden, seine Stimme, die mich anweist, und mein Glück, ihm zu gehorchen. Was meine Cupula betrifft, so ist die Sorge längst verflogen, denn er hat sie zu einer Abschussbasis gemacht, einer Reibungszone, die unsere Energie potenziert, ohne dass wir so blöd wären, uns damit zu begnügen. Ich habe mir Arkadys Philosophie zu eigen gemacht: Wenn sich Sexualität auf die Penetration der Vagina beschränkte, wäre dies allgemein bekannt. Sie wird sogar als Zone stark überschätzt, die Vagina, bedenke ich allein die Lust, wie ich sie aus sämtlichen außervaginalen Praktiken ziehe, in denen mein spiritueller Mentor mich unterweist – denn wenn er inzwischen auch meine sexuelle Erziehung übernommen hat, so kümmert er sich doch nach wie vor um meine geistige Reife. Sogar mehr denn je, denn ihm zufolge steckt der Geist überall, in jeder einzelnen Zelle, von meinem widerspenstigen Haar bis zur Hornhaut an meinen Fersen, und natürlich auch in meinen verkümmerten Geschlechtsorganen – der Geist ist da keineswegs pingelig.

Mit der Zeit hat sich meine geheime Senke in eine richtige Kasematte verwandelt, mit einem Segeltuch überspannt, das im Wind flattert und uns vor Sonneneinstrahlung schützt. Dort lagere ich Wasser, Pfirsiche aus unserem Obstgarten und Proviant, den ich aus der Speisekammer stehle, sobald Fiorentina nicht da ist. Aber sie hat wohl eine Art siebten Sinn für Diebereien oder kennt ihre Vorräte aufs Genaueste. So oder so hat sie sich darüber beklagt, dass ihr Bestand an Pavesini schwindet, diesen piemontesischen Keksen, die sie unter Ausschluss jeglicher Alternative für ihr Tiramisu verwendet. Merkwürdig, denn ich habe mich vor allem beim Trockenobst bedient. Wie auch immer, Arkady ist ohnehin der Meinung, dass es sich auf leeren Magen besser fickt.

»Und mit voller Blase. Gilt für Frauen, bei Männern ist das etwas komplizierter.«

Also stelle ich mich zu unseren Treffen ein, ohne gegessen und gepinkelt zu haben. Das erledige ich hinterher, und auch das ist ein Vergnügen: hinter der Haselnusshecke zu pinkeln oder altbackenes Brot und überreife Pfirsiche zu essen, während Arkady mich verliebt ansieht und darauf wartet, die Süße der Früchte auf meiner Zunge zu kosten und die Säure des Urins zwischen meinen Schenkeln.

»Du bist ja so geil, Farah, so unglaublich geil!«

Manchmal verbringen wir den ganzen Tag unter dem flatternden Segeltuch, doch meistens gehen wir vor dem Mittagessen heim, damit Arkady seine Schäfchen sieht und sich um das Tagesgeschäft kümmern kann. Unsere Liebschaft ist nicht unbemerkt geblieben, doch im Liberty House schläft sowieso jeder mit jedem, ohne davon großes Aufheben zu machen. Zwar gibt es die eine oder andere Ausnahme, wie Fiorentina, aber die anderen alten Weiber sind meines Wissens immer noch sexuell aktiv oder geben vor, es zu sein. Von den alten Knackern gar nicht zu reden, Kinbote, Orlando, die überzeugt sind, hier das ultimative Freudenhaus gefunden zu haben – ein anderes werden unsere siechen Greise ohnehin nicht mehr finden. Kurzum: Bei uns käme es niemandem in den Sinn, an unseren Liebesspielen Anstoß zu nehmen. Ich frage mich sogar, ob Victor, dem jede Form von Eifersucht fernliegt, nicht insgeheim erleichtert ist, dass ich etwas von Arkadys überschäumender Energie für mich abzweige. Jedenfalls behandelt er mich neuerdings mit ungewohnter Wertschätzung und lässt mir kleine Aufmerksamkeiten zukommen, worüber man nur staunen kann, wenn man diesen Kerl kennt. So hat er für mich das Foto von Farrah

Fawcett ergattert, das ich von Arkady gefordert hatte. Offensichtlich aus einem Buch gerissen, flankiert es jetzt das Bild von Sylvester Stallone an der gekalkten Wand, die meine Vorgängerinnen mit Ölzweigen, Kruzifixen und Ansichten von Lourdes, Fatima oder Castel Gandolfo behängt hatten. Und so wandert mein Blick von der animalischen Faszinationskraft des einen zur kanonischen Schönheit der anderen, melancholisch getrübt wegen des Missing Link. Zwischen Stallone und mir besteht möglicherweise eine vage Ähnlichkeit, doch mit Farrah Fawcett habe ich leider nichts gemein. Auch wenn im Grunde nicht viel gefehlt hätte. Man sehe sich nur meine Mutter an, und man wird begreifen, dass ich bei der Lottoziehung kein Glück hatte. Auch nicht beim Rubbellos. Selbst wenn mir Rehleins feine Gesichtszüge versagt blieben, hätte ich wenigstens ihre hellen Augen, ihre makellose Haut, ihre wohlgerundeten Brüste oder ihre zarten Fesseln erben, ein paar Krumen ihrer Herrlichkeit abbekommen können, aber nein, nichts davon, gar nichts. Nichts auch von Seiten meines Vaters, weder seine rotbraunen Locken noch seine langen Wimpern oder seine schön geschwungenen Lippen. Offenbar habe ich aus anderen Vorfahren geschöpft, aus einem seit Jahrtausenden, seit urgeschichtlichen Zeiten schlummernden Genpool, wo die Frauen es noch nicht nötig hatten, sich so stark von ihren männlichen Stammesgenossen zu unterscheiden – aber nein, was gaukle ich mir da nur vor, sogar im Pleistozän hätte man von mir die passenden Geschlechtsorgane erwartet. Da schießt mir die Frage durch den Kopf, inwieweit unsere Urahnen wohl die weibliche Anatomie erforscht hatten? Schlitzten sie die Bäuche auf oder gaben sie sich mit dem zufrieden, was ihre Finger erkunden konnten, die feuchte Öffnung der Vulva, die elastische Verengung der Vagina und im Bestfall noch einen formvollendeten Gebärmutterhals – sodass meine fehlende Gebärmutter gar nicht erst aufgefallen wäre? Die Fortschritte der bildgebenden Verfahren in der Medizin werden über den grünen Klee gelobt, zu Unrecht, man sollte lieber an all jene denken, die viel besser ohne diese erniedrigenden Untersuchungen leben könnten. All dies lenkt mich von meinem Thema ab, dem der Ähnlichkeit zwischen meiner Mutter und Farrah Fawcett, wobei sie weniger sportlich, weniger strahlend, weniger amerikanisch ist als diese. Beide haben sie ein perfekt blitzendes Lächeln und silbrig blondes Haar. Das Haar meiner Mutter ist allerdings zu kraus für jedwede Frisur, und so trägt sie seit ewigen Zeiten eine Art Afro. Bedenkt man, wie schnell und gleichmäßig ihre feine Perlmutthaut in der Sonne braun wird, ist fraglich, ob Kirsten ihrem Mann – so blond und rosig wie sie selbst – tatsächlich treu geblieben ist. Natürlich schwört Kirsten Stein und Bein, in ihrem Leben habe es nur einen Mann gegeben, und der sei schon einer zu viel gewesen, Tatsache ist jedoch: Rehlein hat afrikanisches Haar und einen Teint, der Zweifel aufkommen lässt – weil sie sich aber vor UV-Strahlen ebenso flächendeckend schützt wie vor allem anderen, vor elektromagnetischer Belastung, Parabenen, Phtalaten und noch etlichem mehr, ist sie viel weißer als Weiße eben sind, angefangen bei ihrer Mutter und ihrer Tochter, die sich beide von der Sonne gerben lassen.

Unter der Sonne nämlich treffe ich meinen Liebsten, und unter der Sonne lieben wir uns, solange die Hitze erträglich bleibt. Dann ziehen wir uns unter den Baldachin zurück, den er für mich über den Wildhafer gespannt hat und dessen Seidenkordeln er am rauen Stamm der Haseln befestigen konnte. *Hier beginnt das kurze Glück meines Lebens* ... Stimmt gar nicht: Das Glück hatte zuvor schon begonnen. Danach ging es verloren. Ich war glücklich, vom ersten Tag an im Liberty House bis hin zum Sommer, als ich fünfzehn wurde, keine Frage. Glücklich, weil ich in einer Gemeinschaft liebevoller Erwachsener aufwuchs; glücklich, weil ich in einem Palazzo wohnte, leicht baufällig, aber viel, viel romantischer als die Reihenhäuser oder Wohnungen der anderen; glücklich, weil ich allein über meinen ausgedehnten Pinienwald herrschte, meinen Kastanienhain, meine Felder, meine schattigen Wege, mein Volk von Hühnern, Katzen und Eichelhähern – ganz zu schweigen von den Tümpeln voller Molche, den Füchslein in ihren Bauen, den Baumhäusern, den Kuhglocken, die von einem Tal zum nächsten hallten und mich entweder beruhigten oder fröhlich stimmten, also von genau all jenen Dingen, die eine Kinderseele braucht.

Mit seinem ungeheuren Scharfsinn hat Arkady den exakten Moment erfasst, wo mein Reich mir nicht mehr zu genügen drohte, um in ihm den langersehnten Sturm zu entfachen, die orgiastische Leidenschaft, die große Umwälzung. Ich bin unersättlich, er ist es nicht minder, und es ist grandios, seine Liebe zu spüren, sein Verlangen, seine klare Wertschätzung dessen, was ich bin, ungeachtet meiner Intersexualität, meiner Stallone-Fresse und meiner Farrah-Fawcett-Träume. Meine Mutter wird wohl ebenfalls die Ausdünstungen von Liebe und Verlangen wahrgenommen haben, die mich umschweben, wenn ich atemlos und verschwitzt aus meiner Senke zurückkehre und all die empfindlichen Stellen meines Körpers von Arkadys zärtlichen Bissen und seinem rauen Bart gerötet sind und an meinem Hals oder zwischen meinen Schenkeln in fetten Flecken sein Sperma trocknet. Sie mustert mich, auf einmal neugierig geworden, und fragt mit brutaler Offenheit:

»Läuft es gut mit Arkady? Gefällt dir, was er mit dir macht?«

Ich bin Offenheit ebenso gewohnt wie Brutalität, besonders von meinen armen Eltern, die zusammengenommen ein geistiges Alter von zwanzig erreichen; ich bin es auch gewohnt, vor niemandem Geheimnisse zu haben, so wie auch niemand vor mir Geheimnisse hat in diesem Glashaus, wo ich aufgewachsen bin, aber ich möchte nicht unbedingt, dass mein Sexualleben zum Gesprächsthema wird. Erst recht nicht mit meiner Mutter, deren Sexualität sich darauf beschränkt, die meines Vaters zu erdulden, seine feurigen Eröffnungen über sich ergehen zu lassen, seine leidenschaftlichen Küsse und ganz zum Schluss die gnädig gewährte, flüchtige Einführung seines drängenden Glieds. Denn schlecht ist das Leben gefügt, und schlecht passen die Paare zusammen: Meine Mutter, die wunderbar mit einem Partner wie Victor und dessen seltenen, schwächelnden Erektionen zurechtkäme, bleibt an meinem Vater hängen, der sie unablässig bestürmt, damit sie für ihn die Beine breitmacht. Das ist die einzige Wolke an ihrem Ehehimmel, denn sonst stimmen sie in allem überein und legen die gleiche Sichtweise an den Tag, was geradezu inzestuös anmutet – und vielleicht ist das auch die Erklärung für meine körperlichen Makel: Sie ähneln einander zu sehr, um sich zu paaren.

Hochgehievt auf eine unserer Umfassungsmauern, nun gut, eher einem Mäuerchen aus Feldsteinen samt flüchtenden Eidechsen, hockt meine Mutter da und zieht an einer kurzen zerknautschen Zigarette. Ich weiß nicht, was sie raucht, und nehme an, dass sie es auch nicht weiß: Mein Vater dreht ihr die Fluppen und nutzt dabei die Gelegenheit, ihr selbst gezüchtete Kräutermischungen unterzujubeln. Vor Kurzem hat er seine Gewächshäuser und den Obstgarten um einen kleinen Aromagarten ergänzt, in dem er wild herumexperimentiert. So wie andere den Stein der Weisen suchen, hat er sich vielleicht vorgenommen, das wirksamste Aphrodisiakum zu finden, die Substanz, die seine Gattin endlich in eine wollüstige, hemmungslose Liebhaberin verwandelt. Einstweilen aber scheint meine Mutter sich andauernd im Zustand der Entrückung zu befinden, in einer träumerischen, liebenswürdigen Verwirrung, die sich von ihrem Normalzustand bis auf gute zwei Grad zusätzlicher Teilnahmslosigkeit gar nicht so sehr unterscheidet.

»Weißt du, Farah, ich würde dir gern was sagen ...«

Ich blicke sie hoffnungsfroh an, diese Mutter, die nie etwas sagt, diese Mutter, die vor allen Dingen beschützt werden muss, diese Mutter, die nur jenes eine Begehren kennt, das sie von jeher bei anderen weckt, weil ihre Schönheit so vollkommen ist.

»Ja?«

Sie gerät ins Stocken, zieht an ihrer Zigarette und blickt sich um, als könnten ihr die Lavendel- und Rosmarinsträucher eine mütterliche Sonntagsrede einhauchen. Um uns herum summt die Landschaft wie ein Bienenstock unter der sengenden Mittagssonne. Bald wird der Gong ertönen und uns an den gedeckten Tisch auf die Terrasse rufen. Meine Mutter ist gut und gern fähig, diesen Vorwand zu ergreifen, um auszuweichen und von der geringen Höhe ihres Mäuerchens herabzuspringen, ohne mir ihre Botschaft übermittelt zu haben. Dabei bin ich mehr denn je auf etwas mütterliche Weisheit angewiesen, auf eine Ermutigung zum Erwachsenwerden, auf Ratschläge, die mir den Weg weisen, einen Weg, der für mich schmaler und steiler zu werden verspricht als für die meisten anderen.

»Ich habe mir gedacht, dass es an der Zeit ist, mit dir zu reden ...«

Ja, das kann man wohl sagen, es ist sogar allerhöchste Zeit, bedenkt man, dass sie ihren Lebtag lang noch nie mit mir geredet hat, und ich übertreibe keineswegs. So häufig mein Vater und meine Großmutter mich manchmal beiseite genommen haben, um mir ihre Ansichten über alles und nichts darzulegen, so sehr hat sich meine Mutter von allem ferngehalten, was zu meiner Erziehung hätte beitragen können. Sie stieg mit meiner Geburt aus und überließ es anderen, mich zu füttern, zu waschen, zu kleiden, zu unterhalten und zu erbauen. Allerdings möchte ich kein allzu negatives Bild zeichnen, denn sie war stets anwesend: Engel im Hintergrund, Schwebewesen im pudrig-blauen Himmel, die Schutzzweige ausgebreitet und milde lächelnd.

Die Zeit vergeht. Küchengerüche dringen zu uns vor: Butter und Salbei – Fiorentina wird wohl ihre Gnocchi gekocht haben. Meine Mutter zerdrückt ihre Zigarette zwischen zwei Steinen und bewahrt die Kippe sorgsam auf. Ein Windstoß hebt die herrliche Wolke ihres aschblonden Haars an, und ein wehmütiges Lächeln versieht ihre Wange mit einem flaumigen Grübchen. Wahrscheinlich lacht sie über sich selbst und über ihre Unfähigkeit, ein Gespräch zu führen, und wäre dieses noch so harmlos. Nur ist dieses jetzt, dieses hier alles andere als harmlos: Meine Mutter wird mir endlich verraten, wie die Kurve zum Erwachsenwerden zu kriegen ist! Sie hat sie ja wohl selbst mal genommen? Mir ist sogar zu Ohren gekommen, dass es für sie gar nicht so leicht war, mit meiner LGBT-Großmutter, die sie ihren Geliebten zuspielen wollte und gleichzeitig zu sämtlichen Castings schickte, um aus ihrer unfassbaren Schönheit Profit zu schlagen. Kein Wunder, dass sie in der Liebe meines Vaters Zuflucht suchte, und zwar vom ersten Augenblick an, schon beim ersten Treffen im Sommercamp, wo sie beide hingeschickt worden waren, um Englisch zu lernen und andere Kinder aus reichem Hause zu treffen.

Meine Mutter seufzt, streckt sich und gleitet wie befürchtet von ihrem Mäuerchen. Ihre Augen suchen meinen Blick, diese leicht milchigen Opale, umrahmt von verblüffend schwarzen und dichten Wimpern.

»Aber schau, mir fällt einfach nichts ein, egal, wie lange ich überlege, ich wüsste nicht, was ich dir sagen sollte. Ich würde wirklich gern ... mit dir reden und so, aber es kommt einfach nichts ...«

Aus ihrer Enttäuschung schöpfe ich die Kraft, meine eigene zu kaschieren. Es stimmt, ja, ich sehe, wie leid es ihr tut, um meinetwillen, und ich bin sicher, dass sie sich regelrecht abgerackert hat, um mir wenigstens einen Hauch von irgendwas mitzuteilen. Habe ich schon erwähnt, dass meine Mutter strohdumm ist? Nein? Tja, das ist allgemein bekannt. Sie und mein Vater sind Einfaltspinsel, fast schon geistig zurückgeblieben. Sie ist bei der Bewältigung der simpelsten Aufgaben auf die gleichen Schwierigkeiten gestoßen wie mein Vater und wurde nur aufgrund ihres freundlichen Wesens und ihres Schweigens in die jeweils nächste Klasse versetzt. Die Lehrer waren ihr dankbar, da sie niemals Unruhe stiftete, ernsthaft, gehorsam und fleißig war – auch wenn sie aus deren Unterricht keinerlei Nutzen zog. Sie rasselte zweimal durchs Abi und warf schließlich das Handtuch. Nun gut, sie verdiente da bereits als Model ein Vermögen und machte ihre geringe Körpergröße von 1,68 Meter durch ihre außergewöhnliche Anmut wett, ihre perfekten Gesichtszüge und eine subtile Farbkombination – Lavendelblau, Austernoder Mandelgrün, Perlmutt aus den Tiefen des Meeres, das zarte Braun des Parasols am Waldrand. Wie sollte man Rehlein Böses wollen oder ihr auch nur sagen? Ich behalte meinen Frust für mich und folge ihr, versunken in Gedanken über diesen kleinen Zwischenfall. Es war ein Fehler, auch nur das Geringste von einer Mutter zu erwarten, die sich selbst und ihre mögliche Rolle nicht einmal ansatzweise kennt. Wobei sie da nicht die Einzige ist. Über den Daumen gepeilt habe ich sogar den Eindruck, dass die Menschheit sich in zwei Gruppen teilt: Menschen, die über sich selbst Bescheid wissen, und die anderen. Zur zweiten Kategorie zähle ich selbstverständlich und zweifelsfrei meine Eltern, aber auch meine Großmutter, Malika, Salo, Epifanio und Teresa – während Dolores mir in Bezug auf Klarsicht und Urteilskraft aus unerfindlichen Gründen besser abzuschneiden scheint als ihre Zwillingsschwester. Djilali ist noch zu klein, als dass ich sein Selbstverständnis bewerten könnte, aber mir schwant, dass man ihn zu jenen Menschen wird rechnen können, die ihr Leben gestalten, anstatt es zu erleiden, was der Weisheit zu verdanken ist, die man erreicht, wenn man unter Narren lebt, was wiederum das Schicksal der meisten Kinder ist, insbesondere aber das von Djilali. Sie sehen, ich komme zur Sache: Nichts ist besser als eine komplizierte Kindheit, um die Lust an Komplikationen zu verlieren.

Ich nehme mir eine zweite Portion Gnocchi, ich taxiere meine Tischgenossen, und bemühe mich, die andere Spalte meines imaginären Schaubilds auszufüllen. Wenn es bei Arkady und Fiorentina keinerlei Bedenken gibt, so hege ich umso mehr Zweifel bei Victor, Dadah, Nelly oder auch Daniel, dessen Verstand manchmal aussetzt, ja in Teilen sogar dauerhaft ausgeschaltet ist. Man könnte aus meiner kleinen Erhebung schließen, dass diejenigen, die an sich selbst vorbeileben, die große Mehrheit bilden, aber ich möchte diese entmutigenden Zahlen nicht zu stark gewichten, denn es gehört zu den negativen Seiten unserer kollektiven Utopie, dass sie das Defizitäre und Untaugliche anzieht. Der Rest der Menschheit kommt möglicherweise besser weg.

Arkadys Hand tastet sich zu meinen Oberschenkeln vor, seine Finger zeichnen die gezackten Ränder meiner Verbrennungen nach, arbeiten sich zum Saum meiner Shorts hoch, streicheln kurz über meine Scham, bevor sie wieder auf der Tischplatte landen und sich zum Parmesanschälchen vortasten – obwohl es laut Fiorentina ein Verbrechen ist, ihre Gnocchi in Salbeibutter mit Käse zu bestreuen. Schade, dass ich neben ihm sitze und nicht ihm gegenüber: Ich sehe ihm gern zu, wie er mit anderem beschäftigt ist, mit seinen Tischnachbarn plaudert und mir ab und an einen verschwörerischen Blick zuwirft. Pech gehabt: Mein Gegenüber ist Victor, der verlebte alte Löwe, dem die Seitensprünge seines Liebsten kein bisschen den Appetit verderben. Vielleicht stopft er sich auch nur voll, um mir zu zeigen, dass ich in ihrem langen Liebesschmaus nichts als eine kleine Beilage bin.

Ich schnappe mir also meinerseits einen Grissino, ich beginne, ihn mir langsam und genussvoll einzuverleiben, indem ich meine Wangen einsauge, geräuschvoll an ihm lutsche und mir mit der Zunge über die Lippen fahre, nur um Victor vor Augen zu führen, wie unglaublich köstlich es doch ist, ein dickes, steifes Glied in den Mund zu nehmen – auch wenn der Durchmesser des Grissinos sich in nichts mit dem Umfang von Arkadys Schwanz vergleichen lässt. Alle starren mich an, aber ich setze meine Pantomime beharrlich fort, bis der Grissino vollends in meinem weichen Schlund verschwunden ist. Und dann, hopp, schlucke ich's mit einem Mal runter und seufze voll und ganz befriedigt. Fertig. Bis zum nächsten Mal. Bis Arkady und ich uns bei Sonnenaufgang wiederfinden, unter dem windgepeitschten Baldachin ausgestreckt, sein Schwanz an meiner Zunge, seine Finger in meiner Cupula und unsere Herzen im Einklang – im Einklang auch mit dem Sommer, der im glühenden Stein pulsiert, in den versengten Gräsern und hoch droben am Himmelszelt, Amen.

18.
Eine heillose Angst

Die Stelldichein unter dem Baldachin und Arkadys zärtliche Zuwendung dürfen mich nicht von meinem Ziel ablenken. Schäkern ist schön, ja, aber ich werde nicht immer das Glück haben, auf allesfressende Liebhaber ohne besondere Ansprüche zu stoßen: Wenn ich will, dass dieser herrliche Sommer eine Fortführung erlebt, muss ich feststellen, ob ich ein Mädchen oder ein Junge bin, anstatt in dieser Unbestimmtheit zu verharren, auf die mein Körper unaufhaltsam zusteuert.

Dazu befragt, zeigt sich meine LGBT-Großmutter äußerst entschieden: 15 Prozent der Weltbevölkerung weisen mehr oder weniger intersexuelle Eigenschaften auf. Schön und gut, aber sie ist ja meine Großmutter, und sie neigte schon von jeher dazu, die Wahrheit im Sinne ihrer kommunitaristischen Interessen zu verdrehen, also werde ich mich auch nicht auf ihre Behauptungen stützen, um mich mit meinem Zwischenstatus abzufinden. Was wiederum nicht verhindert, dass, vergleiche ich ihre Zahl mit meiner persönlichen Statistik und meinen beiden imaginären Spalten, die Anzahl solcher Menschen doch relativ hoch ist, die in völliger Verkennung ihres wahren Wesens leben – und ich will mich bestimmt nicht dazugesellen. Erst recht nicht, da ich mich zwar noch als Mädchen empfinde, aber immer häufiger mit »junger Mann« oder »Monsieur« angesprochen werde. Tatsächlich sind meine Brüste nach einem vielversprechenden Anfang aus unerklärlichen Gründen wieder verschwunden, womit ich meine Zugehörigkeit zum weiblichen Geschlecht rein äußerlich nur mehr durch die Wahl der Kleidung demonstrieren könnte. Da ich nie etwas anderes trage als Jeans, Shorts, T-Shirts und Turnschuhe, hilft mir das allerdings auch nicht weiter.

Ich würde mich ja als Jungen akzeptieren, wenn ich nur den Hauch einer Ahnung hätte, was das bedeutet, aber das ist nun mal nicht der Fall. Und da es sich um eine schicksalshafte

Entscheidung handelt und ich den ganzen Sommer vor mir habe, nehme ich mir vor, dieser Frage auf den Grund zu gehen. Schließlich verfüge ich hier nicht nur über eine außerordentlich gut sortierte wissenschaftliche Bibliothek, sondern auch über ein Haus, wo Mädchen in Uniform herumgeistern, sowie über Mitbewohner beiderlei Geschlechts, die meinen Fragebogen sofort ausfüllen würden – denn ja, ich werde eine Umfrage durchführen. Wenn es so richtig heiß wird, ziehe ich mich in die Bibliothek zurück, die auch als kleiner Salon bekannt ist – wobei klein hier relativ ist, denn der Raum misst neunzig Quadratmeter, was der Durchschnittsgröße einer Wohnung in Frankreich entspricht. Bevor jedoch irgendwelche Requisitionsmaßnahmen in Gang gesetzt werden, möge man sich bitte daran erinnern, dass im Liberty House rund dreißig Dauergäste leben, und dass es da eben braucht, was es braucht. Zugegeben, abgesehen von Victor, Djilali und mir geht nie wer in die Bibliothek. Egal: So kann ich ungestört recherchieren.

Eine rasche Bestandsaufnahme führt mich zu einer ersten Feststellung: Unsere *Enzyklopädie der Frau und der Familie* behandelt nicht die Frage des Mannes. Man könnte einwenden, dass ich angesichts des Titels damit hätte rechnen müssen, aber von wegen: Achtzehn Bände, da wäre theoretisch ja genügend Raum, um das Thema anzuschneiden, und sei es auch nur gelegentlich in dem der Fortpflanzung gewidmeten Kapitel. Darin findet sich jedoch nichts, und da ich bereits stundenlang über die Querschnittabbildungen von weiblichen Geschlechtsorganen gebrütet habe, kann ich die achtzehn Bände mit ihrem Voll-Ledereinband getrost an ihren gewohnten Platz zurückstellen, neben Buffons *Allgemeine Naturgeschichte* – in der ich gern die insekten- und vogelkundlichen Tafeln zurate ziehe, um eine Sperlingsart von der anderen zu unterscheiden und meine Schmetterlinge zweifelsfrei zu identifizieren. Von der

Naturgeschichte des Menschen habe ich mir einiges versprochen, genau wie von der *Abhandlung zur Anziehung*, es stellt sich aber heraus, dass ihr Einband aus rotem Saffianleder mit dreifacher Goldleiste keine nützlicheren Informationen birgt als die *Enzyklopädie der Frau* – ganz abgesehen davon, dass sich die *Abhandlung zur Anziehung* auf Magnete bezieht, und ich überhaupt keine Lust verspüre, mich für Magnetismus oder Eisenoxyde zu interessieren. Kurz und gut, ich könnte mich einfach zum Vergnügen hier aufhalten, zumal die Bibliothek einer der komfortabelsten Räume im ganzen Haus ist, wenn ich meine Recherchen aber vorantreiben will, sollte ich mich lieber mit meinem Notizbuch ins Feld begeben.

Da ich beschlossen habe, Lesben und Schwule bei meiner Studie zunächst außen vor zu lassen, bleibt in meinem engsten Umfeld kaum jemand übrig. Nicht dass wir uns falsch verstehen, die Schwulen haben über Sex und Gender bestimmt eine ganze Menge zu sagen, aber sie könnten die Ergebnisse meiner Umfrage verfälschen. Also nehme ich mir zunächst Fiorentina in ihrer Küche vor. Irgendwie ahne ich, dass sie ein klares Bild von ihrer eigenen Weiblichkeit hat, erst recht, da sie schon lange nicht mehr sexuell aktiv ist. Ihr Blick auf die Wirklichkeit wird sicher von keinem romantischen Schleier vernebelt. Sie empfängt mich in der für sie typischen Manier, mit einem Küchentuch über der Schulter, die Hände um einen Salatkorb voller grüner Bohnen geschlungen.

»Für die Minestrone: Hilfst du mit?«

Während wir gemeinsam die Bohnen entstielen, die sie am Morgen gepflückt hat, gehe ich forsch zum Angriff über: »Was heißt das für dich, eine Frau zu sein?«

Natürlich habe ich mir auch subtilere Fragen überlegt, aber Subtilität ist bei Fiorentina nicht angebracht.

»*Lavorare. Sempre lavorare.*«

Schau an. Was für eine seltsame Antwort. Seltsam auch, dass Fiorentina sie auf Italienisch formuliert, sie, die ihr Gurren ihrer piemontesischen Familie vorbehält. Da ihr Haufen entstielter Bohnen bereits dreimal so groß ist wie meiner, konzentriere ich mich auf die Arbeit und schlucke meine Einwände hinunter: Bei Fiorentina heißt es besser fleißig sein und den Mund halten. Was nichts daran ändert, dass ihr Antwort Quatsch ist. Dadah, Malika oder Rehlein – ich beschränke mich mal auf die Frauen, die ich am besten kenne – haben noch nie in ihrem Leben gearbeitet. Fiorentina seufzt vor Ungeduld und schiebt einen Teil meiner Bohnen auf ihre Seite, die sie dann mit zauberischer Geschwindigkeit köpft. Anschließend lässt sie die seit dem Vortag eingeweichten Borlotti abtropfen, und deutet auf einen Bund frisches Basilikum. Es duftet, hier in ihrer Küche, und es herrscht jene Atmosphäre heiterer Tüchtigkeit, die ich als Zeichen von Glück zu lesen gelernt habe.

»Träumst du?«

Ja, genau das tue ich gerade, halb versunken in meine postkoitale Ermattung und in die aromatischen Dämpfe der Minestrone. Hier bleiben. Diese Küche niemals wieder verlassen. Mich niemals von diesen Leuten trennen, die genau wissen, wer sie sind und was sie zu tun haben – ohne von ihnen deswegen gleich irgendwelche Wunder zu erwarten. Fiorentina kann mir über Weiblichkeit nichts beibringen. Also gehe ich zu Jewel – zu der ich mich bislang kaum geäußert habe, die aber durchaus eine eingehendere Betrachtung verdient, auch wenn an ihr nichts Spektakuläres ist. Jewel ist zwischen fünfunddreißig und fünfzig Jahre alt, ihr blondes Haar ergraut trotz regelmäßig verabreichter Kamillenspülung, ihre Augen betont sie mit einem schwarzen Lidstrich, sie hat die Arme eines Ex-Junkies, mit alten Narben und punktförmigen Wunden übersät, die niemals verheilen werden. Im Gegensatz zu den meisten anderen

Mitgliedern der Gemeinschaft spricht sie kaum über ihr Sexualleben, pflegt aber regelmäßige Liebesbeziehungen, die sie regelmäßig unglücklich machen.

Jewel bezeichnet sich selbst als freischaffende Künstlerin, so viel ich weiß, hat sie jedoch noch nie eine einzige Zeichnung oder ein einziges Gemälde verkauft, obwohl diese von eigenartiger Schönheit sind. Victor kann über ihre Werke gar nicht genug schimpfen, aber das sagt mehr über ihn aus als über sie: Er ist schlichtweg unfähig, ein Talent zu erkennen, das noch keinen Ritterschlag erhalten und keine Patina angesetzt hat; unfähig, sich wie ich von ihren pudrigen Pastellskizzen, obsessiven Tintenzeichnungen und überwältigenden Selbstporträts verzaubern zu lassen, hält er an seinen überkommenen Vorlieben fest und weiß gar nicht, was ihm da entgeht. Ich stöbere Jewel in ihrem kleinen Atelier unterm Dach auf, das Gegenstück zu Fiorentinas weitläufiger Küche mit ihrem Blick auf Vorratskammer, großen Salon und Park.

»Geht's gut?«

»Ja klar, und dir?«

»Was malst du da?«

»Gänse.«

»Ach ja. Unsere?«

»Na klar. Wenn schon, denn schon.«

Bislang hat Jewel uns nicht gerade mit Tiermalerei verwöhnt. Ihre Bilder vermengen bunte Teilchen, stilisierte Spritzen und Schädel, rätselhafte Striche und zornige Kritzeleien, in der Regel Ketten von Arzneimittelnamen, *Noctamidoraprivotrilmirtazapin*, oder Merkzettel, die so lapidar wie obskur anmuten, *geh duschn, samia rückgrufen, schiss mit schwanz, verfluchn, nich tötn* ... Jewels Werke riechen förmlich nach Schizophrenie, aber die Gänse scheinen mir eine fragile Wende in Richtung geistiger Gesundheit anzuzeigen. Jedenfalls handelt es sich wirklich um unsere, ich erkenne sie wieder, wie sie über die Kiesalleen zum Obstgarten ziehen, und so kommt mir das Lob wie von allein über die Lippen:

»Gefällt mir sehr. Mal was anderes.«

»Findest du?«

»Ja, ich finde das superschön.«

Weil ich aber nicht gekommen bin, um Kunstkritikerin zu spielen, spreche ich mein Thema an:

»Was heißt das für dich, eine Frau zu sein?«

Jewel bedenkt mich mit einem tragischen Blick, und ich erhasche für einen Moment die Schönheit, die sie verramscht hat, die exotischen Jochbeine unter ihren aufgedunsenen Wangen, den sinnlichen Schwung ihrer eingefallenen Lippen, den fernen Glanz ihrer goldenen Iris unter dem schlaffen Augenlid. Sie antwortet mir mit einer Art wilder Inbrunst, als hätte meine Frage sie aus ihrer üblichen Apathie gerissen:

»Frau ist gleichbedeutend mit Großzügigkeit, mit Hingabe! Kein Mann ist fähig, so viel zu geben wie eine Frau!«

Ihre Antwort bringt sie fast zum Beben, ihre Vision einer Welt, in der rasend verliebte Frauen alles hergeben, ihre Liebe, ihre Zeit, ihren Körper, ihr Geld ... Offenbar hat mein Thema etwas in ihr zum Klingen gebracht, denn jetzt stimmt sie ein bitteres Lamento an:

»Du hast ja keine Ahnung, was ich für sie gemacht habe, für die Männer, was ich für sie aufgegeben habe! Alles habe ich gegeben, jedes Mal wieder! Und sie haben mich jedes Mal im Stich gelassen! Keiner war besser als der andere! Und als ich in der Scheiße steckte, da, ja da ...!«

Sie lässt den Satz unvollendet, aber ich weiß trotzdem, was sie meint. Mit Scheiße kennt sie sich mindestens so gut aus wie mit notorisch undankbaren Männern. Was mich aber nun auch nicht wirklich weiterbringt: Ich wäre ja gern bereit, die Frau als

Verkörperung der Großzügigkeit anzusehen, wenn ich nicht von lebenden Gegenbeweisen umgeben wäre, bei meiner Großmutter angefangen, einem wahren Egomonster – ganz abgesehen von Arkady.

»Was ist mit Arkady?«

»Was soll mit ihm sein?«

»Na ja, er ist ein Mann – und großzügig.«

Ohne Arkadys Großzügigkeit hätte Jewel nicht einmal ein Dach über dem Kopf, denn allein mit ihrer Sozialhilfe für Erwerbsunfähige könnte sie ihren Lebensunterhalt nicht bestreiten. Im Gegensatz zu Victor, der die Schmarotzer geißelt und das Liberty House nur reichen alten Weibern, Magnaten und vermögenden Rentiers zugänglich machen will, hält Arkady so gut es geht an seiner kleinen Aufnahmequote für finanziell benachteiligte Außenseiter der Gesellschaft fest. Jewel fällt nichts ein, was sie gegen meinen Einwand sagen könnte, und ihre Inbrunst lässt schlagartig nach, genau wie mein Interesse: Den Schlüssel zur Weiblichkeit besitzt sie genauso wenig wie Fiorentina unten in ihrer Küche. Wie soll einer da überhaupt Befragungen durchführen?

Also überlasse ich Jewel ihren Gänsen und kehre in die Bibliothek zurück, um an meinem *modus operandi* zu feilen. Meine Fragen müssen dringend zugespitzt werden, wenn ich vermeiden will, dass die Leute mir gleich ihre ganze Lebensgeschichte erzählen. Ich brauche Kriterien, charakteristische Merkmale, kein Gejammer von allen Seiten. Während ich diesen Schluss ziehe, betritt Victor den kleinen Salon. Humpelt, stöhnt, bohrt seinen Knaufstock in unsere Aubusson-Teppiche, bis er endlich vor mir steht.

»Suchst du Lesestoff?«

In der Tat. Wenn meine Zeitgenossen mir schon keine Aufklärung gewähren, kann ich in der Geschichte nach älteren, aber dennoch aktuellen Zeugnissen suchen. Immerhin bilden Mann und Frau eine uralte Geschichte, und wer wüsste dies besser als ich, die ich im Garten Eden lebe, umgeben von Erwachsenen, die sich neben anderen jahrhundertealten Lehren auf den Adamismus berufen. Ich knurre Victor eine nichtssagende, abweisende Antwort hin, aber er rührt sich nicht von der Stelle, stützt sich samt schlaffer Wampe auf seine zitternden Beine und den Stock aus Ebenholz und verfolgt jede meiner Regungen. Als hätte er nichts anderes zu tun, was vermutlich auch der Fall ist: Er kann noch so sehr auf Schmarotzer schimpfen, er ist doch selbst ein Paradebeispiel für männliche Faulheit und Tatenlosigkeit.

»Wenn du nicht weißt, was du lesen sollst, gebe ich dir gern ein paar Ratschläge.«

Ja, bei Ratschlägen, da ist er immer gleich zur Stelle. Das ist sogar seine liebste Art, sich auszudrücken, als könnte er sich selbst einer derart gelungenen Existenz rühmen, dass diese ihm erlaubte, das Leben der anderen mittels Sinnsprüchen und Schulmeisterei in eine andere Richtung zu lenken. Victor hat noch nie in mir den Wunsch geweckt, ihm nachzueifern oder ihm zu ähneln. Um ihn loszuwerden, schleudere ich ihm schließlich ins Gesicht, dass ich gern mehr über Männer und Frauen wissen würde und dass unsere Nachschlagewerke da nicht allzu viel zu bieten haben. Hätte ich doch nur den Mund gehalten! Er lässt sich in den Sessel mir gegenüber fallen, tupft sich die breite feuchte Stirn mit seinem wappengeschmückten Einstecktuch und hebt zu einer weiteren Predigt an. Ich habe es satt. Er soll den Mund halten. Ich bin hergekommen, um in Ruhe nachzudenken und mir den einen oder anderen Wälzer zur Geschlechterfrage zu angeln, aber doch nicht, um mir seine xte Rede anzuhören.

»Wenn du die Unterschiede zwischen Mann und Frau begreifen willst, darfst du auf keinen Fall wissenschaftliche Texte darüber lesen, bloß nicht! Du musst zu den Quellen greifen. Lies Männerliteratur und Frauenliteratur! Durchdringe ihre seelische Struktur, und wage eine vergleichende Analyse. Romane, Gedichte, Theaterstücke – das sind probate Mittel, um eine ganze Menge Menschen kennenzulernen, die Autoren eben, und zwar auf recht intime Weise und ohne dieses ganze soziale Tralala, das stiftet doch nur Verwirrung.«

Ich atme schwer aus. Kaum überzeugt, und im Vorhinein entmutigt vom Ausmaß dieser Aufgabe. Keine Frage, ich lese gern, aber momentan habe ich anderes zu tun. Ficken zum Beispiel. Da mein Geliebter auch der meines Gesprächspartners ist, halte ich diesen Einwand wohlweislich zurück und höre zu, während er seine These ausführt. Ihm zufolge werde ich, unter der Bedingung, unserer Bibliothek einen möglichst repräsentativen Querschnitt durch die Weltliteratur zu entnehmen, am Ende eines leseintensiven Sommers wissen, wie Männer und Frauen aus sämtlichen Epochen und sämtlichen Ländern ticken, ich werde ihre Vorlieben kennen, ihre Obsessionen und Ängste. Ich spüre deutlich, dass für Victor die Sache klar ist: Männer und Frauen denken und schreiben nicht auf gleiche Weise. Von sich selbst und seinem Vorschlag entzückt, hievt er sich aus dem Sessel und führt mich zu einem Abschnitt der Wand, wo keine der dekorativen Einbände stehen, die Arkady gleich meterweise kauft. Mit seinem Stock zieht er ein paar Bücher aus dem Regal und lässt sie auf den Teppich fallen, wo sie mit einem verheißungsvoll gedämpften Laut aufschlagen.

»Nimm das! Und das hier auch, das könnte dir weiterhelfen. Ah! *Krieg und Frieden*, ausgezeichnet! *Krieg und Frieden!* Erst liest du *Krieg und Frieden* und dann *Vernunft und Gefühl.* Wo steht es nur? Ich weiß, dass wir es haben: Von Jane Austen haben wir alles! Sieh mal, allein schon die Titel sprechen Bände: Nur ein Mann konnte *Krieg und Frieden* schreiben und nur eine Frau *Vernunft und Gefühl*!«

Ich meine, einen Anflug von Gehässigkeit aus seinem vergnügten Lachen rauszuhören, dennoch staple ich die von Victors Stock ausgesuchten Werke sorgsam auf: *Die Elenden, Die Haut, Schall und Wahn, Der Mann ohne Eigenschaften, Die Odyssee, Der Zauberberg, Reise ans Ende der Nacht, Die Blumen des Bösen* ... Rasch droht der Stapel der Männer umzukippen, während der weibliche kaum anwächst, was Victor wieder mit einem hämischen Lachen kommentiert: »Tja, das ist schon ein Teil des Problems: Frauen sind bei Weitem nicht so schöpferisch wie Männer. Du wirst nur mit Mühe gute Bücher finden, die von Frauen stammen.«

»*Die Prinzessin von Clèves*?«

»Lohnt nicht. Völlig uninspiriert. Kann man höchstens als Ratgeber lesen.«

Na sowas. Mir wollte man immer weismachen, dass es sich um ein Meisterwerk handelt, allerdings traue ich den Begeisterungsstürmen meiner Lehrer längst nicht mehr: Wer auf die hört, liest nur noch Geschichten über unglücklich verheiratete Frauen, die am Ende sterben: Madame de Tourvel, Emma, Gervaise, Effi ... Ich habe sie gelesen, weil ich eine gute Schülerin bin, aber damit ist es jetzt vorbei. Unwillig klemme ich mir *Den Mann ohne Eigenschaften* und *Die Kartause von Parma* unter den rechten Arm, *Vernunft und Gefühl* und *Die Fahrt hinaus* unter den linken. Dabei werde ich es vorerst bewenden lassen – ohne meine große soziologische Untersuchung abzubrechen.

Noch am selben Tag beglücke ich Daniel mit meiner kleinen Zwischenbilanz. Man muss wissen, dass ich ihn von Anfang an in meine Recherchen miteinbezogen habe, obwohl oder gerade weil er genauso intersexuell ist wie ich. Mit der Zeit habe ich ihn als verständigen und vertrauenswürdigen Gesprächspartner schätzen gelernt, ja sogar als eine Art Freund. Und außerdem hat er mich vor Kurzem in die Welt des Nachtlebens eingeführt, und ich fühle deutlich, dass dort Raum für meine Androgynie besteht, eine Art Nische, aus der mich niemand unter dem Vorwand vertreiben wird, mein Fall wäre unentscheidbar.

Gerade lese ich *Der Mann ohne Eigenschaften*, viel verstehe ich zwar nicht, aber es gefällt mir trotzdem. Als wahrer Patensohn von Victor ist Daniel ein guter Leser, was immer das auch heißen mag, aber zu Musil kann selbst er mir nicht viel sagen.

»Ziemlich dröge, oder?«

»Da täuschst du dich. Man muss nur immer wieder mal ein paar Seiten überspringen und weitergehen. Guck mal, ich habe eine Stelle entdeckt, die von uns handelt: *Man stelle sich ein Eichhörnchen vor, das nicht weiß, ob es ein Eichhorn oder eine Eichkatze ist, ein Wesen, das keinen Begriff von sich hat, so wird man verstehen, dass es unter Umständen vor seinem eigenen Schwanz eine heillose Angst bekommen kann.*«

»Eine heillose Angst. Du hast recht: Wir sind gemeint.«

Wie um ihn zu bestätigen, ist eine unserer Katzen eben auf das Mäuerchen gesprungen, vor dem wir die aromatischen und therapeutischen Zigaretten meines Vaters rauchen: Kykat, der einäugige Kater mit seinen hundert Jahren – wenn man mit Menschenjahren misst. Trotz seines struppigen, teils löchrigen Fells, der hängenden Schnurrhaare und des kranken, von einem verklebten Lid verdeckten Auges wirkt Kykat völlig im Einklang mit sich selbst, Zweifel, wie sie hybride Geschöpfe à la Daniel oder mich durchziehen, sind ihm ganz und gar fremd.

»Jetzt mal im Ernst: Was soll ich sein, Mädchen oder Junge? Was meinst du?«

»Ich finde, du siehst immer mehr wie ein Junge aus.«

»Ich habe aber keinen Stengel, nur zur Info.«

»Das lässt sich ändern.«

»Und ich habe Eierstöcke.«

»So was gibt's?«

»Na klar. Dass man sie nicht sieht, heißt nicht, dass es sie nicht gibt!«

»Ich sage das ja nur, um dir zu helfen: Du siehst eher aus wie ein Typ als wie 'ne Tussi.«

»Mag ja sein, aber mir sind Tussis lieber.«

»Ein Grund mehr, ein Typ zu sein: Dann kannst du Tussis bumsen!«

»Ich will sie nicht bumsen: Ich will sie sein!«

»Da hast du's: Willst meine Meinung hören, dabei hast du dich doch schon längst entschieden.«

Da ist was dran. Obgleich muskulös, behaart und bereits mit dem Anflug eines Adamsapfels versehen, höre ich nicht auf, mich als Mädchen zu betrachten und von einem Rückwärtsgang meiner Pubertät zu träumen, hopp, ein Richtungswechsel, eine Rückbildung meiner Haarzwiebeln, ein Wegschmelzen meiner Muskulatur, ein Erodieren meiner Kieferknochen zur Begünstigung weicherer Formen, einer zarteren Haut, einer helleren Stimme – ein Prozess, den ich mit Anpassungen meines Kleidungsstils unterstützen würde, sachte, versteht sich, man muss ja nicht gleich ausflippen – aber immerhin. Behaglich ausgestreckt, lässt Kykat uns in seiner Art eines Monarchen nicht aus den Augen und streckt eine weiche, wohlwollende Pfote in unsere Richtung, womit er uns zu verstehen gibt, dass wir ruhig nach Herzenslust weiterplaudern können, solange wir seine heliotherapeutische Sitzung nicht stören, die er jeden Tag um diese Zeit auf seinem Mäuerchen absolviert. Da ich aber wirklich niemandem auch nur irgendwas Stichhaltiges entlocken kann, weder den Lebenden noch den Toten, weder Fiorentina noch Virginia Woolf, weder Daniel noch Robert Musil, lege ich mich ins Gras, das der Sommer bereits gründlich ausgedörrt und gelichtet hat.

»Wollen wir ausgehen?«

»Heute Abend?«

»Ja. Lass uns ins Tamaris gehen: Heute ist Lesbenparty.«

»Wenn ich eins mit Bestimmtheit weiß, dann das: Ich bin keine Lesbe. Entweder bin ich ein Typ und schwul, oder ich bin eine Tussi und hetero.«

»Warum musst du unbedingt in Schubladen denken? Das ist echt anstrengend.«

»Gibt es auf Lesbenpartys etwa keine Schubladen?«

Auf einmal bin ich von Daniel genervt, und so greife ich demonstrativ zum ersten Band von *Der Mann ohne Eigenschaften*, 900 Seiten, vom Tau gewellt und mit unzähligen Eselsohren versehen – er soll kapieren, dass ich allein sein will. Doch anstatt mich in Ruhe zu lassen, legt er sich ebenfalls hin, mit dem Kopf auf meinem Bauch, und hakt noch einmal nach:

»Ist es o. k.? Du machst dich hübsch, und dann fahren wir?«

»Darf ich etwa nicht hässlich sein?«

»Farah ...«

»Ist schon o. k., wir fahren. Aber ich bleibe, wie ich bin.«

»Ohne Styling kommst du da nicht rein.«

»Beim letzten Mal haben sie mich durchgewunken.«

»Da hattest du einen ultrakurzen Rock an und ein irres Oberteil. Klar haben die dich durchgewunken!«

»Kann sein, aber jetzt habe ich eben keinen Rock.«

Daniel und ich reden sonst immer stundenlang über Klamotten und überlegen ewig und drei Tage, was wir tragen sollen, aber mit einem Mal, tut mir leid, habe ich zu nichts mehr Lust, ich will nur, dass man mich unter der erhabenen Schirmherrschaft von Musil und Kykat in Ruhe lässt. Daniel sieht das endlich ein und verzieht sich mit meinem Versprechen in der

Tasche, dass ich zu seiner *Wet-for-me*-Party mitkomme – als könnte ich für wen anderen feucht werden als für Arkady, zumal mich Mädels eher kalt lassen, was ich Daniel ja ständig klarzumachen versuche: Ich mag sie, und wenn ich schon wählen muss, wäre ich selbst gern eines, aber ich begehre sie nicht. Oder doch, aber mit einem Begehren, das in den Augen stecken bleibt, ohne nach unten zu wandern, weder in meinen Mund noch in meine Brust, und schon gar nicht in meinen Bauch oder zwischen meine Schenkel.

Als es Abend wird, schlüpfe ich in einen Smoking, der früher Kirsten gehörte, wie achtzig Prozent meiner Klamotten. Auf Malikas Rat hin versuche ich es mit einem Lidstrich, den ich gleich wieder wütend wegwische. Es gibt Mädels, und vermutlich auch Jungs, die durch Schminke schöner werden. Ich gehöre nicht dazu: Der Eyeliner lässt meinen Blick nur noch trauriger und clownesker wirken. Als Notbehelf klatsche ich mir die Haare mit Gel an, sodass ich mehr denn je wie Sylvester Stallone aussehe.

Unsere drei Stockwerke rutsche ich blitzschnell auf dem polierten Geländer hinunter, um zwischen meinen Schenkeln etwas von der Energie zu speichern, die meine Vorgängerinnen hinterlassen haben, etwas von ihrem hormonellen Überschwang, von ihrer unbändigen Lust, ein anderes Tier zu reiten als dieses dunkle, lackierte Holz. Das Geländer katapultiert mich in die große Eingangshalle, vor Daniels staunenden Blick, den ich gleich harsch angehe:

»Du bist echt ein Arsch!«

»Warum?«

»Zu mir meinst du, ich soll mich schick machen, und du ...«

»Wie, ich? Bin ich etwa nicht schön?«

»Quatsch, du hast halt keinen großen Aufwand betrieben. Neben dir wirke ich wie ein Pfingstochse.«

Er trägt tatsächlich Shorts und T-Shirt. Die Shorts ist zweifarbig, wie eine Art Fürst-Pückler-Schnitte: ein Hosenbein ist grün, das andere rosa. Ja, streng genommen fehlt noch eine Farbe, weil er das Ganze aber mit gelben Halbhandschuhen kombiniert, ist die Schnitte am Ende komplett. Obwohl sein Outfit lachhaft ist, blickt er mich siegesgewiss an:

»Erkennst du's?«

»Muss ich hier irgendwas erkennen?«

»Nö, egal ... Ich zeig's dir gleich.«

Wir fahren durch die laue Nacht, bis die Lichter der Stadt auftauchen. Daniel parkt seine 125er auf einem praktisch leeren Parkplatz und zieht einen länglichen Gegenstand aus der Tasche, den ich umgehend als Handy identifiziere.

»Du hast eins? Das dürfen wir nicht!«

»Weiß ich, ich bin ja nicht blöde! Egal, war ja nicht meine Entscheidung. Ich habe mir echt nicht ausgesucht, bei Victor und Arkady zu wohnen. Ich mag die beiden, keine Frage, sie sind super, und ich mag das Haus und das ganze Drumherum, aber das mit dem Handy-Verbot geht mir zu weit. Alle Welt hat eins, nur wir nicht!«

»Ist das ein Smartphone?«

»Ja. Warte kurz, ich muss mich eben noch einloggen.«

Und schon hält er mir das Gerät unter die Nase und stülpt mir sein Headset über die Ohren, sodass ich ganz unvermittelt reingezogen werde, schnipsende Finger, klatschende Hände, helle Schemen, tanzend im Gegenlicht, Gitarren, Stimmen, Keyboards – und dann *boom-boom into my heart, into my brain, bang-bang, yeah-yeah*, ich kann den Blick einfach nicht abwenden von diesem Sänger inmitten seiner ekstatischen Fans, selbst schon Fan, auf Anhieb und fürs Leben: *take me dancing tonight*, oh ja ... Nach den weißen Hosen und den *choose-life*-T-Shirts vom Anfang tragen plötzlich alle Sachen in Pastell, die tatsächlich an Daniels Outfit erinnern: Von den Shorts bis zum Halstuch ist alles in Rosa und Babyblau gehalten – und dann noch das Hellgelb der Halbhandschuhe. Im letzten Drittel des Videos, als ich selbst schon in Trance gerate, stellt sich der Sänger mit der Föhnfrisur zu seinen Backgroundsängerinnen hinters Mikro und zeigt ein paar Sekunden lang Entfesselung pur – entrückte Miene, halboffener Mund, er schwenkt die Arme, präsentiert seine rhythmisch zuckenden, goldbraunen, flaumigen, unwiderstehlichen Schenkel ...

»O Mann, wer ist dieser Typ?«

Daniel strahlt.

»Sieht geil aus, oder?«

»Ja, aber wer ist das?«

»George Michael: *Wake Me Up Before You Go-Go*, Wham. Nie gehört? Wie auch, war noch vor unserer Geburt.«

»Echt? Wie alt ist der jetzt?«

»Er ist tot. Last Christmas ...«

Na bitte, das ist der Vorteil oder eben der Nachteil, wenn man in einer weißen Zone lebt, ohne technologische Verbindung zum Rest der Welt: George Michael ist gestorben, bevor es mir vergönnt war, ihn kennenzulernen, ihn zu lieben, mich von ihm lieben zu lassen, ihn sogar zu retten, denn Daniel zufolge starb er an zu viel Kummer, an zu vielen Exzessen, und wer weiß, vielleicht auch am Überdruss, er selbst zu sein, oder am Bedauern, es gewesen zu sein.

»Angeblich ist er richtig fett geworden.«

Wehmütig ziehen wir uns immer wieder diese paar megaheißen Sekunden rein: George Michael in zweifarbigen Hotpants und wattiertem, bonbonrosa Top, mit himmelwärts rollenden Augen, die gelb umhüllte Hand zur Stirn erhoben. Als wir wieder auf den Roller steigen, spüre ich, wie ich feucht werde, kein schlechtes Omen für eine Party mit dem Motto *Wet for me* – ganz abgesehen davon, dass es viel besagt über den posthumen Sex-Appeal von George Michael.

19.
Who's That Chick?

An der Tür vom Tamaris winkt man uns einfach durch, obwohl unsere Outfits sich beißen. Auf dem Dancefloor sehe ich nur verbissene Butches, Tunten à la Daniel oder undefinierbare Wesen à la ich selbst. Ich bestelle ein Leffe Ruby, um erst mal den Abend abzuchecken und zu prüfen, was geht, während Daniel schon eine sehr persönliche Imitation von diesem George Michael liefert, von dessen Existenz und Ableben ich gleichzeitig erfahren habe, was mich dennoch untröstlich macht. Es dauert nicht lange, und schon werde ich von einer kleinen Blondine mit dicken Brüsten und rasierten Schläfen angebaggert.

»Hi! Hat dir schon mal wer gesagt, dass du Kristen Stewart ähnelst?«

Man hat mir schon gesagt, dass ich Silvester Stallone ähnle, aber Kristen Stewart? Nein, noch nie, und wer, bitte, ist diese Kristen Stewart?

»Wer ist das?«

»Du kennst Kristen Stewart nicht? Wo kommst'n du her? Vom Mars?«

Nein, aber so gut wie. Ich komme aus einem Ort, wo Kristen Stewart kein Heimatrecht hat, einem Ort, wo Referenzen uns Lichtjahre nach ihrer Ausstrahlung erreichen, sodass ich erst bei Farrah Fawcett, Sylvester Stallone und George Michael angelangt bin, während alle Welt Kristen Stewart kennt.

»Sie ist sogar lesbisch! Und sie ist megaschön!«

Würde mich wundern, dass ich einer megaschönen Tusse ähnle, und sei sie auch lesbisch. Und schon korrigiert sich die kleine Blondine:

»Na, so richtig ähnelst du ihr auch wieder nicht, aber du hast die gleiche Frisur, kurz und nach hinten gegelt. O. k., sie ist nicht immer so frisiert, aber ...«

Diese Ähnlichkeitsgeschichte scheint mir völlig aus der Luft gegriffen und nur von der Lust nach Gesellschaft meiner neuen Freundin bedingt, die übrigens Maureen heißt.

»Ich weiß, nicht so toll, aber meine Freunde nennen mich Mor.«

Mor klingt in meinen Ohren kaum besser als Maureen, doch jetzt gebe auch ich meinen Namen preis:

»Ich heiße Farah.«

»Ach, arabisch?«

»Nein, gar nicht.«

»Farah, das ist doch ein arabischer Vorname, oder?«

»Keine Ahnung. Ich bin's jedenfalls nicht. Meine Großmutter ist sogar Dänin. Und sie heißt Kirsten, lustig, oder.«

»Kristen?«

»Kirsten.«

»Stimmt ja, wie die Stewart. Aber wie eine Dänin wirkst du nicht grade.«

Ich weiß genau, was sie damit sagen will und wie sie sich Däninnen vorstellt, blonde Bohnenstangen mit baltischem Blick, das genaue Gegenteil meiner Art von Schönheit.

»Meine Großmutter, die sieht aus wie eine Dänin. Sie war sogar mal Model. Und lesbisch ist sie auch.«

Maureen lächelt breit und zieht dabei ihre winzige Nase kraus. Ihre hübschen hellen Augen wirken dadurch noch schräger.

»Du solltest sie mal mitbringen, zur *Wet-for-me*-Party.«

Bloß nicht, meine Großmutter ist in meinem Leben schon überpräsent, da will ich sie nicht auch noch abends im Club dabeihaben. Natürlich hege ich keinerlei Zweifel an ihrer Fähigkeit, den Dancefloor zum Kochen zu bringen, aber ich habe nicht die geringste Lust auf die Show, die sie in ihrem Versace-Abendkleid abziehen würde, mit Malika an ihrer Seite, die nach Shalimar stinkt und mit den Rüschen raschelt. Mir bleibt noch ein Zentimeter Bier im Glas, als Maureen stracks zur Offensive übergeht und entschlossen die Hand zwischen meine Haut und meinen Smoking schiebt, wobei sie gleich auf meine rechte Brust stößt. Denn ja, ich habe dummerweise weder Hemdchen noch T-Shirt angezogen, nicht mal einen Büstenhalter, weil meine Brust nun mal nicht wirklich einer textilen Unterstützung bedarf.

»He, du bist ja nackig!«

»Gar nicht.«

»Viel Brust hast du ja nicht grade, na ja. Umso besser, ich hasse das.«

Traurig führt sie die Hand zu ihrer eigenen, deren beachtlicher Umfang mir sofort aufgefallen ist, obwohl Maureen sie unter einem unförmigen Top versteckt.

»Ich lass sie mir kleiner machen.«

Womit wir schon beim Thema wären. Perfekt. Da kann ich sofort die Frage nach weiblichen und männlichen Geschlechtsmerkmalen stellen.

»Woran hast du erkannt, dass ich ein Mädel bin?«

»Warum fragst du? Ist das nicht klar?«

»Eben.«

Maureen plustert sich auf:

»Hey, Süße, ich erkenne Mädels auf den ersten Blick!«

»Komm ich dir nicht vor wie ein Kerl?«

»Willst du mich verarschen? Was hast du denn für ein Problem?«

»Ich habe keine Gebärmutter.«

»Geil, hast du ein Schwein!«

»Findest du?«

»Ja klar, das heißt, du kriegst deine Tage nicht!«

»Stimmt.«

»Sei froh. Das nervt tierisch. Und stinken tut's auch.«

»Wenn du meinst.«

»Und dann kannst du auch gar nicht schwanger werden?«

»Sollte sich das Embryo nicht in meinem Pankreas einnisten, dann wohl nicht.«

Mor scheint für meinen Humor keinen Sinn zu haben, oder sie hat noch nie vom Pankreas gehört, was gar nicht so abwegig ist – nur Kinder, die in einer weißen Zone aufwachsen, haben die Zeit, sich in anatomische Fachbücher zu vertiefen, wie ich es zwischen sechs und fünfzehn Jahren intensiv getan habe. Offenbar ist sie nur daran interessiert, meinen Busen zu betatschen, was mich eher kalt lässt. Ohne sich entmutigen zu lassen, schleift sie mich schließlich auf den Dancefloor und brüllt mir ins Ohr, *Who's That Chick* sei genau mein Song. Also ist sie doch nicht ganz frei von Humor oder zumindest von Einfühlungsvermögen: Wer ist diese Braut und ist es überhaupt eine – das ist hier wirklich die Frage – nur dass ich beim Tanzen mit Maureen meine Identitätsprobleme komplett vergesse, *feel the adrenaline moving under my skin, sound is my remedy, feeding me energy, music is all I need*, na klar, das hätte ich längst machen sollen, tanzen, als hinge mein Leben davon ab, *baby I just wanna dance, I don't really care!* Warum sollte ich mich auch mit der Frage herumschlagen, wer ich bin oder ob ich überhaupt irgendjemand oder irgendetwas bin: Ich bin dieser von Adrenalin durchblutete Organismus, durchströmt von Energie, von der Energie der Musik, ja klar, aber auch von der von Maureen, die so ansteckend wirkt. Es reicht, dass ich ihr strahlendes Lächeln sehe, ihre knallroten Bäckchen und ihre großen, unter dem formlosen T-Shirt hüpfenden Brüste, um beinahe feucht zu werden. Was ist los mit mir? Hatte ich Daniel nicht hartnäckig geschworen, ich wäre das Gegenteil einer Lesbe? Und wähnte ich mich nicht bis über beide Ohren und ausschließlich in meinen geistigen Führer verliebt, meinen Erzieher der Gefühle, den einzigen Mann, der fähig war, mich zu verstehen und Schönheit dort zu sehen, wo alle anderen mich ständig meine Eigenart spüren ließen – wenn nicht Schlimmeres? Man darf sich niemals festlegen, und erst recht nicht auf das Objekt seines Begehrens.

Auf *Who's That Chick* folgt *Fade*, und wenn ich auch unter edlen Wilden, einäugigen Katern und Wyandotte-Hühnern in einem Naturschutzgebiet lebe – von Kanye West habe ich gehört. Man muss nämlich wissen, dass ich einen Beobachtungsposten aufgetan habe – oder einen Verpflegungsposten, ganz wie man will: Ein angesagtes Café im Stadtzentrum, das rund um die Uhr NRJ Hits laufen lässt, sodass ich meine Dosis an verbotenen Bildern, schmutzhaltigen Songs und toxischen Wellen abbekomme. Ich hinke zwar in allem hinterher, was aber nur noch schlimmer ausfallen würde, wenn ich unsere eiserne Regel eisern befolgte.

Bei *Fade* wird der Dancefloor umgehend von schwarzen Bräuten gestürmt, die sich alle bewegen wie Teyana Taylor und auch so gebaut sind. Maureen verzieht sich murrend zu den Sitzen aus Kunstleder: »Die black babes sind auf dem Plan: Das ist mir zu viel unlauterer Wettbewerb.«

Wettbewerb hat mich noch nie gestört. Aber vielleicht verhält es sich auch genau umgekehrt: Da ich keine ernsthafte Konkurrentin bin, wahrscheinlich sogar gar keine, geht es aller Welt am Arsch vorbei, ob ich nun tanze oder nicht. Ich habe gelernt, mit der Gleichgültigkeit der anderen zu leben, mich weder bewertet noch bedroht oder sonst wie zu fühlen. Und siehe, ich bin da und bereit, das Schauspiel dieser Girls zu genießen, die ihre schweißnassen Haare und trainierten Oberschenkel zappeln lassen – und noch dazu ihre Brüste zur Schau tragen, die ebenso groß sind wie jene, die Maureen verbirgt. Was Daniel betrifft, den der Ansturm der Soul Sistas auf den

Dancefloor keineswegs verunsichert, so zieht er sein eigenes Programm durch, seine urpersönliche Rückkehr in die Eighties der Zukunft: Von George Michael in seine Umlaufbahn befördert, sieht er nichts und niemanden mehr, was keine schlechte Methode ist, den Abend zu verbringen – aber wozu dann überhaupt in einen Club gehen? Im Gegensatz dazu kriegt die arme Maureen sich gar nicht mehr ein, da der Song nach *Fade* aus eindringlichen Anweisungen besteht, die von den Tänzerinnen offenbar sehr ernst genommen werden: *shake that booty non stop, percolate anything you want to, oscillate your hip and don't take pity.* Und Gnade gibt's heute Abend im Tamaris tatsächlich keine: Noch nie habe ich so viele geölte Bauch- und Armmuskeln gesehen. Geschweige denn das teuflische Kreisen so vieler göttlicher Ärsche. Und erzähle mir keiner, dass afro-karibische Gene allein reichen, um solche Ärsche hervorzubringen, nein, dahinter stecken mindestens zehn Wochenstunden im Fitnessstudio und streng zuckerfreie Ernährung. Maureen tobt:

»Und jetzt auch noch Sean Paul. Wie lange soll das noch so gehen? Ich hab die Schnauze echt voll!«

»Hast du was gegen Schwarze?«

»Nein! Quatsch! Aber das Motto dieser Party ist *Wet for me* und nicht *Shake that booty, bitch*!«

»Das gibt's auch?«

»Keine Ahnung, ist mir auch scheißegal.«

Wahrscheinlich, um ihren Frust zu vergessen, steckt sie wieder die Hand in mein Dekolleté:

»Fuck! das sind ja Muckis!«

»Blödsinn. Das sind Brüste! Zwar klein, aber Brüste. Liegt in der Familie.«

»Hör auf zu labern, Kleine: Das sind Muckis.«

Jetzt bin ich die mit der miesen Laune. Echt wahr, die nervt: Mal bin ich ein hundert pro saftiges Mädel, aber hundert pro, mal hab ich Muskeln, ja was denn nun? Auf dem Parkett macht Daniel große Augen und schickt mir wilde Zeichen. Ihm ist wohl nicht entgangen, dass Maureen ihre Hand in den Ausschnitt meines Smokings versenkt hat.

»Kennst du den?«

»Jep. Wir wohnen zusammen.«

»Dein WG-Genosse?«

»Nein.«

Wie soll ich Maureen das zwischen Sean Paul und Drake erklären? Dass Daniel weder ein Mitbewohner noch ein Bruder, im Grunde ja nicht einmal ein Freund ist?

»Ist das dein Macker?«

Hätte er werden können. Wäre ich auf Arkadys inständige Bitten eingegangen, hätten Nello und ich miteinander geschlafen. Erst wir beide allein und dann mit Arkady. Das war die Idee. Na ja, eine der unzähligen Ideen, die dem fruchtbaren Hirn meines Mentors entspringen.

»Nein, ist er nicht: Siehst du nicht, dass er schwul ist?«

»Schon, hatte ich mir eh gedacht. Weil du dir aber so unsicher bist wegen dem großen Dingsda.«

»Was denn für'n Dingsda?«

»Na, deins! Ob du 'n Kerl bist oder 'ne Tusse!«

»Sagst ausgerechnet du!«

»Was?«

»Na ja, guck dich mal an! Mit deinem Rasenmäherschnitt, diesen Tretern, deiner Hose – dein Slip guckt raus! Du siehst genauso aus wie ein Kerl.«

Schon strahlt sie übers ganze Gesicht.

»Echt? Findest du? Nicht zu viel Vorbau?«

»Doch, hast du. Aber ich kenne auch Typen mit Vorbau, das will nichts heißen.«

Ich werde ihr jetzt nichts erzählen, nichts von Victor, aber dessen BH-Größe dürfte bei geschätzt 120 B liegen. Klar, die 120 beziehen sich auf seinen Rückenumfang, dennoch bleiben ihm mindestens fünfzehn Zentimeter für die Körbchen, die könnte er locker mit den beiden schlaffen Säcken füllen, die ihm vom Thorax hängen. Es geht darum, Maureen froh zu stimmen, und sie ist es umso mehr, als die Musik jetzt wieder für ihren beschränkten Geschmack einer kleinen weißen Leckschwester tanzbar ist. Wieder zerrt sie mich aufs Parkett, mit ihrem breiten Lächeln, ihrer Tarnfleckhose, ihren Springerstiefeln und Wahnsinnsbrüsten. So vergeht die Nacht, zwischen Leffe Ruby, Maureens hartnäckiger Anmache, *music is all I need, sound is my remedy* und anderen Binsenweisheiten dieses Kalibers. Habe ich schon gesagt, dass ich die Nacht liebe? Das verbindet mich mit Daniel, dieser Wille, dem Leben Zeit abzutrotzen, es nicht mit nutzlosem Schlaf zu vergeuden; dieser Wunsch, über den Tag mit seinen abgezählten Stunden hinauszuschießen. Wenn ich nicht mit ihm ausgehe, verlasse ich meine Kammer Schlag Mitternacht, um mein Reich aufzusuchen: Ich renne unter das bestirnte Himmelsgewölbe, ich atme den unbestimmten, schlammigen und verstörenden Geruch ein, der aus dem Dickicht steigt – gemeinsam mit dem lieblichen Zirpen der Grillen im Hintergrund und manchmal einem Seufzen, einem Ausatmen, nein, einem Einatmen, einem Hauch, der mich für Sekunden umfängt, bevor er mich wieder anderen Zuckungen überlässt.

Als wir das Tamaris endlich verlassen, Maureen, Daniel und ich, hat sich die Nacht schon verflüchtigt, und wir hören die ersten Spatzen plappern. Mit der schwerfälligen Beharrlichkeit einer Besoffenen verlangt Maureen nach meiner Telefonnummer:

»Komm schon, Farah, gib mir deine 01irgendwas.«

Wie soll ich ihr klarmachen, dass ich technologisch nicht erreichbar bin? Dass ich weder über Handy noch Mail, Whats-App, Facebook oder sonst was verfüge?

»Pfff, wenn du keinen Bock hast, sag's gleich, aber leier hier nicht so rum!«

Daniel schaltet sich diplomatisch ein:

»Doch, echt, das stimmt, Farah und ich leben wirklich in einer weißen Zone: Unsere Eltern verbieten Handys, Internet, einfach alles.«

Im Schein der ersten Sonnenstrahlen verzieht Maureen ungläubig die Nase:

»Ich glaub euch kein Wort!«

»Na dann: Ciao!«

Ich lasse sie stehen, steige auf Daniels 125er, für eine glorreiche Heimfahrt durch den frühen Morgen. Die Straße windet sich unter unseren Rädern, im Tal strömt der Fluss dahin und wir erreichen unsere hochgelegene Zuflucht, unser gegen das Böse gefeites Eden – und wer's nicht verstehen will, der hat eben Pech gehabt.

20.
Einfach fließen
lassen

Krieg, Frieden, Zauberberg, Vernunft, Gefühl, Elende, Teufelsmoor und Heiße Küste, mit meinen Sommerlektüren komme
ich zwar vorwärts, aber ich finde weiterhin nichts, was meinen
Gender Trouble auflösen könnte. Meine soziologische Erhebung habe ich nach einer weiteren Runde von so dürftigen wie
unbrauchbaren Antworten schlicht und einfach fallen lassen.
Gerade habe ich's mir im Schatten gemütlich gemacht und
beginne *Die Fahrt hinaus* zu lesen, als Epifanio sich auf mich
stürzt, kopf- und atemloser denn je. Mir fällt sofort auf, dass
ihm von seiner ursprünglichen Hautfarbe nur noch ein brau-
nes Fleckchen auf der Stirn geblieben ist, alles andere ist inzwischen kaukasisch weiß.

»Du musst mir helfen, Farah!«

Die Zwillinge stolpern hinter ihm her, mit griesgrämigen
Gesichtern, die nichts Gutes verheißen – sie kennen ihren Vater
und seine Schrullen.

»Dolores und Teresa ...«

»Ja?«

»Sie haben ihre ... ihre Dings ... na, du weißt schon.«

Nein, weiß ich nicht, und mir wäre lieber, er würde das Kind
beim Namen nennen, anstatt im Vagen zu verharren.

»Doch! Du weißt genau, was ich meine! Sie haben ... sie sind
so weit!«

Dolores sorgt barsch für Klärung:

»Wir haben unsere Tage.«

Vor Erleichterung verfällt ihr Vater jetzt in einen beängsti-
genden Redeschwall:

»Ja, stell dir vor! Am selben Tag! Heute Morgen, alle beide.
Gleichzeitig! Kannst du dir das vorstellen? Ich war fassungs-
los, wie soll ich mich damit auskennen, normalerweise reden
Mütter mit ihren Töchtern über so was, oder? Ist doch so? Meine
Töchter haben aber keine Mutter, die Ärmsten, na, und da habe

ich an dich gedacht. So junge Mädchen unter sich, da könnt ihr ganz offen darüber reden. Und du sagst ihnen bitte – was da abläuft, wie man damit umgeht und so, ja? Und was man alles kaufen muss, diese Einlagen, die ganze Ausstattung, was sie benutzen sollen, wenn's passiert ... Ich will nämlich nicht, dass sie ihre Klamotten einsauen. Heute Morgen hat es uns alle kalt erwischt, von jetzt an will ich aber alles Nötige da haben ... Vielleicht brauchen sie auch ... irgendwelche Medikamente, du weißt schon, falls ...«

In Wahrheit haben Dos und Tres eine Mutter, nur dass diese sich kurz nach ihrer Geburt abgeseilt hat. Zwei Babys waren ihr wohl zu viel – Epifanio vermutlich auch. Übrigens erklärt er den Ausbruch seiner Weißfleckenkrankheit mit dem emotionalen Schock, den er erlitten hat, als er eines Morgens allein aufgewacht ist, während die beiden Säuglinge vor Hunger brüllten und die Mutter sich ohne irgendwelche Erklärungen in Luft aufgelöst hatte.

Von der Logorrhö ihres Vaters beschämt, meiden die Zwillinge meinen Blick: Dolores senkt die orangefarbenen Wimpern auf ihre durchscheinenden Wangen, während Teresa vorgibt, sich ausschließlich für ihre lackierten Nägel zu interessieren. Schließlich hört Epifanio auf zu reden und bleibt mit verschränkten Armen vor mir stehen. Offensichtlich erwartet er von mir, dass ich einen dreizehn Jahre währenden Muttermangel umgehend ausgleiche, durch das reiche, mir von Rehlein vermittelte Wissen und meine eigene Erfahrung auf dem Gebiet. Wie soll ich ihm beibringen, dass ich die Letzte bin, die heranwachsenden Mädchen helfen kann, da ich genauso mutterlos bin wie seine Töchter? Da meine Pubertät sich als mutationsbedingter Geschlechtswandel entpuppt? Weil ich Epifanio auf keinen Fall mein schmutziges kleines Geheimnis verraten will, sage ich zu allem Ja und Amen, und er lässt uns drei im

Schatten des Walnussbaums zurück – der laut Fiorentina unheilbringend sein soll. Seine Früchte sammelt sie zwar bereitwillig ein, ansonsten meidet sie ihn aber wie die Pest.

»Tja, Mädels, ich weiß gar nicht, was ich euch dazu sagen soll.«

»Wie machst du's, wenn du deine Tage hast? Nimmst du Binden oder Tampons?«

»Und wie lange dauert's, normalerweise?«

»Fließt da viel Blut? Bei uns fließt nämlich kaum was.«

»Und es ist nicht mal rot.«

»Mehr so braun. Eklig.«

»Vielleicht, weil es das erste Mal ist.«

»Tut's weh, wenn du deine Tage hast?«

»Uns tut's nämlich nicht weh.«

Auf keine dieser Fragen weiß ich eine Antwort. Offen gesagt, bin ich selbst immer davon ausgegangen, dass es weh tut und viel rotes Blut fließt. Da sieht man mal wieder …

»Ihr solltet lieber Rehlein fragen. Weil – ich hab's nicht so mit der Erdbeerwoche.«

Ich lasse ihnen keine Zeit, über diese kryptische Aussage nachzusinnen, sondern schleife sie gleich zum Pavillon, wo meine Mutter um diese Tageszeit fast immer garantiert anzutreffen ist. Wir haben auch eine bioklimatische Pergola mit drehbaren Lamellen, ein Geschenk von Nelly an die Gemeinschaft, aber meine Mutter bevorzugt den Charme des Schmiedeeisens, das unter Rosen und Blauregen hervorblitzt, das Hin und Her der Bienen, den Blick auf die Gartenteiche weiter unten und die Nähe der Gewächshäuser, wo mein Vater meistens zugange ist.

»Mama, die Zwillinge würden dich gern etwas fragen.«

»Ja?«

»Heute haben sie ihre Tage bekommen. Und sie hätten gern deinen Rat. Dass du ihnen erklärst, wie das so abläuft.«

Eigentlich würde ich mich am liebsten verziehen, damit sie das unter sich abmachen, aber ich bleibe, aus Neugier und auch, weil ich so stellvertretend das berühmte Mutter-Tochter-Gespräch erlebe, das zwischen Rehlein und mir nie stattfinden konnte.

»Wieso erklärst du ihnen das nicht selbst?«

Vor dem unschuldsvollen Blick meiner Mutter fühle ich mich unwürdiger denn je und vollkommen außerstande, auf meine utero-vaginale Aplasie zu verweisen. Ich verschiebe den Augenblick der Wahrheit auf später und murmele was von unregelmäßigen Zyklen, außerdem sei es mir peinlich, darüber zu reden. Ohnehin scheint es meine Mutter sehr zu freuen, dass man sie zurate zieht, was sonst aufgrund ihrer Unwissenheit und Inkompetenz auf allen Gebieten – von ihrem schwachen Intellekt ganz zu schweigen – nie vorkommt. Sie hebt zu einem schwärmerischen Vortrag an, so wirr wie vorhersehbar, aus dem hervorgeht, dass dieser Tag ein großer Tag ist und blutige Unterhosen Dos und Tres in das magische, großartige Universum des Frauseins befördern werden.

Weil ich nicht damit rechne, dass meine Mutter mich über besagte Magie aufklären kann, begnüge ich mich mit der wehmütigen Betrachtung des reizenden Tableaus, das die drei unter der Laube bilden, im rankengesprenkelten Licht: Meine Mutter so blond, die Zwillinge so rothaarig – und dabei so unterschiedlich, Teresa lohfarben wie ein Fuchs und Dolores so hell wie die Blauregendolden, die ihr zartes Gesicht einrahmen. Ich würde auch so gerne derartig schön sein, und es ist dermaßen ungerecht, dass ich es nicht bin, diesen schweren Körperbau habe, diesen groben Kiefer, diese breite Nase, diese hängenden Lider und diesen stumpfen Teint – und dazu noch Lippenhärchen, die ich mir schließlich abrasiert habe, nachdem ich versucht hatte, sie mit Wasserstoffperoxid zu bleichen.

Dass hier bloß kein Irrtum aufkommt: Wenn ich schön sein will, hat das nichts mit Narzissmus oder Eitelkeit zu tun, nicht einmal mit dem Wunsch, stärker umworben und begehrt zu werden, als ich es bereits bin, denn Arkady macht mich in dieser Hinsicht wunschlos glücklich; nein, es geht mir nur darum, in Momenten wie diesem nicht aus dem Rahmen zu fallen, sondern Teil von so viel Anmut zu sein: Teresas Pfirsichwangen, Dolores' pochende Schläfen, die graublauen Augen meiner Mutter, die Laube, in der überall leuchtende Blumen, zarte Blätter und grüne Spiralen wuchern. Die ganze Welt ist schön, nur ich nicht. Ohne zu ahnen, was in mir vorgeht, und gleichgültig gegen ihre eigene jugendliche Vollkommenheit, nehmen die Zwillinge ihre kleine Befragung wieder auf:

»Wie viele Tage dauern die Tage eigentlich?«

»Bei unserer Freundin Lauren dauern sie eine ganze Woche!«

»Und wie ist das mit den Schmerzen?«

»Lauren hat nämlich solche Schmerzen, dass sie im Bett bleiben muss. Jedenfalls am ersten Tag.«

»Riecht es?«

»Uns hat man gesagt, dass es riecht.«

»Dass man sich dreimal so oft waschen muss.«

»Was sollen wir kaufen? Damenbinden?«

»Können wir Tampons benutzen?«

»Auch wenn wir noch Jungfrau sind?«

Meine Mutter weiß auf alles Antwort, gut, dass ich die Zwillinge an sie verwiesen habe. Als die heikle Frage nach den Hygieneartikeln aufkommt, gerät sie jedoch außer Rand und Band:

»Nein, bloß keine Binden und erst recht keine Tampons! Die können einen anaphylaktischen Schock auslösen!«

»Was sollen wir denn machen?«

»Was sollen wir nehmen?«

Meine Mutter strahlt – das Thema scheint ihr zu liegen.

»Nichts! Ihr braucht nichts.«

»Aber dann fließt es doch überall hin!«

»Voll widerlich!«

»Die vielen Flecken!«

»Habt ihr noch nie vom freien Fluss gehört?«

Es gibt so vieles, von dem die Zwillinge und ich noch nie gehört haben, *frei* und *Fluss* gehören jedoch zum Grundwortschatz unserer Gemeinschaft, sodass wir nicht überrascht sind.

»Es geht einfach darum, das Blut zurückzuhalten. Man spannt die Beckenbodenmuskeln an und verzichtet auf jede Auffanghilfe. Man beherrscht die Blutung, wie man den Drang beherrscht, aufs Klo zu gehen – indem man lernt zu spüren, wann es Zeit wird, das Blut ›abzulassen‹. So verhindert man, dass es ausläuft und Flecken macht. Und ist nicht auf Binden oder Tampons angewiesen. So spart man Geld, schont die Umwelt und ist immer gewappnet. Vor allem, wenn der Zyklus schwankt: Man kann jederzeit reagieren. Tatsächlich bietet der freie Fluss nur Vorteile. Man hört auf seinen Körper, fühlt sich frei, hat die Lage jederzeit im Griff. Einfach toll! Und ihr habt ja keine Ahnung, wie viele Schadstoffe in Tampons und Einwegbinden stecken! Aluminiumsalze, Glykole, synthetische Düfte, Kohlenwasserstoffe, Pestizide, Dioxinrückstände! Und weil die Vaginalwand besonders aufnahmefähig ist, dringen die chemischen Zusatzstoffe in den Organismus ein und werden dort angereichert. Eine Riesengefahr für die Gesundheit!«

Hochzufrieden über ihre kleine Lektion zur Gesundheitsvorsorge, lauert meine Mutter auf unsere Reaktion. Falls sie sofortige, begeisterte Anhängerschaft erwartet hat, dürfte sie enttäuscht sein, denn die Zwillinge bedanken sich halbherzig, ehe sie das Weite suchen, und ich hefte mich an ihre Fersen. Sie gehen langsam, zögerlich, in kleinen Schritten, als befürchteten sie einen Schwall zur Unzeit. Wir steuern einen unserer vielen geheimen Unterschlüpfe an: eine von hohen Gräsern überwucherte Felsterrasse.

»Ich kann damit nichts anfangen, mit diesem freien Fluss.«

Dolores nickt und seufzt, ihr Echo auf den ratlosen Satz ihrer Zwillingsschwester. Komisch, denn ich kann damit eine Menge anfangen. Ich habe sogar das Gefühl, dass er genau das verkörpert, was ich gern sein möchte, was ich manchmal bin, wenn ich aus meinem Körper heraustrete: fließend, frei, im Licht zu tanzen, frei, am Himmel zu schweben oder in die tosenden Fluten des namenlosen Flusses einzutauchen; von der Pflicht entbunden, für mich zu sorgen und mir ein Leben aufzubauen.

Dos und Tres sehen so bekümmert aus, dass ich sie mit meiner Sehnsucht, nichts zu sein, verschone und ihnen meinerseits vernünftige Ratschläge erteile:

»Wir besorgen euch Binden, dann seid ihr auf der sicheren Seite.«

»Von wegen, das lassen die niemals zu!«

»Wenn wir schon kein Kleenex und keine Wattepads benutzen dürfen ...«

»Das geht zu weit.«

»Die zwingen uns bestimmt, die Tampons selbst zu machen.«

»Genau, so Stöcke, mit Lumpen umwickelt ...«

»Oder dein Vater bastelt uns was aus Blättern.«

»Ich könnte jetzt schon schreien.«

»Geht mir genauso.«

Natürlich teile ich ihre Vorbehalte, ich weiß nur zu gut, dass die Erwachsenen in unserer Gemeinschaft ihre irrwitzigen Ökogebote allen aufzwingen wollen. Das vegetarische Trockenfutter für die Hunde und Katzen habe ich schon erwähnt, ich könnte noch unendlich viele Beispiele aufzählen.

»Ich rede mit Arkady.«

»Oh nein, bitte nicht!«

»Warum? Er wird doch verstehen, dass ihr euch keine Blätter in die Vagina stecken wollt.«

»Gar nichts wird er verstehen! Er wird uns nur belehren, und dann heißt es, wir sind jetzt Frauen und müssen mit ihm schlafen und und und ...«

»So ein Quatsch! Arkady hat noch nie jemanden gezwungen!«

»Das sagst du, aber du bist ja auch in ihn verliebt, also braucht er dich zu nichts zu zwingen, im Gegensatz zu uns.«

»Ihr seid ja völlig übergeschnappt! Arkady ist kein Kinderschänder!«

»Was ist mit dir?«

»Ich bin bald sechzehn. Wir haben nämlich das legale Schutzalter abgewartet!«

»Egal, Hauptsache, du redest nicht mit Arkady. Mehr verlangen wir gar nicht.«

Am Ende rede ich doch mit ihm, ich erzähle ihm alles, von der ersten Monatsblutung der Zwillinge, von ihrer mangelnden Bereitschaft, den freien Fluss anzuwenden, und auch von ihren Ängsten, ihn betreffend.

»Ich habe ihnen aber gesagt, dass du so was nie tun würdest.«

»Was? Sie vergewaltigen?«

»Ja.«

Er zuckt die Schulter, ungläubig, wegwerfend.

»Irgendwann werde ich den beiden erklären, was mich erregt: das Begehren und die Lust meines Gegenubers.«

»Und was ist mit den Binden?«

»Es gibt auch welche, die man waschen und wiederverwenden kann, weißt du ...«

Nein, weiß ich nicht, weil ich mit Hygieneartikeln nichts am Hut habe. Dass Arkady hingegen Bescheid weiß, obwohl er damit noch weniger zu tun hat als ich, erstaunt mich wiederum gar nicht. Ich schmiege mich an seine Brust, stecke die Nase in seine Achsel, berausche mich an seinem byzantinischen Geruch, reibe mein Becken an seinen mächtigen Oberschenkeln, um sein Verlangen nach mir zu wecken. Mit einem Finger hebt er mein Kinn an, führt meinen Mund an seinen heran und küsst mich feurig. Dann lacht er schallend auf, in Erinnerung an das, was ich ihm anvertraut habe.

»Wie war das? Wenn Rehlein ihre Tage hat, beherrscht sie sich? Hält ihr Blut zurück? Und das nur, um sich die Muschi nicht mit Tampons zu verunreinigen?«

Er lacht und lacht, unterbricht sich nur, um mir allerlei lüsterne Verheißungen ins Ohr zu flüstern.

»Das wird für dich ein Fest, Farah. Für dich lasse ich es frei fließen! Ich nehme mir deinen Arsch vor, du wirst es lieben!«

21.
Auf Wiedersehen, Kinder

Die Geschichte rund um ihre erste Blutung hat die Verbundenheit zwischen mir und den Zwillingen sogar noch gestärkt. Komischerweise sind sie mir nicht böse, dass ich Arkady von ihren üblen Fantasien berichtet habe, obwohl er sie deswegen harsch zurechtgewiesen hat:

»Würden wir uns nicht kennen, könnte ich's ja noch verstehen. Aber ich kenne euch beide praktisch von Geburt an! Ihr wart sechs Monate alt, als ihr hier angekommen seid. Wie könnt ihr auch nur eine Sekunde glauben, dass ich euch zwingen würde, mit mir zu schlafen?«

»Du hast doch auch mit Daniel geschlafen!«

»Und mit Farah!«

»In gegenseitigem Einvernehmen mit beiden. Und weder er noch sie waren dreizehn.«

»Du hast doch auch mit Dadah geschlafen!«

»Und mit Nelly!«

»Wo ist da der Zusammenhang?«

»Du bist gerontophil!«

»Umso besser, dann braucht ihr erst recht keine Angst zu haben!«

Am verwirrten Blick der Mädchen erkenne ich, dass sie selbst den roten Faden ihrer Argumentation verloren haben und nicht gerade darauf erpicht sind, ihn wiederzufinden. Sie wollen dieses peinliche Gespräch so schnell wie möglich hinter sich bringen und einfach davonflitzen, sich irgendwohin verziehen, Stirn an Stirn, stumm unterm Zelt ihres roten Haars. Sie machen das immer, egal wann und egal wo: Ob im Garten, im Salon oder Flur, überall stolpert man über sie, still, gedankenverloren, allein auf der Welt.

»Hört auf damit. Das sieht total krank aus.«

Keine Antwort. Sie finden erst ins normale Leben zurück, wenn sie aus ihrem Ritual genügend Kraft geschöpft haben: Sie lösen sich voneinander, entwirren ihr Haar – langsam, unwillig, und blicken den außenstehenden Beobachter vorwurfsvoll an. Sie können extrem nervig sein, unsere Inselkindheit hat uns aber gelehrt, zusammenzuhalten und über unsere jeweiligen Schrullen hinwegzusehen: Ansonsten hätten wir uns mit der Gesellschaft noch nervenaufreibenderer Erwachsener begnügen müssen, die obendrein weder in der Lage waren, sich in unsere Perspektiven noch in unsere Spiele zu versetzen.

Bislang waren die Zwillinge und ich der beständige Kern des Kindervölkchens, neben temporären Mitgliedern wie etwa Violette, Tamara, Lucien, Clarisse oder Arlindo, die nur wenige Monate bei uns verbrachten, bevor sie – von ihren unentschlossenen Eltern hierhin und dorthin geschleppt – in die Außenwelt zurückkehrten. Daniel hingegen war lange Zeit unser Anführer, unser Stratege und Ideengeber, eine Miniaturausgabe von Arkady zu unserem exklusivem Gebrauch, bevor er sich unwiderruflich von unserem grünenden Garten entfernte, von Wünschen geplagt, die er unseren unschuldigen Ohren nicht anvertrauen konnte – und ich ahne in diesem grausamen Sommer, dass ich selbst bald abtrünnig werde und die Zwillinge ebenfalls. Djilali spürt es ebenfalls und schleicht um uns herum, ohne richtig zu verstehen, was eigentlich los ist, und traut sich auch schon nicht mehr, uns zu gemeinsamen Unternehmungen aufzurufen, die früher für uns alle an der Tagesordnung waren: Bau von Baumhäusern oder Bewässerungsgräben, Schnitzeljagd, Treibjagd auf imaginäres Wild, kleine Raubzüge, Akrobatik und rasend schnelle Wettläufe.

Armer Djilali, wie gern würde ich ihm etwas mitgeben, die Zauberformel finden, die ihm hilft, die Zeit bis zu seiner Pubertät zu überstehen – doch alles trennt uns, der Altersunterschied, mein ungeklärtes Geschlecht und meine ganz persönliche Erforschung der Sexualität. Wenigstens beziehe ich ihn noch mit ein, wenn wir alle die Köpfe zusammenstecken oder ziellos herumwandern, vom Haus in den Garten, am riesigen Zierteich vorbei, wo wir nach Karpfen und Fröschen Ausschau halten – nur ist da das Herz nicht mehr im Spiel, was er natürlich spürt. Es schmerzt mich für ihn umso mehr, als er das ganze Schuljahr über von seinen Klassenkameraden als Walross oder fettes Schwein beschimpft wurde, wegen der überschüssigen Kilos, die er Fiorentinas Kochkünsten zu verdanken hat.

Habe ich erwähnt, dass sie ihn vergöttert? Fiorentina, die nichts und niemanden liebt? Tatsächlich konnte Djilali, als er zu uns kam, mit seinem zahnlückigen Lächeln, seinem stockenden Lispeln und der erschrockenen Naivität seines Blicks nur Rührung hervorrufen. Alle Mitglieder unserer Gemeinschaft, und allen voran die Kranken und Gebrechlichen, haben sich an seiner Treuherzigkeit gewärmt und sich gelabt an seiner rosigen Haut. Ich war ja selbst noch ein Kind, beim Anblick von Djilali aber hat mich ein fast schon heiliger Schauer überlaufen, eine Schauer der Freude und der Furcht, begriff ich doch mit einem Schlag, dass Reinheit existiert und restlos vernichtet werden kann – ja, Reinheit, und ich wähle meine Worte genau, denn mit sechs Jahren wirkte Djilali, als wäre in ihm noch nie ein niederträchtiger Gedanke oder der Reflex des Vertuschens aufgekommen. Liebevoll und strahlend ging er spontan auf die Erwachsenen zu, legte sein Patschhändchen in ihren Schoß und blickte vertrauensvoll zu ihnen auf, ohne je von ihren knolligen Nasen und faltigen Hälsen abgestoßen, von ihrer Gleichgültigkeit, ihrer Ungeduld und Wirrköpfigkeit entmutigt zu sein.

Mit Vertrauen und Spontaneität ist es vorbei: Inzwischen ist Djilali so rätselhaft, dunkel und samtig wie ein Nachtfalter, und ich wage nicht, mir die Gründe dafür auszumalen. Ich sehe ihn an und möchte weinen, da ich ihm keinerlei Hilfe sein kann, da mir nichts anderes bleibt, als ihm Adieu zu sagen und ihn allein zu lassen mit all den Schwierigkeiten, die einem kleinen Jungen mit Gewichtsproblemen unweigerlich begegnen, der dann auch noch in einer technologiefeindlichen Sekte lebt – ganz abgesehen davon, dass er seinen Vater nie zu Gesicht bekommt und seine Mutter viel zu sehr mit ihrer heißen Leidenschaft beschäftigt ist, als dass sie ihn anständig erziehen könnte. Ungeachtet der vielen Küsse, mit denen sie ihn bedeckt, taugt Malika zu rein gar nichts. Ein Glück, dass Fiorentina zugegen ist, mit ihren Gnocchi alla Romana, ihrer Panna cotta und ihrem glasklaren Verstand. Sie findet ihn mit seinen dicken Bäckchen und seinem runden Bäuchlein schlichtweg wunderbar: Er entspricht voll und ganz dem italienischen Bild eines kerngesunden Kindes.

Auf Wiedersehen, Kinder, liebend gern können wir zu viert noch auf die Bäume klettern, liebend gern noch eine Theatergruppe gründen, aus Lavendel und fauligem Wasser noch Parfum fabrizieren, einen Ameisenhaufen in Brand stecken oder den dummen Gänsen und Wyandotte-Hühnern Unterricht erteilen, doch das Herz spielt nicht mehr mit. Mein Herz schlägt fortan zwischen meinen Schenkeln, an exakt jener Stelle, die Arkady bald mit seiner unermüdliche Zunge bearbeiten wird. Ich mag zwar keine Vagina besitzen, doch das verhindert mitnichten die Lust.

22.
Nach dem Gewitter

Die ersten Augusttage sind über uns niedergegangen, mit ihren Gewitterspektakeln, Blitzstreifen am niedrigen, dräuenden Himmel, donnerbebenden Bergen, Platzregen – dann das Blau, das durch die goldschimmernde Wolkenwatte bricht und sich immer mehr ausbreitet, bis die Welt nur noch aus dampfenden Wiesen besteht, qualmenden Rinden, klirrenden Viehglöckchen, glitzernden Sonnenstrahlen und der reinen Freude, jung und lebendig zu sein.

Als ich fröhlich zu meinem grünen Winkel springe, haucht das ganze Tal einen Psalm der Dankbarkeit aus, heiteres Gurren, feuchte Stengel, tropfende Blätter und Grillen, die immer munterer werden, je weiter das Gewitter sich verzieht. Ich lasse unseren kleinen Gutswald hinter mir, springe über ein Mäuerchen, laufe an Feldern entlang. Dann heben die Kühe ihr feuchtes Maul und ihre Augen, aus denen so viel Angst spricht, als hätten sie mich noch nie zuvor gesehen, was beweist, wie dämlich sie sind und dass man sie getrost essen kann, komme ich hier doch jeden einzelnen Tag vorbei, den Gott werden lässt. Ich habe unter ihrem Wassertrog sogar eine Zeitkapsel vergraben, und das ist kaum ein Jahr her. Zu ihrer Entlastung muss ich ergänzen, dass sie damals auf dem Nachbarfeld standen und dieser Zeremonie nicht die geringste Aufmerksamkeit geschenkt haben, ganz im Gegensatz zu Djilali und den Zwillingen, die ich im Schlepptau hatte. In eine Zeitkapsel können Sie reinlegen, was Sie wollen: Es geht darum, dass sie irgendwann wieder ausgegraben wird und von Ihrem eigenartigen Besuch auf dieser Erde zeugt. Die meine birgt die Feder eines Eichelhähers, verschiedene Muscheln, eine Zikade aus Bakelit, ein Pröbchen von Arkadys Parfum und einen an die Menschenbrüder, die nach mir kommen werden, adressierten Brief – womit ich keineswegs ausschließe, dass ich sie in zwanzig oder dreißig

Jahren selbst ausgraben werde, um die Botschaft zu lesen, die ich mir in meiner wilden Jugend selbst geschickt habe.

Das Konzept der Zeitkapsel hatte mich dermaßen begeistert, dass ich sogleich für Nacheiferer sorgte. Dolores, Teresa und Djilali haben jeweils ihre eigene gebastelt, und anschließend führten wir der Reihe nach drei feierliche Erdbestattungen durch. Obwohl sie sich nicht abgesprochen hatten, trugen die Zwillinge bis ins Detail die gleichen Gegenstände zusammen: eine Strähne von ihrem flammenden Haar, Bonbons, Nagellackfläschchen, Fotos von sich und Briefe voller Ausrufezeichen. Djilali gewährte uns wohlweislich keinen Einblick in die seine, und ich kann mir nur schwer vorstellen, was für einen kleinen Jungen von bleibendem Wert sein mag: Murmeln? Pokémon-Bildchen? Ein Milchzahn? Oder, wer weiß, eine tote Feldmaus, eine abgelöste Schlangenhaut, eine blutige Klinge, Hautstreifen, die er aus seinem weichen Schenkel herausgeschnitten hat, der ganze makabre Plunder eines verstörten Kindes ...

Natürlich habe ich Nelly von unseren vier Schatztruhen erzählt. Ich wusste, dass es sie als würdige Tochter eines Archäologen interessieren würde, und es hat seine Wirkung nicht verfehlt.

»Was für ein wunderbarer Einfall! Denk dir nur, wer weiß, vielleicht wird ja jemand in 200 Jahren auf die eine oder andere eurer Kapseln stoßen!«

»Genau darum geht's ja. Ich hoffe nur, das wird nicht irgendein Typ sein, der hier im Umkreis von einem Kilometer ätzende Wohnhäuser baut. So einer, der alles abholzen lässt, und dann, zack! beim Graben im Kuhfeld meine Kapsel entdeckt!«

»Da sind wir beide längst tot, Farah! Kann uns doch egal sein!«

»Dein Ernst? Also ich will auf keinen Fall, dass hier alles zerstört wird! Wie stellst du dir unsere Welt vor, ohne Pinien, ohne Kastanien, ohne Tiere? Das darf nie passieren, auch nicht nach meinem Tod!«

Im Gegensatz zu ihrem kommt mir mein eigener Tod höchst unwahrscheinlich vor, jedenfalls so fern wie etwaige groß angelegte archäologische Ausgrabungen im Jahr 2200. Aber warum sollte ich das einer Achtzigjährigen auf die Nase binden, die laut Statistik mit einem Bein im Grab steht? Es sei denn, ich wollte sie in besagtes Grab stoßen, was bestimmt nicht meine Absicht ist.

Hopp, mit einem letzten Sprung erreiche ich meine Senke samt regendurchtränktem Baldachin, den ich sogleich abnehme und zum Trocknen auslege. Da fällt mir eine zusammengeknüllte Pavesini-Packung ins Auge. Wer auch immer der Dieb von Fiorentinas Keksen sein mag, er ist hier vorbeigekommen. Egal: Arkady wird gleich da sein, und ich lege mich ins noch feuchte, aber bereits heiße Gras. Während ich mich wohlig strecke und meine Lider über einem rötlichen Kaleidoskop geschlossen halte, nehme ich ein Rascheln in der Haselnusshecke wahr und dann einen Schatten zwischen mir und der Sonne. Ich schlage die Augen auf: Ein Fremder mustert mich, eine Erscheinung, die sich scharf vom blauen Himmelsgrund abhebt. Während meine Blendung allmählich weicht, erkenne ich – nein, überwältigt mich alles auf einmal – die Herrlichkeit seiner braunen Haut, die krause, ungebärdige Masse seines Haars, das blitzende Silber an seinem zarten Handgelenk, sein verdrossener Mund und seine eriträischen Wangenknochen. Ein Migrant.

Davon gibt's im Tal viele. Man sieht sie die Landstraßen entlangziehen, in Shorts und Flipflops den Berg hinaufsteigen, ohne dass sie ahnen, welche Wetterbedingungen sie dort erwarten – ganz abgesehen davon, dass sie sich nach drei französischen Dörfern in Italien wiederfinden, dem Land, dem sie entfliehen wollten. Sie sammeln sich auch an den Ufern des namenlosen Flusses, unter Planen, die sie vor rein gar nichts schützen und erst recht nicht vor dem ansteigenden Wasser. Sind die Migranten im Liberty House kein Thema, so kommt es in der Schule ständig zu Maulfechtereien zwischen kleinen Faschos, die alle ins Kriegsgebiet zurückschicken wollen, und den Kindern von No-Border-Aktivisten. Unter den Schülern verbreitet sich auch das Gerücht, dass die Migranten, die hier sterben – von den Fluten fortgerissen, auf der Autobahn oder in den Tunneln überfahren –, als Wiedergänger im Tal spuken. Meiner allerdings macht einen sehr lebendigen Eindruck: feuriger Blick und mahlende Kiefer. Ehe ich mich fragen kann, ob er einen von Fiorentinas Pavesinis isst, spuckt er mir einen dunklen, glänzenden Pfirsichkern vor die Füße. Gleich danach löst er sich in Luft auf, was die Gespensterthese bestätigt – nur dass Gespenster nichts essen.

In genau diesem Augenblick taucht Arkady auf:

»Ah, du bist hier! Wie schön: ich hatte schon Angst, du lässt dich vom Gewitter abschrecken ...!«

»Eben war ein Typ hier! Ein Afroterraner!«

»Ein was?«

»Ein Migrant!«

»Ach ja? Merkwürdig. Eigentlich kommen sie nie bis hierher.«

Es scheint ihn nicht sonderlich zu interessieren, was ich ihm über Pfirsiche und Kekse stehlende Flüchtlinge erzähle, ihn interessiert nur eins, ficken, und das ist umso besser, als ich genauso heiß und feucht bin wie das Gras um uns herum. Kaum ist unsere kleine Nummer vorbei, schließt er mich ein letztes Mal in seine Arme und entfernt sich mit diesem munteren

Watscheln, das ihm eigen ist, ein Schatten, der bald schon im angrenzenden Wald verschwunden ist.

Ich bleibe noch, spiele gedankenverloren an mir herum, koste noch die letzten kleinen Zuckungen der Lust aus, spanne anschließend wieder den Baldachin über unser Liebeslager, entnehme meinem Korb eine zweisprachige Ausgabe der Gedichte von Emily Dickinson und mache es mir bequem, um darin weiterzulesen. Nelly behauptet, dass die Raumsonde Voyager Ende der 1970er Jahre mit einem Gedicht von Emily Dickinson an Bord gestartet sei – neben anderen Zeugnissen irdischen Lebens. Obwohl keinerlei verbotene Internetrecherche mir dafür einen Beleg geliefert hat, gefällt mir diese Vorstellung sehr. Eine Raumsonde macht als Zeitkapsel doch einiges mehr her als eine Blechdose, die unter Kuhfladen begraben liegt. Möglicherweise lese ich *How dreary – to be – Somebody!* jetzt gleichzeitig mit einem außerirdischen Wesen, das Lichtjahre von meinem grünen Winkel entfernt ist.

Gerade, als ich eine telepathische Kontaktaufnahme mit dem Weltall versuchen will, lenkt mich das Geräusch knackender Äste ab. Da ist er ja wieder, mein wildlebender Migrant, der Freitag meiner Robinsonade – und an seinem unverhohlen anzüglichen Blick erkenne ich, dass er mein Schäferstündchen mit Arkady verfolgt hat. Um daran nicht den geringsten Zweifel aufkommen zu lassen, zeigt er mit dem Finger auf mich und bricht in schallendes Gelächter aus. Während ich meine Shorts und mein Trägerhemdchen zurechtzupfe, versuche ich, einen Anschein von Würde zu wahren, und frage mich, woher dieser Ausbruch zügelloser Heiterkeit rührt. Schnell, schnell lasse ich die letzte halbe Stunde Revue passieren: Oralsex, die Semi-Penetration meiner verkümmerten Vagina und ein spritzendes Finale über meinem wie ein Djembéfell vibrierenden Bauch – also das klassische Programm, nicht mal *haram*

Analverkehr oder Hardcore-Facial, ich versteh's einfach nicht. Oder lacht er bloß über mich und meine Missbildungen? Am Roten Meer mögen die Leute vielleicht rückständig sein, dennoch wissen sie, wie ein junges Mädchen aussehen sollte. Ich will mich gerade vom Acker machen, als er mit leichter Hand meine Schulter anfasst und mich zu sich dreht. Jetzt mustere ich ihn und nehme seine strahlende Jugend wahr, die runden, glänzenden Muskeln und vor allem die seidige Haut, die sich über sein feinknochiges Gesicht spannt. Gott existiert, der solche Geschöpfe hervorbringt.

Freitag streckt seine knallrosa Zunge heraus, bewegt sie hin und her und steckt dabei seinen rechten Mittelfinger in den Ring, den er mit Daumen und Zeigefinger seiner anderen Hand formt – die universelle Geste obszönen Spotts. Ich laufe weg. Auch wenn sie in Ostafrika rennen wie die Weltmeister, werde ich trotzdem schneller sein als er. Nicht nur, weil ich immer schon gerannt bin, nein, ich kenne einfach das Gelände und trage Turnschuhe. Mit seinen beschissenen Flipflops wird er sich im Kiesbett eines ausgetrockneten Flusses oder an den schroffen Hängen des Kastanienwalds nicht lange aufhalten können, und hopp, schon bin ich weit voraus. Als das Haus in Sichtweite ist, drehe ich mich um: niemand da. Dafür haben Daniel, Djilali und die Zwillinge eine Decke über die Gartenmauer am Hang gebreitet und teilen sich geschwisterlich den Rest eines mexikanischen *pan de muerto*.

»Krass, wisst ihr was?«

»Nein, erzähl schon.«

»Wir haben einen Migranten.«

»Einen Migranten?«

»Ja! Er stiehlt auch Fiorentinas Vorräte, hundert Prozent!«

»Ach was, und wo ist er?«

»Keine Ahnung, aber er kennt auf jeden Fall mein Versteck.«

»Das kennen wir auch! Jeder hier kennt dein Versteck!«

Ich funkele Djilali böse an: So wenig ich vor Nello Geheimnisse habe, wäre es mir lieber, die Kleinen würden den Ort meiner Stelldicheins mit dem Mann meines Lebens nicht kennen.

»Nichts kennst du, du Spongo!«

»Kenn ich doch! Dolores und Teresa auch! Wir haben dich gesehen!«

»Nichts hast du gesehen! Schnauze jetzt!«

Djilali verschließt sich sofort, empfindlich wie eine Auster. Ich sollte doch wissen, dass man ihn nicht anherrschen darf. Daniel nimmt die Sache in die Hand:

»Hört auf zu streiten! Was für ein Migrant?«

»Ein Schwarzer. Jung. Er stand bei der Haselnusshecke, hinter den Kühen, dort, wo ich mir mein Schlupfloch eingerichtet habe: ich habe da Wasser, Bücher, einen Sonnenschirm ...«

Die Zwillinge lachen dreckig und vielsagend, während Djilali mit einem Feuerstein in der lockeren Erde herumbohrt. Schweigen. Einen Augenblick lang schwebt der Schatten von Arkady über die plüschige Decke. Wenn ich ein ungestörtes Liebesleben führen will, muss ich die Gemeinschaft wohl verlassen.

»Was hat er gesagt?«

»Nichts. Vielleicht kann er kein Französisch.«

»Wie schwarz genau? Bläulich-schwarz?«

Dolores' Frage mag seltsam anmuten, ja sogar regelrecht rassistisch, aber man darf nicht vergessen, dass alles rund ums Thema Melanine für Epifanios Töchter von zentraler Bedeutung ist – ganz abgesehen davon, dass es für die Schüler mehrere Schattierungen von Schwarzsein gibt – einen richtigen Farbfächer, den ich nicht beherrsche, die Zwillinge aber in- und auswendig kennen. Und soweit ich weiß, ist es im unbarmherzigen

Kosmos der Elf- bis Fünfzehnjährigen nicht unbedingt ratsam, kohlrabenschwarz zu sein. Oder rothaarig oder intersexuell. Ich hoffe für die Zwillinge und für mich, dass sich das in der Oberstufe ändert. So oder so ist mein Migrant nicht bläulich-schwarz.

»Ist er nett?«

»Ich hab' ihn kaum gesehen. Aber nö, er wirkte nicht gerade nett. Hat sich über mich lustig gemacht.«

»Eben meintest du noch, er hätte nichts gesagt!«

»Ja, aber blöd gelacht hat er.«

Seine hässliche Geste behalte ich für mich, den Ring aus Daumen und Zeigefinger, das Hin und Her des Mittelfingers, sein lüsternes Züngeln, diese Zeichensprache, mit der er mir seine Erregung und zugleich seine Verachtung zum Ausdruck gebracht hat. Ich muss erst mal drüber nachdenken, bevor ich das meinem Club der fünf zum Fraß vorwerfe. Ich knie mich ebenfalls auf die behelfsmäßige Tischdecke und entreiße Djilali das letzte Stück Gebäck.

»Warum esst ihr gerade das? Es ist doch August!«

Ich bin zwar keine Spezialistin für *pan de muerto*, doch wie der Name schon sagt, isst man ihn zu Allerheiligen. Offenbar legen ihn die Mexikaner in ihrem makabren Wahn sogar auf die Gräber, als Opfergabe für ihre lieben Verstorbenen.

»Wegen Papa. Er macht ständig neue.«

»Ach ja? Was ist in ihn gefahren?«

»Der ist mal wieder deprimiert.«

Ich habe keine große Lust, noch mehr über Epifanios x-te depressive Phase zu erfahren. Solange er sich darauf beschränkt, sein Totenbrot mit Orangenblütenwasser zu backen, ist alles im grünen Bereich. Und doch sollte er sich vorsehen, denn Fiorentina ist, was diese Rituale betrifft, äußerst penibel – zumal sie ihre eigene italienische Variante des Totenbrots hat, die unendlich mehr Nüsse, getrocknetes Obst und kandierte Früchte enthält als die mexikanische. Sie würde es uns richtig übelnehmen, äßen wir dieses Brot einfach so, außerhalb der Saison, ohne jeden kulturellen Anlass.

Das Gespräch gerät etwas ins Stocken, am Ende sind wir uns aber einig, dass der Eindringling, Migrant hin oder her, beobachtet, vielleicht sogar aus dem Reich vertrieben gehört. Wäre ja noch schöner, wenn hier alle einfielen, Horden von Flüchtlingen auf unserem Anwesen campten, uns die Lebensmittel klauten, ihren Müll überall verteilten, unser Paradies besudelten, unseren Frieden störten. Von uns fünfen ist Djilali eindeutig der kriegslustigste. Schon nimmt er die Spitzen seiner Haselpfeile ab und will sie am Feuer härten. Hier sei erwähnt, dass Djilalis Bibel ein Überlebensratgeber aus den 1970er Jahren ist, den er in unserer unerschöpflichen Bibliothek aufgestöbert hat: Die Herstellung eines Bogens oder einer Schleuder birgt für ihn kein Rätsel mehr, und ich habe ihn im Verdacht, zu Übungszwecken unsere Hühner gejagt zu haben, deren goldene und blaue Federn sowohl seine Pfeile als auch seinen Köcher schmücken. Jedenfalls sind zwei unserer Wyandotten verschwunden.

»Ich weiß. Ich war's aber nicht. Die Federn habe ich im Hühnerstall gefunden.«

»Wahrscheinlich war's der. Der Migrant!«

»Na klar, ganz klar war der das: Der muss ja schließlich was zu beißen haben!«

»Dazu hat er aber kein Recht: Die Hühner gehören uns!«

»Und wir, wir essen sie ja nicht einmal!«

Ein leises Seufzen geht durch unsere kleine Versammlung, kaum mehr als ein Hauch, als fegte eine sanfte Brise über die vegetarischen Prinzipien, die man uns eingebläut hat. Ist ja nett, dass die Alten uns die Entscheidung abgenommen haben, dabei haben sie aber die Anziehungskraft, die ein Hühnerfrikassee auf junge Mägen ausüben kann, sträflich unterschätzt. Wir trennen uns mit dem feierlichen Gelöbnis, stets wachsam zu sein. Sichtung des Waffenarsenals, flächendeckende Kontrolle des Reichs, tägliche Inspektionsrunden, nächtliche Wachen, die Gemüter erhitzen sich immer mehr, und das gefällt uns: Es gibt nichts Besseres als einen gemeinsamen Feind, um den Stammesgeist zu wecken – und, wenn wir ehrlich sind, auch nichts Besseres, um wieder zu Kindern zu werden, solange es noch möglich ist gegen Ende dieses Sommers, in dem vier von uns die geheimnislosen und faden Gestade des Erwachsenenalters ansteuern.

23.
Des Schrecklichen
Anfang

Schon am nächsten Tag können wir im Lauf einer zügig durchgeführten Suchaktion neue Beweise für die Besetzung des Territoriums sammeln: verkohlte Überreste unserer Hühner, menschliche Exkremente, Zigarettenkippen und diverse Abfälle. Der Feind hält sich offensichtlich nicht an unsere Umweltcharta, und Nello schäumt: »Was glaubt der eigentlich, wo er ist? Und was würde der machen, wenn wir bei ihm zuhause alles versiffen?«

Ich denke, dass unser Migrant und seine Landsleute *bei sich zuhause* ganz andere Sorgen haben dürften als den Naturschutz, sage aber nichts. Vor allem, weil Freitag nicht nur unser Dickicht entweiht und unsere Pfirsiche geklaut hat: In der Astgabel einer Eiche entdecken wir ein Bündel und in diesem Wolldecken, die mit dem Heiligsten Herzen Jesu bestickt sind, sowie eine angebrochene Flasche Barolo. Mehr braucht es nicht, damit Djilali seine Fähigkeiten für logische Schlussfolgerungen in Gang bringt:

»Diese Decken werden in der Wäschekammer unterm Dach aufbewahrt. Die Flasche hat er aus dem Keller genommen. Er treibt sich also im ganzen Haus herum! Vielleicht geht er sogar in unsere Zimmer, wenn wir nicht da sind!«

»Wenn Fiorentina das erfährt, wird sie ihm die Augen ausreißen!«

»Vielleicht sind es mehrere: Farah hat zwar nur einen gesehen, aber das muss ja nichts heißen.«

»Vielleicht hat der seine ganze Familie dabei, seine Frau, seine Kinder!«

»Außerdem haben Schwarze immer mehrere Frauen und massig Kinder!«

Allein die Vorstellung dieser unkontrollierbaren Familienzusammenführung facht unsere Empörung an, und wir sind uns einig, dass es rasch zu handeln gilt:

»Bald ist wieder Schule, wir werden nicht mehr so viel Zeit haben und uns nicht mehr so oft sehen. Vor allem Daniel und Farah, die Oberstufe, da müsst ihr richtig ran! Und dann erst das Abi!«

Natürlich teilt Daniel den heftigen Schrecken der Kleinen nicht: Das erste Jahr bereits hinter sich, weiß er sehr genau, dass die Oberstufe keine übertriebenen Anstrengungen verlangt – und da die Erwachsenen im Liberty House auch nicht mehr verlangen, ja, sie sich vielmehr einen Dreck um unsere Schullaufbahn scheren, können wir uns sicher weiterhin ungestört hindurchlavieren. Trotzdem würde es uns beruhigen, Freitag und seine hypothetische Sippe noch vor Schulbeginn loszuwerden. Leider hat er sich in Luft aufgelöst und macht sich einen Spaß daraus, irreführende Indizien auf unsere ausgedehnten Wald- und Wiesenflächen zu streuen. Denn während die Pavesini-Packungen und sonnengebleichten Kothaufen leicht einzuordnen sind, fragt sich, was wohl die baumelnden Amulette an den Ästen unserer Eschen und Kastanien bedeuten sollen? Federn, Bindfäden, Rindenstücke, Harzklumpen, Lavendelzweige, Eidechsenschwänze, Schlangenhäute oder Zikadenlarven – Freitag redet in der Sprache des Indianer-Sommers zu uns, doch uns fällt die Übersetzung schwer. Eines Tages dann stoßen wir auf eine Wassermelone, die auf einem Sockel aus Feldsteinen steht – sie ist noch ganz, von einer zylindrischen Aushöhlung abgesehen. Während die Kleinen sich in Mutmaßungen verlieren, wird Daniel plötzlich düster und zieht mich beiseite.

»Dieser Dreckskerl! Er fickt Wassermelonen.«

»Was?«

»Na klar! Er steckt seinen Pimmel ins Loch und legt dann los!«

»Wie kommst du darauf?«

»Guck mal rein.«

Die Tatsache, dass man mit einer Frucht Sex haben kann, stimmt mich nachdenklich, ohne dass ich es wirklich missbilligen würde. Eher im Gegenteil: Es eröffnet mir neue Möglichkeiten, doch bis ich diese erkunden kann, halte ich Djilali und die Zwillinge zunächst einmal davon ab, das Innenleben der Melone genauer zu untersuchen. Sie verbleibt auf ihrem Steinhaufen, wie ein Grenzstein oder Totem, und als ich endlich selbst einen Blick riskiere, ist das Sperma, falls überhaupt Sperma vorhanden war, verschwunden, vom körnigen rosa Fruchtfleisch förmlich aufgesogen. Behutsam stecke ich einen Finger in die zylindrische Öffnung, fördere aber nur einen schwarzen Kern zutage, unheilvoll glänzend, ein böses Omen, das ich umgehend in den Staub schleudere.

Djilali, völlig elektrisiert von der Schlange in unserem Paradies, ist auf Kriegspfad, und trägt furchteinflößende Gesichtsbemalung zur Schau, von seinem Federkopfschmuck ganz zu schweigen. Wenn er nicht gerade im Pinienwald patrouilliert, liest er in der Bibliothek Bücher über Kannibalismus.

»Willst du Menschenfleisch fressen?«

Er blickt mit seinen sanften, von wunderschönen Wimpern gesäumten Augen zu mir hoch:

»Igitt, widerlich, im Leben nicht! Ich mach mich schlau, falls Freitag Kannibale ist.«

»Wie kommst du denn darauf?«

»Gar nicht, ich weiß nur, dass viele Schwarze Kannibalen sind!«

Da er meine Skepsis spürt, setzt er im Brustton der Überzeugung nach:

»Fiorentina hat es mir gesagt!«

»Das glaube ich nicht.«

»Doch! Sie hat gesagt, Afrikaner fressen Menschen. Frag sie doch selbst!«

Fiorentina mag keine Schwarzen, gewiss, aber ich hätte nie gedacht, dass sie so weit geht, auch noch solchen Schwachsinn zu denken und zu verbreiten.

»Und ich sage dir, sie fressen keine. Wem glaubst du eher: Fiorentina oder mir?«

Er spielt den Tauben.

»Wie schmeckt Menschenfleisch? Was meinst du?«

»Woher soll ich das wissen?«

»Ich hab mal gelesen, dass es wie Hühnchen schmeckt! Aber ich habe noch nie Hühnchen gegessen, also ...«

Kein Wunder, zählt seine Mutter doch zu den rabiatesten Vegetarierinnen der Gemeinschaft.

»Du hast noch nie ein McChicken gegessen?«

»Nö.«

»Du warst noch nie bei KFC?«

»Dürfen wir nicht.«

»Schon klar, aber trotzdem sind wir alle mal hin, einmal wenigstens.«

»Du warst da?«

»Klar.«

»Daniel und die Zwillinge auch?«

»Ja, hab' ich doch gesagt.«

»Du hast echt Glück.«

»Ich kann dich gern mal hinbringen, wenn du magst.«

Ein Lächeln lässt ihn kurz aufstrahlen, dann fängt er sich wieder, senkt den Blick und murmelt ein höfliches Nein. Ich muss mich wirklich mal um Djilalis Erziehung kümmern: Weil er so viele hysterische Romanzen und kommunitaristische Schnapsideen erdulden musste, hat er Partei für die Vernunft ergriffen, und das endet niemals gut. Da sitzt er nun, brav im Schein eines tanzenden Sonnenstrahls, sein dickes Buch auf den Knien, den Zeigefinger auf einen alten Kupferstich gerichtet, der einen Forschungsreisenden zeigt, wie er von lauter Wilden in Stücke gerissen wird. Er lebt im 21. Jahrhundert, aber nichts weist darauf hin. Das ist das ganze Ding, wenn man Kinder in einer weißen Zone aufzieht: Sie nehmen hier Gewohnheiten eines anderen Zeitalters an, insbesondere die des Lesens und Nachdenkens. Ich bin die erste, die sich darüber freut und finde, dass uns dies einen entscheidenden Vorsprung gegenüber unseren Zeitgenossen einräumt, was aber nichts daran ändert, dass ich mir Sorgen mache. Darauf angesprochen, beruhigt mich Daniel:

»Ach, ich finde, ihm geht's gut. Für einen Jungen ist er ziemlich still, ja, aber wo ist das Problem?«

»Findest du es normal, wenn einer von Kannibalen besessen ist?«

»Alle kleinen Jungen sind besessen: von Dinosauriern, Außerirdischen, Haien ...«

»Wovon warst du denn mit neun besessen?«

»Von Schwänzen.«

»Was? Mit neun?«

»Ja. Sogar schon früher. Zuerst war ich von meinem besessen, der mir lächerlich klein und nackt vorkam. Weißt du, ich hatte die der Erwachsenen gesehen und fragte mich die ganze Zeit, warum meiner ihren nicht ähnlich war. Niemand hatte mir dazu was erklärt, zur Pubertät und so. Und dann dachte ich ständig an die der Jungs aus meiner Klasse. Ich konnte einfach nicht anders. Ich malte sie mir aus, schön geborgen im Warmen in ihren Slips; ich hatte Lust, sie zu sehen, sie anzufassen, sie in den Mund zu nehmen. Und ich hatte selbst immer so eine Latte und dachte, denen geht's genauso. Das mag dir vielleicht seltsam erscheinen, aber bis ich elf oder zwölf war, glaubte ich, die Heteros wären in der Minderheit, und nicht die Homos!«

»Was?«

236

»Na klar! Von deinen Eltern abgesehen gibt es im Liberty House kein einziges Hetero-Paar.«

»Überhaupt keine Paare, meinst du!«

»Da wären Arkady und Victor, zum einen. Und dann Malika und deine Großmutter. Du siehst: nur Homos.«

»Und was ist mit Epifanio? Und Jewell?«

»Epifanio und Jewell sind Singles! Und wir wissen nicht mal, ob sie auf Männer oder Frauen stehen.«

»Epifanio hat zwei Töchter!«

»Das will nichts heißen. Wenn du wüsstest, wie viele Familienväter ich gevögelt habe!«

Wir hängen beide in Fiorentinas Küche ab. Die Gefahr, dass sie sich an unserem Austausch stört, ist gleich null: Schwänze, Latten, Homos, Heteros sind alles Begriffe, die weder in ihrem Wortschatz noch in ihrer Vorstellungswelt vorkommen. Allein der Gedanke an einen Schwanz ist ihr vermutlich nie gekommen. Wenn sie wüsste, dass man davon besessen sein kann, würde sie sicher in schallendes Gelächter ausbrechen, dieses junge, irre Gelächter, das sonst den Faxen von Tierbabys vorbehalten ist. Sie interessiert sich ohnehin nicht für das, was andere Leute sagen. Um in ihren Gehörgang zu gelangen, müssen sich unsere Äußerungen auf den Haushalt beziehen und möglichst prosaisch sein. Sie schenkt uns ihre Aufmerksamkeit nur, wenn wir über Provolone reden oder Borlottibohnen, und ihre Wertschätzung erringen wir nur, wenn wir wie sie zum Arbeitstier werden. Wäsche aufhängen, Fußleisten scheuern, Steinpilze trocknen, Linsen verlesen, Eier einsammeln, Rasen mähen, Teppiche klopfen – damit bringt Fiorentina ihre Tage zu und dafür rekrutiert sie jeden, der sich in Reichweite ihrer tiefen Stimme befindet. Wie auch jetzt, denn als ihr unsere Untätigkeit auffällt, schickt sie uns prompt in den Gemüsegarten:

»Tomaten, Minze, Zucchiniblüten. *Subito*!«

Es ist elf Uhr vormittags, die Hitze bereits unerträglich, aber zu trödeln kommt nicht infrage. Und Sie erraten es nie, wer steht da wohl inmitten unserer Erdbeerpflanzen? Freitag, wer sonst – mit erhobenem Arm und gehetztem Blick starrt er uns offenen Mundes drei herzzerreißende Sekunden lang an und flitzt dann im Zick-Zack weg wie ein Hase.

»Wow, ist der schön! Das hast du mir verschwiegen!«

Stimmt. Ich habe das Geheimnis seiner Schönheit für mich behalten: das bläuliche Weiß seines Auges, die spitzen Zähne, die pfeilgerade Nase, der Schatten seiner Wimpern auf den erhabenen Wangenknochen, die gewellte Masse seines Haars, einer Krone gleich, einer Tiara, einem Hoheitszeichen.

»Wenn ich nur denke, dass der sich Wassermelonen vornimmt, wo er doch mich haben könnte!«

Vor lauter hoffnungslosem Verlangen aufstöhnend, lässt sich Daniel zu Füßen der Insektenblumen nieder, die mein Vater dort gegen Ungeziefer gepflanzt hat. Ich verrate ihm wohlweislich nicht, dass das Objekt seines Begehrens mir sein eigenes durch saftiges Wedeln seiner rosa Zunge und dem anzüglichen Rein und Raus seiner schmalen Finger signalisiert hat – denn nach reiflicher Überlegung habe ich entschieden, Freitags Pantomime als Aufforderung zu deuten und nicht als Beleidigung meiner Anatomie oder meines Lebenswandels.

»Oh Mann, ich hab' so Bock zu pudern, ich schwör's dir!«

»Was?«

»Ich will bumsen! Und schuld ist der: Er hat mich so was von angespitzt! Wir müssen ihn finden, jetzt gleich!«

»Selbst wenn wir ihn finden, ist nicht klar, ob er Lust hat, mit dir zu schlafen.«

Ein Büschel Blumen ausreißend, streut Daniel sich Blätter und Blüten auf seine glänzenden Strähnen, stülpt seine sinnlichen Lippen vor und wirft sich in Pose:

»Die wird er haben, glaub mir ...«

»Du bist so blöd.«

»Gut, komm. Wenn wir Metallica ihre Tomaten nicht bringen, killt die uns. Heute Nacht werden wir aber nicht schlafen, okay? Wir werden ihn suchen, wir werden sein Versteck finden! Und dann ...«

Er geht auf den Wegen des Gemüsegartens voran, wobei er demonstrativ mit den Hüften wackelt und mir über seine knochige Schulter glühende Blicke zuwirft. Hop, schon bückt er sich, um Zucchiniblüten zu pflücken, wobei er nicht vergisst, sich zu verrenken, damit sich seine zweifarbigen Shorts vorteilhaft spannen, – die Shorts von George Michael. Ich hasse es, wenn er die Tunte raushängen lässt, bleibe ihm aber trotz seiner nervigen Ticks in Freundschaft verbunden, hat er doch auch sehr wertvolle Eigenschaften – ganz abgesehen davon, dass ich mich, was Freunde betrifft, nicht allzu wählerisch zeigen kann, bedenkt man die Einsamkeit, zu der mich meine eigenen Merkwürdigkeiten verdammen. Mitten in der Nacht treffen wir uns unter der großen Eiche, wo Freitag sein Deckenbündel mehr schlecht als recht versteckt hatte. Das Bündel ist weg.

»Er schläft bestimmt ganz in der Nähe. Wir müssen leise sein.«

Trotz unserer Vorsicht knacken die Äste unter unseren Füßen und die Insekten brechen jäh ihren Nachtgesang ab. Falls Freitag in der Nähe sein sollte, hat er uns längst kommen hören und rechtzeitig die Flucht ergriffen. Nach zwei Stunden vergeblicher Suche machen wir kehrt und sind schon in Sichtweite vom Liberty House, als wir ein verdächtiges Plätschern hören. Tatsächlich verdanken wir Dadah, dass im Frühjahr ein altes Zierbecken wiederinstandgesetzt wurde. Und weil es darum ging, Nelly auszustechen, hatte sich Dadah nicht lumpen lassen: Das alte Becken, winzig klein und voller Risse, verwandelte sich in einen überaus romantischen Teich, von rauschenden Binsen umgeben, mit weißen Seerosen übersät und durch Wasserfälle gespeist, die sich über moosbewachsene Stufen ergießen. Djilali und die Zwillinge verbringen dort den Großteil ihrer Zeit, plantschen im Wasser und jagen unsere Störe oder dreifarbigen Kois. Ich erlaube mir, ganz nebenbei zu erwähnen, dass der unerbittliche Wettstreit, den unsere beiden Greisinnen sich liefern, eindeutig der ganzen Gemeinschaft zugutekommt: Es wurden nicht nur Dächer und Zierbecken repariert, sondern auch seltene Hölzer als Sonnenschutz für den Vorgarten verarbeitet, während die nördliche Fassade um ein Erkerfenster mit bernsteinfarbenen Scheiben erweitert wurde. Ich meine außerdem, dass Fiorentinas Budget für unsere Mahlzeiten verdoppelt wurde. Wir schwimmen im Überfluss und unsere Karpfen auch: Fett und schillernd gleiten sie im milchigen Mondschein dahin, während Daniel und ich auf leisen Sohlen zum Becken schleichen.

Da ist er. Auf dem stillen, dunklen Wasser, wo die Sterne schlafen, treibt er dahin, einer schwarzen Lilie gleich, einer, wie sie dank der großzügigen Unterstützung von Dadah mein Vater unter hohem Kostenaufwand züchtet, ist sie doch deren Lieblingsblume, ja sogar deren Emblem – Nelly beansprucht für sich hingegen die rustikale Einfachheit der Astern, nur um den feinen Unterschied hervorzuheben, und mein Vater tut gut daran, beide Sorten in unseren Gewächshäusern vorrätig zu halten. Was soll's, unser edler Wilder ist da, nutzt schamlos unsere reinigenden Wasser, um sich zwischen Seerosen- und Binsenstängeln zu waschen. Um uns herum die Nacht, erwacht, sie seufzt; ein unsichtbarer Vogel stößt ab und an einen Ruf aus, der einer besorgten Frage ähnelt. Mit dem Schwung seines ganzes Körpers taucht Freitag ab und verschwindet ganz unter dem silbrigen Teichdeckel. Neben mir hält Daniel den Atem an und steckt die Hand in seine zweifarbigen Shorts, auf der Suche nach seinem Schwanz, vermute ich. Ich schnalze verärgert mit der Zunge, was ihn völlig kalt lässt – da holt sich dieser Vollidiot jetzt tatsächlich einen runter! *Splat*, Freitag taucht wieder auf, reckt sein Gesicht verzückt dem Mond entgegen und schüttelt seine wasserschweren schwarzen Haarsträhne. Und jetzt entsteigt er dem Teich, nackt wie am ersten Tag, und Daniels Handbewegung wird immer heftiger, während er mir ins Ohr raunt:

»Mann, hast du gesehen, wie der gebaut ist?«

Ja, habe ich, und klar liefert mir das eine Abwechslung zu Arkadys rundlicher Gestalt, diese langen, muskulösen Schenkel, dieser Bauch wie gehämmertes Metall, diese prachtvollen Schultern, diese hohen, runden Pobacken, diese schmalen Hüften ... Als wollten sie diese Erscheinung grüßen, singen die Kröten noch inbrünstiger. Ich spüre, dass Daniel gleich auf unseren Eindringling zuspringen will und packe ihn am Gummibund seiner zweifarbigen Shorts: »Hiergeblieben!«

Ohne uns zu bemerken, kauert Freitag am Ufer nieder, wühlt in dem Häufchen Kleidung, das er dort abgelegt hat, und dreht sich eine Zigarette, oder doch eher einen Joint, wenn ich die aromatischen Schwaden richtig einordne, die nun zu uns dringen.

»Das ist das Gras deines Vaters!«

Ich nicke: Der Eindringling hat offenbar Zugang zum kleinen Medizingarten, obwohl Marqui ihn mit Halbrundstäben eingehegt hat, um den rein privaten Charakter zu unterstreichen – mit gutem Grund, denn zwischen Salbei und Johanneskraut hat er opiathaltige Gewächse gepflanzt, deren Wirksamkeit er an seiner Frau testet. Diesen reichhaltigen, exotischen Duft, der meine Mutter ständig umweht, als schwebte eine kleine Wolke persönlichen Glücks über ihrem Kopf, würde ich unter Tausenden wiedererkennen.

»Er sieht aus wie Bob Marley, findest du nicht?«

Da ist etwas dran. Mit den genüsslich ausgestoßenen Rauchspiralen, den kohlrabenschwarzen Flechten seines Haars und dem Mahagoni seiner eriträischen Haut weist Freitag alle Merkmale des legendären Natty Dread aus Trenchtown auf. Ich pflichte stumm bei, Daniel aber ist das schnurz, er ist ja kurz davor, in einen Pampasgrasbusch abzuspritzen, ohne Rücksicht auf die fedrigen, zitternden Rispen. Während wir uns zurückhalten – er sein Stöhnen, ich mein Lachen – steht unser Migrant auf, schnippt seine Kippe lässig in den Teich, sieht sich prüfend nach allen Seiten um, steigt wieder in seine Klamotten, erreicht den Saum des Waldes und wird vom Volk der Bäume verschluckt.

»Mann, ist der versifft, hast du das gesehen?«

Doch Daniel hat inzwischen jegliche Objektivität eingebüßt und begrüßt voller Nachsicht, was er gestern noch unerträglich fand, insbesondere die Gedankenlosigkeit, mit der Freitag seinen Müll verstreut.

»Versifft?! Im Gegenteil: Er wäscht sich!«

»Er schmeißt seine Kippen ins Wasser!«

»Wen kratzt schon, was der mit seinen Kippen macht! Hast du gesehen, wie unglaublich schön der ist?«

Ja, hab' ich, klar' hab ich das, und doch wird mir niemand die Überzeugung nehmen, dass diese Schönheit des Schrecklichen Anfang ist und das Ende der Unschuld.

24.
Geistige Gesundheit ist ein zerbrechlich Ding

Von der Geburt seiner schwarzen Venus zutiefst aufgewühlt, hat Daniel seine vier Freunde schon beim Morgengrauen aus dem Bett geholt, um uns alle fünf zu einer außerordentlichen Sitzung auf dem Gelände zu versammeln – was gibt es Besseres für den Kampfgeist einer Truppe als ein Geheimtreffen im hohen Gras? Über die Maßen aufgeregt, führen die Zwillinge eine regelrechte Detektivausrüstung mit sich: Lupe, Kompass, Taschenmesser, Notrationen, Trillerpfeife und sogar ein Fläschchen unsichtbarer Tinte, deren Nutzen mir nicht ersichtlich ist, während sie Djilali offenbar fasziniert. Er hat seinerseits die komplette Tracht des Sioux-Anführers angelegt: Bogen und Köcher, grimmiger Blick, in seinem dichten dunklen Haar steckt eine Feder – wenn er sich diese nicht sogar direkt in den Schädel gerammt hat. Hilfe! Ich bin anscheinend die einzige, die sich noch ein Gran gesunden Menschenverstand bewahrt hat. Denn wenn die Kleinen klar entschlossen sind, den verrückten Kerl zu vertreiben, zeigt sich bald schon, dass Daniel mit dem Ungestüm der Abtrünnigen zum Feind übergelaufen ist.

»Farah und ich haben den Migranten wiedergesehen: Nachts badet er im Teich.«

Wortlos wirft Djilali uns seinen Bogen vor die Füße, was in der Indianersprache sicherlich einer Kriegserklärung gleichkommt. Daniel weist ihn umgehend zurecht:

»He, warte mal, was hast du vor? Ihn abschießen? Er darf ja wohl noch baden! Und das Recht auf Hygiene, was willst du da machen? Er ist Migrant, vergiss das nicht: Er hat kein Dach überm Kopf, kein Badezimmer, nichts! Und wahrscheinlich ist er auch noch mutterseelenallein, ohne Familie, ohne Freunde!«

»Du hast doch selbst gesagt, dass er bestimmt zig Frauen und zig Kinder hat!«

»Das war Dolores, nicht ich. Nein, ich glaube, er ist eine einsame Ratte.«

»Genau, der ist ne' Ratte! Ratten sind eklig!«

»Es sind Rassisten, die Fremde mit Ratten vergleichen! Seit wann sind wir Rassisten?«

Beschämt und verwirrt senken die Kleinen den Kopf und wagen nicht einmal mehr einen Blickwechsel. Wie soll man sich da noch auskennen? Gestern erst war Freitag noch der Mann, den es zu kaltzumachen galt, und heute soll man ihm alles verzeihen und ihn mit offenen Armen empfangen – und schlimmer noch, Daniel verschweigt ihnen die triebhaften Gründe seines Sinneswandels. Kurz, Djilali und die Zwillinge sind angewiesen, unseren Hühnerdieb aufzustöbern, haben aber keine Erlaubnis, auf ihn zu schießen.

»Wenn ihr ihn seht, sagt ihr kein Wort, ihr versucht nicht, mit ihm zu reden, sondern kommt gleich zu mir, okay?«

»Und wenn er uns sieht?«

»Er darf euch nicht sehen. Falls er euch sieht, wird er abhauen! Wenn ihr zu zweit seid, behält ihn einer im Auge und der andere informiert mich, mich oder Farah.«

Kaum haben die Kleinen ihren Einsatzbefehl erhalten, schwärmen sie bis in die hintersten Winkel des Königreichs aus und lassen Daniel und mich voller Wehmut und Bedauern zurück. Wir hätten gestern handeln müssen: Jeder weiß, dass man im Busch das Kommen der Tiere an der Wasserstelle erspäht, in genau dem Moment, wo sie verletzlich sind, wo ihre Wachsamkeit im trügerischen Sumpffrieden nachlässt, wo sie zum Trinken die Beine spreizen ... Also schleichen wir, obgleich es helllichter Tag ist, um das Becken herum, wo sich aber nur Epifanio aufhält und die Kois betrachtet, besonders einen, auf den er mit zitterndem Finger zeigt:

»Schaut mal, der verliert auch seine Pigmente!«

Wir schauen hin und sehen gerade noch, wie ein dicker Karpfen seine gefleckten Flanken in den Schlamm versenkt – aber weder Daniel noch ich verfügen über ausreichend Zeit im Hirn für Empathie und Mitleid: soll Epifanio sich doch mit seinen Obsessionen herumschlagen und uns der quälenden Dunkelheit unserer eigenen überlassen. Denn was mich betrifft, so handelt es sich eindeutig um eine Form der Obsession, um Visionen, die ich nicht aus dem Kopf bekomme, um ebenso unerträgliche wie lustvolle Bilder: ein in den Staub gespuckter Pfirsichkern; eine die Nachtluft peitschende feuchte Haarpracht; erhabene Wangenknochen, wohlkonturierte Pobacken, ein Schenkel, auf dem sich smaragdgrüner Tang schlängelt. Die Füße im kühlen Wasser, den Kopf im Schatten eines Akanthuswedels, tauschen wir uns betrübt über unsere jeweiligen Chancen aus. Nachdem er seine Prahlereien fallengelassen hat, neigt Daniel viel stärker dem Zweifel zu als gestern.

»Meinst du, er ist hetero? Wenn ja, bist du als Mädchen im Vorteil. Erst recht, wenn er Moslem ist.«

»Selbst, wenn er hetero ist, sind die Aussichten, dass ich ihm gefalle, ziemlich gering. Bist du sicher, dass die Leute da, wo er herkommt, Muslime sind? Sind die nicht eher Juden?«

»Andererseits, wo er so lange nicht gefickt hat, greift er vielleicht nach der erstbesten Gelegenheit. Eine Wassermelone hat er ja auch schon …«

In diesem Moment kehren Djilali und die Zwillinge zurück und zwar wie zu erwarten unverrichteter Dinge, was uns unsere wirren erotischen Spekulationen umgehend unterbrechen lässt. Ihnen ist heiß, sie haben keinen Bock mehr, den Migranten zu suchen, sie wollen baden und sich anderen Spielen zuwenden. Mir geht's genauso, nur eben umgekehrt – endlich begreife ich mich selbst: Zum ersten Mal seit sechs Monaten habe ich etwas anderes im Kopf als meinen Wechsel im Erscheinungsbild und die holprige Umwandlung von einem Geschlecht zum anderen. Selbst Arkady ist plötzlich in den Hintergrund geraten, was für den flüchtigen Charakter einer jeden großen Liebe spricht. Oder ich habe mich von Anfang an geirrt, als ich zu lieben glaubte. Schade, dass ich niemanden habe, um den Unterschied zwischen wahrer Liebe und dem Begehren zu erfragen, das mich so quält an diesem glühend heißen Tag im August. Arkady kennt ihn bestimmt, aber ihm werde ich mit meinen Fragen keinen Floh ins Ohr setzen: Mir ist viel lieber, er weiß nicht, dass ich ihm untreu bin. Gut, er predigt freie Liebe, und außerdem habe ich ihn noch nicht betrogen, doch das ist womöglich umso schlimmer, als ich mich vor Lust danach verzehre und keine Sekunde vergeht, in der ich nicht daran denke. Es wird Abend, und ich sehe noch immer nicht klarer. Ich habe sogar die Grenze der Vernebelung meiner Denkfähigkeit überschritten. Geistige Gesundheit ist ein zerbrechlich Ding. Eine Kleinigkeit genügt, um sie entgleisen zu lassen, und schon ist es vorbei mit den kurzen Schaltkreisen von einer Vorstellung zur nächsten: Die meinen galoppieren hintereinander her, ohne auch nur eine im Ansatz klare Formulierung auszubilden oder die kleinste Anwandlung einer Umsetzung zu bewirken.

Beim Abendessen versammeln wir uns um eine Pizza mit eingelegten Artischocken, gefolgt von einem himmlischen Schokoladenfondant mit Himbeeren, aber weder Daniel noch ich sind in der Stimmung, es zu genießen: Unsere Beinen zappeln unterm Tisch, unsere Fingern trommeln auf der Tischdecke, und die Gespräche sind uns eine einzige Qual, klaffen sie doch meilenweit mit unserer fixen Idee auseinander und auch mit unserem Wunsch, eine stillschweigende Verabredung einzuhalten – denn auch wenn er nichts davon weiß, so ist Freitag doch mit uns verabredet.

Schlag Mitternacht stehen wir wieder am Becken, hinter einem klappernden Vorhang aus Bambushalmen verborgen. An der Böschung haben wir einen Korb mit sorgfältig ausgewählten Versöhnungsgaben abgestellt: ein Stück Pizza, ein Stück Provolone, ein Rest Quittenbrot, mit Paprika gefüllte Oliven, eine Flasche Barolo, Pavesini-Kekse, drei Joints aus dem Gras meines Vaters, ein Feuerzeug, Bonbons mit Kaffeegeschmack und ein Päckchen Kondome. Die Hoffnung dahinter: Er möge verstehen, dass wir ihm nicht nur nichts Böses wollen, sondern seinen Geschmack kennen und er ganz nach unserem ist.

Er schlendert gegen ein Uhr morgens lässig an. Ohne unseren Korb zu sehen, legt er im Handumdrehen sein FC-Barcelona-Trikot und die ausgefransten Shorts ab und geht zum Zierteich, der unter seiner Spitzendecke aus Wasserlinsen besonders milchig leuchtet. Wie gestern verschwindet er unter Wasser, taucht im Gegensatz zu gestern aber nicht mehr auf. Er ist ertrunken: Wurde von Seerosenstielen eingefangen und von faulenden Wurzeln im Schlamm zurückgehalten – Ende der Geschichte, Erlösung, ich kann wieder ein normales Leben führen, auch wenn Normalität hier nichts bedeutet, in unserer Freilichtanstalt, unserem Luftkurort für Beeinträchtigte aller Art.

»Verdammt, wo ist er? Wir müssen nach ihm sehen: Vielleicht ist er ohnmächtig geworden ...«

Daniel verlässt die Deckung der Bambushecke, watet bis zum Oberschenkel in den Teich und sucht das Wasser mit den Augen ab. Nichts. Bis auf eine Reihe verzweifelter Luftblasen, die ich ihm wohlweislich verschweige. Wäre ja noch schöner, denjenigen zu retten, der uns vernichten wird. Heißt, ihn lieber seinem Kampf in der Tiefe überlassen. Mir bleibt kaum Zeit, meiner eigenen Geschichte zu glauben und von Entsetzen und Schuldgefühlen heimgesucht zu werden, als Freitag hinter uns auftaucht: Alles andere als ertrunken, muss er den Teich der Länge nach durchschwommen und ihn dann umrundet haben, um uns hinterrücks zu erwischen. Vor lauter Schreck geht Daniel im grünen Wasser in die Knie und rollt seine aufgerissenen Augen über dem glasierten Kelch einer Seerose, im Voraus abgeschlagener Kopf, präsentiert auf einem Silbertablett, Freitag braucht sich nur zu bedienen – und ich bin sicher, dass er es tun wird, beinahe wäre er ja selbst zur Enthauptung geschritten. Ich weiß, was ich weiß. Was spielt es da für eine Rolle, woher ich dieses Wissen zwischen Hoffnung und Schrecken, zwischen Überlebensinstinkt und Sehnsucht nach dem Schlimmsten habe.

Nackt wie am Tag seiner Geburt, die Arme zwischen silbrigem Nabel und Brustkorb verschränkt, mustert Freitag uns streng und ich spüre, wie ich unter diesem Blick weich werde: ich gebe für Missbilligung das perfekte Publikum ab. Daniel, immer noch im Teich kniend, ruft unserem nächtlichen Besucher schüchtern zu:

»Hallo. Sprichst du Französisch? Englisch? I'm Daniel.«

Und hopp, schon geht es wieder los: Gerade, als auch ich das Wort ergreifen will, rückt mir meine dissoziative Störung auf die Pelle, und ich stehe wie versteinert am Ufer und weiß nicht mehr, wie ich mich vorstellen soll: Hello, I'm Farah? Aber nein, eben nicht, ich bin nicht Farah, ich bin das ganze Universum, eine zwölfbändige Enzyklopädie ganz in mir allein. Schade, dass mir das ausgerechnet dann passiert, wenn ich unbedingt im besten Licht erscheinen und den verheerenden Eindruck korrigieren will, den ich beim ersten Mal sicherlich gemacht habe. Während des Liebesspiels, gibt man sich ihm voll und ganz hin, zeigt man sich nicht immer zu seinem Vorteil: Wer weiß, was Freitag an Grimassen, Geräuschen, wenig schmeichelhaften Posen mitbekommen hat. Wenn ich Verbindung zu ihm aufnehmen möchte, muss ich unbedingt wieder zu mir kommen, meine Seele in meinen irdischen Körper heimholen, ansonsten wird sich Daniel unseren Migranten unter den Nagel reißen, und dann wäre es aus mit meinen Träumen von einer Liebesbegegnung.

Offen gesagt, ist es viel eher die Begegnung, die mich träumen lässt, als die Liebe. Die Liebe habe ich ja, wohingegen ich noch nie jemandem begegnet bin. Dass wir uns nicht falsch verstehen, ich kenne eine Menge Leute, in den meisten Fällen bin ich aber mit ihnen oder unter ihrer Ägide aufgewachsen: Da gab es keinen blitzartigen Einschlag, keinen magischen Zeitpunkt t, keinen wundersamen ersten Blick – einen in den Staub gespuckten und ewig glänzenden Pfirsichkern. Die Begegnung könnte hier und jetzt stattfinden, aber bitte, ich bin nicht beim Stelldichein und es ist Daniel, der von dieser wildromantischen Situation profitieren wird, love at first sight under the cherrymoon. Denn er ist kirschrot, der Mond, und vielleicht ist das der Grund für meine Entrückung zur Unzeit, für diese Trance, die mich meiner Mittel beraubt und der Welt zeitweilig entzieht.

Die Zeit vergeht. Als ich in die Wirklichkeit zurückkehre, hocken Daniel und Freitag einander gegenüber und unterhalten sich angeregt, auf Franglisch und in Zeichensprache. Daniel strahlt mich geradezu dämlich an:

»Er heißt Angossom, stell dir vor!«

»Bist du sicher? Komischer Name.«

»Ganz sicher. Guck mal: Er hat es für mich aufgeschrieben!«

Tatsächlich sind acht Großbuchstaben in die lehmige Ufererde eingraviert: ANGOSSOM. Niemand wird mich von der Vorstellung abbringen, dass dieser Name stark an »Angst« erinnert, was meine nur beglaubigt.

»Vielleicht ist das sein Nachname.«

»Nein, sein Nachname lautet nochmal anders. Er hat ihn mir zwar genannt, aber ich habe nichts verstanden.«

Was kümmert mich sein Nachname überhaupt? Wenn er mich im Tannenwald oder unter meinem Hochzeitsbaldachin nimmt, wird mir »Angossom« über die Lippen kommen, werde ich »Angossom« in den Sternenhimmel rufen. Jetzt knie auch ich mich hin und schreibe meinen Vornamen neben seinen, fehlt nur noch, dass ich beide mit einem Herzen einrahme, Farah + Angossom = Ewige Liebe. Man könnte meinen, ich wäre nicht mehr ganz bei Trost, ich weiß, und es stimmt, ich bin nicht mehr ganz bei Trost, ich will alles und das genaue Gegenteil, Angossom soll krepieren und mich ficken, aber nicht in dieser Reihenfolge, klar.

Ihren Gesten nach sind die beiden Jungs schon dabei, sich ewige Freundschaft zu schwören: Hand auf dem Herzen, feierliche Blicke, flüchtige Umarmung unter dem Blätterdach. Ich zähle nicht. Niemand schert sich darum, ob ich nun da bin oder nicht, was in normalen Zeiten ja mein Los ist, aber jetzt eben nicht: Ich existiere.

»Wo schläfst du? Sleep?«

Die geschlossenen Handflächen an die Wange geschmiegt, die Augen geschlossen, mimt Daniel einen Schlafenden, dann deutet er auf Angossom, öffnet die Hände und blickt fragend gen Himmel. Mit einem traurigen kleinen Lächeln zeigt Angossom zum Saum des Waldes und auf die Reihen schnurgerader Bäume, die ihn beherbergen. Daniel nimmt die Sache umgehend in die Hand.

»Heute Nacht, this night, wirst du in einem richtigen Bett schlafen. Bed: you know bed? Come with me.«

Come with us wäre feinfühliger gewesen, aber die beiden Turteltäubchen sind allein auf der Welt. Immer noch splitternackt, entdeckt Angossom den Korb voller Proviant, womit er Daniels begeistertes Gebrüll hervorruft:

»Yeah, it is for you! Food! Wine! Möchtest du?«

Gesagt, getan: Daniel öffnet die Flasche, reißt die Pavesini-Packung auf und streckt ein labbriges Stück Artischockenpizza seinem Schützling entgegen, der sich nicht lange bitten lässt. Wir stoßen mit bernsteinfarbenen stapelbaren Glasbechern an, einem Erbstück aus der Mädchenpensionatszeit des Liberty House. Meine Lippen zittern, sobald sie den Rand berühren, weil mich jedes Mal, wenn ich aus ihnen trinke, eine Flut an Visionen sapphischer Freundschaften überkommt. Und ja, sapphische Freundschaften an sich gingen noch, aber ich muss auch Visionen ertragen, die sehr viel verstörender sind, grünliche Aureolen, gestärkte Hauben mit gespenstischer Anmutung, grimassierende Münder, Hände, die sich um einen Rosenkranz schließen – und dazu noch flehentliches Murmeln, Stöhnen, Weinen, das vor über hundert Jahren im Kissen erstickt wurde. Ich weiß nicht, warum mir das widerfährt, und auch nicht, ob das allen widerfährt. Mag sein, dass es zu meinem Spektrum an Symptomen gehört, dass es zu allem anderen passt, zu meinen Himmelfahrten, den Aussetzern meines Bewusstseins, aber auch zu meinem schleichenden Geschlechtswechsel – wie soll einer das wissen? Ich bin kein Arzt, und die, die es sind, können mit Fällen wie meinem nichts anfangen, da sie sowohl ihr Begriffsvermögen als auch ihr dürftiges wissenschaftliches Rüstzeug überfordern.

Sobald der Barolo ausgetrunken ist, gehen wir zu dritt nach Hause. Vereinbart wurde, dass Angossom unterm Dach schläft, in einem unbelegten Zimmer ganz in der Nähe meiner Kammer. Bedingung ist, dass er unbemerkt kommt und geht, während Daniel oder ich prüfen, ob die Luft rein ist. Schnell schieben wir unseren Korb unter sein Bett: die Oliven, das Quittenbrot, die drei unangetasteten Joints ... Die Toiletten liegen am Ende des Flurs. Wir malen uns lieber keinen nächtlichen Zusammenstoß mit einer schlafwandelnden Fiorentina aus, die aber selbst dann noch in der Lage wäre, einen heimlichen Gast zu erkennen.

Ich gehe zu Bett und schlafe wider alle Erwartung ein und träume von Schwänen, die ihre gewundenen Hälse umeinanderschlingen und den Teich mit einem Herzen aus leuchtenden Federn und schwarzen Schnäbeln zieren: Das will gewiss was bedeuten, nur was?

25.
Hermaphroditos
Anadyomene

Bei Tagesanbruch stehe ich auf und beschließe, jeden Zentimeter meines Körpers unter die Lupe zu nehmen. Was habe ich der Welt – und unter Welt verstehe ich vor allem Angossom – außer meinem ewig gleichen Gedankenkarussell denn zu bieten? Im großen Salon, den Victor so üppig mit Spiegeln ausgestattet hat, betrachte ich mich aus allen Blickwinkeln, hebe die Arme, spreize die Beine, verrenke mir den Hals. Nach gut zehn Minuten voller Drehungen und Biegungen muss ich mir eingestehen, dass meine Verwandlung unaufhaltsam voranschreitet. Mein Hals ist noch breiter geworden, ein Borstenkranz umgibt meine Warzenhöfe, mein Stirnbein ist stärker ausgeprägt, und alles, was meine Figur an sanften Rundungen aufwies, Brüste, Pobacken, Venushügel, ist geschrumpft und in den steinernen Block meines neuen Körpers eingegangen. Die Rückbildung meiner sekundären Geschlechtsmerkmale wird von einer gegenläufigen Entwicklung und der noch zaghaften, aber unübersehbaren Ausformung eines Hodenpaars unterhalb meiner großen Schamlippen begleitet. Deren Farbe schwankt zwischen dunkelbraun und gräulich-grün, doch zum Glück habe ich mein Leben lang freihängende Hoden gesehen und weiß, dass sie allerlei merkwürdige Färbungen annehmen können, die keineswegs ein Zeichen ihrer Zersetzung bedeuten. Kurz und gut, sehen wir den Tatsachen ins Auge, ich bin nun ein Monster, und das hat nichts mit dem K-H-Syndrom zu tun: Man hat mich mit einem bösen Zauber belegt, da haben wir die Erklärung, und ohne einen Gegenzauber werde ich nie ein normales Aussehen zurückerlangen. Unterdessen brauchen meine Liebhaber starke Nerven – oder müssen mit ultragenauen Radaren ausgestattet sein, um mein Verführungspotential zu orten.

Das heißt, bei Angossom ist noch nichts gewonnen. Vor dem großen Spiegel aus dem 18. Jahrhundert mit Gemäldeaufsatz – einer galanten Szene im vergoldeten Rahmen – taxiere ich streng das Ausmaß des Schadens und schätze meine Chancen ein. So beträchtlich das eine, so gering sind die anderen, aber was soll's: zu lieben verlangt Mut. Da es mir an dem nicht mangelt, schlüpfe ich in smaragdgrüne Shorts und ein sorbetrotes Top, womit ich an Angossoms limbischen Cortex ein Signal sende, einen erfrischenden Hauch, die unterschwellige Vision einer weißbeperlten Wassermelone, weicher Schleimhäute, einer feuchten, einladenden Spalte. Ich muss ihn nur noch abfangen, wenn er das Bett verlässt, um in den Genuss einer nicht übertrieben wählerischen morgendlichen Erektion zu kommen. Als ich es nicht mehr aushalte und behutsam seine Tür öffne, hat Angossom sich bereits verflüchtigt und der ganze Tag verliert brutal an Farbe. Da habe ich mich ganz umsonst in Schale geworfen, und an meiner Enttäuschung ermesse ich, wie unbefriedigend das Leben ist, wenn es nicht gefährlich wird. Einmal ist keinmal, ich entscheide, meine morgendliche Verabredung mit Arkady nicht einzuhalten. Auch wenn ich von Anhängern der freien Liebe erzogen wurde, so liegt die Treue doch offenbar in meiner Natur. Arkady liebe ich nach wie vor, aber ich kann beim besten Willen nicht mit Liebe Nummer eins ficken und dabei nur an die körperlichen Vorzüge von Liebe Nummer zwei denken. Damit wäre sogar beides zum Scheitern verurteilt, die alte Romanze ebenso wie die neue. Wenn Leuten meines Schlages etwas gelingen soll, müssen sie sich voll und ganz auf ihr Ziel konzentrieren und können nur eine Sache in Angriff nehmen. Außerdem liegt mir das: Fokussierung, Präzision, Ausdauer, langwierige Arbeiten. Nur gebieten die ungeschriebenen Bestimmungen von Liberty House, unsere in Luft und Sand gravierten Gesetzestafeln, genau das Gegenteil: Herumflattern, sich nicht an andere binden, andere nicht an sich binden, jede Form von Beständigkeit, Ausschließlichkeit und symbiotischer Beziehung meiden. Das Symbiotische ist aber gerade das, worauf ich Lust habe. Wenn ich schon verschwinde, dann ruhig für einen guten Zweck, von einem fremden Körper aufgenommen, ihm zugeschmolzen wie Schnee im Feuer – knisternd, glühend, selig.

Anstatt den Tag mit Lesen und Trödeln zu verbringen und auch noch stundenlang mit Daniel zu quatschen, borge ich mir seinen Roller und brause zur namenlosen Stadt, um mich dort von meinem Liebeskummer abzulenken – denn warum sollte ich ein so mächtiges, schrankenloses Gefühl weiterhin als Begehren abtun? Ich liebe Angossom, und das kann ich während meiner tollkühnen Fahrt in den heißen Wind hinausschreien, da niemand mich hören, geschweige denn auf mich achten wird: Angossom, ich liebe dich! Die Stadt ist erreicht, bevor ich mich in meinem Jubelgesang verausgabt habe. Umso besser: So kann ich voller Jubel herumlaufen, ohne dass mich die Hitze oder die Blicke bedrücken, die interesselos an mir vorbeiziehen. Um mich vor ihrer Gleichgültigkeit zu schützen, habe ich alle Raserei der Liebe, meiner persönlichen, ewig währenden Erleuchtung.

Am Strand stoße ich wieder auf Trauben von Touristen, die weiß sind vor lauter Sonnencreme – deren chemische Komponenten sich direkt auf den Korallenriffen ablagern und dabei Algen und Plankton vernichten werden. Noch ist das Wasser kristallklar, sind die Sandriffel unter den Lichtsprenkeln der Morgensonne gut zu erkennen. Ich würde so gern schwimmen – wenn ich einen Badeanzug hätte. Angesichts meiner anatomischen Wende dürften die Boxershorts aber genügen. Es böte sich sogar an, das hier an diesem Strand zu testen, wo es sich nur die Männer erlauben, topless rumzulaufen. Hopp, gesagt, getan, und schon finde ich mich mit bloßem Oberkörper inmitten der Badenden wieder und werfe ihnen verstohlene Blicke zu, um die Wirkung meiner neuen Brust festzustellen, genauer zweier Brustmuskeln, kaum gewölbter als der Durchschnitt, himmelweit entfernt von den Brüsten, die Mädchen selbstbewusst in geblümte Bandeau-Tops oder strassbesetzte Stoffdreiecke pressen. Und da meine weiten Boxershorts keinen Aufschluss über die Beschaffenheit meiner Genitalien gewähren, ziehe ich weder staunende Blicke noch hämisches Gelächter auf mich: Meine Männlichkeit ist über jeden Zweifel erhaben. Um mich an diese Vorstellung zu gewöhnen, schwimme ich mit kräftigen Bruststößen vom Strand weg, hin zu einer dicken, gelben, leicht klebrigen Boje, die ich für einen Moment mit meiner ganzen neugewonnenen Kraft umklammere, ehe ich mich über den abgeteilten Sicherheitsbereich hinauswage, fern vom lauwarmen, schlierigen Wasser am Meeresufer. Ich tauche: Vielleicht lassen sich in der Tiefe tröstliche Wahrheiten wiederfinden, Begegnungen herbeiführen, die weniger aufwühlend sind als jene an Land.

Bei meinem Weg zurück zum trockenen Sand verfalle ich in einen leicht wiegenden Gang, ziehe mich ungeniert an und werfe meiner Umgebung Blicke zu wie Stallone, irgendwo zwischen übellaunig und verdeckt aggressiv. Ich würde es lieber lassen, aber es ist stärker als ich. Fehlt nur noch, dass ich meine Muskeln spielen lasse und dabei vor mich hin pfeife – obwohl ich summende oder pfeifende Leute nicht ausstehen kann. Kurz und gut, es scheint, als sei etwas abgelaufen, während ich schwerelos geschwommen bin in dieser wirklichkeitsfreien Raumzeit – ein unmerkliches Umschlagen, ein geheimer, unwillkürlicher Anschluss all meiner Zellen an dieses neue Programm: ein Junge sein. Nur, ich will das nicht, ich will dieses Programm einfach nicht. Ich hatte noch nie Lust auf die männliche Ausstattung, das ganze Arsenal, diese purpurroten, knittrigen Geschlechtsteile, die schlagenden Trommeln, der Ruf des Horns, die steten und stets zunichte gemachten

Anstrengungen, um auf der Höhe zu sein, ein ganzes Leben voller Ängste, nein danke! Ich bevorzuge die Muschel, die sich über ihren Eroberungen verschließt, den Sieg ohne Gebrüll, die Trauben an meinem Weinstock: Eher das Schloss meiner Mutter, dieses wohl verwaltete Reich, als der stets gefährdete und zerbrechliche Ruhm meines Vaters.

Während ich am Strand entlang Richtung Italien gehe, fallen mir große schwarze Lettern ins Auge, die direkt auf die Felsen gepinselt wurden: *no nation, no border, fight law and order*. Ich, die entspross, wo sie nie hätte entsprießen sollen, die in einer Sekte von schwärmerischen Nudisten aufwuchs, ich war gewiss prädestiniert für chaotische Gefühlslagen, und trotzdem strebte ich immer nach der Einhaltung von Gesetz und Ordnung. Mir kommen Grenzen und Nationen sehr zupass, auch wenn Angossom und die anderen Flüchtlinge das sicher ganz anders sehen. Ich habe Lust, zurückzukehren unter die Erde, oder, wenn das schon nicht geht, mich wenigstens in Nellys Bestattungskrug zusammenzukauern, damit meine Geschichte beendet wird, die ein Irrtum war von Anfang an.

Ich trete traurig gegen einen Stein, wie Jungen das so machen, immer und überall – nur dass für mich diese Neigung, mir einen Ball vorzustellen und Steine zu schießen, ganz neu ist, sie zeigt die Vollendung meiner Metamorphose an. Auch wenn ich mich am liebsten in meinen Rest Weiblichkeit zurückziehen würde, sollte ich mich damit abfinden, die Veränderung annehmen, mich Farrell nennen lassen, im Fußballverein anmelden, auf den Boden spucken, Mädchen ficken ... Gerade, als ich mich diesem Gedanken aufmerksamer und ernsthafter als sonst widmen möchte, ruft mich eine fröhliche Stimme, fällt eine Hand auf meine Schulter, ich drehe mich um und da ist Maureen, wie ein Geist aus meiner inneren Wunderlampe.

Inzwischen hat sie hübsche rosa Strähnchen, passend zu ihrem Teint einer Blondine.

»Hi Farah!«

»Hi.«

»Zu cool, dass wir uns hier treffen. Ich hab nämlich immer zu an dich gedacht! Geht's gut?«

In ihrer Begrüßung steckt ein »zu« zu viel, aber das verzeihe ich ihr wegen ihrer beglückenden Begeisterung – denn man weiß inzwischen, dass ich diese normalerweise nicht hervorrufe. Auf einer Barterrasse mit Meerblick tauschen wir das Neueste aus, was mich betrifft, also nicht sehr viel, denn was ich zu erzählen hätte, kann ich nicht preisgeben: Nicht nur, dass mein Herz bereits vergeben ist, ich bin auch noch ein Junge, zwei Neuigkeiten, die Maureen dazu verleiten dürften, mich fallen zu lassen. Ohnehin rümpft sie schon nach den ersten drei Schlucken Bier in der Strandbar das Näschen – nur eine winzige Erhebung unterhalb ihrer samtigen Stirn.

»He, hier stinkt's nach Kerl, bist du das?«

»Hast du ein Problem damit?«

»Womit? Mit Kerlen oder mit Gestank?«

Statt einer Antwort lehne ich mich zurück, strecke die Beine von mir und blicke mit entschlossener Miene zum Horizont.

»Warum spielst du jetzt den Macker?«

Wie soll ich ihr vermitteln, dass ich nichts spiele? Dass ich vielmehr der Spielball dunkler Mächte bin, die mich zur biologischen Abnormität und reinen Lachnummer ummodeln wollen.

»Gefall ich dir nicht mehr?«

Sie mustert mich, die Nase immer noch gerümpft, und sucht nach der Falle, die ich ihr mit meinem brandneuen Jungsgehabe stelle.

»Mal sehen.«

»Was gefällt dir denn an mir?«

»Keine Ahnung, ich mag dich, irgendwie.«

Aha. Wenn ich herausfinden will, was meine Anziehungskraft ausmacht, ist Maureen nicht die richtige Ansprechpartnerin. Was ist nur mit diesen Leuten, die von nichts eine Ahnung haben und nicht einmal die Geheimnisse ihrer eigenen Psyche durchdringen?

»Schon gut, lass stecken.«

Offenbar gehört das Steckenlassen aber nicht zu ihrer Natur: Trotz meines männlichen Geruchs und meines prahlerischen Getues drückt sie ihre Hand auf meinen Oberschenkel. Anscheinend übersteht meine Macht über sie sogar einen Geschlechtswechsel. Weil ich genau darüber dringend Gewissheit brauche, stoße ich einen Speichelstrahl hervor, der ganz viril auf dem überhitzten Bürgersteig landet. Vergebens: Maureen presst ihre Hand noch fester an meinen Schenkel.

»Oh Mann, Maureen, jetzt entscheid' dich mal: Bist du lesbisch oder bist du's nicht? Siehst du nicht, dass ich ein Kerl bin?«

Sie zieht ihre Hand zurück, als hätte sie sich verbrannt. Auf ihrem hellen Gesicht wechseln sich in Windeseile und auf fast schon lustige Weise alle möglichen Gefühle ab: Ekel, Verständnislosigkeit, Misstrauen.

»Letztes Mal hast du mir erzählt, du hättest kein Telefon, und jetzt sagst du, du wärst ein Typ? Was willst du dir denn noch einfallen lassen, um mich loszuwerden?«

»Willst du damit sagen, ich sei eine Lügnerin?«

»Genau!«

»Mor, das klingt jetzt total merkwürdig, ich weiß, aber es ist die Wahrheit: Ich bin dabei, mich in einen Kerl zu verwandeln!«

»Bist du transsexuell?«

»Puh, keine Ahnung.«

»Wie, keine Ahnung?«

»Na, die Transsexuellen, die entscheiden selbst! Ich habe gar nichts entschieden: Ich war ein Mädchen, nicht gerade hübsch, aber ein Mädchen, und jetzt ziehen sich meine Brüste zurück und mir wachsen Säcke!«

»Ich kenne viele Mädchen, die so was wie Säcke haben, jedenfalls so Dinger, die unter ihrer Muschi hängen. Deswegen sind die noch lange keine Kerle!«

»Echt? Die kennst du? Und haben die auch Brüste?«

»Manche ja, andere nicht. Brüste, weißt du, gibt's in allen Größen und Formen.«

Ja, weiß ich, danke. Mit Brüsten ist es wie mit Hoden, ich habe sie mein Leben lang zu Gesicht bekommen: die meiner Mutter, meiner Großmutter, die von Malika, Jewell, Dadah ... Ich weiß, wonach sie aussehen, und ich weiß, was später daraus wird, denn die Freikörperkultur hat unter anderem den Vorzug, sämtliche Illusionen über die Auswirkungen des Alters zu zerstören.

»Was soll's, ich hab keine Ahnung, wie die anderen so sind, aber viele werden es bestimmt nicht sein, die während der Pubertät das Geschlecht wechseln.«

Bei genauer Betrachtung wechseln alle in der Pubertät das Geschlecht, alle erleben, wie ihre Geschlechtsorgane plötzlich mit einem Fluch belegt werden: Was in der Kindheit glatt, angenehm temperiert, vergleichsweise geruchslos und Quelle harmloser Freuden war, bekommt Haare, wird dunkler, nimmt an Umfang zu, erfordert hygienische Maßnahmen, gerät unter Spannung und gibt äußerst verstörenden Träumen Nahrung.

»Vielleicht warst du von Anfang an ein Kerl, aber das wird jetzt erst sichtbar. In der Glotze habe ich eine Sendung gesehen ...«

Sobald von Intersexualität die Rede ist, gibt es wen, der was in der Glotze gesehen hat. Als gäbe es dort keine anderen

Themen. Nur dass ich weder Glotze noch Internet noch sonst was habe und deswegen mit meinen Symptomen ganz allein dastehe, weder Transgender noch Shemale noch Hermaphrodit oder Ladyboy und erst recht nicht Transsexuelle oder Transe oder was weiß ich. Ja, genau so ist es, ich bin allein: Niemand, der jemals durchgemacht hat, was ich gerade durchmache. Vielleicht handelt es sich um eine Mutation? Schließlich sitze ich an der Quelle und weiß, dass wir in gefährlichen Zeiten leben, mit Umweltfaktoren, die den Rhythmus der Jahreszeiten durcheinanderwirbeln, Krebserkrankungen und Kreuzallergien begünstigen, einen mit acht menstruieren und mit dreißig in die Wechseljahre kommen und in der Zwischenzeit unfruchtbar sein lassen. Und, tja, wenn dem so ist, dann sind wir Tausende, die hilflos der Meuterei unserer Organismen zusehen, die mit elektromagnetischen Strahlen, Umwelthormonen und anderen unsichtbaren Schadstoffen bombardiert werden. Aber gut, es wird sich noch zeigen, wer meinen Körper oder mich beherrscht: Weder Hoden noch Brustmuskeln werden mich davon abhalten, ein Mädchen zu sein, wenn dies mein Ziel sein sollte. Das versuche ich im Großen und Ganzen Maureen zu vermitteln, die mich zu hundert Prozent unterstützt.

»Genau, nur zu perfekt, ist ja auch echt zu beschissen, ein Kerl zu sein. Die sind mir zu blöde, ich kann Kerle nicht ausstehen. Aber ich mag's auch nicht, wenn Weiber irgendwie zu fraulich sind. Weißt du, was ich meine?«

Ja, ich weiß es genau – aber ich muss Maureen wirklich mal einen etwas sparsameren Gebrauch bestimmter Partikel beibringen, weil es sonst echt anstrengend wird, ihr zuzuhören. Eigentlich will Maureen mir nur sagen, dass ihr Frauen gefallen, die aussehen wie Kerle. Obwohl meine Großmutter nicht weniger lesbisch ist, bevorzugt sie voll frauliche Weiber, Malikas, die nach Moschus duften und Angstzustände, Menstruationsbeschwerden und Krampfanfälle ausdünsten, also die gesamte Bandbreite an Zerbrechlichkeit, die es zu schützen gilt, an Kummer, der unaufhörlich nach Trost verlangt, also genau das, was meine Großmutter braucht. Demnach gibt es verschiedene Arten, homosexuell zu sein, und verschiedene Arten, Frau zu sein – und in jedem Fall so unendlich verschiedene Arten zu lieben ... Meine wäre eher die meiner Großmutter, als Beschützerin und Trösterin, weil mein Liebesleben sich bisher jedoch auf Arkady beschränkt, der sich selbst Trost und Schutz genug ist, weiß ich nicht, wie ich mit einem verletzlichen Gegenüber umgehen würde. Was Maureen betrifft, so sehe ich ziemlich deutlich, dass ihr emotionales Klima die Kraftprobe ist, der Kampf, die Auseinandersetzung – dafür muss man sie nur ansehen, ihre sture Stirn, ihren trotzigen Blick, ihr Bein, das unter dem Tisch zappelt, das Blut, das ihr regelmäßig ins Gesicht schießt ... Sie wirkt, als würde sie immer gleich aufspringen, losstürmen, zuschlagen. Bärbeißige Butches haben durchaus ihren Charme, und ich bin dafür nicht unempfänglich, aber ich habe auch so schon genug Probleme zu bewältigen, da brauche ich keine vertrackte Liebe mit Maureen.

Während ihre schönen Augen mich verwirrt anblicken, stehe ich so weich und behutsam auf wie möglich. Es ist verrückt, aber da Sie jetzt Bescheid wissen, sollten Sie mal darauf achten, wie Jungs und Mädchen auf- und abtreten: Die einen springen unvermittelt auf, klatschen in die Hände und knallen ihren Stuhl an den Tisch, während die anderen fast zärtlich, mit leisem Bedauern über die Korblehne streichen. Schade, dass ich mich nicht fortpflanzen kann, denn ich habe meine eigenen Vorstellungen zum Thema Erziehung: Meine Söhne hätte ich gelehrt, Samt zu streicheln, und ich hätte sie davon abgebracht, gegen Steine zu treten, und erst recht davon, auf den Boden zu spucken. Und meine Töchter wären so wie ich aufgewachsen, auf Bäumen und mit Hühnern. Auf keinen Fall hätten sie bei YouTube Contouring für Anfängerinnen gelernt. Bye, bye Maureen, ob du es glaubst oder nicht, ich habe kein Handy, keine 01xy für dich, doch wir werden uns bestimmt mal wieder über den Weg laufen, du, das Mädchen, das Mädchen liebt, und ich, das Mädchen im Wandel zu einer Anatomie, die kein Schicksal darstellen soll. Denn reiflich überlegt, sagt mir noch am ehesten dieses Zwischenstadium zu, ein Mischmasch par excellence, weder männlich noch weiblich, den ich zu meinem Dauerzustand machen möchte.

Sie holt mich ein, bevor ich den Roller starte, und packt mich am Arm, so flehentlich wie entschlossen:

»Wann immer du willst, Farah, ich mein's ernst. Du weißt, wo du mich findest. Wenn nicht hier, dann im Tamaris oder im Arbor. Oder im Zentrum, ich jobbe im Pulp, die große Bar mit den grünen Markisen, kennst du bestimmt. Oder das Longchamp-Palace, neben der Markthalle. Da gehe ich oft hin. Okay?«

»Okay. Ich werd dich suchen, versprochen.«

26.
Grenzzwischenfälle

Kaum habe ich den Roller untergestellt, ertönt ein erster Gong-schlag, unmittelbar gefolgt von einem zweiten und dritten, was die komplette Hausgemeinschaft zusammeneilen lässt, mit Dadah als Schlusslicht, die dem Alarmsignal – unheimliches Echo meiner inneren Alarmglocken – dennoch begeistert folgt. Auf der Terrasse erwarten Arkady und Victor ihre Schäfchen mit einer sorgenvollen Miene, die nichts Gutes verheißt. Für die Mahlzeiten oder Vorträge genügt ein Gongschlag. Beim letzten Gefechtsruf ging es um die Dämonenaustreibung im Gemüse-garten, aber ich werde gleich erfahren, dass eine neue Invasion aufgespürt wurde und dass sie ein ebenso unerbittliches Säube-rungsritual erfordert. Victor ergreift das Wort – in Ausnahme-situationen hat stets er das Kommando, mit rollenden Augen, Schaum vor dem Mund und beidhändig auf den Knauf seines Gehstocks gestützt:

»Fiorentina möchte euch eine Mitteilung machen!«

Fiorentina wehrt diese feierliche Eröffnung mit einer gereiz-ten Geste ab, doch ich kenne sie so gut, dass mir ihre Beunruhi-gung nicht verborgen bleibt. Ihre Wangen, sonst so unbewegt und elfenbeinblass wie eine Kugel Burrata, sind rosig vor Auf-ruhr, und auf ihrer Stirn ringelt sich trotz Betonfrisur eine lose Strähne. Da sie beharrlich schweigt, springt Victor für sie ein.

»In den letzten Wochen ist Fiorentina aufgefallen, dass ein Teil unserer Vorräte abhandengekommen ist. Proviant, um genau zu sein: Kekse, Käse, in Essig eingelegte Pilze, Quitten-brot, Schokolade, mit Paprika gefüllte Oliven, Wein …«

Als er das Quittenbrot und die gefüllten Oliven erwähnt, suche ich Daniels Blick, und auf unseren Lippen erscheint das gleiche Lächeln, ausgelöst durch die gleiche Erinnerung, Tri-tonschenkel, silbrig im Mondlicht, ein berückender Bauch, schweres Haar voll schwarzen Wassers, Wimpern, die an eine biblische Menora erinnern, wenn auch mit mehr Armen als nötig. Victor fährt fort, ohne unsere verschwörerischen Zeichen oder den seligen Zustand zu bemerken, in den diese Visionen uns versetzen.

»Und als Fiorentina heute Morgen aufgestanden ist, hat sie einen Mann aus dem grünen Zimmer kommen sehen. Das von Charlie, einige von euch haben ihn ja noch gekannt ...«

Er hält für einen Moment bewegter Stille inne, zur Würdigung dieses verstorbenen Mitglieds, eines Sechzigjährigen mit Neigung zu Schlaganfällen, der sich erst zur Genügsamkeit bekehrte, als es zu spät war: Bumm! Während einer Wanderung unter den Riesentannen von La Maïris, die ihn zu sehr angestrengt hatte, war er vor unseren Augen explodiert – dabei hatte ihn niemand gezwungen mitzukommen.

»Allem Anschein nach wird das Zimmer gegenwärtig genutzt: Die Laken sind zerwühlt, unter dem Bett steht ein Proviantkorb, auf dem Nachttisch eine Flasche Wasser. Es liegt also auf der Hand: Wir beherbergen einen Hausbesetzer!«

Auf Victors Stirn erscheint umgehend die Sorgenfalte, die sich unter diesen Umständen geziemt, während er uns bohrend anblickt, um uns den Ernst der Lage klarzumachen.

»Fiorentina zufolge handelt es sich um einen Farbigen. Höchstwahrscheinlich ein Migrant ...«

Ein Hauch von Angst weht die überwiegend weiße Zuhörerschaft an. Der einzige Dunkelhäutige in unserem Kreis ist Epifanio, dem in seinem verzweifelten Bestreben nach Integration aber gleich zwei Meisterleistungen geglückt sind: Er hat seine Farbe verloren und zwei rothaarige Kinder gezeugt, sodass er sich jeder ethnischen Zuordnung entzieht.

Der Wind wird stärker, ein unberechenbarer Libeccio mit glühend heißen Böen, aber ich halte mich an Fiorentinas nervöses Trommeln auf der Brüstung, an ihren zornig verzogenen Mund, ihre Miene, die meilenweit entfernt ist von jeder Lust und von meinen bukolischen Träumereien so fern, dass ich mich wieder besinne. Meine Glaubensgenossen, diese Leute, die ich von jeher kenne und die mich praktisch aufgezogen haben, murmeln ringsum, wedeln mit der Hand, um sich zu Wort zu melden, und dann hört man nur noch wütende Ausrufe und empörte Proteste.

»Eine Unverschämtheit!«

»Das können wir nicht hinnehmen. Das Liberty House ist schließlich kein Hotel!«

»Und auch kein Auffanglager für Migranten!«

»So fängt es an, und dann ist man plötzlich im Dschungel, wie in Calais!«

Beim Wort »Dschungel«, das sie offenbar im buchstäblichen Sinn verstehen, verfallen die Mitglieder meiner Gemeinschaft in kollektiven Wahn. Ihr Geschrei ist so laut, dass man nichts mehr versteht – nur dass ich leider genug aufschnappe, um im Bilde zu sein.

»Genau, so fängt es an, erst ein Migrant, dann zwei, dann drei, und im Nu sind's Hunderte!«

»Du meinst Tausende!«

»Meistens Männer! Jung, dreckig, ungebildet!«

»In Köln haben sie an Silvester Unmengen von Frauen vergewaltigt!«

Ich mag mich täuschen, aber ich habe den Eindruck, dass in ihrem Geschrei jetzt ein neuer Ton anklingt, auf kaum vernehmliche Weise höher, schriller – was die Frage aufwirft, ob ihre Empörung ungeteilt ist oder ob ihr nicht der unsägliche Wunsch innewohnt, solche Gewalt am eigenen Leib zu erfahren.

»Na klar! Bei so viel sexueller Frustration stürzen sie sich auf alles, was nicht bei drei auf den Bäumen ist. Kann man irgendwo auch verstehen.«

»Nein! Frustration, Triebstau und all das rechtfertigt nichts: Wir sind doch keine Tiere!«

»So oder so müssen wir Maßnahmen ergreifen, damit sie nicht bei uns einfallen!«

»Wir brauchen nur Charlies Zimmer zu versperren!«

»Und den Vorratsraum mit einem Vorhängeschloss zu sichern!«

Warum nicht gleich Stacheldraht, Elektrozäune, Glasscherben auf unseren Mauern, Wassergräben, Erker, um die mörderischen Irren, die uns angreifen wollen, mit siedendem Pech zu übergießen? Ich spüre, wie Djilali neben mir vor Kriegslust und ritterlichem Abenteuerdurst bebt, was bei einem erst Zehnjährigen, der ziemlich viel über das Mittelalter gelesen hat, verzeihlich ist. Die unerwartete Aggressivität all dieser friedliebenden Erwachsenen ist jedoch nicht so leicht zu erklären und zu verzeihen. Glücklicherweise ist Arkady anders. So, wie ich ihn kenne, wird er Angossom mit offenen Armen empfangen, wird ihm auf unbegrenzte Zeit Kost und Logis anbieten, außerdem dürfte ihn so viel stolze Schönheit nicht kalt lassen, sodass es am Ende zu einem Dreier in meinem grünen Winkel kommen könnte – mit Daniel hatte ich darauf keine große Lust, aber jetzt gefällt mir diese Möglichkeit ausgesprochen gut. Und wer weiß? Vielleicht ließe sich diese Großherzigkeit auf andere Flüchtlinge erstrecken, die seit Monaten oder gar Jahren unter Liebesentzug leiden. Plötzlich habe ich die ungeheuer klare Vision von im Mondlicht verschlungenen Körpern, jungen Migranten und alten Hausgenossen, dunkler Haut und welkem Fleisch, jäh steigenden Lebenssäften, fruchtbaren Äckern, Jungbrunnenbädern – genau das, was unserem Haus das baldige und absehbare Aus ersparen würde. Was hat es denn für einen Sinn, sich auf den Weltuntergang vorzubereiten, wenn wir nicht bis dahin durchhalten? Tatsächlich hebt Arkady die Arme, damit wieder

Ruhe einkehrt. Das Gekläff verstummt, und Victor tritt einen Schritt zurück, wohl wissend, dass nun ein erhabener Geist das Wort ergreifen und seine kleinliche, wichtigtuerische Ansprache der Lächerlichkeit preisgeben wird. Das Liberty House mag nicht für die Unterbringung von Flüchtlingen bestimmt gewesen sein, Liebe und Toleranz sind jedoch in unserer Satzung festgeschrieben und Arkady ist der erste, der sich für humanitäre Hilfe im umfassendsten Sinn ausspricht.

»Meine Freunde ...«

Sein klarer Blick schweift durch unsere stürmischen Reihen und zuckt unmerklich, als er meinem begegnet. Aber ja, Liebster, ich bin hier, ich lausche dir. Dass ich einen anderen liebe, heißt doch nicht, dass du nicht länger Herr bist über meine Seele. Arkady räuspert sich, mit einem nervösen Glucksen, das nicht zu ihm passt.

»Meine Freunde, denkt doch bitte einen Augenblick darüber nach, was diese Menschen durchmachen, was sie alles auf sich genommen haben, um hierher zu kommen.«

Bravo. Ich hebe den Daumen, um seinen Worten meine uneingeschränkte Zustimmung zu erteilen, und bin bereit, sie wie süßesten Honig in mich einfließen zu lassen.

»Ihr solltet nicht zu schnell und nicht zu harsch über sie urteilen. Fragt euch zunächst, was ihr tun würdet, an deren Stelle ... Würdet ihr nicht auch alles daransetzen, ein Land zu verlassen, in dem Krieg herrscht, eine Stadt, die pausenlos mit Bomben beschossen wird, einen Ort, an dem ihr keine Wohnung mehr habt, keine Arbeit, keine Zukunft für euch und eure Kinder?«

»Die Syrer, ja, das kann man verstehen, aber die Guineer? Und die Eriträer? Was haben die denn bei uns verloren, diese Eriträer? Bei denen herrscht doch kein Krieg.«

Einhelliges Murren begrüßt den entrüsteten Einwurf des unsäglichen Salo. Hätte ich ein Smartphone und einen Internetzugang, würde ich umgehend dessen Wahrheitsgehalt prüfen, wobei ich meine, dass auch Eritrea nicht von bewaffneten Konflikten verschont ist – außerdem zählt das Regime von Isayas Afewerki zu den grausamsten Diktaturen des afrikanischen Kontinents. Was würde Salo wohl sagen, wenn man es wagte, seine ureigene Bewegungs-, Meinungs- und Gedankenfreiheit zu beschneiden? Auch wenn die Gedanken in seinem Fall nur aus einem endlosen Strom müßiger Nörgeleien und ängstlicher Erwägungen bestehen? Wieder sucht Daniel meinen Blick und wir ziehen beide ärgerliche Grimassen. Arkady macht sich nicht einmal die Mühe, die rhetorischen Fragen dieses Mistkerls wenigstens in geopolitischer Hinsicht zu korrigieren. Er fährt fort, den Blick ins Leere gerichtet, als fixierte er einen breiteren geistigen Horizont als den seiner Gemeindemitglieder: »Ob Syrer, Afghanen, Eriträer oder Sudanesen spielt keine Rolle. Macht euch bewusst, dass diese Leute nicht aus Jux und Tollerei hier sind. Bevor ihr ins Liberty House gekommen seid, habt ihr doch auch alles zurückgelassen, euer früheres Leben, euer Heim und eure Familie. Wenn ihr geblieben wärt, hätte euch früher oder später doch nur eines ereilt: der Tod!«

Um mich herum nicken alle bedächtig: Das gefällt ihnen, diese Vorstellung schmeichelt ihnen, dieses dramatische Bild ihrer selbst als erstaunliche Reisende, als Abenteurer, die im allerletzten Moment eine Arche für sich aufgetan haben, in die sie ihre Neurosen packen konnten, ihre Syndrome, ihre permanente Untauglichkeit, ihre Unfähigkeit, Lebendiges hervorzubringen. Die Ärmsten! Ich werde mich hüten, Arkady mit den sarkastischen Überlegungen ins Wort zu fallen, die ich *in pectore* formuliere, im Gegenteil, ich drücke meinen Beifall abermals durch stummen Applaus aus, die Hände zur

Muschel geschlossen, und lächle über das ganze Gesicht. Die rhetorischen Kniffe meines Mentors sind mir allzu vertraut, sein Talent, die Herzen zu erweichen, den Geist zu öffnen, aus uns allen das Beste hervorzuholen. Ich warte auf die Fortsetzung, die Aufforderung, unsere Scheuklappen abzulegen und alle Migranten willkommen zu heißen, zuallererst Angossom den Prächtigen. Die Fortsetzung lässt jedoch auf sich warten: Arkady verheddert sich, findet für alle eine Rechtfertigung, für die Asylbewerber wie für ihre Gegner, um nach einer Viertelstunde voller Haarspaltereien und waghalsiger Abschweifungen schließlich für Protektionismus und wachsame Bürger zu plädieren.

»Wo nötig, werden wir Vorhängeschlösser anbringen: leerstehende Zimmer, Vorratsraum, Speicher. Und ihr haltet alle die Augen offen. Wenn ihr Eindringlinge entdeckt, fordert ihr sie so freundlich wie bestimmt auf, das Anwesen zu verlassen. Notfalls droht ihr ihnen, die Polizei zu rufen.«

Was? Habe ich richtig gehört? Während Daniel sich auf der gegenüberliegenden Seite verzweifelt durch sein frisch blondiertes Haar fährt, befällt mich ein namenloser Ekel, eine derartige Enttäuschung, dass es mich beinahe umbringt. Meine Beine zittern, mein Herz pocht, mein Magen dreht sich um. Offenbar habe ich bisher nicht das Geringste begriffen, habe ich nicht erkannt, was es mit dem Gesetz der Horde auf sich hat: Am Ende rückt eine Horde immer zusammen, um ihre eigenen Interessen zu verteidigen und gegen den gemeinsamen Feind Front zu machen – am besten gegen einen Feind, der bereits am Boden liegt. Die Bewohner des Liberty House haben, wohlgemerkt, nichts gegen Flüchtlinge, das Recht auf Asyl und das ganze Drumherum, aber es wäre ja noch schöner, wenn dieses Recht auf Asyl hier ausgeübt würde und sie in der internationalen Farce, der sie sich vorsorglich entzogen haben, die Dummen wären. Dass diese Farce in erster Linie eine Tragödie ist, bleibt ihnen nicht ganz verborgen, aber ihr Mitgefühl reicht eben nicht aus für die wahren Leidtragenden. Weil ich ahne, dass die Versammlung kurz vor der Auflösung steht, melde ich mich rasch mit erhobenem Arm zu Wort.

»Wollen wir nicht lieber eine Unterkunft für die Flüchtlinge einrichten? Hier, meine ich. Wir haben genug Platz. Man müsste bloß den Dachboden ein bisschen umräumen und dort Betten aufstellen. Es geht ja nur um ein Dutzend Leute, nicht um Zehntausende. Und nur so lange, bis sie sich erholt und den Verwaltungskram erledigt haben. Dabei könnten wir sie sogar unterstützen, beim Antrag auf Asyl oder auf Familienzusammenführung oder was es sonst noch gibt. Danach würden sie weiterziehen und wir könnten die nächsten aufnehmen, immer so fort, schichtweise.«

Beim Reden komme ich in Fahrt, die Ideen sprudeln: »Die meisten sind jung, sie könnten auf den Feldern oder im Haus arbeiten, Titin und Fiorentina zur Hand gehen, Holz einbringen, die Schutzmauer ausbessern ... So könnten wir ein neues Gewächshaus bauen, für Marquis Blumen. Den Gemüsegarten erweitern. Und eine Molkerei eröffnen, Käse herstellen, das haben wir ja schon länger vor. Wäre das nicht toll? Wir helfen ihnen, sie helfen uns, alle kommen auf ihre Kosten!«

Die Erwachsenen um mich herum schweigen. Sicher denken sie über meine Vorschläge nach und erkennen gerade, welch kostbares Manna diese vielen jungen Männer darstellen, die im Tal umherziehen – außerdem würde eine Versorgung mit frischem Blut unsere vom Aussterben bedrohte und gefährlich entkräftete Sippe wiederbeleben. Zögerliches Husten, nachdenkliches Murmeln – die ersten Reaktionen sind schwer zu deuten. Alle Augen richten sich auf Arkady – und ich stelle mir vor, dass unter den Schädeldecken alle Gehirne das Gleiche tun: Zack führen sie die winzige heliotropische Drehung aus, die sie mit den Beschlüssen ihres Chefs auf eine Linie bringen werden. Immerhin bezahlen sie ihn ja auch dafür, dass er ihnen das Denken und Entscheiden abnimmt, sie von ihren zermürbenden Sorgen und Pflichten befreit. Während alle Arkady anblicken, blickt Arkady nur mich an, mit einem leicht gequälten und unmerklich verlorenen Ausdruck. Schließlich nimmt er seine Rede von vorhin wieder auf und wirft mit Binsenweisheiten um sich, jeder sei sich selbst der nächste, Gastfreundschaft habe ihre Grenzen, unkontrollierbare Fremde stellten eine Gefahr für unsere Gemeinschaft dar, der finanzielle Ausgleich zwischen zahlenden und kostenlos aufgenommenen Gästen sei heikel, doch je länger er redet, desto mehr wird mir klar, wie sehr ich mich getäuscht habe – in ihm, sprich in allem.

»Tja, mir geht es nicht anders als dir, Farah ... Mein Herz blutet für diese armen Menschen, ähm ... Sie kommen von so weit her, sie setzen ihr Leben aufs Spiel, um die Wüste zu durchqueren und das Meer, natürlich lässt mich das nicht kalt. Vor allem, weil sie auf der Suche sind nach einer besseren Welt, im Grunde nicht anders als wir. Und wenn man sie dann in Flipflops am Straßenrand gehen sieht, na ... klar, hat man da Mitleid. Und ich sehe auch, wie absurd diese Situation ist, man weist sie an der Grenze ab und dann stecken sie in Ventimiglia fest. Oder man schickt sie nach Genua zurück, oder nach Bari ... Obwohl dort ... ähm ... Na, und du bist so jung, kein Wunder, dass du so denkst – hier haben wir so viel Platz, freie Zimmer, diesen ganzen Komfort, während die da nichts haben, im Freien schlafen, wo immer sie ein Fleckchen finden ... Tja, so einfach ist das aber nicht, vor einfachen Lösungen sollte man sich immer in Acht nehmen. Und es ist auch nicht unsere Aufgabe, dort einzuspringen, wo der Staat versagt ... Für die Migranten braucht es eine politische Lösung, verstehst du? Mit unseren Mitteln können wir sowieso nicht viel ausrichten, ähm ...«

Bestimmt rechnet er damit, dass ich seiner armseligen Rede beipflichte, aber damit ist es endgültig vorbei. Diesen vielen Tjas, Ähms und Nas, diesen zögerlichen, halbherzigen Phrasen kann ich Zahlen entgegensetzen: 7495, so viele Menschen sind allein im letzten Jahr auf der Flucht gestorben, das ergibt einen Durchschnitt von 20,5 pro Tag – und ich rede hier nur von den offiziell erfassten Todesfällen, nicht von jenen, die genauso unbemerkt bleiben wie die Leben, denen sie ein Ende setzen. Und man soll ja nicht glauben, dass die Fährnisse in Frankreich oder Italien vorbei sind: Auch in unserem Tal der Wunder wird gestorben, selbst wenn das meistens keiner mitkriegt oder alle sich einen Dreck darum scheren. Wieder rede ich mich in Rage, doch jetzt liegt es daran, dass ich an diese vielen dunkelhäutigen Toten denke, die für niemanden zählen, das Ende so vieler Leben anspreche, die gerade erst begonnen hatten, Leben, die genauso einzigartig waren wie jedes andere – und sicher viel lebenswerter als die der Mitglieder meiner Gemeinschaft, dieser ängstlichen, willensschwachen Wesen, die nur noch in Erwartung ihres Todes dahinvegetieren. Wenn ich mir die leeren Gesichter von Victor, Jewell oder Kinbote ansehe, spüre ich auf einmal den Drang nach Eugenik: Wozu ist das Leben gut, wenn man nichts daraus macht? Sollen sie es doch jenen geben, die damit etwas anfangen können. Und wenn sie es nicht hergeben, soll man es ihnen nehmen. Hirntote Komapatienten werden ja auch nicht um Zustimmung gebeten, bevor man ihnen die nicht mehr benötigten Organe entnimmt.

Arkadys Blick sucht nicht länger meinen, er wird vage, wolkig – oder heftet sich an meine Lippen, als wollte er dort eine versteckte Botschaft entziffern, milder als die Anschuldigungen, die sie hervorbringen. Widerspruch ist er nicht gewohnt, in diesem Kreis, den man wohl als seine Sekte bezeichnen muss – und noch weniger ist er Widerspruch von mir gewohnt, mir, seiner verliebtesten, eifrigsten Jüngerin. Als ich am Ende meiner Schmährede triumphierend die Arme verschränke, verdreht er die Augen, was entweder bedeutet, dass er gereizt ist oder sich eine Eingebung erhofft, einen kleinen göttlichen Anschub, um mir das unverschämte Maul zu stopfen.

»Hör mal, Farah, uns brauchst du nicht zu erzählen, dass die Flüchtlingskrise eine wahre Tragödie ist. Und ja, täglich sterben Leute, ertrinken im Meer, ersticken im Lastwagen, was weiß ich noch alles. Vergiss aber nicht ...«

Er legt eine Kunstpause ein, vergewissert sich, dass wir alle an seinen Lippen hängen, und wedelt dann mit einem so schulmeisterlichen wie rachsüchtigen Zeigefinger in meine Richtung: »... dass im selben Zeitraum pro Tag 1175,3 Personen an Malaria gestorben sind!«

Aber ja, meine kleine Farah, bevor du dich aufs hohe Ross setzt, bevor du allen Egoismus und Hartherzigkeit vorwirfst, solltest du kurz nachdenken und diese Todesfälle, die zwar bedauerlich sind, sich zahlenmäßig aber läppisch ausnehmen, ins Verhältnis setzen, denn eine weibliche Fiebermücke richtet sehr viel mehr Schaden an als ein libysches Boot oder ein österreichischer Kühllaster. Er spricht mit betörender, bewegter Stimme, seiner normalen Stimme – und normalerweise bringt sie mich um den Verstand, aber jetzt behalte ich ihn schön bei mir, ihn und die Fähigkeit, kühl zu denken und klar zu urteilen.

Voller Entsetzen gehe ich mit drei schwankenden Schritten auf Abstand zu meiner Gastfamilie, meinen Brüdern und Schwestern im Glauben, diesem Glauben, den ich fälschlicherweise für eine frohe Botschaft gehalten hatte, eine Welle der Liebe, ein Bekenntnis zu Frieden und Toleranz. Bisher hatte ich nicht begriffen, dass diese Liebe und Toleranz bipolaren und elektrosensiblen Weißen vorbehalten ist, ich dachte, unser Herz wäre groß genug, um alle zu lieben. Weit gefehlt. Sollen die Migranten den Sinai durchqueren, sich foltern und versklaven lassen, im Mittelmeer ertrinken, im Kühlauflieger erfrieren, vom Zug erwischt, von den stürmischen Fluten der Roya fortgerissen werden: Die Bewohner des Liberty House rühren dennoch keinen Finger, um ihnen zu helfen. Ihre Fürsorglichkeit gilt allein den Hasen, Kühen, Hühnern, Nerzen. *Meat is murder*, wohingegen siebzig Syrer sich ruhig in einen Laster quetschen sollen und dort zu Tode kommen können. Ich weiß nicht, welches Verbrechen und welche Kadaver die Hausgenossen stärker in Aufruhr versetzen werden. Oder doch, ich weiß es, ich weiß nur zu gut, wie ihr Gefühlshaushalt funktioniert, kenne die billige Sentimentalität, die sie für unsere ach so lieben Tiere aufbringen, und die pragmatische Grausamkeit, mit der sie unseren geflüchteten Brüdern begegnen. Sie essen kein Fleisch mehr und fürchten sich vor dem Dschungel, doch sie lassen zu, dass sein Gesetz überall herrscht, bis tief hinein in ihre empfindlichen kleinen Herzen.

Auf unserer Terrasse aus hellem Stein mit dem kunstvoll geschmiedeten Geländer gehen die Hausgenossen mit ruhigem Gewissen und dem Gefühl getaner Pflicht auseinander. Sie werden sich in ihre Höhlen zurückziehen oder ihren Beschäftigungen nachgehen, bis der nächste Gongschlag sie fürs Abendessen wieder zusammenbringt. Fiorentina hat Gemüsepasteten und Cannelloni mit Caciocavallo zubereitet: Sie werden sich gründlich vollstopfen und ohne jede Reue vom Tisch aufstehen, ohne dabei auch nur einen einzigen Gedanken an jene zu verschwenden, deren Schicksal sie ein für alle Mal besiegelt haben. Ich hingegen werde das Abendessen verschmähen. Kommt nicht infrage, dass ich mir in Gesellschaft all dieser Verräter, die sich vom Ideal der Liebe losgesagt haben, den Bauch vollschlage. Immerhin bin ich mit diesem Ideal groß geworden und war so naiv, an dieses Evangelium zu glauben. Ich habe mich geirrt, und wahrscheinlich waren die mitreißenden Predigten und Vorträge, die ich mir zehn Jahre lang anhören durfte, verlorene Zeit. Denn was nützt es schon, Altruismus um jeden Preis einzumahnen, ein brennendes Herz, eine allumfassende Nachsicht, Güte und Vergebung, wenn man sich schon bei der ersten Hürde, beim ersten Asylbewerber, beim ersten Migranten sträubt, der arm ist und schwarz?

Daniel folgt mir inmitten der schnurgeraden Beete des Gemüsegartens, wo mein Vater seine eigene Version von Liebe und Ordnung in die Tat umsetzt. Dieser Ort hat mich schon immer beruhigt: Ich habe häufig inmitten der ausgewachsenen Kohlköpfe und Fencheldolden gekauert, habe den frischen Duft der Tomaten eingeatmet, die fette Erde zerkrümelt, an meinen Vater gedacht, an dessen schlichtes Herz – und schon fand meines zu seinem normalen Rhythmus zurück, nach wilden Läufen durch den Pinienwald und nicht minder wilden und ebenso atemlosen Träumereien. Doch offenbar bin ich heute schlagartig erwachsen geworden, denn das Gemüse hat seine wohltuende Wirkung verloren.

»Was sollen wir machen?«

»Wir müssen Angossom warnen. Er soll unbedingt aufpassen. Und er darf sich hier auf keinen Fall wieder blicken lassen!«

»Ach? Und wie sollen wir ihn denn warnen? Weißt du etwa, wo er steckt?«

»Wir können ihn ja heute Abend abfangen, wenn er badet …«

Bleibt nur zu hoffen, dass er nach Einbruch der Dunkelheit tatsächlich wieder zur Wasserstelle kommt. Neben mir seufzt Daniel wie eine verlorene Seele in vollem Einklang mit dem, was auch mir Qualen und Sorgen bereitet: Wie können wir Angossom retten? Denn ich sehe ja, dass die Mitglieder meiner

Gemeinschaft nur noch auf den Jagdruf warten – und woher kommt ihnen plötzlich diese Lust auf Hatz, Meute, Blut, Halali? Welcher Hebel wurde heimlich umgelegt, damit sie ihre Sanftmut aufgeben? *Omnia vincit amor*, von wegen, das Gegenteil ist der Fall ... Die Liebe ist schwach, leicht zu überwältigen, sie vergeht so schnell, wie sie entsteht. Der Hass hingegen gedeiht ohne Zutun und er stirbt nie. Er gleicht Schaben oder Medusen: Nehmen Sie ihm das Licht – es kümmert ihn nicht. Entziehen Sie ihm den Sauerstoff – er saugt ihn von anderen ab. Zerhacken Sie ihn – aus einem einzigen Stück entsteht hundertfach neuer Hass.

27.
Was nützt die Liebe?

Wieder liegen wir nah beim Teich im Hinterhalt und lauern auf Angossoms Erscheinen, auf den Moment, da er aus der lockeren Reihe der Eschen und Weiden hervortreten wird, ihnen zunächst gleich, bis sein Leib sich von ihrem lösen und auf den mondlackierten Teich zugehen wird, der seine scheue Schwanenschönheit spiegelt. Und Volltreffer, wenigstens erleben wir hier keine Enttäuschung, er trabt heran und zieht sich noch im Laufen aus, lässt uns hin und wieder warme, männliche Moschusdüfte zukommen. Um mich zu vergewissern, ob ich noch wie ein Mädchen rieche, stecke ich unauffällig die Nase unter meine Achsel, doch auch hier sorgen meine Drüsen inzwischen für Verwirrung und senden Störsignale aus. Es gibt keinen besseren Verräter als man selbst – man selbst im Allgemeinen und der eigene Körper im Besonderen.

Am Ufer kehrt uns Angossom den Rücken zu. Ist der Mond voller und heller als gestern Abend? Sind wir näher dran? Aufmerksamer? Eher darauf bedacht, uns von diesem Schauspiel, das wir zum letzten Mal zu sehen bekommen, nichts entgehen zu lassen? So oder so springt uns in dieser Nacht als Erstes ein Geflecht von Narben ins Auge, die sich an seiner Wirbelsäule und seinen Schulterblättern aufwölben. Vor Schreck muss ich einen Schluckauf unterdrücken und suche Daniels Blick, der sich im gleichen Entsetzen und im gleichen Mitleid mit meinem vereint. Sofort wollen meine Hände sich davonstehlen, ihre glatten Innenflächen an dieses Gitterwerk aus schmerzhaften Keloiden pressen, ihm das Gegengift meines Begehrens und meiner allerbesten Absichten einträufeln. Meine Füße wollen weg, wollen auf seine zugehen, deren helle Sohlen kurz im Mondschein aufleuchten, bevor er in unseren Zierteich springt. Auch mein Mund strebt dorthin, zu seinem Mund inmitten der Wasserlinsen und Seerosen. Zu spät, sei's drum, und schon taucht er wieder auf, mit geschlossenen Lidern, tropfnassem

Leib – makellose Quellnymphe, Odaliske ohne Maler, der ihre vollendete Schönheit verewigen könnte. Als wir aus den leise rasselnden Bambushalmen hervorkommen und auf ihn zugehen, schlägt er die Augen auf und schenkt uns das herrliche, furchterregende Schauspiel seines Lächelns, seiner blendend weißen Zähne, schenkt uns mit seinem Blick Vertrauen und Dankbarkeit, die wir binnen Sekunden mit Füßen treten und verwüsten werden. Daniel macht den Anfang, in seinem schlechten Englisch:

»You have to go far away, Angossom. People here, they don't want you. If they see you, they will call the police.«

Bei diesem letzten Wort verflüchtigt sich das herrliche Lächeln endgültig. Stumm zieht Angossom eine versteckte Sporttasche aus dem Dickicht, streift sich einen fadenscheinigen, graustichigen Slip über, eine Jeans, ein T-Shirt. Er schaut uns nicht einmal mehr an, er ist anderswo, auf die Handgriffe eines Flüchtlings konzentriert – Schnürsenkel binden, Tascheninhalt prüfen und entschwinden, jetzt schon, im Schutz der Bäume, das Haar noch durchtränkt vom Wasser, das ihm auf das FC Barcelona-Shirt tropft, das einzige, das wir je an ihm gesehen haben, ergreifendes Bild einer unvorstellbaren und wohl unerträglichen Einsamkeit.

Er geht. Wir hatten gerade noch die Zeit gehabt, vom Schrecken zur Liebe überzugehen, von den schändlichsten Vorurteilen zum brennendsten Verlangen, da tritt er schon aus unserem Leben, lässt uns mit der Verachtung zurück, die unsere Gemeinschaft uns von nun an einflößt, all diese egoistischen und leichtfertigen Erwachsenen. Von Victor, Palmyre oder Salo war nicht viel zu erwarten, doch von Arkady? Wie soll ich Arkady noch lieben nach dieser Enttäuschung, diesem Verrat an jedem unserer Prinzipien, dieser Verschmutzung, die viel schlimmer ist als alle anderen, die wir fliehen, da sie meinen jungen Geist vergiftet?

Ohne uns abzustimmen, gehen Daniel und ich in Richtung Wald. Nicht unbedingt, um Angossom zu folgen, sondern eher, um den Teich nicht mehr sehen zu müssen, die Gärten und vor allem unser verriegeltes Haus – das ein Glück in sich verschließt, welches keine Reisenden mehr willkommen heißt. Unser autarkes Königreich kommt mit einer Spur Grausamkeit in den eigenen vier Wänden bestens zurecht – und mit der herrschenden Barbarei und Knechtschaft in den Nachbarstaaten kommt es noch besser zurecht. Arkadys Pflanzenfressergerede darf mich weder länger täuschen noch den wahren Charakter meines Zuhauses verschleiern: ein Jagdhaus, dem nur die Hirschgeweihe an der Fassade fehlen. Unsere Freiheit beginnt dort, wo die der anderen jäh endet, an unseren Vordächern, unseren Türmchen, unseren bläulichen Schieferplatten, unseren Schutzmauern aus Feldstein, unserem *hortus conclusus*, unserem Privat-Eden; unsere Freiheit bleibt Streunern versagt, sie ist Leuten vorbehalten, die damit rein gar nichts anfangen können und sie aufgegeben haben, als sie sich unter die Führung von Arkady stellten, diesem Diktator ohne Schimmer von Selbsterkenntnis, diesem grausamen Herzkönig, der umso grausamer ist, als er keinen Schimmer von seiner eigenen Grausamkeit hat:

»Man schlage ihm den Kopf ab!«

Niemand hat diesen Satz ausgesprochen, aber er liegt, er hängt in der Luft, seit Arkady verkündet hat, wir hätten keinen Platz für Menschen, die anders sind als wir. Schlage man all diesen Reisenden ohne Gepäck doch den Kopf ab: Das wird sie lehren, nicht mit leeren Händen hier aufzukreuzen. Schlage man ihnen den Kopf ab, kurz und schmerzlos: Das wird ihnen monatelange Irrfahrten und weitere Folter ersparen. Schlage man ihnen den Kopf ab, weil er letztlich die Landschaft verschandelt, er ragt heraus, er fügt sich nicht ein in das Wunderland. Im Liberty House darf man alt, hässlich, krank, drogenabhängig, asozial oder untätig sein, doch offenbar nicht jung, arm und schwarz. Je tiefer wir in den Wald vordringen, umso dichter schließt er uns ein, als hätte er nur auf unser Kommen gewartet, um seine schuppigen Stämme zusammenzuziehen und seinen balsamischen Atem auszustoßen. Auf unserem Weg ertönt hier und da ein kurzes Zwitschern und Gurren im Astwerk, diesem Spitzbogen, den die Lärchen mit ihren Nadelbüscheln wie ein gotisches Gewölbe zwischen uns und dem Himmel flechten. Bei anderer Gelegenheit hätte uns eine solche Schönheit sicher berührt und beglückt, aber was nützt die Schönheit? Was nützen die Märchenwälder, die Wundertäler, die Blasennirwanas, die irdischen Paradiese unter strengster Bewachung? Die Nacht schreitet voran, doch die drückende Hitze lässt nicht nach. Zwischen den moosbewachsenen Wurzeln einer großen Eiche sitzend, tauschen wir uns ernüchtert über mögliche Pläne aus:

»Wir sollten hier abhauen.«

»Du willst, dass wir abhauen?«

»Ja. Was hier gelaufen ist, kotzt mich an.«

»Ja, mich kotzt das auch an, und wie.«

»Echt jetzt, was soll der Scheiß? Meinen die das ernst mit ihren Vorhängeschlössern, den Bullen und allem?«

»Das liegt bestimmt an Victor. Arkady wäre allein nie auf die Idee gekommen, die Polizei zu rufen.«

»Das sagst du nur, weil er dein Typ ist.«

Daniel hat vollkommen recht: Ich bin noch nicht hundertprozentig bereit einzusehen, dass ich seit ewig einen Betrüger liebe und seit Monaten mit ihm ficke. Daniel hat recht, doch anstatt mich darüber auszulassen, richte ich sein Augenmerk auf praktische Fragen:

»Wo sollen wir denn hin, wenn wir von hier weggehen?«

In mir blitzt die Vorstellung auf, es zu machen wie Angossom und seine Brüder: mit meinem Kleiderbündel auf den Landstraßen umherzuziehen, in Lagern zu schlafen, in Züge zu springen ... Nur dass die Polizei mich an den Grenzen schnell dingfest machen würde, so wie ich aussehe, mit meinen Mahagoniwangen, meinem Andenhaar und den vielen widersprüchlichen Botschaften, die mein Körper aussendet. Daniel hat einen weniger verkorksten Plan: Er will nach Palma de Mallorca, wo Richard versprochen hat, ihm einen Job zu besorgen.

»Echt? Aber du bist noch keine achtzehn!«

»Reg dich ab, Richard hat zu mir gesagt, ich könnte schwarz für ihn arbeiten – bis ich volljährig bin.«

Er sieht mich verstohlen an, zwischen Genugtuung und der leisen Befürchtung schwankend, ich könnte ihn verurteilen.

»Ich, ähm, ich hatte kurz was mit Richard, im letzten Winter ...«

»Was? Aber Richard ist doch hetero!«

»Na ja, anscheinend wohl nicht wirklich.«

Auch wenn ich in einer Gemeinschaft von Libertins aufgewachsen bin, ist mir nicht entgangen, dass meine Brüder und Schwestern im freien Geiste sich ihren heftigen Beteuerungen zum Trotz schon als Kinder dem einen oder dem anderen Geschlecht zugewandt hatten. Bis auf Arkady, natürlich: Aber Arkady, was für eine Enttäuschung er auch immer sein mag, bleibt doch dieses erotische Genie, dieser männliche Springbrunnen, der seinen Samen großzügig verteilt – und mit ihm auch seine Zeit, seine Energie, seine Aufmerksamkeit, sein Begehren, seine Lust. Ich bin erst sechzehn und stehe am Anfang meines Sexuallebens, aber ich weiß jetzt schon, dass mir nur wenige Partner begegnen werden, die eine solche Begabung für die körperliche Liebe mitbringen. Daniel, der ebenfalls mit Arkadys unermüdlichem Schwanz in Berührung gekommen ist, hatte mich vorgewarnt: »Arkady hat seine Berufung verfehlt: Er hätte in Hardcore-Pornos mitspielen sollen. Mann, so was habe ich noch nie erlebt: Er hat immer einen Ständer, er hat immer Bock, alles macht ihn geil. Sogar Fäz!«

»Was?«

»Scheiße! Ich meine, sogar wenn's echt scheiße wird, bleibt der spitz. Und ich weiß, wovon ich rede, so Situationen, die so richtig scheiße waren, hab ich mit ihm erlebt.«

»Zum Beispiel?«

»Beispielsweise um vier Uhr morgens, alle sind besoffen, unter uns auch Dadah, mit dem Beutel, der geleert werden muss, und Victor hat einen Paranoia-Anfall. Du ahnst ja nicht ...«

Ungeachtet unseres militanten Vegetarismus und unserer Detox-Vorschriften haben wir das Thema Alkoholgenuss für unantastbar erklärt: Im Liberty House trinken alle, abgesehen von Fiorentina, die ein Chromosom zu viel oder ein Enzym zu wenig haben dürfte, oder was auch immer für ein Gen besitzt, das ihr ermöglicht, sich in aller Seelenruhe unter Schluckspechten zu bewegen, ohne selbst in Versuchung zu geraten. Als hätte unsere persönliche Entwicklung noch nicht die Stufe der Vollendung erreicht. Wobei Arkady wenig trinkt. Und selbst wenn er getrunken hat, verfällt er nie in die unterschiedlich nervenden Schrullen von Säufern: allumfassende Liebe, paranoide Anwandlungen, bittere Angriffslust und was weiß ich noch alles. Er bleibt auf köstliche Weise er selbst und vollkommen gelassen. Aber ich habe überhaupt keine Lust, mich mit der Vorstellung zu versöhnen, die ich mir von Arkady mache: Ist ja ganz nett, ein guter Liebhaber zu sein und einiges an Alkohol zu vertragen, aber man sollte sich doch bitte auch an die eigene Lehre halten.

Daniel drückt sich an mich, und wir verbringen die Stunden bis zum Tagesanbruch mit kurzen, abrupten Schläfchen und träumerischen Gesprächen über unsere Zukunft weit weg von hier. So, als würde ein Heranwachsen auf sonnigem Hügel, ohne oder fast ohne amtliche Eltern und mit der einzigen Verpflichtung, schrankenlos zu lieben und Lust zu empfinden, weder die Krise der Pubertät noch die Kunst der Flucht verhindern.

28.
The long goodbye

Im Morgengrauen begeben wir uns Hand in Hand und ohne Absprache auf einen Rundgang durch das Anwesen, eine letzte Bestandsaufnahme vor unserem Ausbruch. Wir verlassen den Wald am nördlichsten Rand und befinden uns auf den Wiesen, gegenüber den Kühen, schwerfällig klappern sie auf uns zu, als wollten sie uns verabschieden. Erkennen sie mich jetzt wieder? Nachdem sie mir jahrelang den Rücken zugekehrt haben oder, durch meine pure Anwesenheit in Angst und Schrecken versetzt, ans andere Ende der Einfriedung gehechtet sind? Jetzt, da es zu spät ist, um Freundschaft zu schließen, drängen sie sich an den Zaun, strecken uns ihre rosa Mäuler entgegen und pusten uns an, um guten Willen zu demonstrieren. Dämliche Kreaturen ...

Wir lassen die Weiden hinter uns und nehmen den Pfad, der um das Anwesen führt, entlang zerfallener Mäuerchen, von fremder Hand mit Blumen geschmückter Kapellen, silbriger Stämme, Erhebungen und mit wilden Gräsern gepolsterten Senken. Bald erreichen wir meinen grünen Winkel, weich, einladend und immer noch mit seinem Fransenbaldachin beflaggt, die rosa Farbe nach dem langen Liebessommer etwas ausgebleicht. Daniel kneift mir vergnügt in die Wange.

»Arkady, der hat dich ganz schön gesternt, was?«

»Drück dich klarer aus, wenn ich dich verstehen soll.«

»Na, bei euch ging hier die Sonne auf, was, in eurem kleinen Unterschlupf?«

»Was fragst du noch, wenn du's schon weißt?«

»Ich hab hier auch gevögelt.«

»Das ist mein Versteck, du Mistkerl. Ich hab dir nie erlaubt ...«

»Mit einem aus unserer Schule sogar.«

»Oh nein! Nicht dein Ernst?«

»Ich fand's nicht ungeil!«

Im Grunde gefällt mir die Vorstellung sogar ganz gut: Soll sich doch jeder in meinem Gräserbett in den siebten Himmel schießen. Mich juckt das nicht, denn keinem wird hier so einer abgehen wie mir unter der feurigen Zunge meines ersten Geliebten. Der helle Block des Liberty House zeichnet sich schon hinter den Pinien ab, und wir bleiben kurz stehen, um dessen majestätische Anmutung und seine harmonischen Proportionen zu bewundern. Am Horizont schimmert ein rosiger Tag auf, der eilends seinen glitzernden Schleier über die ausgedörrte Landschaft breiten wird, während wir uns in die riesige Eingangshalle schleichen. Kein Mensch: perfekt. Ich schleife Daniel in die Bibliothek, wo mir die Buntglasrosetten, die kostbaren Teppiche, die luxuriösen Ledereinbände, die abgewetzten Samtbezüge der Sessel und alles andere schon im Vorfeld Seufzer des Bedauerns entlocken. Danach steigen wir die große Treppe mit ihren polierten Marmorstufen und dem blankgeriebenen Geländer hinauf. Auch jetzt überkommen mich LGBT-Visionen, als ich über das gewachste Holz streiche. Das bringt mich tatsächlich auf eine Idee. Doch bevor ich darüber nachdenke, lasse ich die mir bekannten Bilder der Mädchen auf ihrem Reittier aus dunklem Eichenholz auf mich einprasseln, ihre vollen Schenkel, ihre Schlüpfer aus weißer Baumwolle, ihre Blazer mit dem Schulwappen, ihre über die Schulter geworfenen Zöpfe und ihr Lachen, das im Treppenhaus verhallt. Sobald ich in meinem Zimmer bin, sammle ich ein paar Sachen zusammen, vor allem Bücher und Klamotten, die mich nicht wie eine Vogelscheuche wirken lassen. Die von meiner Großmutter geerbten Jacken mit Schulterpolstern, Fransentops, Ponchos und Pluderhosen aus Pannésamt lasse ich auf ihren Bügeln hängen. Und statt irgendwelcher Fotos meiner Eltern stecke ich die von Farrah Fawcett und Sylvester Stallone in meine Brieftasche. Mit meinem gekrümmten Zeigefinger

morse ich dem türkischen Kind im Bestattungskrug einen kleinen Abschiedsgruß: Adieu, mein Freund, ich mochte dich, aber
du wärst mir eine Last auf dem Weg in die Freiheit.

Daniel ist blitzschnell bei mir, mit seinem eigenen Bündel,
eine ganze Traube prall gefüllter Beutel. Er zeigt einen
Gesichtsausdruck, wie ich ihn bei ihm noch nie gesehen habe,
ein Ausdruck froher Ungeduld. Vielleicht habe ich nie wirklich
ermessen, wie schwer es auf ihm lasten musste, im Haus der
Lust aufzuwachsen. Denn eine unserer Gründungsanekdoten
besagt, dass Arkady und Victor lange darüber gestritten hatten,
wie sie ihre selbstbestimmte Utopie nennen sollten, wobei
Arkady selbstverständlich zu Gauguins Motto neigte, während
Victor sich bemühte, Hugos Botschaft obsiegen zu lassen.

Ich schließe meine Zimmertür mit unendlicher Vorsicht,
um Fiorentina nicht zu wecken. Sie in ihrem wattierten Mor-
genmantel hier aufkreuzen zu sehen, ist das Letzte, worauf ich
Lust habe. Und dabei ist sie ja immer als erste auf den Beinen,
völlig unempfänglich für dionysische Weisungen. Lust? Nicht
ihr Ding. Daniel zerrt mich hinter sich her, lässt mich die Stufen
hinuntereilen.

»Lass uns ein Selfie machen. Bevor wir gehen. Was ist im
ganzen Haus dein Lieblingsraum?«

»Die Küche.«

»Meiner auch. Komm.«

Und hier sind wir, im Schlupfwinkel unserer geliebten Hexe,
vereint in derselben prickelnden Furcht, diesem Schauder, den
unser Wagemut uns einflößt: Hier zu sein in ihrer Abwesenheit
und ohne ihre Erlaubnis. Ich ziehe ein letztes Mal den unnach-
ahmlichen Duft dieses Ortes ein: Da er hier tagtäglich entstielt
und zerkleinert wird, ist der Duft des Basilikums schließlich
in die Mauern eingedrungen und wird zugleich auch von der

Anisnote des Buccellato überlagert, vom grünen Geruch der letzten Tomaten und dem intensiven Aroma der Zitronen aus Menton.

Als Daniel sein Samsung hervorzieht, stelle ich mich neben ihn in Pose, und mein gekünsteltes Lächeln prallt an den von der Küchenherrin auf Hochglanz polierten Kupfertöpfen und Pfännchen ab.

»Was wirst du damit anstellen?«

»Nichts. Nur eine Erinnerung: Ich werde es mir ansehen, wenn du mir fehlst. Und schreib dir meine Nummer auf, für alle Fälle. Früher oder später wirst du dir sowieso ein Handy besorgen müssen.«

Wir beenden unseren Abschiedsrundgang mit allem, was zur Hauswirtschaft gehört, dem Hühnerstall, der Laube, dem Gemüsegarten, den Gewächshäusern, und legen im *hortus conclusus* meines Vaters eine Pause ein, um einen Joint zu rauchen. Was den Tag anbrechen und Fiorentina an diesem Morgen zum ersten Mal in Erscheinung treten lässt. Bereits von Kopf bis Fuß angekleidet, setzt sie sich an der Mauer auf eine kleine, von den ersten Sonnenstrahlen beschienene Holzbank. Bald schon folgt ihr eine hinkende Gestalt und lässt sich mit einem Seufzer des Wohlbehagens neben ihr nieder: das ist Titin – zu dem ich, wie mir auffällt, noch gar nichts gesagt habe, obwohl er fester Bestandteil des Lebens ist, das ich gleich hinter mir lassen werde. Ein ehemaliger Feldarbeiter, gehört Augustin Pesce zu unseren Gemäuern, obwohl er eher im Freien wirkt. Etwas älter als Achtzig, verbringt er seine Zeit zumeist mit dem Einholen von Holz, dem Schneiden der Hecken, dem Reinigen der Becken, dem Runterschlagen der Nüsse, dem Sammeln von Pilzen oder Blaubeeren. Bevor das Liberty House zur fleischlosen Kost überging, betrieb er ziemlich viel Wilderei, und ich kann nicht ausschließen, dass er gelegentlich noch

Drahtschlingen auslegt, doch falls es noch zu solchen Verstößen kommt, werden diese beiden Alten das Geheimnis ihrer Mitternachtsfreuden mit ins Grab nehmen: *vitello tonnato*, *fritto misto* oder *carna crude*, in der Stille der Küche verschlungen, unter der blanken Spiegelung des Monds auf den Kupfertöpfen und Einmachgläsern. Morgen für Morgen trinken Titin und Fiorentina bei Wind und Wetter ihren Kaffee unter lebhaftem Getuschel auf der Bank. Von diesem leidenschaftlichen Austausch, der Tag für Tag fortgesetzt wird, dringt nie etwas zu uns durch, sodass wir nur Mutmaßungen anstellen können. Ohnehin redet Titin mit niemandem außer Fiorentina: Halb blind und völlig taub, legt er, sobald man das Wort an ihn richtet, die Hand trichterförmig an sein Ohr, um zu signalisieren, dass es keinen Sinn hat, mit ihm zu reden. So kann er sein Leben in aller Ruhe fristen, ohne sich von Anweisungen, Ratschlägen oder Bemerkungen stören zu lassen. Und da er für vier arbeitet, gewähren Arkady und Victor ihm Narrenfreiheit. Adieu Titin: Ich habe es also nicht vermocht, das Geheimnis deines kleinen bukolischen Daseins zu lüften. Vielleicht gab es gar kein Geheimnis? Und vielleicht liegt darin das Geheimnis: dass es keins gibt. Ich halte diesen Gedanken zurück, um ihn später zu vertiefen, diese Möglichkeit eines Lebens ohne dunkle Ecken, die man lieber nicht beleuchtet sehen will.

Im Schutz der Lavendelsträucher und üppig wuchernden Asternbeete erreichen wir die Hauptallee, ohne dass Metallicas unerbittliches Auge uns erspäht hätte. Vor der heraldischen Verschlingung, mit der Victor meinte, das Gitter des Haupttors verzieren lassen zu müssen, halten wir leicht gerührt inne und werden kurz darauf durch das Geräusch hastiger Schritte unterbrochen. Es ist Arkady. Im Gegensatz zu Fiorentina, die zu jeder Tageszeit tadellos gekleidet ist, hat er sich lediglich ein uraltes Bauernhemd übergezogen, unter dem sich die vertraute

Wölbung seiner Geschlechtsorgane abzeichnet. Da steht er nun, uns gegenüber, eine Hand in die Seite gestemmt, um wieder zu Atem zu kommen, den ihm seine Rennerei geraubt hat – wenn es nicht die Traurigkeit war. Denn er erfasst die Szene mit tragischem Blick, als hätte er deren definitiven und unwiderruflichen Charakter auf Anhieb erkannt:

»Ihr geht? Einfach so? Ohne Abschied zu nehmen?«

Wir beteuern unisono das Gegenteil, auch wenn wir ihn kaum überzeugen dürften:

»Nun ... wir wollten nicht stören. Und es ist ja nicht für immer ...«

»Wir gehen nur ... ein wenig spazieren.«

Schlagartig verhärtet, sucht sein Blick den meinen, dieser Blick, der stets voller Liebe und Vertrauen auf mir geruht hat, dieser Blick, der mich so oft vor Lust hat taumeln sehen, zuletzt erst vorgestern, ja, tatsächlich – doch vorgestern ist so weit weg wie Indien oder China, vorgestern ist ein grünes Paradies, verwüstet vom Verrat.

»Erzähl mir keine Märchen, Farah. Nicht du. Und nicht mir.« Während er Daniel von diesem Austausch ausschließt, während er uns, also mich und sich, jäh in die unsagbare Erinnerung unseres Verhältnisses einschließt, ruft er mich gewissermaßen zur Liebesordnung zurück, wirft mir auf diese Art einen Stock zwischen die Beine, stoppt mich mitten im Lauf. Den ganzen Sommer über habe ich Arkady geliebt, bin ich unaufhaltsam zu unseren Treffen unter dem improvisierten Baldachin geeilt; den ganzen Sommer über habe ich meinen Körper und seinen mit der nie vergehenden Sehnsucht der Lust und der Tage erkundet. *Sommer* sage ich der Einfachheit halber, doch in Wahrheit geht meine Liebe zu Arkady auf den Anbeginn eines bewussten Lebens zurück, das ich stets um ihn herum organisiert habe: So weit ich mich erinnern kann, habe ich ihn stets blind angebetet und stets verzweifelt begehrt. Gerade erst habe ich nicht nur die schönsten Wochen meiner jungen Existenz verlebt, sondern auch die wundersame Erfüllung meiner aberwitzigsten Erwartungen. Und nun steht er vor mir, sein Blick ist ein Befehl an mich, ihn nicht zu verlassen, und stumm legt er das beträchtliche Gewicht dieser Jahre der Anbetung auf die Waagschale und damit das einer ganzen Jahreszeit erotischer Entfesselung – meiner Jahreszeit der Lust. Unter den Böen des Libeccio schlagen die Hemdzipfel gegen seine mächtigen Oberschenkel, und wenn ich nur an den Schraubstock dieser Schenkel denke, der sich unzählige Male um meine Taille geschlossen hat, spüre ich, wie meine Entschlossenheit nachlässt, meine Hand sich an das Gittertor krallt, anstatt es hinter uns zuzuknallen. Es gibt aber nur noch das Begehren: Vertrauen, Wertschätzung und Bewunderung sind verschwunden. Ich bin sogar kurz davor, Mitleid mit Arkady zu empfinden, denn ich werde mich nun in den Strudel des Lebens stürzen, während er hier festsitzen wird, um weiterhin sein unanwendbares Evangelium einzig zur Erbauung schwermütiger Greise, Kranker, Schwächlinge und gesellschaftlicher Außenseiter aller Art zu verkünden.

»Farah ...« Er sprach meinen Vornamen immer auf so unglaublich sexy klingende Weise aus, doch zum ersten Mal greift dieser Zauber nicht. Ich bleibe den beiden Silben gegenüber kalt, wie sie ihm da über die fleischigen, im grellen Morgenlicht leicht violetten Lippen kommen, die so viel weniger verführerisch wirken, seit ich sie den Belagerungszustand habe ausrufen hören, obwohl ich mit Willkommensgrüßen gerechnet hatte. Die Erinnerung an Angossom, der ohne Vorwarnung aus unserem künstlichen Paradies vertrieben wurde, fegt meine letzten Zweifel und Anflüge von Mitgefühl beiseite: Wenn ich schon Mitgefühl empfinde, soll es den wahrhaft Bedürftigen zugutekommen und nicht charismatischen

Männern in den besten Jahren, die sich nur auf die Liebe berufen, um blutjunge Mädchen leichter ficken zu können. An der Heftigkeit, mit der das Tor unter meiner Hand vibriert, erkenne ich meine Anspannung in diesem Moment der grausamen Wahrheit. Was ich hier empfinde, dem Mann gegenüber, der auch mein geistiger Vater, mein spiritueller Mentor und meine erste Liebe ist, zeigt mir, wie sehr ich sechzehn bin. So merkwürdig ich auch aussehen mag, so wenig man mich auch einem bestimmten Geschlecht zuordnen kann, bin ich im Hinblick auf die psychologische Entwicklung völlig normal, und der Lauf der Dinge schreibt mir nun mal vor, meine Gastfamilie und meine Gemeinschaft der Gebrechlichen zu verlassen, um in die Welt zu ziehen. Ich brauche Daniel gar nicht erst anzusehen, um zu wissen, dass er ebenso sehr darauf brennt, einen Schlussstrich zu ziehen. Unsere Jugend, unsere Energie – sie überfordern das Liberty House und seine Bewohner. Wenn wir bleiben, lassen wir ihnen keine andere Wahl, als uns zu verschlingen, und ich bin sicher, sie würden es auf ihre Weise tun, eher ein langsames Aussaugen und stilles Kauen als ein ehrliches Beißen und Reißen. Entweder sie oder wir, sage ich mir, um nicht weinen zu müssen, aber ich weine trotzdem, weil die Liebe zählebig ist.

29.
Fern vom Paradies

Ohne Maureen wäre meine Wiedereingliederung heikel: Auch wenn die Kinder des Liberty House in der Außenwelt zur Schule gehen, fehlen ihnen offensichtlich die Grundlagen, um sich dort voll und ganz wohl zu fühlen. Ein Glück, dass sie da ist, um mir Zugang zu dieser unvorstellbaren Gesetzen unterworfenen Welt zu gewähren und mir die ersten Schritte außerhalb der Raumstation zu erleichtern. Diesen Ausstieg muss ich dennoch verhandeln: Ist zwar recht nett, mit Rucksack und knallendem Tor verschwunden zu sein, aber ich bin noch nicht in dem Alter, meinen Lebensunterhalt zu verdienen. Will ich meiner kleinen Liebsten nicht auf der Tasche liegen, brauche ich Unterstützung von meiner Bruderschaft, und man muss dieser zugestehen, dass sie weder um meine Freiheit noch um ihren materiellen Beistand gefeilscht hat. Ein Anruf genügte, getätigt mit meinem nagelneuen Smartphone. Dank Nelly komme ich sogar in den Genuss einer Monatsrente, die Maureen zugleich verblüfft und misstrauisch stimmt. Ihr zufolge muss man alles verdienen und für alles bezahlen, und ich wäre gut beraten, über die wahren Gründe dieser Freigebigkeit nachzudenken.

Wie soll ich ihr erklären, dass ich bereits bezahlt habe? Jahrelang haben sich all diese Greise an meiner Lebenskraft und Unschuld gewärmt; jahrelang haben sie sich bei mir bedient und werden für immer in meiner Schuld stehen. Jetzt, wo ich weg bin, werden sie weiterhin ihren Zehnten an Frischfleisch bei Dolores abschöpfen, bei Teresa, Djilali oder jedem anderen Kind, das sich der Gemeinschaft anschließt. So läuft es im Liberty House – und ich bin mir nicht sicher, ob die Außenwelt nicht genauso funktioniert. Mittlerweile stecke ich in ihr, und jeder Tag verabreicht mir sein Maß an überaus erregenden Entdeckungen – denn das Klima, in dem ich mich von jetzt an bewege, wird von übermäßiger Erregung bestimmt, weit entfernt von den vier friedlichen Jahreszeiten, die den Rhythmus

meines früheren Lebens bestimmten. Und eine weitere Entdeckung ist die Erkenntnis, wie schlecht ich auf diese überschäu-
mende Erotik und ständige Spannung vorbereitet bin. Man hat
mich in der Vorstellung erzogen, die Liebe sei das große Ding
im Leben, von Verführung aber war nie die Rede. Geschickte
Manöver oder Vorgehensweisen, um einen Partner zu finden,
sind im Liberty House obsolet: Mit seinem Beitritt zur Gemeinschaft verpflichtet sich jedes Mitglied, mit den anderen zu
schlafen. Ausgeschlossen, dass jemand aufgrund seiner Behin-
derung oder Altersschwäche aufs Abstellgleis geschoben wird.
Arkady achtet darauf: Falls nötig, opfert er sich, damit jeder
sexuell auf seine Kosten kommt oder zumindest Körperkon-
takt erlebt. Im Haus der Lust ist die Lust nicht obligatorisch,
obligatorisch aber ist die Berührung, die Zärtlichkeit und der
gute Wille. Also geben sich meine Glaubensgenossen nicht
die geringste Mühe, anderen zu gefallen. Mit der Treuherzigkeit von Makaken begnügen sie sich damit, ihre Genitalien zur
Schau zu tragen, und hopp, schon ist die Sache geritzt! Nein,
ich übertreibe. Einerseits achten manche darauf, begehrenswert zu bleiben, andererseits ist das Ganze komplizierter, als
man meinen möchte. Dadah, der das Alter nichts von ihrer Lüsternheit genommen hat, nutzt unsere wöchentlichen Versamm-
lungen oft für Beschwerden, dass man ihre Avancen zurück-
gewiesen habe. In unserer Hausordnung sind keine Strafen
vorgesehen, doch über den unglücklichen Übeltäter geht ein
einstimmiger Tadel nieder. Schließlich wird ihm nicht gerade
viel abverlangt, und außerdem gehört Dadah tatsächlich zu
jenen innerhalb unserer Mauern, die sich immer noch mit einer
gewissen Eleganz kleiden – was ihres Erachtens nicht angemes-
sen gewürdigt wird. Aber gut, auf eine Dadah, die sich frisiert,
die sich herausputzt, täglich das Kleid wechselt und sich mit
Moschus einsprüht, kommen die Jogginganzüge von Palmyre,

die Fleecejacken voller Fussel von Jewel, die Tarnfleckhosen von Titin und die ungepflegte Nacktheit von Salo, Vadim oder Orlando, die in ihren Hausschuhen oder Espadrilles durch die Gegend torkeln und uns dabei jedes Detail ihrer schlaffen Kronjuwelen offenbaren. Und damit ist schon gesagt, dass die namenlose Stadt mit ihren Einkaufsstraßen, ihren belebten Caféterrassen und von Menschen wimmelnden Stränden ein Tummelplatz unzähliger Gelegenheiten für aufreizende Outfits ist, für lasziwes Lächeln, glitzernden Schmuck, glänzende Lippen, straffe Haut, Körper, die sich den Blicken aussetzen und dem Begehren anheimfallen. In den ersten Tagen komme ich berauscht, erschöpft nach Hause und kann mich nur noch auf das Klappsofa von Maureen sinken lassen, die es sich nicht hat nehmen lassen, mir ihr Bett, ihren Arm, ihr Herz anzubieten. Dazu sage ich nicht Nein, doch zunächst muss ich den Schock verarbeiten und sich der Sturm unter meiner Schädeldecke legen: All diese Verlockungen sind zu viel für mich, mein Hirn ist übersättigt, meine Synapsen kommen nicht hinterher, meine Muschi droht zu explodieren.

Die Schule fängt wieder an, aber die Schule ist mir egal, denn das Leben ist anderswo, die *vita nuova*, die ich mit meiner Sehnsucht heraufbeschwor, ohne zu ahnen, wie sehr sie diese erfüllen würde. Ich besuche den Unterricht, gebe die geforderten Arbeiten ab und falle nicht weiter auf. So oder so habe ich die anderen sehr schnell von neugierigen Fragen abgebracht und allen eine Abfuhr erteilt, die von mir wissen wollten, ob ich ein Mädchen bin oder ein Junge. Ich weiß nicht, was ich bin, aber ich werde das nicht zum Gesprächsthema machen.

Mit meinem frisch überholten iPhone habe ich meine allererste SMS an Daniel geschickt, die er mit einem heiteren Selfie vor Meereskulisse mit mallorquinischem Licht beantwortet hat. Tja, woran es mir hier mangelt, ist bestimmt nicht das Licht, und

ans Meer gehe ich nie: Ich bin viel zu beschäftigt und behalte
meine Tauchgänge der Nachtwelt vor. Denn wenn es eine
Raumzeit gibt, in der meine Intersexualität weder Fragen noch
Bedenken aufkommen lässt, dann genau diese. Meine Club-
nächte mit Daniel hatten mir letztendlich nur einen schwachen
Vorgeschmack geliefert, und ich muss sagen, dass Maureen als
Nightguide weitaus kompetenter und sogar viel besser darin ist,
mich in the heat of the night einzuführen als dieser arme Nello.
Aber gut, er macht in Palma offensichtlich ebenso begeisternde
Erfahrungen wie ich, wenn ich die obszönen Schnappschüsse
bedenke, die er mir im Morgengrauen schickt, wenn wir von
unseren queeren Nächten heimkommen. Er fehlt mir, und ich
möchte ihn gern wiedersehen, doch für Reue habe ich genauso
wenig Zeit wie für den Strand oder andere Tagesvergnügungen.
Die Nacht hält mich auf Trab, sogar tagsüber – wenn ich mich
von meinen Eskapaden erhole oder in Träumereien über meine
Begegnungen im Panic Attack oder Arbor versinke.

Ich schlafe mit niemandem, aber das brauche ich auch
nicht wirklich: Trinken, rauchen, tanzen, mich im Gedränge
der Leiber befummeln lassen, hier und da ein Zungenkuss,
das reicht zu meinem Glück und gibt mir Raum, auf Maureen
Rücksicht zu nehmen, die offensichtlich vor hat, meine offizi-
elle Liebste zu sein und vor Ungeduld fast vergeht, während
sie auf die magische Minute wartet, wo es bei mir Klick macht
und mir endlich die Augen aufgehen. Dabei blicke ich schon
längst offenen Auges hin: Maureen ist großzügig, offen, neugierig, begeisterungsfähig und zehnmal hübscher, als ich es
jemals sein werde; sie weckt in mir Dankbarkeit, Wertschätzung, Zuneigung, Verlangen, aber die Summe all dieser Gefühle
wird niemals Liebe lauten.

Liebe, so hieß das Laufen durch den Tau im Morgengrauen,
um Arkady zu treffen, hieß, mit seinem Namen auf den Lippen

aufzuwachen und am Abend einzuschlafen; hieß, ihm nicht nur all meine erotischen Fantasien zu widmen, sondern auch sämtliche Momente eines Lebens, das ich mir ohne ihn nicht vorstellen wollte. Liebe, so hieß das unvorhersehbare Auftauchen von Angossom, die schmerzliche Sehnsucht, in seinem perfekten Körper aufzugehen – oder zumindest eine Wassermelone zu sein, in deren feuchten Schoß er eindringen, ein Pfirsichkern, den er ausspucken könnte. So, wie ich die Liebe erkenne, wenn ich sie sehe, kann ich mir auch ihr unerklärliches Ausbleiben eingestehen. Ich würde Maureen gern lieben, doch weder sie noch ich beherrschen die Alchemie, mit der sich kurzatmige Zärtlichkeit in loderndes Gold verwandeln ließe.

»Gefall ich dir nicht?«

»Doch, klar gefällst du mir.«

»Findest du mich zu dick?«

»Hör auf, du bist superschön. Zwing mich jetzt nicht, dir Komplimente zu machen.«

»Liegt's daran, dass ich kein Kerl bin?«

»Quatsch, das haben wir schon hundertmal geklärt.«

»Du bist hetero, oder?«

»Hör auf damit: Wie soll ich denn hetero sein? Um hetero zu sein, muss man erstmal etwas sein. Ich aber bin nichts.«

»Bist du nicht. Niemand ist nichts. Entweder bist du ein reiner Kerl oder ein reines Mädel oder ein Transtyp oder ein Transgirl.«

Erreicht unser Gespräch diesen Punkt, überlasse ich sie ihren fruchtlosen Betrachtungen und müßigen Unterscheidungen – oder ich schließe ihr den Schnabel mit einem feurigen Kuss. So sehr ich nichts bin und niemanden mehr liebe, so leicht bleibe ich doch erregbar. Wenn ich sie so vor mir sehe, mit ihren blonden und rosa Strähnen, ihren dicken Bäckchen und ihren Ringerinnenschultern, schmelze ich dahin und bin geil auf sie, geil darauf, ihr die Kleider vom Leib zu reißen, meinen Mund, meine Nase in die Puddingmasse ihres Bauchs zu graben, geil darauf, sie an den Hüften zu packen und ihre dicken weißen Brüste tanzen zu lassen; geil darauf, sie mit meiner harten Faust zu stopfen, sie, die auch so gern hart wäre, aber nur aus nachgiebigen Kurven besteht und empfindlichem Fleisch. Eigentlich komisch, dieser Kontrast zwischen Maureens Kraftgehabe, ihrer Möchtegernbrutalität und diesem – weil hell und weich und rundlich – so anmutigen Körper, den sie hasst und am liebsten tranchieren würde.

»Na ja, jetzt nicht mehr, klar, aber so mit vierzehn, fünfzehn, als es damit losging, mit den Titten, mit der Wampe, also, als sich das eben festgesetzt hat, am Anfang hoffte ich noch, es würde wieder weggehen, wenn ich weniger esse und Sport treibe, als mir aber klar wurde, dass das jetzt mein Körper ist, wollte ich mir das wirklich abschneiden, so scheibenweise! Guck dir das an!«

Mit beiden Händen packt sie das Fett, das um ihren Nabel herum leicht schwabbelt und träge ihre Hüften umhüllt, bevor es sich als speckige Falte am Rücken entlangzieht, meilenweit entfernt von meiner eigenen Morphologie – und bestimmt bieten unsere beide verschlungenen Körper auf dem Klappsofa einen weiteren komischen Kontrast, die Hagerkeit meiner langen Beine, meine Ephebenbrust, meine braunen Hände auf den blasslila Blüten ihrer Brustwarzen. Letztlich hat die Pubertät Maureen den gleichen Streich gespielt wie mir, und ihr Körper hat sie genauso schändlich verraten wie meiner mich, indem er sie in eine kleine Dicke mit Riesenbrüsten verwandelt hat, während meiner aus mir ein androgynes Wesen machte. Bleibt mir nur, ihr eine der wenigen Lektionen Arkadys einzutrichtern, die ich anders als seinen antispeziestischen

Blödsinn und sein abgeschmacktes Freigeistevangelium nicht in die Tonne getreten habe.

»Alle Körper sind Teil der Natur, Mor.«

Allein das Zitieren der Worte meines Mentors lässt mich schwach werden. Ich höre den Tonfall seiner vertrauten Stimme, sehe mich wieder an seiner Seite liegen, wie ich den Duft der Baumrinde und des plattgedrückten Grases einatme, all das Gemisch unserer Körpersäfte, seines Schweißes, seiner Samenflüssigkeit, das betörende Ambra seines Parfums, die frische Hefe meiner Sekrete, all dieses Glück vor dem Sündenfall. Während ich meiner kleinen Liebsten zu erklären versuche, dass das Begehren noch nie auf einen perfekten Körper gewartet oder sich von einem hübschen Gesicht abhängig gemacht hat, werde ich von Trauer überwältigt, doch am Ende lasse ich auf die Worte Taten folgen und ficke sie. Ficken hat mich schon immer sofort wieder aufgerichtet. Es verhindert nicht die Trauer, aber es drängt die Erinnerungen in den Hintergrund – und auch das Bedauern. Was eigentlich sollte ich bedauern? Den Garten Eden? Ich bin dort aufgewachsen und war dort so glücklich, wie man es nur sein kann, die Zeit der Unschuld ist aber endgültig vorbei, also sollte ich mich gleich an die Stadt gewöhnen, an die Menschenmassen, den Elektrosmog, die Weichmacher, die McDonald's-Filialen, den Feinstaub, die ständige Musikbeschallung, die Bilderflut, das Leben in den sozialen Netzwerken, die ständige Verbindung, an das allgegenwärtige Brodeln und an Maureens besitzergreifende Liebe. Denn auch in dieser Hinsicht ist der Systemwechsel radikal: Arkady hat mich geliebt, ohne zu verlangen, dass ich ihm gehöre, und ich habe nie gewagt, ihm zu gestehen, dass ich von nichts anderem träumte. Danach folgte Angossom und warf alles über den Haufen, was ich glaubte zu glauben, fegte mein Streben nach Beständigkeit und meinen Anspruch auf Treue beiseite, fegte auch alles andere beiseite, zerstörte mein Luftschloss und den trügerischen Glanz seiner Kuppeln. Er war mein Engel des Abgrunds, aber ich trage es ihm nicht nach, im Gegenteil, ich suche ihn unwillkürlich auf den Landstraßen im Tal oder in den Straßen von Ventimiglia, wenn Mor und ich dort einkaufen gehen. Es reicht ein Profil, eine braune Wange, der Schwung eines Jochbeins unter rußigem Wimpernschatten, damit mein Herz aussetzt, doch er ist es nie. Und selbst wenn, hätte ich ihm sowieso nichts zu sagen und nichts anzubieten außer meinem guten Willen und meinem Wunsch, das zu reparieren, was sich nicht reparieren lässt: das heimatliche Elend, die Einkasernierung, die Folter, den Menschenhandel, den Schiffbruch, die endlose Irrfahrt, die Vertreibung aus dem Paradies, die Verbannung auf Lebenszeit, nur zwei Schritte von unseren überreichen Eldorados entfernt. Der Versuch, es Maureen zu erklären, ist sinnlos, sie erkennt darin nur eine mögliche Bedrohung unserer Liebe. Das einzige Mal, dass ich ihr von Angossoms erzengelhafter Erscheinung erzählte, hat sie mich mit Fragen bombardiert: »Wer ist der Kerl überhaupt? Gefällt er dir? Und was an ihm? Willst du ihn etwa vögeln? Also bist du doch hetero!«

»Du gehst mir auf die Nerven, Mor, aber so was von!«

»Die Nervige bist du, verdammte Scheiße! Wenn ich mit dir ausgehe, begaffst du alles, was nicht bei drei auf den Bäumen ist! Meinst du, ich seh nicht, was da läuft? Kannst du deine Möse auch mal ausschalten?«

Gespräche mit Maureen können sehr schnell entgleisen oder sich zur zornigen und zotigen Raserei steigern. Ob sie krank sei? Das hatte ich sie nach drei Monaten des Zusammenlebens fürsorglich gefragt, da ich mir diese Gefühlsausbrüche nur durch eine Fehlfunktion der Schilddrüse oder einen Gehirntumor erklären konnte. Den Großteil meines Lebens hatte ich unter friedlichen Erwachsenen verbracht, die Konflikten aus dem Weg gingen und nichts lieber mochten als weichen Konsens, weswegen dieser Jähzorn eines Jungbullen und diese Anfälle von Eifersucht für mich schwer gewöhnungsbedürftig sind. Aber nichts da, sie ist offenkundig nicht krank und hat sich ihr Leben als Pärchen nie anders ausgemalt als voller erbitterter Streitereien und leidenschaftlicher Versöhnungen. Ob wir ein Paar sind? Das ist die andere Frage, die ich mir stelle, aber wohlweislich nicht ausspreche, aus Angst, das nächste antike Drama zu entfesseln. Meine Bedenken behalte ich für mich und meine Leidenschaft behalte ich der Neuen Welt vor und der Entdeckung all dieser mir bislang unbekannten Erdteile wie Instagram und Snapchat, Netflix und YouTube, Maps und Uber Eats. In dieser Neuen Welt ist Mor mein Guide und meine Simultandolmetscherin. Es wäre ausgesprochen undankbar von mir, ihr zu verraten, was ich insgeheim denke. Und obwohl ich sie nicht so liebe, wie sie sich das wünscht, lebe ich gern mit ihr zusammen, denn abgesehen von den Momenten, wo sie einen auf beleidigt macht, erweist sie sich als zuvorkommend, liebevoll, energisch und fröhlich. Vor allem aber liebe ich es, gemeinsam mit ihr zu schlafen – ich habe schon immer gewusst, dass es mir gefallen würde, das Bett zu teilen. Wenn man Arkady kennt, mag man es ja seltsam finden, dass er nicht das Ritual des kollektiven Schlafens eingeführt hat, aber die Mitglieder unserer Gemeinschaft verfügen nun mal alle über ihr eigenes Zimmer, ihre kleine Bastion der Privatheit in einem Haus, das diese verschmäht. Sogar die Kinder. Wenn ich mich abends an Maureen kuschle, wenn ich mitten in der Nacht aufwache und ihren warmen Atem im Nacken spüre, ihren schweren Arm auf meinem Oberschenkel, wenn ich sie im traulichen Halbdunkel ihres Schlafzimmers stöhnen oder gähnen höre, empfinde ich das als ungeheuren Luxus. Für diese Empfindung habe ich keine Erklärung, abgesehen vielleicht von der Erinnerung an meinen ersten Morgen im Liberty House: der gekalkte Alkoven, das Ehebett, die gestärkten Laken, die endlich entspannten Körper von Rehlein und Marqui, und in der Mitte ich, selig, auf die Laute und Lichter des Morgens lauernd, das erste Vogelzwitschern, das erste Insektensummen. Von meinem Reich erzähle ich so wenig wie möglich, denn schon dieses Wenige ist für Maureen zu viel. Unsere Sitten schockieren sie, und sie kann sowohl die technologische Wüste als auch das promiskuitive Umfeld, in dem ich groß geworden bin, nicht scharf genug geißeln.

»Was? Du hast mit diesem Typen gepennt, eurem Guru? Aber das ist ja ekelhaft!«

»Es hat mich doch keiner gezwungen. Ich wollte es so.«

»Von wegen, die kennen sich mit Gehirnwäsche aus in diesen Sekten. Du dachtest, das geschieht alles freiwillig, aber du wurdest manipuliert, du hattest gar keine Wahl.«

Ich verstumme. Wozu erklären, dass ich Arkady geliebt habe, wie man nur ein einziges Mal im Leben liebt, das heißt vollkommen und wahrscheinlich für immer? Denn obwohl ich genau weiß, dass er nicht derjenige ist, für den ich ihn gehalten habe, liebe ich ihn noch immer und würde an seiner Abwesenheit zugrunde gehen, hätte ich nicht so viel zu tun. Nur dass Maureen einfach nicht lockerlässt: Ihr zufolge bin ich zu nachsichtig mit den Mitgliedern meiner früheren Gemeinschaft, all diesen versauten Kinderschändern, die ich tunlichst verpfeifen sollte, wozu sie mich geradewegs anstachelt:

»Die haben dich missbraucht, Farah!«

»Wer, ›die‹?«

»Arkady, Victor, Kinbote, Richard, all diese alten Knacker, von denen du mir erzählt hast! Und deine Eltern haben's voll vergeigt. Die hätten die Sekte sofort verlassen müssen, als sie merkten, dass der Guru es auf dich abgesehen hat!«

»Hör auf, immer ›Sekte‹ zu sagen, das ist keine Sekte! Und Arkady hat gewartet, bis ich die Fünfzehn überschritten hatte, hab ich dir doch erzählt! Vorher wollte er es nicht tun, obwohl ich längst dazu bereit war. Schon mit dreizehn war ich dazu bereit, und wie! Ich habe ihn richtig bedrängt.«

»Vollkommen egal! Du hast gesagt, er wäre wie dein geistiger Ziehvater gewesen. Also war das praktisch schon Inzest! Ich könnte kotzen.«

Wenn meine Beziehung mit Arkady auf Außenstehende so wirkt wie sexueller Missbrauch von Schutzbefohlenen, dann tut mir das wirklich leid und soll mir in Zukunft eine Lehre sein, sie Leuten zu verschweigen, die nicht imstande sind, sie zu verstehen oder auch nur gelten zu lassen. Fortan werde ich die Geschichte meiner außergewöhnlichen Kindheit in einer freigeistigen Gemeinschaft für mich behalten. Ich werde sogar möglichst selten an diese Kindheit denken. Ich bin siebzehn. Jetzt also endlich: Erwachsensein.

30.
Here but I'm gone

Zuallererst musste ich mich an einen anderen Rhythmus gewöhnen, an eine verstörende Zeitlichkeit, einen Wechsel von eintönigen Phasen und schwer fassbaren Momenten. Kein Vergleich zu meinen kostbaren Stunden voller Muße und Kontemplation unter den vorbeiziehenden Wolken, im Austausch mit Bäumen und Vögeln. Und auch kein Vergleich zu unseren gemeinschaftlichen Höhepunkten, den Mahlzeiten im Refektorium, Arkadys Predigten, den Exorzismen, den großen Aussprachen, der Trauerverausgabung durch schamanische Trance. Mein Leben außerhalb der Mauern lässt mir kaum Gelegenheit, ich selbst zu sein: Ich komme mir eher vor wie eine Gans, die man stopft, ein Organismus, den man mit starken Emotionen übersättigt, mit zu vielen Bildern und zu viel Musik – aber das trifft sich gut, da ich Musik über alles liebe. Im Liberty House war sie unseren Festen vorbehalten und den Kindern verboten. Wir hatten weder Radio noch Fernsehen. Einzig eine vorsintflutliche Stereoanlage ermöglichte den Mitgliedern der Bruderschaft, ihre Lieblingsstücke zu hören, Epifanios Salsa, Richards Techno oder Victors Arien. Bevor ich mit Daniel in Clubs ging, hatte ich nur gelegentlich getanzt: an Sylvester, oder wenn die anderen Geburtstag feierten. Inzwischen ist die Stille aus meinem Leben entschwunden und die Musik mein ständiger Begleiter. Dank Nellys Geld konnte ich mir Kopfhörer und ein Spotify-Abo leisten. Daniel und ich tauschen Playlists und überschwängliche Kommentare aus, so beglückt sind wir beide über diese pausenlose Klangimmersion, die uns erlaubt, mitten in einer Menschenmenge allein zu sein, während wir uns in eine Art globale Riesenparty einloggen, ein beschwingendes kollektives Pulsieren. So bin ich Daniel in gewisser Hinsicht näher als früher, als wir noch unter einem Dach wohnten. Uns trennen tausend Kilometer, aber wir erleben die gleiche soziologische und technologische Entjungferung, erfahren denselben Sinnestaumel und teilen denselben Rausch – auch wenn ich einräumen muss, dass er mir mit seinem Smartphone und seiner George-Michael-Sucht ein gutes Stück voraus war. Was soll's, geht ja schnell, das Entjungfern – im Handumdrehen weiß ich bestens Bescheid über das, was man gehört und gesehen haben muss.

Da Maureen mit ihrem Laptop auf dem Bauch einschläft, im blinkenden, bläulichen Licht ihrer Lieblingsserien, habe ich sogar meine Verspätung in Sachen *Game of Thrones, Atypical, Riverdale, Vikings, Narcos* oder *Gomorrha* aufgeholt, zunächst etwas schockiert über ihre Gewalttoleranz, dann ebenso gebannt wie sie auf die hypnotisierenden Vorspanne mit ihren aufschießenden Wehrtürmen starrend, auf die schwarzen Langschiffe und die Archivbilder von Pablo Escobar. Als ich eines Nachts meinen Rum-Orange-Rausch an ihrer Schulter ausschlafe, werde ich von Knurr- und Ächzlauten geweckt, mutmaßlich die eines Menschen, den man erwürgt und der für seinen letzten Atemzug nach Luft ringt. Ich öffne die Augen und blicke auf ein verwestes Gesicht, leere Augenhöhlen, verrottetes Zahnfleisch, strohige Strähnen.

»Ist ja ekelhaft, was schaust du denn da?«

»*Walking Dead*, manno, kennt doch jeder, nur du halt nicht!«

Stimmt, sie hat schon tausend Mal versucht, mir ihre lebenden Toten unterzujubeln, ihre absolute Lieblingsserie, jedenfalls bis Staffel vier, danach wiederholt sie sich offenbar nur noch, kommt nicht vom Fleck, selbst sie hatte schließlich die Nase voll und sich was anderes gesucht, neapolitanische Mafiosi oder kolumbianische Drogendealer. Trotzdem schaut sie sich ab und zu alte Folgen an, weil das Wiedersehen mit ihren Zombies ihr Freude macht. Ich kuschle mich bequemer an sie ran, an ihren warmen Körper und ihre beruhigende Realität, und entschließe mich, eine abscheuliche Ausweidungsszene anzusehen: Als stinkendes Aas getarnt, können die Lebenden sich anscheinend unbemerkt unter die Vampire mischen.

»Nix Vampire: lebende Tote!«

»Eben, auch Vampire sind lebende Tote.«

»Schon, aber anders. Wenn du Vampire willst, zeige ich dir *True Blood*. Voll cryptogay, die Serie. Megagut.«

»Erbarmen! Hättest du nicht mal ›ne Serie mit richtigen Lebenden, gesund, nicht allzu bekloppt und auch nicht ganz so kriminell?«

»Nimm mich: hundert pro lebendig, kerngesund, nicht allzu bekloppt und kein bisschen kriminell. Interessiert dich das – meine Normalität?«

»Klar, weißt du doch.«

»Dann greif zu! Hier: Gehört alles dir!«

Kaum will ich mich auf ihre Apfelbäckchen stürzen, ihren bebenden Bauch, ihren angenehmen Geruch nach leicht angetrunkenem Mädchen, lässt mich ein Bild jäh innehalten, das Bild eines Haufens dunkler Leichen an einem Stacheldrahtzaun.

»Ich hab die Untertitel falsch eingestellt.«

Ich pfeife auf die Untertitel, auf die Wortwechsel. Was ich sehe, ist eine belagerte Zitadelle, ein riesiger Kasten, der von bewaffneten Individuen verteidigt wird, ein autarkes Leben mit beackerten Parzellen und helläugigen Kindern – während auf der anderen Seite des Zauns verstörte, zerlumpte Gestalten umherirren; was ich sehe, ist mein früheres Leben mit seiner Ordnung und dem Streben nach Selbsterhaltung, ohne Rücksicht auf das Leben der anderen und das Elend in der Welt; mein verlorenes und allein Clubmitgliedern vorbehaltenes Paradies. Selig sind die Reichen, denn sie sind nicht nur reich, sie dürfen auch vor allen anderen am magischen Königreich teilhaben. Unselig die anderen, die Vertriebenen, die Flüchtlinge, die Habenichtse! Ich denke an sie, klar, aber was nützt das Denken, wenn man doch die Tore weit machen, die Zäune einreißen, die Belagerung aufheben, die Ernte teilen, die Zitadelle übergeben sollte. Wie soll ich Maureen vermitteln, dass *Walking Dead* meine Lebensgeschichte erzählt und ich mir niemals verzeihen werde, Angossom wieder in die Zombie-Kohorte zurückgeschickt zu haben. Da kann sie mich noch so sehr hänseln, fragen, warum ich diese Fresse ziehe, den Laptop ausmachen und sich mir zuwenden: Heute Nacht geht die Liebe über meine Kräfte. Ich bringe gerade noch genug auf, um ihr die Gründe für meine Beklemmung zu verheimlichen und ihr zu sagen, dass ich schlafen will, möglichst ohne Albträume, ohne Leichen, die auf der Suche nach einer Zuflucht querfeldein torkeln. Mit einem leisen Seufzer der Zerknirschung kehrt Maureen mir den Rücken zu. Man braucht ihr keine gute Nachtruhe zu wünschen: Sie schläft wie ein Stein und behauptet, niemals zu träumen. Wenn ich morgens erzähle, kommt sie aus dem Staunen nicht mehr heraus:

»Aber wie kommt's, dass du jede Nacht träumst?«

»Das tun alle, sogar du träumst jede Nacht, du vergisst es nur wieder.«

»Dann kommt's doch aufs Selbe raus. Und wieso erinnerst du dich immer?«

Träumen ist offenbar etwas, was man lernen muss, wie alles andere. Ich bin in einer Gemeinschaft aufgewachsen, die Visionen, Phantasmen, Vorahnungen einen großen Platz einräumte. Traumdeutung war genauso Teil meiner Erziehung wie Zeichnen, Scherenschnitt, Botanik oder Lektüre, all diese Arten des Zeitvertreibs aus dem 19. Jahrhundert, die meiner kleinen Liebsten vollkommen fremd sind und auf sie so viel Eindruck machen wie lauter Superkräfte. Dazu muss man wissen, dass Maureens sogenannte Bibliothek aus drei eselsohrigen Heftchen besteht: *Bel-Ami*, *Candide* und *Das Spiel von Liebe und*

Zufall. Sie hat es nie geschafft, *Candide* zu Ende zu lesen, findet es geil, dass Georges Duroy sich die schärfste Braut geangelt hat und meint sich zu erinnern, dass in Marivaux' Stück Schimpansen vorkommen, während mir nur arg komplizierte Täuschungsmanöver im Gedächtnis geblieben sind. Maureens Französischlehrerin hat ihr wahrscheinlich eine moderne Inszenierung gezeigt – oder sie verwechselt es mit dem *Planet der Affen*, was weder die schlimmste noch die erstaunlichste ihrer Fehlleistungen wäre, redet sie doch ohne mit der Wimper zu zucken von Johnny Hallydepp oder Barack Obahamas.

»Sag ich doch, Johnny Hallydepp! Ich mein den, der gestorben ist.«

»Ach so, und ich hatte schon Angst, du meinst Johnny Hallydepp aus *Charlie und die Schokoladenfabrik*, den Ex-Mann von Vanessa Paradis!«

Sie blickt mich mit argwöhnisch verengten Augen an – ob ich sie etwa verarschen will?

»Quatsch! Der aus *Charlie und die Schokoladenfabrik* lebt noch. Spielt sogar in *Fluch der Karibik* mit! Und die sehen sich kein bisschen ähnlich!«

Was den vierundvierzigsten Präsidenten der Vereinigten Staaten angeht, lasse ich locker. Immerhin ist er auf Hawaii geboren, und angesichts so vieler Inselgruppen kann ich sehr gut verstehen, dass Mor durcheinanderkommt. Trotz des Bildungsmangels meiner Gefährtin lese ich weiterhin zum Vergnügen – geht es aber um Informationen, bin ich dem Internet dankbar, dass es mir stundenlanges Suchen in verstaubten Regalen erspart. Wenn ich nur daran denke, habe ich wieder Victors Gehstock vor Augen, mit dem er die Bücher herauszieht und eins nach dem anderen auf den Teppich fallen lässt, während er Titel und Ratschläge herunterbetet: »Hier, lies mal *Krieg und Frieden*! Lies *Schall und Wahn*, lies *Die Blumen des Bösen* ...«

Ich habe seine Lektüreempfehlungen alle gewissenhaft befolgt, um meine große Untersuchung über sexuelle Identität abzuschließen, begebe ich mich inzwischen jedoch gleich zu den Quellen, auf die Websites für Menschen wie mich. Wie ich schon ahnte, sind wir Tausende ohne jede Gewissheit, auch wenn ich bisher noch niemanden gefunden habe, dem das Gleiche widerfahren ist wie mir: ein völlig unvorhersehbarer, eher unerwünschter und vor allem nicht ganz abgeschlossener Geschlechtswechsel. Denn nach einigen Monaten scheint sich mein Zustand in der Mitte zwischen beiden Geschlechtern eingependelt zu haben: Ich habe eine Muschi, aber keine Gebärmutter, einen Sack, aber keinen Penis, Eierstöcke, aber keine Regel. Außerdem sorgen bei mir Muskeln und Behaarung für so viel Verwirrung, dass sich keiner mehr traut, mich in die eine oder andere Schublade zu stecken. Mein Fragebogen bleibt hingegen ohne Antwort, jedenfalls ohne befriedigende Antwort. So sehr Intersexuelle sich ihres Status bewusst sind, so ahnungslos sind die anderen. Auch wenn der Zustand ihrer Genitalien eindeutiger ist als meiner, schwanken sie dennoch ein Leben lang zwischen ihrem guten Cisgendergewissen und ihrer Sehnsucht nach fetaler Androgynie. Testen Sie das mal, fragen Sie die Menschen in Ihrem Umfeld, und Sie werden feststellen, dass diese mitnichten wissen, was ihre Weiblichkeit oder Männlichkeit im Kern ausmacht. Letztlich blickt da keiner durch, bis auf die fanatischen Feinde der gleichgeschlechtlichen Ehe. Maureen, die ich natürlich gleich in den ersten Monaten unseres Zusammenlebens befragt habe, hat sich wenigstens die Mühe gemacht, ernsthaft darüber nachzudenken und mir weitere Klischees über die Zerbrechlichkeit von Frauen oder ihre hingebungsvolle Liebe zu ersparen. Eines Abends, als wir uns fertig machen für einen Club, mit Minimalaufwand bei ihr wie mir, weder Make-up noch Wahnsinnsklamotten, blickt sie auf unseren Widerschein im Wohnzimmerspiegel, ihr rundes Gesichtchen, meinen Pferdekiefer, ihren starren blonden Bürstenschnitt, meine zurückgegelte schwarze Mähne, und umarmt mich feierlich:

»Weiblichkeit, das ist das Megabewusstsein, penetrierbar zu sein.«

»Typen können doch auch penetriert werden. Nur, weil sie ein Loch weniger haben ...«

»Ein Loch weniger ist ganz schön viel! Und die Vagina ist kein x-beliebiges Loch, entschuldige mal, die kannst du doch nicht mit 'nem Anus oder Mund vergleichen.«

»Ach ja? Warum nicht?«

»Sie ist glitschiger: Man kann megaleicht in sie eindringen.«

»Glitschiger als ein Mund? Ha, ha, dass ich nicht lache!«

»O. k., stimmt schon, der Mund ist feucht und alles, aber wenn ein Kerl seinen Schwanz reinstecken will, kannst du immer noch zubeißen.«

Aha, wenn ich's richtig verstanden habe, besteht das Problem der Vagina also in einem Überfluss an Sekreten und einem Mangel an Zähnen. Nach diesem kleinen Schwatz brechen wir ins Fox auf, und ich habe den ganzen Abend das Gefühl, in der Haut eines verletzlichen Wilds zu stecken, obwohl mein Äußeres sogar die aufdringlichsten Kerle abschreckt. Ab und zu fange ich Mors Blick auf, und ihr Lächeln verrät mir, dass auch sie an die vielen feuchten Körperöffnungen denkt, die um uns herum tanzen, zugänglich, wehrlos, so viel leichter zu stürmen als eine Zahnbarriere oder ein Schließmuskel. Natürlich denke ich auch an meine eigene Vagina, meine enge, aber durchaus penetrierbare Cupula. Maureen steckt gern alles mögliche hinein, Zunge, Finger, Gemüse und diverse Sextoys – sie greift auf ihre komplette Sammlung zurück, Dildos, Vibratoren oder Lustkugeln. Wie soll ich ihr erklären, dass es mir schnurz ist, ob ich penetriert werde oder nicht? Da sie mit ihrem Umschnalldildo so glücklich wirkt, erlaube ich ihr, sich in dem einen oder anderen Loch auszutoben, aber ich komme auch ohne. Ich komme schon, wenn ich sie nur streichle, wenn sie mich leckt oder reibt – und mit etwas Konzentration und einem Kissen zwischen den Schenkeln komme ich schon, wenn ich nur daran denke, daran oder an meinen Baldachin zwischen Himmel und Erde. Denn hier liegt das Problem meines neuen Lebens: Die Art und Weise, wie mein altes darin Eingang findet. Ein Nichts genügt, eine windgepeitschte Jalousie, der Geruch gemähten Grases, bäng, und ich finde mich wieder in Arkadys kraftvolle Arme versetzt. Ein Anflug von Morast? Dann bin ich wieder am Rand des Zierteichs, hinter einem Büschel Binsen kauernd, und lauere meinem dunklen Objekt der Begierde auf, meinem schwarzen Engel und der furchterregenden Apokalypse seiner Schönheit. Dennoch liefe alles einigermaßen gut, verfügte die arme Maureen nicht über einen sechsten Sinn für virtuelle Untreue.

»Woran denkst du gerade? Bist du bei mir, oder wo?«

Diese Frage stellt sie zu Recht, denn ich bin es nicht, bin es ganz und gar nicht. Anstatt mit ihr durch die Straßen der namenlosen Stadt zu schlendern, anstatt sie verliebt am Arm zu fassen, wie sie es bei mir macht, höre ich Arkady, der mir bewundernd ins Ohr haucht:

»Was bist du nur für eine begnadete kleine Schlampe, Farah!«

Ja, das stimmt, und wie schade, dass mein feuriger Lehrmeister, derjenige, welcher mich zu dieser Schlampe gemacht hat, sich als Pseudoprediger entpuppte, als Scharlatan, der unfähig ist, nach seinen hehren Prinzipien zu handeln, als Rudelführer, der sein Rudel nicht zur wahren Liebe bewegen kann. Aber wäre ich gegangen, wenn Arkady seine unhaltbaren Versprechen gehalten hätte, die Liebe für alle und das ewige

Leben in unserer konkreten Utopie? Man könnte mir vorwerfen, was Maureen ausgiebig tut, dass es dumm war, auch nur eine Sekunde daran zu glauben. Man darf aber auch nicht vergessen, dass ich bei meinem Eintritt in die Gemeinschaft erst sechs war und unter Erwachsenen groß geworden bin, die sich von dieser so beflügelnden wie beruhigenden Evangelisierung ebenso sehr täuschen ließen wie ich. Vielleicht bin ich, rein geografisch gesehen, noch zu nah dran an seinen bösen Verlockungen, um seinem Einfluss ganz und gar zu entkommen, genau wie der gelegentlichen Sehnsucht nach dem, was ich aufgegeben habe. Zumal die namenlose Stadt sich in meinen Augen rasch als zu klein erwiesen hat, um dort auf großem Fuß zu leben. Die Metropole, die ich mir erträume, ist mindestens Paris, Tokio, Kapstadt, L.A. oder New York, und ich nerve Maureen unablässig damit, dass wir einen Neustart und andere Breitengrade in Betracht ziehen sollten:

»Echt, jetzt? Warum ausgerechnet Paris? In Paris ist es saukalt. Es regnet die ganze Zeit.«

»Dann eben New York? Oder Rio.«

»Ich sprech kein Brasilianisch.«

»Portugiesisch.«

»Hier hab ich meinen Job, meine Familie.«

»Du kannst sie nicht leiden.«

»Stimmt doch gar nicht. Wie kommst du darauf?«

Ich komme darauf, weil Maureens Familie ein Natternknoten ist, noch ehe man darauf tritt, versprüht sie schon ihr Gift, in Gestalt von vernichtenden Sätzchen, bösem Gekicher und ätzenden Meinungen. Ihre Angehörigen haben nie ihren Abscheu verhehlt, vor mir, meinem seltsamen Aussehen, meiner Kindheit in einer libertären Sekte – von der so geheimnisvollen wie beneidenswerten Quelle meines Einkommens ganz zu schweigen.

»Sie sieht einfach grässlich aus. Was willst du von so einer hässlichen Tussi?«

»Wenn man überhaupt von Tussi reden kann. Wir dachten, du kannst Typen nicht ab. Du enttäuschst uns gewaltig.«

Irgendwie kann man sie auch verstehen: Da hatten sie sich an die Homosexualität ihrer Tochter, Schwester oder Nichte gewöhnt, waren inzwischen sogar stolz darauf, als Beweis für ihre große Offenheit und ihre Toleranz des nicht Tolerierbaren, und dann fege ich das alles mit meinem unbestimmbaren Geschlecht und meiner abnormen Hässlichkeit vom Tisch. Auch wenn Maureen mich sowohl öffentlich als auch privat mit Zehen und Klauen verteidigt, gebe ich mich weder über ihre Familie noch über mein Äußeres irgendwelchen Illusionen hin. Ich wüsste nur gern, warum sie davor zurückschreckt, neuntausend Kilometer Abstand zu diesem giftigen Gezücht zu gewinnen.

»Na gut, du kannst sie also doch leiden. Solltest du aber nicht.«

»Lass mich mit meiner Familie in Ruhe. Sie ist nicht schlimmer als andere.«

Doch, ist sie. Ihre Familie ist ein Graus. Da ist mir meine Sekte von Außenseitern noch lieber, meine Verwandtschaft aus vom Leben lädierten Irren. Trotz ihrer Berührungsängste, ihrer Eigensucht und allem voran ihrer Unfähigkeit, den eigenen Dogmen entsprechend zu handeln, bleiben sie lieb und freundlich. Gut, dass ich gegangen bin, bevor ich sie hassen konnte: Meinen Hass werden sie nicht bekommen. Im Wesentlichen ist es das, was ich Maureen zu sagen versuche: Wer liebt, muss gehen, wer nicht mehr liebt, muss aber auch gehen, um das zu retten, was noch zu retten ist, einen Rest Zärtlichkeit und grenzenloses Mitleid – also das letzte Stadium vor einem Zuviel an Verachtung und dem Beginn eines unüberwindbaren Grolls.

»Komm schon, Maureen, wir können nicht ein Leben lang in diesem Kaff hängenbleiben!«

»Hier ist es aber superschön! Andere zahlen sogar, um herzukommen, ist dir das eigentlich klar? Ja, wir gehören zu den beliebtesten Reisezielen in ganz Frankreich!«

»Stimmt, sogar zu den beliebtesten Zielen weltweit, da werden sogar Syrer und Afghanen begehrlich. Selbst Guineer wollen zu uns!«

»Hör mir bloß auf mit deinen Migranten. Du stehst auf Schwarze, das ist die Wahrheit!«

»Blödsinn, Maureen! Vergiss nicht, dass diese Migranten, wie du sie nennst, es gern bis hierher schaffen würden, nur dass sie in der Regel schon in Garavan geschnappt oder in Breil erwischt werden.«

»Na und? Mir tut's doch auch ganz furchtbar leid, ich fänd's besser, sie einreisen und hier leben zu lassen, aber darüber entscheiden nicht wir, weder du noch ich, und ich kapier auch nicht, was das damit zu tun haben soll, dass du von hier abhauen willst!«

Ich kapier's genauso wenig. Ich weiß nur, dass mein Leben nicht dort enden kann, wo es begonnen hat, in dieser Operettenregion, eingeklemmt zwischen Italien und Frankreich, zwischen Meer und Gebirge, zwischen No-Border-Aktivisten und Anhängern der extremen Rechten, zwischen Senioren, die sich in ihren Residenzen mit allem modernen Komfort verschanzen, und jungen Leuten, die auf den Landstraßen umherziehen, geopfert im Namen des Pragmatismus, auf dem Altar des gesunden Menschenverstands und des guten Gewissens dargebracht – schließlich kann die Riviera unmöglich das ganze Elend dieser Welt auffangen. Doch selbst wenn sie sich dazu entschließen würde, ist meine Entscheidung unumstößlich: Ich will in einer Stadt leben, einer richtigen Stadt, nicht in einem

Marktflecken, der sich seiner Küste und seiner Zitronenbäume rühmt. Als ich Daniel von meinen Aufbruchplänen erzählte, zeigte er viel mehr Verständnis als meine sture kleine Liebste, in meinen Augen aber immer noch nicht genug.

»Dann komm doch hierher, nach Palma! Du wirst es lieben!«

»Pfft, auf eine Insel habe ich keinen Bock. Ich will Hochhäuser sehen, mich in den Straßen verlieren, mit der U-Bahn fahren ...«

»Das sind aber seltsame Wünsche.«

Richard, den Daniel für mich gefragt hat, rät mir zu New York, Hongkong oder Berlin, Städte voll pulsierender Jugend und überlaufender Sinnlichkeit, wie er meint – also haargenau das, was ich brauche. Schade, dass Maureen sich mit aller Macht dagegenstemmt.

»Dann müssen wir aber erst mal einen Job finden! Und du hast nicht mal einen Schulabschluss.«

»Ich hole ihn extern nach. Und ich bitte Nelly, noch eine Schippe draufzulegen. Und du, Mor, kannst doch kellnern, alles überhaupt kein Problem! Das einzige Problem bist du, wenn du nicht mitziehen willst. Ich bleibe aber auf keinen Fall hier, nur dass du's weißt!«

»Okay, okay, ich denk drüber nach. Du machst aber echt mächtig Druck!«

Ja, ich mache Druck, aber im Interesse aller, bei mir angefangen. Wenn ich hierbleibe, zwischen Privatstränden, Grenzposten und leuchtenden Zitronen, drehe ich durch. Zumal weiter oben, nur einen Steinwurf entfernt, mein Aschram immer noch seine weitläufigen Wiesen und Wälder entfaltet, seine Terrassen, seine Teiche und Mauern, die unter dem Ansturm der Waldreben einstürzen. Hier zu leben heißt, nur einen Steinwurf von meiner wilden Kindheit entfernt zu leben, von meinem Garten der Lüste und von meinem Meister der Seelen. Ein Steinwurf ist zu wenig, oder zu viel, zu viel für mich, ich drohe jederzeit der Versuchung zu erliegen, mich in die Welt zurückzubegeben, die für mich die beste von allen ist – zurück zu den Gewächshäusern meines Vaters, Fiorentinas *Orechiette*, dem Kindergeplauder auf der verborgenen Terrasse und vor allem, wenn ich ehrlich bin, zur Spermienfontäne meines Gurus.

An diesem Punkt meiner Überlegungen, als ich gerade Pläne für den großen Wechsel aushecke, Megapolis statt Mittelmeerflecken, Neuland statt Routine, taucht mein Vater bei uns auf. Seit meinem Weggang war der Kontakt zu meinen Eltern auf ein striktes Minimum beschränkt, dennoch habe ich ab und an mit ihnen telefoniert, pointillistische Gespräche, lange Pausen, die von ihrer Zuneigung und von ihrer Ratlosigkeit kündeten. Dass mein Vater den Weg zu Maureens Zweiraumwohnung auf sich nimmt, kann nur eine Katastrophe anzeigen, die Zerstörung eines Anwesens, das mir eben noch zu nah vorkam und plötzlich unerträglich weit weg erscheint, außer Reichweite, unrettbar den Vandalen ausgeliefert, den Plünderern, einer Flut rasender Flüchtlinge, die unsere maßlosen Privilegien, unsere blühende Thebais, unser hochgelegenes Schlaraffenland um den Verstand gebracht haben. Bis mein Vater die richtigen Worte gefunden hat, was bei ihm bekanntlich lange dauern kann, habe ich reichlich Zeit, mir die schlimmsten Szenarien auszumalen – denn der dritte Vorteil einer Kindheit in der weißen Zone ist die Entwicklung einer mächtigen Vorstellungskraft.

»Ist jemand gestorben? Mama? Arkady?«

»Ja …«

»Wer *ja*? Mama oder Arkady?«

Er bricht in Tränen aus, während ich auf ihn einbrülle, nicht der beste Weg, ihn zum Sprechen zu bringen, aber er macht einen ja auch wahnsinnig mit seiner Langsamkeit und seiner

Unfähigkeit, sich sogar im ganz normalen Alltag verständlich auszudrücken.

»Aber nein ...«

»Was *aber nein*? Mensch, Papa!«

»Dadah.«

Ich bin erleichtert, klar, denn manche Tode sind schlimmer als andere, aber die Erleichterung hält nicht lange vor und flugs holt mich die Traurigkeit ein. Zaudernd und schniefend bleibt mein Vater auf der Schwelle stehen, weigert sich trotz Maureens halbherziger Aufforderung und meiner inständigen Bitten einzutreten. Nein, auf keinen Fall, er stehe im Halteverbot ... der Laster ... er wollte mir nur Bescheid geben ... ich sollte es nicht durch Dritte erfahren ... und die Beerdigung finde in Nizza statt, gemäß dem letzten Willen der Verstorbenen.

»Wobei nicht sicher ist, ob das stimmt. Ihr Neffe behauptet es ... Er hat ein Testament gefunden. Aber älteren Datums. Möglicherweise ...«

»Möglicherweise?«

»Hätte sie vielleicht gewollt ...«

»Ja?«

»Dass ihre Asche auf dem Anwesen verstreut wird. Darüber hatte sie mit Arkady gesprochen. Allerdings ...«

»Allerdings?«

»Wurde nichts schriftlich festgehalten, du verstehst ...«

Ja, ich verstehe, ich verstehe sogar sehr gut. Man kann schon froh sein, dass es überhaupt ein Testament, die Niederschrift eines letzten Willens gibt, weil Dadah sich hartnäckig weigerte, eine Welt in Betracht zu ziehen, in der sie nicht mehr vorkam. Wobei ... Plötzlich kommt mir ein Verdacht:

»Der Neffe, sagst du? Wem hat sie eigentlich die Kohle vererbt? Hoffentlich nicht ihm? Denn nach allem, was ich weiß, ist er ein richtiges Arschloch. Da muss man aufpassen, er kann das Testament auch gefälscht haben!«

»Nein, nein, mach dir keine Sorgen. Natürlich erbt der Neffe was, aber das ist nichts im Vergleich zu dem, was sie uns hinterlassen hat. Ich glaube, was das angeht ... Ist alles in Ordnung. Das heißt, so genau weiß ich es auch nicht, aber Arkady ...«

Wie immer ist Arkady derjenige, der Bescheid weiß, der die Lage im Griff hat und die Interessen der Gemeinschaft vertreten wird, was vermutlich für alle das Beste ist.

»Kommst du? Zur Beerdigung?«

»Ja. Sag mir einfach wo und wann genau.«

Er geht und lässt mich mit Maureen zurück, die sich sehr besonnen verhält angesichts einer Trauer, deren Ausmaß sie nicht erahnen kann.

31.
Die schwarze Dahlie

Ich weiß sehr wohl, dass es in der Ordnung der Dinge liegt, wenn bald Hundertjährige am Ende sterben, und dass Dadah nur dank Sauerstoffflaschen und Kolostomiebeutel überlebt hat, trotzdem darf ich traurig sein. Ich mochte sie. Sie war dumm, egoistisch und gemein, doch würde man nur Menschen mögen, die es verdienen, wäre das Leben eine furchtbar langweilige Preisverleihung. Außerdem machte Dadah ihre unzähligen Fehler mit seltenen Vorzügen wett – so klagte sie nie über ihre Gebrechen und war für jeden Spaß zu haben: ein feines Essen, ein Fest, einen Besuch, einen Ausflug. Und selbst mit sechsundneunzig Jahren hoffte sie noch darauf, die Liebe zu finden oder wenigstens einen guten Fick zu erleben, für den sie sich jederzeit bereithielt: teure Dessous, betörendes Parfum, ebenholzschwarzer Dutt, Hollywoodgebiss und die immer noch pralle Kirsche ihrer Lippen. Ich habe Dadah stets mit einem Beutelchen voller klimpernder Lippenstifte gesehen, und auch, wie sie sich die Lefzen heftig mit einem Karmin- oder Granatrot beschmierte, dessen fettiger Abdruck dann praktisch überall auftauchte, auf Gläsern und Tassen und sogar auf unseren Wangen, die sie ebenso heftig abzuknutschen pflegte.

Nachdem sie ihren Vorrat an Mitgefühl im Handumdrehen erschöpft hat, nervt Maureen mich mit Fragen, um herauszufinden, was ich vorhabe:

»Gehst du hin? Zur Beerdigung?«

»Klar.«

»Aber sie kann dich doch nicht mehr sehen. Warum tust du dir das an?«

»Die Toten bekommen nie mit, wer an ihrer Trauerfeier teilnimmt oder nicht. Geliebten Menschen gibt man aber in der Regel auch das letzte Geleit.«

»Hast du diese Tata etwa geliebt? Du hast sie nie erwähnt.«
»Dadah.«

»Sag ich ja. Dadah, Dido, Tata, macht doch keinen Unterschied.«

»Hör zu: Ich verlange nicht, dass du auch traurig bist, aber lass es mich wenigstens sein, okay?«

»Okay, Respekt. Wird der andere auch da sein? Dein perverser alter Knacker? Der dich missbraucht hat?«

»Kein Mensch hat mich missbraucht.«

»Trotzdem: Wird er da sein?

»Wo ist dein Problem? Natürlich wird er da sein, alle werden da sein, wenn du es genau wissen willst! Das Liberty House ist eine Familie!«

»Jetzt bin ich deine Familie. Und mir wär's lieber, du gehst nicht hin. Es wird dir nicht guttun, sie alle wiederzusehen.«

»Kann sein, oder auch nicht, aber ich will auf jeden Fall hin. Und du kannst gern mitkommen, wenn du magst.«

Am festgelegten Tag trotten wir alle hinter einem Leichenwagen her, der sich unter Sträußen und Kränzen biegt – schwarze Lilien, natürlich, aber auch üppige florale Kompositionen. Mein Vater muss Stunden in seinen feuchtwarmen Gewächshäusern zugebracht haben, um Mohnblumen, Duftwicken, feuerrote Dahlien, grüne Ranken, Fuchsien und Akanthusblätter auszusuchen und zusammenzustellen. Es ist so herrlich wie ein Feuerwerk, lebhaft und überschwänglich, wie Dadah es war, und meine Trauer verdoppelt sich. Mit Maureen am Arm bilde ich das Schlusslicht des Leichenzugs, sodass ich jede Muße habe, die Mitglieder meiner Gemeinschaft in ihrer ganzen Pracht zu beobachten – nur dass sie leider alles andere als prächtig sind. Ich habe sogar den Eindruck, dass sie binnen zwanzig Monaten um zwanzig Jahre gealtert sind. Meine Großmutter, Malika und Victor sind die einzigen, die sich für diesen Anlass angemessen gekleidet haben. Die anderen haben sich zwar auch Mühe gegeben, aber das Ergebnis ist trostlos: Hosen aus Pannésamt, Spenzer, Sweatshirts mit Waffelmuster, Fransenjacken, Laméhemden, nichts passt zusammen und alles beißt sich. Da fällt es der Familie von Dadah leicht, wie ein Ausbund an Eleganz zu wirken. Der Neffe ist auch da, Lionel – jetzt fällt mir sein Vorname wieder ein. Er scheint ebenfalls bald hundert zu sein, soviel ich weiß, ist er aber erst siebzig. Seine Söhne flankieren ihn, in ihre feinen Anzüge gezwängt. Zu zweit haben sie gerade mal zwei Kinder zustande gebracht, die dem gleichen dürftigen Muster entsprechen: schmächtige Statur, bleicher Teint, dünnes Haar, kapernfarbene Augen – wieso pflanzt man sich da überhaupt fort? Von ihren Urneffen erzählte Dadah uns oft. Während elf Jahren habe ich die beiden kein einziges Mal im Liberty House zu Gesicht bekommen, aber sie traf sich manchmal in Nizza, Paris oder Courchevel mit ihnen, um die Jungen mit unverdienten Geschenken zu überschütten und sich später mit ihren Errungenschaften zu brüsten: glänzende Schulnoten oder Trophäen beim Pferdeturnier. Ralph und Lauren, so ihre Vornamen, vermutlich ein Bonzenwitz, pressen sich ängstlich aneinander und werfen uns verschreckte Blicke zu, völlig nachvollziehbar angesichts des Schauspiels, das meine kleine Truppe von Freaks aller Gattungen bietet, Scheckhäutige, Fettleibige, Ex-Junkies, Knalltüten voller Ticks. Selbst die Zwillinge wirken in ihren gestärkten, altmodischen Trägerkleidern so steif wie auf einem Foto von Diane Arbus.

Dadahs Sarg, eine scheußliche, mit Intarsien versehene und bestimmt mit schneeweißer Seide ausgeschlagene Kiste, wird ohne jede Art von Begleitmusik in ein frisch ausgehobenes Grab hinabgelassen. Offenbar hat niemand daran gedacht, diese Bestattung mit Gesängen oder Gebeten persönlicher zu gestalten, als ginge es darum, sich so schnell wie möglich der Überreste zu entledigen. Mit Arkady ist das aber nicht zu machen, der weihevoll auf das Grab zuschreitet, die Arme bereits zum tiefen, schweren Himmel gereckt. Leider werfen gerade, als er das Wort ergreifen will, Ralph und Lauren jeweils eine Handvoll Erde auf den Sargdeckel aus Mahagoni, mit einer, wie mir scheint, konzertierten Boshaftigkeit. Die anderen folgen ihrem Beispiel mit ebenso verdächtigem Eifer, und schon hagelt es, plock, plock, Klumpen auf das lackierte Holz, plock, plock, um diese peinliche Zeremonie möglichst schnell hinter sich zu bringen, die die biologische Familie mit der Gastfamilie zusammenbringt – Wahlfamilie, Herzensfamilie, die einzige, die zählt, klar, auch wenn Lionel, Ralph und Lauren das niemals zugeben werden. Die Anhänger meiner Bruderschaft finden sich mit ihrer Verdrängung ab, obwohl sie die letzten Gefährten der Verstorbenen und ihre teuersten Freunde waren, und begnügen sich damit, purpurne Blütenblätter in alle Richtungen zu verstreuen, ehe sie zu ihrem Fuhrpark mit den ramponierten Autos zurückkehren, die meisten uralt und mit einer dank Jewel bunt bemalten Karosserie. Bevor ich gehe, umarme ich flüchtig meine Mutter, und Arkady wirft mir einen unsicheren Blick voller Hoffnung zu, dass ich auch ihn umarmen werde. Das kann ich aber nicht. Zum einen hege ich gegen ihn zu viel Groll, zum anderen bohren sich Maureens Finger in meinen Oberarm, um jedem Gefühlsausbruch zu wehren und jede Wiederannäherung zu vereiteln. Im Regionalzug, der uns in die Stadt der Zitronen zurückbringt, lästert sie hemmungslos über die Mitglieder meiner Gemeinschaft:

»Die sind ja voll fertig! Du beschwerst dich über meine Familie, aber die macht längst keinen so bescheuerten Eindruck, im Leben nicht. Dieser Dicke, wie hieß der nochmal? Victor? Und der mit dem Fleckengesicht, wer ist das überhaupt? Und die zwei Mädchen: Wie kann man nur so rote Haare haben? Sind das Schwestern? Die Ärmsten! Und Arkady sieht aus wie ein

Schimpanse, wie konntest du mit dem nur bumsen? Das werde ich nie raffen!«

»Lass mich in Ruhe!«

Während der ganzen Fahrt kichert sie blöde vor sich hin, als hätte sie noch nie so etwas Lustiges erlebt wie meine trauernde Bruderschaft. Auch wenn ich weiß, dass es im Grunde an ihrer krankhaften Eifersucht auf Arkady liegt, kränken mich ihre blöden Bemerkungen, zumal meine Trauer ihr vollkommen gleichgültig ist, und als wir in der Wohnung sind, platzt mir der Kragen.

»Weißt du was? Ich mach mich vom Acker! Ich habe dich so satt! Dich und den Scheiß, den du von dir gibst. Wie kannst du die Leute nur so abstempeln, ohne sie zu kennen? Was bist du eigentlich? Was Besseres als alle anderen? Schau dich doch mal an! Hör dir mal zu! Du fette Kuh!«

Maureens Faust kracht in meinen Kiefer, und als unmittelbare Reaktion presse ich sie an die Wand und drücke ihr mit dem Unterarm die Luftröhre zu. Als Kerl bin ich ihr gegenüber im Vorteil, weil stärker: Maureen kann sich nicht befreien, gerät in Panik, wird lila im Gesicht und würgt flehentliche Bitten hervor. Ich lasse sie umgehend los, angewidert, dass es mit uns so weit kommen konnte – aber ich glaube, der Ekel ergreift auch von ihr Besitz, sodass wir beide längere Zeit stumm verharren und uns auch nicht rühren, bis sie sich schwach über den Hals fährt und schließlich mit tonloser Stimme sagt:

»Du blutest wie Sau.«

Stimmt: Einer ihrer Gothic-Ringe hat mir das Kinn tief eingeschlitzt, und mein Beerdigungshemd ist am Kragen bereits blutdurchtränkt. Dadah hätte das zu schätzen gewusst: Sie liebte Rot, Leidenschaft, rituelle Tötung.

»Ich glaube, das muss genäht werden. Komm, ich bring dich ins Krankenhaus.«

Nichts könnte erbärmlicher sein als unsere Rollerfahrt zum Kreiskrankenhaus. Mit einer Hand halte ich ein zusammenge-rolltes Handtuch unter meinen blutenden Kiefer, mit der anderen halte ich mich mehr schlecht als recht am Sitz fest und versuche, jede Berührung mit Maureen zu vermeiden, auch wenn ich ihre Reue und Zerknirschung spüre. Die Krankenschwester, die mich zusammenflickt, geht dabei so schwungvoll vor, dass ich ihr am liebsten auch eine semmeln würde, damit sie kapiert, wie sich das anfühlt, ein offenes Kinn, und dann auch noch so schelmisch beäugt zu werden und sich diese munteren Kommentare und ebenso munteren Nadelstiche gefallen lassen zu müssen. Beim Abschied richtet sie sich mit einem letzten verschwörerischen Grinsen an Maureen:

»Ständig redet man von Gewalt gegen Frauen, aber wenn Sie wüssten, wie viele Kerle hier landen, weil ihre Weiber sie vertrimmt haben. Monsieur ist nicht der Erste, den ich zusammenflicke! Und sicher nicht der Letzte, ha, ha, ha!«

Mich für einen Mann und gleichzeitig für ein Opfer häuslicher Gewalt zu halten, scheint sie dermaßen zu freuen, dass weder Mor noch ich es übers Herz bringen, sie eines Besseren zu belehren. Vor allem, weil ich mit meinen Nähten so aussehe, als trüge ich ein Kinnbärtchen, Zierde eines Jünglings, noch ein sekundäres Geschlechtsmerkmal, das Verwirrung stiftet. Habe ich schon erwähnt, dass ich auch Dadah im Rahmen meiner großen Untersuchung befragt und ihr feuriges Bekenntnis aufgezeichnet hatte, dass ihre Freude, in einem weiblichen Körper geboren zu sein, ungetrübt sei und ihr Stolz schrankenlos? Im Gegensatz zu mir mit meinen Zweifeln und Qualen hatte Dadah ihre sexuelle Identität oder Orientierung niemals auch nur im Geringsten hinterfragt. Lustvoll ist sie in die Haut einer rassigen Brünetten geschlüpft, einer schwarzen Dahlie, einer Miss Pandora samt giftigen Lipsticks, rauchgrauen

Seidenstrümpfen, karmesinroten Spitzenhemdchen, jettschwarzer Mähne und herben Düften. Nie ist ihr in den Sinn gekommen, dass es andere Möglichkeiten gibt, Frau zu sein – oder auch nur, dass ein Leben jenseits der Verführung existiert. Ich höre noch ihre kehlige Stimme und das bedrückende Pfeifen ihrer emphysemgeplagten Lungen, während sie versucht, mich von unserem, ihrem und meinem ungeheuren Glück zu überzeugen: »Aber ja, Farah, glaub mir, diese armen Männer! Sie sind so bedauernswert! So schwach! Es ist so einfach, sie zu beherrschen, sie in die Knie zu zwingen, sie an der Nase herumzuführen. Ein tiefer Ausschnitt, ein kurzer Rock, schon ist es um sie geschehen!«

»Echt?«

»Nun ja, dir dürfte es deutlich schwerer fallen, wenn ich ehrlich sein darf, nicht wahr, mein Schatz, eine Schönheitskönigin bist du nicht gerade ... Aber sogar ein Mädchen wie du ... wenn du dich ein bisschen anstrengst ... Du hast doch schöne Beine, oder?«

»Nicht unbedingt.«

»Aber du hast Beine.«

»Jeder hat Beine.«

»Da irrst du dich aber gewaltig. Sieh dir mal Nelly an, mit ihren kurzen Stumpen. Grässlich! An ihrer Stelle hätte ich mich umgebracht.«

Denn ja, Dadah hielt sich sogar noch mit über neunzig für die aussichtsreichste Kandidatin in einer Art großem internationalen Wettbewerb und betrachtete Nelly als Konkurrentin, die es auszustechen galt. Und vielleicht hat sie nur um des zweifelhaften Vergnügens willen so lange gelebt, diesen imaginären Wettbewerb auszudehnen, dem Verfall ihrer Rivalinnen beizuwohnen, zu erleben, wie diese immer faltiger, krummer, kleiner wurden, bis sie schließlich ganz verschwanden.

Jedenfalls wird sie sich selbst bis zum Schluss als unwiderstehlichen Vamp gesehen haben, und wenn das nicht das Geheimnis ihrer Langlebigkeit war, dann immerhin das ihres Glücks.

Auch ich will glücklich sein. Mir ist allerdings bewusst, dass ich es nicht auf Dadahs Weise sein kann, die zu viel Egoismus erfordert. Ich will glücklich sein, aber wenn mein Weg zum Glück sich um das Unglück anderer schlängelt und mich für alles blind macht, das nicht meinen eigenen Interessen dient, setze ich mir lieber andere Ziele. Jetzt lege ich mich erst einmal hin und kehre Maureen den Rücken zu. Unsere Versöhnung muss warten, bis ich besser weiß, wie ich mein Leben gestalten soll. Es mag ja ganz nett sein, sich für das dritte Geschlecht entschieden zu haben, aber es löst kein einziges existenzielles Problem.

Et in Arcadia ego

32.
Girls in Hawaii

»Papa? Ich hab mein Abi!«

»Ah, bravo. Wann kommst du zurück?«

»Niemals. Notendurchschnitt zwei minus. Und ich bin nur knapp an der zwei vorbeigeschrammt.«

»Ah ... Willst du mit deiner Mutter sprechen?«

»Nein, aber sag ihr, dass ich bestanden habe.«

»Ja. Willst du mit Arkady sprechen?«

»Nein.«

»Aber wann sehen wir dich wieder?«

»Ihr könnt mich gern besuchen. Aber noch vor dem 15., danach machen wir uns auf, Maureen und ich.«

»Ah. Bist du immer noch mit ihr zusammen?«

»Ja.«

Und das war's. Hätte ich mit Gefühlsausbrüchen, Glückwünschen, einem halbwegs herzlich gemeinten Vortrag über die Bedeutung weiterführender Bildung für ein gelungenes Leben gerechnet, so würde ich nun dumm aus der Wäsche gucken. Ein Glück, dass ich nicht das Geringste erwartet habe. Er hat mich nicht einmal gefragt, wohin wir aufbrechen wollten. Wobei man sagen muss, dass meine Eltern sich meine Beziehung ohnehin nicht erklären können, auch wenn ihre Missbilligung nicht so brutal zum Ausdruck kommt wie in Maureens Familie.

»Komisch ist es aber schon ...«

»Was? Dass ich bei meiner Liebsten bleibe?«

»Ja. So haben wir dich nicht erzogen.«

Stimmt, ich bin in der Republik der freien Liebe aufgewachsen, mit der Vorstellung, dass Monogamie die Seele abtötet und irdisches Leid heuchlerischer und kleinkarierter Sexualmoral entspringt. Auch wenn ich meine Gemeinschaft verlassen habe, bleibe ich ihren Grundprinzipien doch treu, will heißen, dass ein jeder angstfrei begehren, seine eigene sexuelle Sprengkraft entfesseln, sämtliche Geschöpfe mit einem Liebessturm nähren, die Lebenden reparieren und das kollektive Trauma überwinden können soll, um wirklich alle, Tiere inbegriffen, einen fröhlichen Satz nach vorn machen zu lassen, raus aus der technologischen Tretmühle, raus aus der evolutionären Sackgasse, na los, nur mutig voran! Aber der zivilisatorische Sprung muss warten, bis ich etwas mehr gelebt und erfahren habe als nur die allumfassende Liebe. Im Augenblick besteht mein Vorhaben darin, mit meiner GF zu verreisen und sie nach und nach von meinen freigeistigen Ansichten und konkreten Utopien zu überzeugen. Das Gute an Maureen ist ihre Jugend und dass sie hinter ihrer Fassade einer pampigen Butch doch fähig ist, sich leidenschaftlich zu begeistern, unerwartete Kehrtwenden zu vollziehen und wolkige Vorhaben zu unterstützen. Unser aktuelles lautet, uns irgendwo in Indien oder im Silicon Valley einem Hackerspace anzuschließen, aber das teile ich meinen Eltern wohlweislich nicht mit, an denen der Trend der Tech for Good völlig vorbeigegangen ist und für die es eine persönliche Niederlage bedeuten würde, wenn ihre Tochter sich als Geek behauptete.

Im Gegensatz zu meinen Eltern hat Daniel mein bestandenes Abi mit einer Salve von superhotten Snapshots zelebriert.

»Verdammt, Nello, was schickst du mir da? Deinen Schwanz?«

»Erkennst du ihn nicht wieder?«

»Was hast du denn draufgesteckt?«

»Na, ein Vögelchen. So eins dieser Papierdinger, die man auf Cocktailgläser pappt, zur Deko. Ist doch schön, oder? Ich wollte dir nur zeigen, dass ich mich total freue, du hast es echt drauf!«

»Danke. Der Vogel allein hätte mir besser gefallen. Ohne die zehntausend Snaps von deinem Pimmel.«

»He, stell dich nicht so an: Ich weiß, wie sehr du auf Schwänze stehst.«

So sehr stehe ich nun auch wieder nicht auf sie, aber ich schätze es sehr, dass wenigstens ein Mensch mit Freude und Stolz auf meinen Erfolg reagiert. Wobei ich fairerweise sagen muss, dass Maureen und ich ihn im Fox gebührend gefeiert haben, genau wie unseren baldigen Aufbruch.

»Wie wär's mit Hawaii? Hättest du nicht Bock auf Hawaii?«

»Doch ... Aber wie kommst du jetzt auf Hawaii? Gibt's da 'n Hackerspace?«

»Keine Ahnung. Aber wir könnten da jobben und surfen.«

»Surfst du etwa?«

»Nö, aber ich seh uns beide richtig cool auf einem Brett.«

Um uns herum, da saufen sie, da schlürfen sie, da zappeln sie, und ich spüre, wie in mir der Rausch aufsteigt, wegen dieses Deutz brut, von dem Mor genau weiß, wie sehr ich dessen hauchfeine Perlage und schöne, an Bernstein erinnernde Farbe mag. Während meine kleine Verliebte mich am Nacken packt und mir ihre champagnerfrische Zunge in den Mund steckt, male ich mir bereits aus, wie wir das Fox meilenweit hinter uns lassen, das ich sehr mag und das trotzdem nur ein mäßig aufregender Mädchenladen ist, mit seinen orientalischen Sitznischen, den kunterbunten Kissen, dem kreisrunden Tresen und dem hell erleuchteten Schachbrettmuster seines Dancefloors. Mir gegenüber, auf einem ebenso leuchtenden Barhocker, der ihre blonde Schönheit geradezu unterstreicht, thront Maureen, die sich die Mühe gegeben hat, ein Kleid anzuziehen, eine schlichte, gerade geschnittene Tunika, doch immerhin ein Kleid, das ihre drallen Schenkel und Waden enthüllt, derer sie sich nicht zu schämen braucht, wie ich ihr beigebracht habe. Maureen kommt gut an, ich aber noch besser, und das nicht nur in lesbischen Clubs. So unansehnlich, wie ich bin, staune ich selbst am meisten darüber, aber so ist es nun mal, und ich bemerke das ohne jede Prahlerei, nur, um der Wahrheit die

Ehre zu geben: Maureen hat strahlende Haut, Haare und Augen, feine Gesichtszüge, sinnliche Rundungen, von uns beiden werde aber immer ich angebaggert, ja sogar bedrängt, im Club, im Café, auf der Straße, im Bus, überall. Seit ich weder Mädchen noch Junge mehr bin, gefalle ich allen. Ob Mann, Frau, Jung, Alt, Homo oder Hetero – niemand widersteht meinen Reizen, außer Alphamännchen und Spießerweibchen, bei denen ich ganz im Gegenteil einen unüberwindlichen Ekel auszulösen scheine, was soll's, Alphamännchen und Spießerweibchen machen einen Prozent der Bevölkerung aus, also ist mir das scheißegal, eigentlich muss ich eher lachen, wenn ich ihre Mienen lese, ihre vor Abscheu, Unverständnis und sogar heiligem Entsetzen verkrampften Gesichter, nur weil sie endlich ihren Meister gefunden haben. Da sie in der Regel nach meinem Eintreffen blitzschnell das Feld räumen, bin ich für sie genauso wenig ein Problem wie sie für mich. Das Problem sind eher die, die bleiben und keine Ruhe geben, bis sie mich ansprechen, berühren, meine Aufmerksamkeit erringen dürfen. Überall, wo ich bin, wo auch immer ich auftauche, beginnt's zu knistern, was ich allerdings nur feststellen, aber nicht verstehen kann. Vielleicht stammt die überzeugendste Erklärung von Maureen: »Das hat mit deiner sanften Art zu tun.«

»Wie bitte?«

»Ja wirklich. Niemand ist so sanft wie du. Guck dir doch an, wie aggressiv die Leute sind! Während du immer super ruhig bleibst und gleichzeitig total aufmerksam bist. Manche Leute geben nie einen Ton von sich, aber nur, weil sie strunzblöd sind und nichts zu sagen haben. Umso besser, wenn sie die Klappe halten. Du hingegen hast eine Menge zu sagen, weil du so megaintellektuell bist, aber du drängst dich nie vor, wartest immer den richtigen Moment ab, du hast diese Geduld.«

»Von wegen megaintellektuell. Übertreib mal nicht.«

»Du liest haufenweise Bücher, kennst eine Menge Zeug, denkst ständig über Sachen nach. Du bist ein richtig kluger Kopf. Und ich glaube, die Leute spüren das.«

»Tja, wenn man einfach nur ruhig, geduldig und intelligent sein müsste, um bei anderen zu landen, hätte sich das längst herumgesprochen.«

»Klar, aber du bist dabei auch noch echt sexy! Normalerweise sind Intellektuelle unsexy, ja voll abtörnend.«

»Jetzt is' mal gut Mor, ich bin überhaupt nicht sexy. Ich wär's gern, aber ich weiß, wie ich aussehe.«

Ich weiß, wie ich aussehe, aber ich weiß auch, welche Wirkung ich auf andere haben, wie schnell ich eine Rolle in ihrem Leben spielen kann, als wäre ich die Verkörperung ihrer geheimen Träume und verqueren Fantasien – und als wäre ich außerdem die ideale Vertraute. Haben sie erst mit mir geredet, wirken sie erleichtert, doch als Verwahrerin ihres haarsträubenden Unsinns kann ich weder ihre Erleichterung teilen noch die Versessenheit begreifen, mit der sie mich anschließend verführen wollen. An diesem Abend im Fox rufe ich die übliche Erregung hervor, ein fassungsloses und fröhliches Gedränge, Mädels, die ihre Ellbogen spielen lassen, um sich mir anzunähern, oder auch versuchen, mich vor Maureens mittlerweile gelassenem Blick an sich zu ziehen. Offenbar besteht ein Effekt meiner Sanftmut darin, diese auch bei anderen hervorzurufen, als hätten meine Heiterkeit und Kunst der Freude sie angesteckt. Heute Abend ist das Leben so süß wie ein Sunset auf Hawaii, mit zarten Goldtönen und rosa Rändern, Passatwinden, Gischtkronen und Alohas, der perfekte Rahmen für einen Neubeginn zusammen mit einer kleinen Liebsten, die ich endlich für meine Vorstellung vom Glück gewonnen habe.

33.
Pollice verso

Kaum ist alles parat, Flugtickets, Pässe, ESTA-Formulare, Koffer, erhalte ich auf meinem Smartphone einen News-Alert: *Neffe der Milliardärin bezichtigt Sekte der Untreue gegenüber Schutzbefohlenen und der Erbschleicherei!* Die Milliardärin ist Dadah, der Neffe ist Lionel, die Sekte sind wir. Der Rest ist nur ein Gespinst aus Lügen und Verleumdungen, dabei stehen wir erst am Anfang einer medialen Hetzkampagne, deren Brutalität mich verblüffen müsste, da ich unter Anhängern der Gewaltlosigkeit aufgewachsen bin, aber nein: Ich hatte zwei Jahre Zeit, um mich an den Blutdurst meiner Mitmenschen zu gewöhnen, genau wie an ihre Lust zur Schmähung und Vernichtung. Neben diesen Wölfen nehmen sich die Bewohner des Liberty House aus wie Lämmer. Ich habe sie wegen ihrer Eigensucht und Hartherzigkeit verabscheut; ich habe ihnen verübelt, ich verüble ihnen bis heute, dass sie unsere Tore nicht auch für andere Flüchtlinge weit geöffnet haben als sie selbst, in Sachen Boshaftigkeit und Dummheit ist ihnen aber jeder x-beliebige Klatschkolumnist oder Internetnutzer haushoch überlegen – im Grunde jeder x-Beliebige, da ihnen das Grausamkeitstraining verwehrt ist, das die Leute in der Außenwelt absolvieren.

In den Augen der Öffentlichkeit kommt die von Lionel eingereichte Klage bereits einer Verurteilung gleich, und ich werde sehr bald von gehässigen Hashtags und erhobenen Daumen überflutet, die es begrüßen, dass unsere Gemeinschaft gelyncht wird. Wir alle sind der Untreue gegenüber Schutzbefohlenen schuldig, des schädlichen Einflusses und der Besitzgier, aber natürlich ist niemand schuldiger als Arkady, der seine verbrecherische Tat von langer Hand geplant, der den Willen von Dalila Dahman für seine Zwecke instrumentalisiert, der die Verbindungen zu ihrer Familie gekappt, der ihre großzügigen Geldgaben in die eigene Tasche und ihr Vermögen am Finanzamt vorbeigelenkt hatte.

Die mit diabolischer Gemeinheit ausgewählten Bilder passen zu dieser Karikatur: aufgedunsen, finster, mit verzerrtem Mund und verschlagenem Blick, hat Arkady nichts mehr mit dem prachtvollen Mann zu tun, der mir den Sinn der Liebe und den Sinn des Lebens enthüllt hatte. Victor, Orlando, Kirsten und auch meinen Eltern ergeht es nicht besser: Selbst die herausragende Schönheit meiner Mutter bekommt auf diesen Fotos eine unheilvolle Note. Und was Dadah betrifft, würde ich angesichts der Fotos, die im Umlauf sind und die lediglich ihr Greisenalter und ihre Gebrechen eingefangen haben, laut auflachen, hätten mich diese Ereignisse nicht niedergeschmettert. Sie hätte sich schlicht und ergreifend an ihrem sündhaft teuren Gebiss verschluckt – und dann Himmel und Hölle in Bewegung gesetzt, um an die Verantwortlichen heranzukommen, ob böswillige Journalisten oder Fotografen. Sie in Artikeln und Tweets ständig als ein »ältliches Opfer« zu präsentieren, beleidigt nicht nur ihr Andenken, sondern auch die Wahrheit. Dadah war nie schwach, im Grunde auch nie alt: Sie war der Meinung, Altern wäre was für alle anderen und dass sie selbst mit neunzig genauso hell strahlen könnte wie mit achtzehn. Und so war es auch. Alter ist eine Frage der Einstellung. Probieren Sie's mal aus, verhalten Sie sich so, als wären Sie dreißig oder zwanzig Jahre jünger, und die anderen werden sich an Ihre Selbstwahrnehmung anpassen: Sie werden Ihren dynamischen Start feiern, den Wein Ihrer Vitalität trinken und sich von Ihrer eingebildeten Jugend anstecken lassen.

Aus Palma de Mallorca sendet mir Daniel unzählige besorgte und mitfühlende Botschaften – und dann sind da noch unsere Skype-Sessions um ein Uhr in der Früh:

»Alles gelogen!«

»Arkady soll Dadah über den Tisch gezogen haben? Ha ha ha!«

»Als hätte Dadah jemals zugelassen, dass man gegen ihren Willen handelt!«

»Undenkbar!«

»Kapieren die denn nicht, dass Arkady sich nichts aus Kohle macht? Dass er keine Nutte ist?«

»Diesen perversen Scheiß haben die doch ausgeheckt!«

»Der Neffe ist schuld, dieser Lionel!«

»Der hat denen 'ne richtige Gehirnwäsche verpasst.«

»Und was kommt als nächstes? Werden die – stecken die Arkady in den Knast?«

»Quatsch, es gibt ja null Beweise! Das Testament ist astrein, keine Sorge, alles wird gut!«

Alles wird gut? Dass ich nicht lache, besser gesagt, stundenlang heule. Nicht nur, dass die Hetze nicht nachlässt, sie schwillt immer mehr an, entwickelt sich zum Fortsetzungsroman voller schmutziger Wendungen, die von der Öffentlichkeit verfolgt werden – Einleitung eines Ermittlungsverfahrens, Spekulationen über die Millionen, die Arkady durch Riesenschecks, Lebensversicherungen und den bloßen Besitz von Gemälden großer Meister eingesackt haben soll.

Ein paar Tage nach Beginn des Verfahrens ruft mein Vater an. Es versteht sich von selbst, dass ich auf Hawaii verzichtet habe, auf den ewigen Sommer und den Neubeginn zwischen goldenem Sand und belebender Gischt. Ich gehe erst, wenn die Ehre des Liberty House gerettet, Arkadys Ansehen wiederhergestellt und Recht gesprochen wurde. Ich hatte auch schon selbst angerufen und Fiorentina – die einzige, die in dieser Krisenzeit ans Telefon geht – mitgeteilt, dass ich jederzeit bereit bin, meiner Bruderschaft zu Hilfe zu eilen.

»Pronto?«

»Fiorentina? Ich bin's, Farah. Geht es dir gut?«

»Natürlich nicht. Was willst du?«

»Nichts. Nein. Doch. Ich bin hier. Falls Bedarf besteht.«

»Alles klar. Ich richte es ihm aus.«

Ihm – das ist, für sie wie für mich, Arkady, der Mann ihres und meines Lebens, der Mann unser aller Leben, nicht nur, weil er es in die Hand genommen, sondern auch, weil er es schöner gemacht hat. Seit dieser Skandal aufgekommen ist, habe ich meinen ganzen Groll vergessen, sämtliche Zweifel und Vorbehalte beiseitegefegt, um ihn zu unterstützen, ihm flugs beizustehen, die Bösewichte zu zerschmettern. Das Leben ist schlecht gefügt, dafür ist es sehr einfach: Es gibt die Bösen, und es gibt die anderen. Man muss sich nur entscheiden. Ich habe mich schon vor langer Zeit für die Seite der Guten entschieden, aber auch jener, die man gern an den Pranger stellt, exaltierte Prediger, *strange fruits*, schwarze Existenzen, Verdammte dieser Erde und Arbeiter des Meeres.

Als mein Vater mich endlich zurückruft, ist er so ausweichend wie immer, aber es geht offenbar darum, dass Arkady mich gern an einem neutralen Ort treffen würde, weder im Liberty House noch bei Maureen.

»Kennst du das Brazza? Bei den Sablettes?«

Und ob ich es kenne ... Das Brazza ist doch Arkadys Lieblingscafé, dort wollte er mit mir mein Küster-Hauser-Syndrom feiern gehen. Dort habe ich auch mit Maureen ein Bier getrunken, als wir uns zufällig am Strand wiedergesehen hatten. Anders als erwartet, hat sie nicht das Geringste dagegen, dass ich mich mit Arkady versöhne. Sie ist sogar genauso besorgt wie ich über die Angriffe auf unsere kleine freigeistige Gemeinschaft, und dafür liebe ich sie umso mehr.

»Ich steh da voll an deiner Seite, was das angeht, weißt du.«

»Nee, wusste ich nicht, aber danke, ich kann deine Unterstützung brauchen. Denn das wird richtig hart.«

Noch am selben Tag treffe ich Arkady im Brazza, wo mich eine Flasche Prosecco in einem Eiskübel erwartet. Arkady trägt seine übliche Jacke aus wattiertem orangerotem Samt und verströmt wie immer diesen betörenden Duft: grüne Palme, levantinische Zeder, animalisches Moschus. Was sich verändert hat, ist sein Blick, und ich muss mich beherrschen, um nicht gleich auf ihn zuzustürzen und ihn in den Arm zu nehmen, einfach nur, um diesen verzweifelten Blick zu verscheuchen. Zum Glück findet er halbwegs zu seiner Hochform zurück, um mit mir anzustoßen und durch seine Flöte voll erlesenen San Simone hindurch nachdenklich die Wellenlinien zu betrachten.

»Eigentlich mag ich für Spumante keine Flöten. Weingläser sind mir lieber.«

»Was feiern wir?«

»Unser Wiedersehen. Du hast mir gefehlt. Wie läuft's in deinem neuen Leben?«

»Prima. Maureen und ich fliegen nach Hawaii.«

»Ach ja? Toll.«

»Aber nicht gleich. Ich warte erst mal ab, wie es hier weitergeht.«

»Mach dir deswegen keine Sorgen. Ich komm schon klar. Es sind nur vorübergehende Unannehmlichkeiten, die man durchstehen muss.«

»Gegen dich und Victor wird ermittelt. Du kannst doch nicht so tun, als wäre das nicht weiter schlimm!«

»Neunzig Prozent aller laufenden Ermittlungsverfahren werden eingestellt. Wirst schon sehen. Wenn man Dadah kennt, das heißt, wenn man sie gekannt hat, ist das alles so lächerlich ...«

Er hält kurz inne und macht eine wegwerfende Handbewegung: »Nein, das Schlimme ist, dass es ein weiteres Verfahren geben wird. Das sage ich dir lieber selbst, bevor du es aus der

Presse erfährst. Der Vater von Djilali ist wieder auf den Plan getreten. Die vielen Anschuldigungen, die vielen Lügen, da wittert er Morgenluft.«

»Der Vater von Djilali? Dieser Dreckskerl? Der Malika verprügelt hat? Was will er denn? Djilali zurück?«

»Um Djilali geht es ihm wohl am wenigsten. Nein, er will absahnen, sich seinen Teil vom Kuchen sichern. Er glaubt, dass er aus diesem Schlamassel irgendwie Profit schlagen kann. Wobei – ich habe keine Ahnung, was er denkt, und es ist mir auch egal, aber er hat Klage eingereicht, und zwar wegen Vergewaltigung und sexuellem Missbrauch von Minderjährigen. Und er tritt als Nebenkläger auf.«

»Aber du hast doch niemanden vergewaltigt, niemals! Was sagt Djilali dazu?«

»Tja, er sagt, ich hätte ihn vergewaltigt. Und die Zwillinge auch.«

»Was? Dolores? Teresa? Die spinnen ja! Und Epifanio? Glaubt er ihnen? Ist er noch im Liberty House?«

»Natürlich glaubt er seinen Töchtern. Er wollte mir sogar die Fresse polieren. Nein, sie sind weg. Haben eine Wohnung in Nizza bezogen.«

»Ich geh hin, ich rede mit ihnen. Da wird ihnen die Lust vergehen, irgendwelche Schauermärchen in die Welt zu setzen!«

»Ja bitte, Farah, rede mit ihnen. Auf dich hören sie vielleicht. Ich hab's ja versucht, Victor und Fiorentina auch, aber das ist … Ich erkenne sie einfach nicht wieder, sie sind wie ausgewechselt, Dos, Tres, Epifanio, Djilali. Sogar Malika – sie glaubt mir zwar, aber nicht wirklich, das spüre ich. Sie glaubt mir, aber wie lange noch? Ich kann's ja auch verstehen, wenn ihr zwölfjähriger Sohn ihr in die Augen blickt und sagt, er wurde vergewaltigt, und das nicht nur einmal, er sagt, das habe schon bei seiner Ankunft im Liberty House angefangen, ich hätte ihn mir im

Keller geschnappt, ihm im Wald nachgejagt, in mein Zimmer, ach, überallhin geschleppt.«

»Ich fass es nicht! Warum sagt er so was?«

»Weil er seinem Vater eine Freude machen möchte, weil er will, dass man sich um ihn kümmert, was weiß ich, weil er noch ein kleiner Junge ist und nicht erkennt, dass er mich gerade vernichtet und auch alles, was ich aufbauen wollte, ist doch egal, warum, im Ergebnis werden die Bullen alle befragen, dich eingeschlossen! Und so werden diese scheußlichen Lügen über Monate Verbreitung finden, und selbst wenn das Verfahren am Ende eingestellt wird oder ich vor Gericht muss und dann freigesprochen werde, ist es mit uns aus, aus und vorbei!«

»Vorhin hast du doch gesagt – ich meine, da warst du eher optimistisch.«

»Ich geb mir Mühe, Victor und ich versuchen, dem Ganzen standzuhalten und alle zu beruhigen, die meisten halten ja zu uns, deine Eltern, deine Großmutter, Jewel, Orlando, Kinbote, Vadim ... Es sind aber auch ein paar weggegangen, wie Salo und Palmyre.«

»So ein Unsinn! Niemand weiß besser als ich, dass du Kinder nicht anrührst!«

»Mit dir habe ich geschlafen. Epifanio hat es den Bullen erzählt.«

»Wenn du willst, sag ich denen, dass das nicht stimmt.«

»Farah, ich würde dich immer nur dazu anhalten, die Wahrheit zu sagen.«

»Und Nelly? Was hält sie von dem Ganzen? Erzählt sie jetzt auch, dass du sie manipuliert und vergewaltigt hast?«

»Nein, Nelly hält sich wacker. Aber da ist ihre Familie, ihre Kinder, ihre Schwestern ...«

»Na und?«

»Tja, sie bestürmen Nelly, aus der Gemeinschaft auszutreten. Und soviel ich weiß, wollen sie ebenfalls Klage einreichen. Untreue gegenüber Schutzbefohlenen, genau wie bei Dadah. Inzwischen denke ich sogar, es wäre besser, wenn Nelly abhaut, wenigstens eine Zeitlang. Dann beruhigt sich ihre Familie vielleicht.«

»Meinetwegen brauchst du dir jedenfalls keine Sorgen zu machen. Ich sag den Bullen, dass du mich niemals bedrängt hast, weder mich noch die anderen Kinder. Und dass du uns auch nie angefasst oder sonst wie betatscht hast. Und dass ich dich verführt habe! Ist ja schließlich die Wahrheit.«

Er lacht freudlos und dreht die leere Flasche im Eiskübel um, bevor er die nächste bestellt und umgehend in Angriff nimmt, den Blick mit tragischer Entschlossenheit zum Horizont gewandt. Wir sind betrunken, und das ist vielleicht besser so, denn sonst wäre es zu hart, ihn unter diesen scheußlichen Umständen wiederzusehen, ihn, den ich immer nur unverschämt strahlend kannte, nun so bedrückt, so angeschlagen zu erleben. Wir sind betrunken, das Meer wogt fröhlich dahin und aus den Lautsprechern schallt *Viens, je t'emmène*. Michel Berger, Daniel Balavoine oder Jean-Jacques Goldman haben mich zu spät in meinem Leben erreicht, als dass ich sie mögen und die Nostalgie verstehen könnte, die manchen Radiosendern als Geschäftsgrundlage dient, doch das Lied von France Gall berührt mich aus unerfindlichen Gründen und weckt in mir den irrwitzigen Wunsch, Arkady bei den Händen zu packen und ihm zu sagen, dass ich ihn mitnehme, weit weg, noch weiter weg als das Korallenmeer, ins Land der Winde, ins Land der Feen, egal wohin, Hauptsache, er entgeht dieser Hetzjagd und der vorprogrammierten Katastrophe.

»Komm.«

»Was?«

»Komm, ich nehm dich mit, wir hauen ab.«

»Aber wo sollen wir denn hin, Farah Facette?«

Er hat sicher recht, aber weil das Radio jetzt auf *Just an Illusion* umschaltet, möchte ich gern glauben, dass es einen anderen Ort gibt, eine andere Zeit, Magie in der Luft, Hoffnung für alle und irgendwo eine Zuflucht, sogar für manipulative Gurus und Sexualstraftäter. Nicht dass ich mir die Begriffe zu eigen mache, mit denen Arkady angeprangert wird, man sollte den Tatsachen aber ins Auge sehen: Die Wahrheit interessiert die öffentliche Meinung weitaus weniger als prickelnde Perversionsszenarien, insbesondere, wenn es um Pädophilie geht. Probieren Sie's mal aus: Sobald es um Kinder geht, kennt die allgemeine Erregung keine Grenzen. Ich wusste schon lange vor diesem Fall, dass die meisten Leute Kinder hassen und ihnen das Schlimmste wünschen, Verstümmelung und sexuellen Missbrauch eingeschlossen: Die Pädokriminalität entspricht lediglich ihren unaussprechlichen Begierden. Das Kind ist frei geboren, und überall liegt es in Ketten; das Kind ist rein geboren, und überall verwüstet man seine ursprüngliche Unschuld – denn das Kind kann man nur ertragen, wenn es beherrscht und gezähmt, also erwachsen ist. Das ist mir vor allem bewusst, da meine Kindheit dank Arkady von Beherrschung und Zähmung verschont wurde. Als Beweis möchte ich die absolute Freiheit anführen, in der mein Körper sich entwickelt hat. Als läse er meine Gedanken, wozu er meines Wissens durchaus fähig ist, wirft Arkady einen Blick auf meinen in einen knallengen Tanktop gehüllten Torso.

»Hattest du früher nicht etwas mehr Busen?«

»Kann man wohl sagen!«

»Jetzt ist da gar nichts mehr.«

»Na ja, so groß waren meine Möpse auch wieder nicht!«

»Nein, aber du hattest was. Es war hübsch. Vielverspre-
chend. Zwei Herbstzeitlose. Mir gefiel's.«

»Tja, jetzt ist alles weg.«

»So wie jetzt gefällst du mir auch.«

Genau das meinte ich. Kennen Sie viele Mädchen, deren
Pubertät ganz normal einsetzt, mit knospenden Brüsten und
schwellendem Venushügel, und die dann mit einem Paar
Hoden und einer deutlich ausgeprägten Brustmuskulatur
enden? Bei mir ist zudem alles, Vulva, Vagina und Eierstöcke, trotz Verkümmerung noch vorhanden. Man wird mich
nicht davon abbringen, dass meine Intersexualität das Ergebnis eines freien Lebens unter zwar gleichgültigen, aber wohl-
wollenden Erwachsenen, friedlichen Kühen, abenteuerlusti-
gen Hühnern, sanft abfallenden Wiesen und unter Sturmböen
ächzenden Bäumen ist. Ich bin der lebende Beweis dafür, dass
die anatomischen Einstellungen, sobald man Kinder einfach
machen und selbst entscheiden lässt, was für sie gut ist, versagen oder abweichen, womit sich die Anarchie bis auf die Organe
erstrecken kann und dann sind sie, zack, weder Mädchen noch
Junge, sondern ein Wesen meines Geschlechts, also eines ohne
eines. Nachdem ich eine Weile darüber nachgedacht habe, darf
ich wohl behaupten, dass das dritte Geschlecht die Zukunft
des Menschen ist. Anstatt sich über Gemeinschaften wie das
Liberty House zu entrüsten, sollte man sie lieber für gemeinnüt-
zig erklären und sie als Brutkästen der künftigen Eva betrachten, jener Eva, die sechstausend Jahren Patriarchat, Krieg und
Tragödie ein Ende setzen dürfte, weil sie queer und zwangsläufig trans sein wird.

Ich betrachte Arkady, seinen eingefallenen Körper, seine
graugestoppelten Wangen, seine leicht zitternden Finger, all die
äußeren Anzeichen für seine Niedergeschlagenheit und Ver-
unsicherung, und ich erlebe die überwältigende Freude einer

Offenbarung – Wunder, Apotheose! Nach all diesen Jahren, in denen er mich geleitet und unterstützt, in denen er mir geholfen hat, zu mir selbst zu finden, ist es nun an mir, ihn zu beschützen und über ihn zu wachen. Es wird Zeit, meine Energie richtig zu nutzen, und die Rettung von Arkady erscheint mir wie ein würdiges Unterfangen. Hopp, ich feiere meinen ganz frischen Entschluss mit einem Schluck Spumante, am liebsten würde ich sogar anstoßen, l'chaim, auf das Leben, möge es hundert Jahre währen! Ausgerechnet da, wo ich mich an dieser Vision meiner selbst als Rächerin berausche, und an der strahlenden Zukunft, die diese Vision in mir heraufbeschwört, schickt das Radio Claude François über den Äther, *Toi et moi contre le monde entier*, wie ein ironisches Echo auf meinen neuen Lebensplan – *ich bin der Schatten deines Leids, der Kummer deines Kummers, ich sehe, wie du den Krieg gewinnst, und habe keine Angst mehr vor nichts* ...

»Und jetzt noch Cloclo, ich halt's nicht mehr aus, lass uns gehen!«

»Stimmt, um das zu mögen, bist du etwas zu jung ...«

»Mit Alter hat das nichts zu tun, die Musik ist einfach scheiße! Komm endlich!«

Er steht auf, begleicht zerstreut die Rechnung, mit unstetem Blick, die Hände immer noch zitternd, diese Hände, die ich am liebsten ergreifen und fiebrig an meine Lippen führen würde, in Erinnerung an die vielen Momente der Lust, die sie mir verschafft haben, eine Lust, die ich seitdem nie wieder empfunden habe. Auch wenn ich gern, und sogar von Mal zu Mal lieber mit Maureen ficke, weil mir Überdruss fremd ist, liegt der Schlüssel zu meinem erotischen Erleben in Arkadys Händen.

»Ich habe Bock auf dich.«

Er lächelt, flüchtig und zaghaft, kein Vergleich zu seinem herrlichen, großzügigen und mitteilsamen Lächeln von früher, aber immer noch besser als nichts, und ich möchte es so gern für den Anfang vom Ende des ganzen Ärgers halten. Arkady ist nicht dafür gemacht, traurig zu sein, und ich bin es auch nicht. Es braucht nur wenig, damit wir wieder Schwung und Zuversicht schöpfen.

»Komm, ich nehm dich mit ...«

So oft die Augen geschlossen, so oft geträumt, dass ich schließlich dort angekommen bin ... Hier ist es, das Korallenmeer, es glitzert und gleißt vor unseren geblendeten Augen. Hawaii brauchen wir gar nicht. Da kann Arkady gern sagen: Ich kann hier mehr bewirken als in Honolulu. Im Augenblick jedoch habe ich nur eins im Sinn, ich will einen Ort finden, wo wir uns lieben können.

»Dein Auto?«

»Bist du dir sicher? Hast du wirklich Lust?«

»Na klar, was glaubst du denn? Außerdem bin ich inzwischen volljährig! Da kann uns niemand mehr was anhaben. Und ich habe mich schon seit Langem deiner Gewalt und deinem destruktiven Einfluss entzogen.«

»Destruktiver Einfluss ... Ist das zu fassen? Ich wollte doch nie auf andere Einfluss nehmen!«

Niemand weiß besser als ich, wie sehr wir alle unter seinem Einfluss standen, aber er hat tatsächlich nie danach gestrebt. Dieser Einfluss war eine Folge seines Charmes und seiner Güte, die zwangsläufige Wirkung seiner Überzeugungen und seiner Entschlossenheit. In einer Welt, in der die Menschen weder Steuer noch Anker haben, kann sich jeder zum Kapitän aufschwingen und sämtliche Herzen hinter sich herziehen. Individuen wie Arkady treffen unweigerlich auf Jünger, die für sich einen Meister suchen. Ich verstehe das umso besser, als ich zunächst ein so folgsames wie völlig ergebenes Groupie war und dann selbst zur Anführerin geworden bin, ein Alphamensch zwar unbestimmten Geschlechts, aber mit unbestreitbarer Dominanz über bängliche Betas und Gammas.

Als Arkady in einer ruhigen Straße parkt und die Sitzlehnen nach hinten klappt, ohne dass seine Miene sich aufhellen würde, steigt meine Erregung. Ich habe noch nie in einem Auto gefickt, aber die Vorstellung gefällt mir, und ich öffne schnell Arkadys Gürtel, um seinen Schwanz in den Mund zu nehmen. In der Sekunde nun, als dieser meinen Gaumen berührt, durchströmt mich eine mächtige Freude, ein ungeheures Glücksgefühl, das unendlich weit über mich hinausgeht, eine Wirklichkeit, der gegenüber alle anderen verblassen. Mit dem vertrauten Gefühl und Geschmack seines Glieds in meinem Mund taucht mein ganzes grünes Paradies wieder auf, meine Freuden und Tage in jenem grausamen Sommer – meine Jahreszeit der Lust, eine herrliche Entfesselung und zugleich des Schrecklichen Anfang; mit dem Geruch und der feuchten Wärme seiner Schenkel finde ich zu meiner Daseinstrunkenheit zurück, meiner Ungeduld, mit der ich ihn auf unserem Hochzeitslager erwartete, zerdrückte Gräser, windgepeitschter Baldachin, mein ewig währendes Märchen, mein Leben als Füllhorn der Liebe, mein Leben in seiner Macht, die ich für unbegrenzt hielt. In dieser für Ekstase so ungeeigneten Fahrgastzelle stehe ich kurz vor einer neuen Episode der mentalen Auflösung, die mich fortzureißen droht, und so muss ich mich gewaltig anstrengen, um Arkadys schlaffes Fleisch nicht aus den Augen zu verlieren. Und wie kann es überhaupt sein, dass sein Schwanz so schrecklich leblos bleibt, obwohl ich doch kräftig daran sauge? Arkady hat mir niemals Trägheit oder Passivität vorgelebt. Ihn so zu sehen, den Kopf zurückgeworfen, die Augen geschlossen, ohne das geringste Anzeichen einer Erektion, ist einfach unbegreiflich. Ich halte inne. »Alles in Ordnung?«

»Nichts wird jemals wieder in Ordnung sein, mein Schatz. Aber warum fragst du mich das überhaupt?«

»Na ja, du kriegst keinen Ständer ...«

Er nimmt seinen Schwanz zwischen Zeige- und Mittelfinger, prüft anscheinend kurz dessen Umfang und Härte und lässt ihn dann ernüchtert auf die Metallzacken seines Reißverschlusses fallen.

»Tja ... Passiert mir zur Zeit immer wieder, nimm's nicht persönlich.«

Es soll doch gar nicht um mich gehen, ganz im Gegenteil ... Eine Welt, in der es Arkady an Lust oder Energie fehlen würde, ist undenkbar, ja unlebbar – denn das Leben muss sich von einem strahlenden Glutkern nähren. Starke Persönlichkeiten nützen der Allgemeinheit, weil sie schwachen Persönlichkeiten etwas von dem Feuer geben können, das diesen fehlt. Wenn einer behaupten würde, Willenskraft hätte nichts mit sexueller Potenz zu tun, dem würde ich entgegnen, dass er keine Ahnung hat und dass bei Arkady beides von jeher unentwirrbar miteinander verknüpft ist.

»Passiert dir das auch mit Victor?«

»Ja, auch mit Victor. Wobei ihm das ganz recht ist: Meine Bedürfnisse haben ihn zu sehr angestrengt. Er selbst ist schon seit einiger Zeit nicht mehr der Feurigste.«

Na klar. Die Schwachen kommen wunderbar mit dem Versagen von anderen zurecht, zumindest am Anfang, weil es sie in ihrer Passivität bestärkt. Sie ahnen nicht, wie sehr ihr reines Funktionieren von der überbordenden Pracht und unerschöpflichen Kraft all jener abhängt, die sich in den Strudel des Lebens stürzen. Arkadys Niedergang ist also eine globale Katastrophe, auch wenn niemand ihre verhängnisvollen Folgen ermisst – abgesehen von mir, und so arbeite ich mich noch eine Viertelstunde an Arkadys Schwanz ab, bevor ich das Handtuch werfe.

So habe ich wenigstens nichts unversucht gelassen: manisches Hin und Her, Zungeneinsatz, Kehlkopfeinsatz, Ansaugen, Speichelzufuhr, Akupressur, Hodengriff, anale Stimulation – vergebens, nur ein Zittern, ein Zucken, dann nichts mehr.

Da hätte ich es erkennen müssen – manche Zeichen sind eindeutig: Es war das Ende, auch wenn es sich vorerst als harmlose kleine Sexualpanne tarnte. Es war das Ende von Anfang an.

34.
Dschungel

Wir haben im Liberty House Zuflucht gesucht, weil die Katastrophe unmittelbar bevorstand, weil der Tod das Leben dominierte und dessen Getriebe bis ins Kleinste infiltrierte, durch Feinstaub, elektromagnetische Wellen, Schwermetalle, genetisch veränderte Organismen, Pestizide, Giftmüll, sauren Regen, flüchtige organische Verbindungen, Weltraumschrott oder Schiefergas: Die Liste der Gefahren wurde von Tag zu Tag länger, und meine armen Eltern hatten jede Hoffnung verloren, in ein normales Leben zurückzufinden. Ihres war eine pausenlos fortgeführte Abschirmübung und eine Reihe von Kasteiungen, die ihnen keinerlei Ängste ersparte. Selbst Arkady sprach nie über etwas anderes als über das Weltenende. Doch anders als diese Schwarzseher, die sich mit Unkenrufen begnügen, hat er uns versprochen, dass wir es überstehen werden. Ich habe zwar nie wirklich begriffen, welcher Geheimbunker oder welche vorbeugenden Maßnahmen uns ermöglichen würden, die Apokalypse zu überleben, aber ich vertraute auf Arkady, um uns das goldene Zeitalter und ewig währendes Glück zu sichern.

Jetzt allerdings habe ich das Gefühl, dass es an mir liegt, alle Welt zu retten, meine Zone gegen die ungerechtfertigten Angriffe zu verteidigen, denen sie ausgesetzt ist, dieses Trommelfeuer von Verleumdungen, die sich nicht nur gegen Arkady richten, sondern auch gegen unsere netzfreie Lebensweise. Als letztes Naturreservat des grenzenlosen Begehrens und kostenfreien Vergnügens handeln wir einer Welt zuwider, die auf den technologischen Abgrund zuschreitet; als letzte Vertreter der menschlichen Spezies fallen wir in der großen posthumanistischen Parade unangenehm auf. Es sei mir aber fern, untätig zu bleiben, während das Haus meiner Kindheit niedergebrannt wird. Kaum bin ich von meinem Treffen mit Arkady heimgekehrt, hecke ich einen Schlachtplan aus, unterstützt von meiner kleinen Liebsten – die ich als Anhängerin der universalen Liebe gewinnen, wenn auch nicht zum Antiwachstum bekehren konnte. Auf jeden Fall werden wir die Waffen des Feindes verwenden: Immer her mit den Fake News, gefälschten Bannern und griffigen Hashtags: #freearkady, #herzenohnegrenzen, #freiheitdieichmeine, #paradiesfüralle, #sexisallweneed ... Daniel ist auch da, schnurstracks aus Palma herbeigeeilt, um sich unserem Kampfkomitee anzuschließen, und ich spüre, dass wir zu dritt Wunder vollbringen werden – the miracle of love.

Daniel hat sich verändert. Verschwunden ist der lange Lulatsch mit dem dunklen Haar, der mir glich, wie sich Brüder gleichen. Seine gespenstische Blässe ist einer hollywoodtauglichen Sonnenbräune gewichen, er hat sich einen Traumbody erarbeitet und die blondierte Fönfrisur von George Michael übernommen, für den er mit seinem Dreitagebart und Raubtierkiefer inzwischen der perfekte Doppelgänger ist.

»Hast du was machen lassen?«

»Was denn?«

»Was weiß ich. Schönheits-OPs? Dein Gesicht ist anders. Deine Zähne ...«

»Gefällt's dir?«

»Ich find's merkwürdig.«

»Ist doch egal, ob ich was hab machen lassen oder nicht. Ich bin's doch, Farah, immer noch, okay?«

»Na ja, diese George-Michael-Kiste ... Ist das dein Ernst?«

»Und wie. Warum?«

»Weil du dasselbe machst wie all diese durchgeknallten Fans von Angelina Jolie oder Justin Bieber, die sich unters Messer legen, um ihren Idolen zu ähneln.«

»Und wenn ich lieber George Michael ähneln möchte als mir selbst? Wo ist da das Problem?«

Er hat recht: Wenn es sein Wunsch ist, die Gesichtszüge eines toten Sängers anzunehmen und in Satinshorts aus den 1980ern herumzulaufen, ist das überhaupt kein Problem. Man müsste mir nur eines Tages mal erklären, warum die Menschen sich derart mit ihrem Äußeren herumplagen, anstatt das zu lieben, was die Natur ihnen geschenkt hat.

»Ich mein ja nur, dass wir so nicht erzogen wurden, Nello. Arkady hat uns immer gesagt, wir sollten uns so akzeptieren, wie wir sind.«

»Ich weiß. Und ich find's ja auch super, ehrlich. Nur dass es bei mir anders funktioniert. Ich kann mich viel besser akzeptieren, seit ich zwei, drei Dinge verändert habe. Jetzt reicht's aber auch, ich belasse es dabei, keine Sorge.«

»Und Richard?«

»Was soll mit ihm sein?«

»Warum kommt er nicht zurück? Gegen ihn wird doch auch ermittelt, oder?«

»Eben. Da bleibt er besser in Palma.«

Ich habe Richard immer sehr gemocht. Fast so wie Arkady, mit dem er den unwiderstehlichen Charme und Frohsinn gemein hat, doch ohne dessen Aufrichtigkeit und Treue. Und vielleicht mochte ich ihn genau wegen dieses anrüchigen Charmes und dieser Unbeständigkeit, wegen der Art, wie er mit seinen Girlfriends, seiner Musik und seinen Drogen bei uns aufschlug – und gleich wieder verschwand, während wir in den funkelnden Wirbeln seines Kielwassers zurückblieben.

Mir fällt wieder eine unserer Verrücktheiten ein. Ich bin acht oder neun. Es ist sehr heiß, wie immer in meiner Erinnerung, als hätte sich mein Leben im Liberty House während eines endlosen Sommers abgespielt. Unser Zierteich wurde noch nicht aufwendig erweitert und restauriert, ist aber auch so ein Treffpunkt für alle Mitglieder der Gemeinschaft, ein grüner, kühler Palmenhain inmitten staubender Felder, umgeben vom schrillen Gesang der Zikaden. Richard sitzt am Wasser, und aus einem Lautsprecher schallen die eindringlichen Riffs, die er uns wieder einmal aus Ibiza oder Saint-Barth mitgebracht hat. Die anwesenden Erwachsenen sind eindeutig high, mit acht habe ich aber keine Ahnung von der empathogenen Wirkung des MDMA und stelle einfach nur fest, dass alle besonders glücklich und entspannt wirken. Mein Vater kauert am Ufer und dreht einen Stick nach dem anderen aus seinem aromatischen Kraut, dessen Rauchschwaden sich mit den Ausdünstungen des Teiches mischen. Während ich mit Daniel und den Zwillingen im Schlamm plantsche, gehen die Erwachsenen stumm ins Wasser, während Richard die Lautstärke aufdreht, bevor er ebenfalls eintaucht. Eine elektrischblaue Libelle, wahrscheinlich berauscht von den schwebenden Wirkstoffen, vollführt wilde Arabesken über den zerknitterten Seerosen. In Dadahs gelöstes Haar steckt Epifanio eine flammende Blume, die sie schelmisch justiert. Als gehorchten sie diesem einen Signal, nähern sich die Körper an, verbinden sich die Hände, finden die Münder zueinander und bilden sich Paare: Epifanio und Dadah, Arkady und Victor, Coco und Vadim, Palmyre und Salo, Orlando und Jewel ... Meine Mutter legt die Beine um Richards Hüften und lässt sich nach hinten ins Wasser sinken, wo ihr Haar sich ausbreitet wie eine Blütenkrone. Die plötzliche Wellenbewegung treibt kleine Schaumstreifen an den Rand, aber auch ihrerseits beim Kopulieren gestörte Laubfrösche, gefolgt von allerlei durchscheinenden Tierchen, Larven, Brütlingen, Kaulquappen, die dem Toben in ihrem Biotop entkommen wollen. In unserem Teufelsmoor ficken diesmal alle, sogar die Gebrechlichsten und die Unansehnlichsten der Gemeinschaft: Unter der grünen Wasseroberfläche sind zappelnde Beine zu erkennen, während oberhalb Arme, Beine, Brüste und Gesichter in einer kollektiven Trance verschmelzen, eine Gewässerversion des Pandämoniums vor unseren staunenden Kinderaugen.

Sollte ich im Rahmen von Vorermittlungen als Zeugin vernommen werden, werde ich dieses Ereignis wohlweislich für mich behalten, um das Liberty House möglichst nicht zu belasten. Wie soll man einem Untersuchungsrichter erklären, dass man seine Eltern beim Gruppensex erleben kann, ohne deswegen eine Neurose oder ein Trauma davonzutragen? Mit acht habe ich nicht nur gelernt, dass die körperliche Liebe kein Alter kennt, sondern auch, dass wir alle schön genug sind, um Lust zu empfangen und Lust zu schenken: Sollte ich das etwa bedauern? Ich habe gesehen, wie Dadah sich Epifanio mit der koketten Anmut eines Südseemädchens hingab; ich habe gesehen, wie Victor inmitten der Seerosen trieb, leichter als ein Korken, und von den Armen Arkadys in die von Salo glitt; ich habe gesehen, wie Richard sich zwischen die weißen Schenkel meiner Mutter schob und mein Vater als begleitende Liebkosung seine nasse Hand darauflegte. Soll ich über sie alle den Stab brechen, obwohl sie nur nach schrankenloser Lust strebten und eine bessere Gesellschaft aufbauen wollten, gegründet auf freier Liebe und unendlichem Begehren? Das weiß ich, weil ich dabei war. Das weiß ich, weil meine Freiheit Kind ihrer Freiheit ist und ich mich ein Leben lang darüber freuen werde, dass ich in Arkadien aufgewachsen bin.

»Daniel, weißt du noch, als sie alle zusammen im Teich Sex hatten?«

»Klar, wie könnte ich das vergessen? Ein irres Schauspiel! Alle total zugedröhnt. Keine Ahnung, was sie genommen hatten. Wahrscheinlich Ecstasy.«

»Ich weiß noch, dass es mir ganz toll erschien, erwachsen zu sein, weil man tun und lassen kann, was man will.«

»Echt? Lustig, mir ging's genauso! Oder so ähnlich ... Jedenfalls sah ich Richard zu, er fickte mit deinem Vater und deiner Mutter, und sie waren so was von schön, alle drei. Ich glaube, da fing ich an, mich für Richard zu interessieren.«

»Die anderen waren doch auch alle superschön.«

»Schon. Aber Richard war einfach umwerfend.«

»Nur Fiorentina hatte keinen Spaß.«

»War sie dabei?«

»Aber ja! Zuerst hat sie wie eine Wahnsinnige den Gong geschlagen, und danach ist sie zum Teich gekommen, um uns zum Essen zu rufen, es sei fertig und wir sollten uns gefälligst beeilen. Und dann ist sie dageblieben und hat zugesehen. Weißt du nicht mehr?«

»Nicht mehr so ganz. Die hatte bestimmt eine Stinkwut?«

»Und wie! Alle splitternackt im Wasser, während ihre Polenta kalt wurde.«

»Arme Metallica, sie hat wohl nie kapiert, wie man einen guten Fick ihrem Steinpilzrisotto vorziehen konnte ...«

»Gut möglich, dass sie sogar nie gewusst hat, was ein guter Fick ist.«

»Glaubst du nicht, dass sie und Titin es miteinander getrieben haben?«

»Sie und Titin haben sicher alles Mögliche zusammen getrieben, aber nichts Sexuelles.«

Ein Glück, dass ich meine Erinnerungen an eine vom Aussterben bedrohte Welt mit Daniel teilen kann, denn sonst würden sie bald so unwirklich anmuten wie Träume. Selbst Maureen glaubt mir nicht so ganz, wenn ich Aspekte unseres Gemeinschaftslebens wie Partnertausch, therapeutischen Sex oder erotische Spiritualität anspreche. Maureen hat sich verändert, aber sie ist immer noch nicht bereit zu akzeptieren, dass Liebe nichts mit Besitz zu tun hat.

Für Nostalgie ist es ohnehin zu spät, jetzt ist direkte Aktion gefragt, die plötzliche Umkehrung aller Rollen, als hätte ein Zauberstab Arkadys und meine Schultern mit Pailletten bestäubt. Ich werde ihn retten, ich werde seine Ehre reinwaschen und mit ihr die unserer Gemeinschaft, ich werde sämtliche Beleidigungen rächen. Es wird Zeit, dass ich hundertfach zurückgebe, was ich als Erbe erhalten habe, diese freie Energie, die die ganze Welt in Brand stecken und dem tragischen Missverständnis, zu dem die menschliche Existenz mittlerweile verkommen ist, ein Ende setzen könnte. Ich habe das in mir – Gerechtigkeitssinn und Lust auf unmögliche Missionen. Ich habe das in mir: das heilige Feuer, der Nymphen Wahn. Das ist das Ergebnis einer Kindheit unter Bäumen, fernab der Bildschirme und der Lichter der Großstadt. Ich habe das in mir: absolutes Vertrauen in meine eigenen Kräfte. Ich hatte gute Lehrmeister, die Lilien auf dem Felde und abenteuerlustige Hühner, aber auch und vor allem Arkady, der mich gelehrt hat, vor nichts Angst zu haben und an meine eigene Verzauberungsmacht zu glauben. Die Leute warten ja nur darauf. Probieren Sie's mal aus: Sprechen Sie laut und deutlich zu ihnen, im Brustton der Überzeugung, einen leuchtenden Horizont im Blick, und sie werden Ihnen folgen bis zum Scheiterhaufen. Es ist mir nicht schwergefallen, Daniel und Maureen zu begeistern, und ich fühle mich imstande, noch mehr Anhänger zu gewinnen, die unserer Sache weitaus weniger verbunden sind – der Ehe für alle, der mystischen Hochzeit, dem Herzen ohne Grenzen. Je mehr ich rede, desto präziser werden meine Pläne und desto spürbarer wird mein Höhenrausch: Ich werde Arkady nicht nur vor den Klauen einer zutiefst ungerechten Justiz retten, sondern auch vor sich selbst. Wenn diese ganze Angelegenheit endlich geklärt ist, werde ich ihn mühelos dazu bewegen können, das Liberty House in ein Wohnheim für Migranten zu verwandeln, wo wir alle umso glücklicher leben werden, als wir dann endlich unseren Prinzipien gemäß handeln. Dabei will ich es keineswegs bewenden lassen, und weil Daniel und Maureen bereits an meinen Lippen hängen, nutze ich die Gelegenheit, um ihnen meine hoffnungsfrohen Visionen anzuvertrauen, meine Kampfansage an die Katastrophe: »Sobald sie sich erholt und wir ihnen Aufenthaltspapiere besorgt haben, bing, lassen wir sie wieder ziehen. Bis dahin haben wir sie natürlich zur universalen Liebe bekehrt und darin unterwiesen, sodass sie unsere Botschaft überall, wo sie hinkommen, verbreiten werden. Und so werden wir binnen kürzester Zeit Millionen sein, die sich für freie Sexualität und freiwillige Genügsamkeit einsetzen.«

Nachdenklich pfeift Daniel zwischen seinen Zähnen hervor: »Ja, das müssen wir unbedingt machen, was du da vorhast, ist echt abgefahren!«

So lassen sich gleichzeitig die Flüchtlingskrise und der drohende ökologische Kollaps abwenden, weil aber zunächst etwas anderes ansteht, folge ich der Vorladung eines Untersuchungsrichters, der mich zum Fall Gharineyan – wie Arkady mit Nachnamen heißt – befragen will. Empfangen werde ich von einer Frau mittleren Alters: groß, wuchtig, mit einer von Friseuren kreierten Haarfarbe zwischen Cappuccino und glasierten Maronen. Sie nennt sich Madame Torretti, und ich hätte gute Lust, sie zu fragen, ob ihre Schwester Frauenärztin sei, aber das könnte unserer Sache eher schaden. Zumal es bei Nachnamen auf jeden Buchstaben ankommt, außer in den Ländern der Dritten Welt, wo man es mit den Schreibweisen nicht so genau nimmt. Nach den Eingangsformalitäten geht Madame Torretti zum Angriff über, genauso rücksichtslos wie ihre Schwester, die nicht ihre Schwester ist.

»Monsieur Gharineyan ist Ihnen niemals zu nahe gekommen?«

»Nein, niemals.«

»Ist er niemals in Ihrem Beisein nackt herumgelaufen?«

»Doch, sehr oft.«

»Wie alt waren Sie, als Sie ihn zum ersten Mal nackt sahen?«

»Im Liberty House waren alle nackt. Also alle, die wollten.«

»Sogar die Kinder?«

»Klar.«

»Ihre Eltern?«

»Manchmal.«

»Wie war das für Sie, Ihre Eltern nackt zu sehen?«

»Ganz natürlich. Nacktheit ist natürlich. Kleidung fesselt uns nur. Außerdem hatte ich schon vor unserem Leben in der Gemeinschaft nackte Menschen gesehen. Meine früheste Erinnerung ist das Klitorispiercing meiner Großmutter.«

Unter dem künstlichen Maronibraun des Ponys bleiben ihre Augen ausdruckslos, dafür zeigt ein leichtes Zucken ihres Mundes, dass sie sich über die Ablenkung von ihrer Zielscheibe ärgert.

»Sie duschten alle gemeinsam?«

»Alle gemeinsam? Nein, das nie.«

»Lassen Sie die Wortklauberei. Duschten Kinder und Erwachsene zusammen, ja oder nein?«

»Wir hatten Gemeinschaftsduschen, aber jeder duschte, wann er wollte. Im Liberty House haben wir es ohnehin nicht so mit dem Duschen.«

»Was soll das heißen?«

»Es schadet der Haut, wenn man sich zu häufig wäscht. Außerdem ist Duschen reine Verschwendung.«

Hop, neuerliches Zucken der Mundwinkel. Offenbar ist ihr nie in den Sinn gekommen, dass man gegen das Gebot verstoßen könnte, sich zweimal täglich zu waschen, und es wäre sicher verlorene Liebesmühe, ihr die Vorzüge des Schmutzes zu schildern.

»Haben sich die Erwachsenen in Ihrem Beisein unangemessen verhalten?«

»Niemals.«

»Sie haben nie erlebt, dass die Erwachsenen der Sekte sich in Ihrem Beisein masturbierten oder Geschlechtsverkehr hatten?«

»Ich habe noch nie jemanden masturbieren sehen. Nicht einmal mich selbst. Ich tat das unter der Decke.«

Wieder dieses Zucken. Mein Humor missfällt ihr, oder er entgeht ihr ganz.

»Und was ist mit dem Geschlechtsverkehr?«

»Was?«

»Mademoiselle Marchesi, ich stelle fest, dass Sie kaum bereit sind, meine Fragen zu beantworten. Stehen Sie momentan unter Druck?«

»Nicht im Geringsten.«

»Hatten Sie Geschlechtsverkehr mit Arkady Gharineyan?«

»Ja.«

»Sie hatten Geschlechtsverkehr mit einem Mann, der 35 Jahre älter ist als Sie?«

»Ja. Ist das etwa ein Verbrechen?«

»Vergewaltigung ist ein Verbrechen.«

»Es geschah mit meinem Einverständnis.«

»Aber Sie waren doch minderjährig.«

»Ich war fast sechzehn Jahre alt.«

»Er war für Sie eine Autorität. Das ist ein erschwerender Umstand.«

»Niemand war jemals eine Autorität für mich. Ich war frei.«

Diesmal greift das Zucken auf ihre Marmorstirn über. Madame Torretti kann einfach nicht glauben, dass man in

Freiheit groß werden kann, unter der lockeren Aufsicht einer Handvoll Erwachsener.

»Sie wollen mir doch nicht weismachen, dass Sie voll und ganz sich selbst überlassen waren!«

Doch, genauso das waren wir, Daniel, Djilali, die Zwillinge und ich: wilde Kinder auf dem sommerlichen Hügel, kleine Mowglis, die nach Belieben ein uraltes, erhabenes, ehrwürdiges Dschungelbuch erkundeten. Unsere einzige Dienstbarkeit war freiwillig – in meinem Fall aus Liebe: Ich habe mein Leben in Arkadys Hände gelegt, weil ich ihn über alles und vor allem mehr als mich selbst liebte. Aber wie wollen Sie einer Untersuchungsrichterin von der Liebe erzählen, die ihr mahagonibraunes Haar einem Coloristen verdankt und durch nervöse Ticks ihre wachsende Angst und den unwiderstehlichen Wunsch zu überwachen und zu strafen preisgibt? Am Ende gibt sie entnervt auf und lässt mich gehen, aber ich bin nicht sicher, sie überzeugt zu haben. Ich hoffe nur, dass ich keine Punkte gegen meine Mannschaft erzielt habe, mit meinen Brandreden über Naturismus, Adamismus, Tantrismus, Sufismus, Erotismus, Antispeziesismus, all diese Ismen unseres kleinen ideologischen Territoriums. Gerade, als ich ihr Büro verlassen will, nagelt Madame Torretti mich mit einer hinterhältigen Frage auf der Schwelle fest: »Eins noch, Farah: Sind Sie Mädchen oder Junge? Ihren Personalien nach sind Sie zwar weiblich, aber wenn man Sie so ansieht, ist das durchaus zweifelhaft ...«

Blöde Kuh. Ich bin das, was du dir selbst niemals zu sein erlauben würdest: ein Mädchen mit stählernen Muskeln, ein Junge, der zu seiner Zerbrechlichkeit steht, eine Chimäre mit Eierstock- und Hodenattrapen, eine unbestimmbare Wesenheit, ein freier Geist, ein unversehrtes Menschenkind.

35.
Apocalypse now

Alles, was man dem Leben nachsagt, ist oder wird wahr. Probieren Sie's mal aus: Verkünden Sie lautstark irgendeine Lebensweisheit, und sie wird sich über kurz oder lang bewahrheiten. Das Leben ist schön, das Leben ist lang, das Leben ist ein unbewegter Fluss, den man mit trunkenen Schiffen ebenso gut hinabgleiten kann wie mit Nussschalen oder Kreuzfahrtdampfern. Es ist acht Uhr morgens. An der Seite meiner kleinen Liebsten, im leicht lavendelhaltigen Duft unserer Laken habe ich seelenruhig geschlafen. Die Stimme von Daniel dringt aus dem Wohnzimmer, wo er seit seiner Rückkehr aus Palma Quartier bezogen hat, an mein Ohr: »Farah!«

Ohne meine Antwort abzuwarten, rennt er zu mir ans Bett, mit dem Handy in der Hand, nackt bis auf seine zweifarbigen Shorts.

»Farah, sie sind tot!«

»Wer? Wer ist tot?«

»Sie sind alle tot!«

Er schiebt mir sein Smartphone so brutal unter die Nase, dass er sie mir fast gebrochen hätte.

Sekte: Die Leichen von sechzehn Mitgliedern auf dem Anwesen entdeckt. »Und guck mal, ein Foto gibt's auch! Scheiße, Farah, das sind sie!«

Ja, das ist das Haus, das sind sie, daran besteht kein Zweifel, meinem Verstand gelingt es aber nicht, sich in die Spalte eisiger Verzweiflung zu stürzen, den diese Nachricht gerade in der Welt aufgerissen hat. Falls sie wirklich tot sind, nehmen sie nämlich alles mit sich fort, die Morgenröte des Sommers, den Wind in den Weiden, das schallende Lachen, die Zärtlichkeit des Seins. Das Leben ist entsetzlich kurz und auf tragische Weise sinnlos.

Ich ziehe mich an, mit zitternden Händen, doch ohne zu weinen. Was mich noch am meisten ergreift, ist das unendliche Mitgefühl in Maureens Augen. Auf unseren Handys hagelt es pausenlos News-Alerts und damit auch Details, die so unerträglich wie unnötig sind. Um zu wissen, welche Mitglieder der Gemeinschaft diese Katastrophe lieber nicht überleben wollten, brauche ich keine Medien. Ich brauche sie genauso wenig, um mir auszumalen, wie dieser kollektive Selbstmord abgelaufen ist. Bestimmt haben sie sich unter die Pinien gesetzt, das Gras meines Vaters geraucht und aus unseren Lieblingskelchen Spumante getrunken. Vielleicht haben sie die Sonne in den Kristallfacetten ihrer Stiele eingefangen, sich gegenseitig Lichtsignale gesandt, alles wird gut, blink, blink, kein Grund zur Panik. Sie hatten umso weniger Grund dazu, als Arkady dort war, um sie eines sanften Todes zu versichern. So, wie ich Arkady kenne, und niemand kennt ihn besser als ich, hat er sie bestimmt bis zum Schluss mit seiner Fürsorglichkeit umhegt, ihnen seine unerschöpfliche Liebe angedeihen lassen und sie sogar zum Lachen gebracht – denn niemand war fröhlicher oder lustiger als er. Ich bin sicher, dass ihre letzten Momente von Heiterkeit und der tröstlichen Gewissheit getragen waren, dass ihnen nichts Böses widerfahren konnte, weil sie zusammen waren und Arkady nach wie vor über sie wachte.

Ich kann mir ihr letztes Frühstück im Grünen genau vorstellen. Ich sehe, wie Fiorentina sich geschäftig über die feine weiße Leinendecke beugt und mit dem Nagel das Motiv in der Mitte glattstreicht, ein gekröntes Herz, dessen Bedeutung nur sie allein kennt. Ich sehe die umgekippten Körbe, aus denen die Früchte unseres eingefriedeten Gartens quellen. Ich sehe den Goldrand der Teller, ich höre das Klappern des Bestecks und die Stimmen von Jewel, Victor, Orlando. Ich weiß, dass sie gesprochen, beredt mit den Händen gefuchtelt haben in den breiten Sonnenstrahlen, die durch die Pinien auf sie fielen. Ich weiß, dass sie das krümelige Brot mit der leichten Anisnote gebrochen haben, das Fiorentina ein Leben lang tagtäglich in den

Ofen geschoben hatte – das Totenbrot wäre angemessen gewesen, mit seinem dunklen Teig, seinen Rosinen, ganzen Haselnüssen und kandierten Zitrusschalen, aber dafür war es dem Kalender nach zu früh, und so, wie ich sie kenne – und wer kennt sie besser als ich –, dürften sie kaum von ihren Gewohnheiten abgewichen sein.

Ich hoffe, sie haben sich hingelegt, um die Äste und Zweige vor blauem Himmelsgrund zu betrachten, und aus der Vorstellung Trost geschöpft, dass diese Bäume sie überleben würden, diese Bäume mit ihren krummen Stämmen, ihrem Balsamduft und den grauen Schuppen ihrer Zapfen. Ich hoffe, die Hunde und Katzen haben durch flehentliche Zungenschläge oder dreiste Pfotenhiebe nach Resten verlangt. Arkady sagte immer, man sei entweder das eine oder das andere: ein Hund, der bei der kleinsten Gunsterweisung in einen Freudentaumel verfällt, oder eine Katze, die auf alles Anspruch zu haben meint. Probieren Sie's mal in Ihrem Umfeld aus, Sie werden sehen, wie sehr das zutrifft.

Vielleicht haben sie über die Abwesenden gesprochen, ihre Gläser zum Gedenken an unsere Toten erhoben, bei Dadah angefangen, deren Schatten sicher noch ganz nah bei ihnen umherirrte, endlich befreit, endlich erlöst von ihrem Pflegestuhl und ihren Sauerstoffflaschen. Bei uns waren die Toten niemals wirklich tot gewesen, darum bin ich überzeugt, dass meine Gemeinschaft ihr letztes Mahl ohne Furcht vor dem, was sie erwartete, eingenommen hat. Vom Tag meiner Ankunft im Liberty House an lebte ich selbst in Gesellschaft von Mädchen, die ein Jahrhundert zuvor gestorben waren. Ich hörte ihre schrillen Schreie, ich sah sie vor den Trumeau-Spiegeln im Wohnzimmer eilig ihre Zöpfe neu flechten, ich bestieg hinter ihnen das Eichengeländer, das sie mit ihren Amazonenschenkeln poliert hatten, ich stellte sie mir unter der Dusche oder im großen

Schlafsaal im obersten Stock unter ihren rauen Wolldecken vor und masturbierte heftig. Ich weiß, dass der Tod nie das Ende ist, und Arkady wusste das auch, aber vielleicht schien es ihm angebracht, ihnen das in Erinnerung zu rufen. Fürchtet euch nicht. Diese Worte sind die ersten, die ich von ihm vernommen habe, und sie haben mein Leben für immer verändert. Ich sage »mein Leben«, aber ich hatte noch nie eines, das wirklich meines war: Es war immer mit dem Leben anderer vermischt, mein Rhythmus dem ihren angepasst, unsere Interessen miteinander verwoben. Ich weiß, was Lieben heißt, ich habe es gelernt, als ich alles andere lernte: ein Sternbild erkennen, Steinpilze von Satanspilzen unterscheiden, den Wipfel einer Zeder erklimmen, eine störrische Kuh melken, in einer Bibliothek Robinson spielen – aber auch arthritische Glieder massieren, schütteres Haar frisieren, einen Rollstuhl über verschlammte Wege schieben, den kräftigen Körper eines kleinen Jungen einseifen, eine allzu fragile Mutter beruhigen, die Korrespondenz eines rechtschreibschwachen Vaters erledigen, eine Heroinsüchtige zwischen die Zehen spritzen, einer unerbittlichen Gouvernante in ihrer Küche zur Hand gehen, ihre ehernen Vorschriften buchstabengetreu einhalten, dann durch das nasse Gras rennen, um meinen Geliebten zu treffen und mich ihm hinzugeben. Aber selbst auf dem Gipfel der Leidenschaft und sexuellen Hörigkeit, als Arkadys Denken ein Atomsprengkopf in meinem Hirn und in meinem Bauch gewesen ist, vergaß ich nie, dass ich nichts mein Eigen nenne, nicht einmal die Intensität meines Verlangens. Ich habe stets der Gemeinschaft angehört und gehöre ihr immer noch an. Der Tod ändert daran nichts.

Meine Großmutter hat überlebt, klar. Ich wusste schon vor ihrem Anruf, dass sie nicht zu den Selbstmördern des Liberty House zählte. In den Pausen, die unserem ersten Austausch folgen, unseren ersten ungelenken Sätzen, schöpfe ich wieder

Atem, nachdem der Schmerz ihn mir schon beim Klang ihrer Stimme und der Stimmen von Malika und Djilali im Hintergrund geraubt hatte.

»Warum haben sie das getan? Bei meinem letzten Treffen mit Arkady ging es ihm nicht gut, aber er war nicht verzweifelt.«

Ich erzähle ihr nicht, dass wir, als ich Arkady das letzte Mal gesehen habe, vergeblich versucht hatten, miteinander zu schlafen. Ich behalte diese Geschichte für mich, die jeden verblüffen, wenn nicht ungläubig staunen lassen würde, der weiß, dass Arkady in seinem Liebesleben niemals versagt hat.

»Wir wurden ja von allen Seiten angegriffen, es hörte gar nicht mehr auf. Was ihre Entscheidung aber, wie soll ich sagen, beschleunigt hat, war der Mobilfunkmast. Unsere weiße Zone sollte bald keine mehr sein. Mit den weißen Zonen ist es ohnehin vorbei: Die Regierung hat angekündigt, dass es binnen zwei Jahren im ganzen Land keine digitale Wüstenei mehr geben wird.«

»Echt? Und was ist mit den Elektrosensiblen? Wo sollen die hin?«

»Sie werden unter grauenvollen Schmerzen krepieren. Für Rehlein ist es am Ende vielleicht besser, dass alles so gekommen ist.«

Die Stimme versagt ihr, aber ich kenne meine Großmutter gut genug und weiß, dass sie es nicht völlig abwegig findet, ihre Tochter zu überleben. Weil sie mich genauso gut kennt, setzt sie ganz schnell hinzu: »Arkady hat uns alle drei weggeschickt, mit dem Kleinen. Djilali sollte auf keinen Fall sterben, verstehst du ...«

Ich verstehe sehr gut. Ich verstehe sogar mehr, als sie mir zutrauen würde. Ich verstehe, dass sie so oder so von Bord gegangen wäre, weil sie sich in erster Linie ihren eigenen Vorhaben verpflichtet fühlt, ihrem Zusammenleben mit Malika und den Chancen, die sich anderswo boten als in unserem Familisterium. Ich werde meiner Großmutter niemals vorwerfen, dass sie Glück noch immer für möglich hielt, für mich jedoch gilt nicht dasselbe wie für sie, und ich hätte in den letzten Momenten der Meinen auf Erden zugegen sein sollen. Sie hätten nicht zugelassen, dass ich mit zwanzig sterbe, aber sie hätten mir erlaubt zu tun, was ich am besten kann: ihnen die Hindernisse aus dem Weg räumen, ihnen unnötige Schmerzen ersparen, ihnen bis zum Schluss treu ergeben sein, weil das in meiner Natur liegt und es keine Schande ist, aus Liebe zu dienen. Ich hätte ihnen eine letzte Flasche Prosecco öffnen und das von meinem – über den Anbau opiathaltiger Pflanzen in seinem eingefriedeten Garten zum Toxikologie-Experten gewordenen – Vater gebraute Gift hineingießen können. Ich hätte die Speisereste einsammeln, die Tischdecke ausschütteln, die Hunde vertreiben, Normalität vortäuschen können, damit sie in aller Seelenruhe scheiden – vor allem Fiorentina, die solchen Wert auf Ordnung und Sauberkeit legte. Insbesondere hätte ich ihnen sagen können, dass diese Zeremonie nur ein Auf Wiedersehen bedeutete. Ja, wir werden uns alle wiedersehen. Wir brauchen nur zu warten, bis alles noch schlimmer wird, die Zivilisation implodiert, die Menschheit ihr irres Unterfangen allumfassender Zerstörung zu Ende führt – bei sich selbst angefangen, Bingo, Big Bang again; wir brauchen nur das Ende der technologischen Kolonisierung durch Smartphones, Tablets, intelligente Stromzähler, WLAN und 4G abzuwarten, die Zerschlagung des Netzes, den großen Strahlungsstopp, die Apocalypse now.

Alles muss verschwinden, bloß dass wir niemandem je etwas Übles wollten und uns nur winziger Vergehen schuldig gemacht haben, nichts im Vergleich zu den Abscheulichkeiten, die in der Außenwelt begangen werden. Wir sollten verschont werden, darum glaube ich keine Sekunde, dass dieses Leben unsere einzige Daseinsform ist. Auf die eine oder andere Weise werden wir das postkoloniale und postapokalyptische goldene Zeitalter miterleben, das Arkady uns versprochen hat. Maureen, Daniel und ich, klar, aber auch meine Brüder und Schwestern, die in der Hoffnung auf eine Auferstehung entschlafen sind. Gemeinsam mit ihnen werde ich eine Welt entdecken, die die Kernkraftwerke, die Industrieanlagen, das Straßennetz, die Erdölgewinnung und die Mobilfunkmasten los ist; gemeinsam mit ihnen werde ich die Niederlage unserer anderen Feinde bejubeln: ionisierende Strahlung, Nanopartikel, Dioxine, chlorierte Kohlenwasserstoffe, polychlorierte Biphenyle, Radon, Umwelthormone, all diese unsichtbaren Krankheitserreger, mit denen ich als Kind in Angst und Schrecken versetzt wurde.

Arkady hat die Umstände dieses x-ten Massenaussterbens nie präzise benannt, entscheidend war, dass eine Handvoll Auserwählter es überlebt oder danach aufersteht, um in einer Welt neu anzufangen, die von allem bereinigt ist, was sie unlebbar machte, also vom menschlichen Treiben. Ich höre noch seine Stimme im Refektorium widerhallen, vibrierend vor Überzeugungskraft und unerschütterlicher Gewissheit, während er uns erzählte, wie wir die Höhle verlassen würden, ihre vertrauten Vertiefungen, Tropfsteine, Salpetereffloreszenzen, in den Fels geritzte Hirsche und im Lauf des nuklearen Winters mit Kohle gezeichnete dickbäuchige Pferde, um in eine angehaltene, uralte, wiedergefundene Zeit einzutreten.

Zunächst noch schwankend und geblendet, würden wir uns bald inmitten von großen blauen Glockenblumen und goldenem Ginster zerstreuen. Wir würden weizenüberwucherte Lichtungen durchqueren und kristallklare Bäche überspringen, samt ihren moosigen Steinen, ihren Sonnenpfützen, angstfrei von Staren gestreift und freundlich beschnuppert von Rehen,

Murmeltieren oder verwilderten Katzen, einer ganzen Fauna, die den Menschen und seine Raubtiersuperkräfte vergessen hatte. Unterwegs würden wir vielleicht auf das nunmehr flache Relief einer Stadt mit zerstörten, von weichem Gras bedeckten Fundamenten stoßen, über die wir ohne einen Hauch von Sehnsucht nach dieser alten Welt treten würden – warum sollten wir uns nach der Gewalt ihrer Megapolen sehnen, nach ihren grässlich zubetonierten Mittelmeerküsten und ihren Massen von vergifteten und geschwächten Menschen? Angesichts der Hügel, die zum Horizont ansteigen, angesichts der dahinjagenden Wolken, ihres flüchtigen, huschenden Schattens über dem Neuland würden wir kurz innehalten und gerührte, dankbare, erleichterte Blicke wechseln. Nach der langen Winterreise hätten wir unseren Lebensort gefunden. Dort würde unsere wahre Geschichte anfangen, und diese Geschichte hätte kein Ende.

36.
Der kommende
Aufstand

Das goldene Zeitalter mag ja ganz nett sein, aber es ist noch zu früh für die Apokalypse und die glorreiche Rückkehr der Mitglieder meiner Bruderschaft. Über den Daumen gepeilt, habe ich noch sechzig Lebensjahre vor mir – sechzig Jahre, die mir ohne Arkady, fern vom Paradies wie tausend erscheinen werden. Wohin ist mein Zauberer entschwunden, mein geistiges Vorbild, meine Muse, der einzige, der in der Lage war, noch die schwärzesten Stunden in herrliche Magie voller Verheißung zu verwandeln? Wenn ich bedenke, dass ich an ihm gezweifelt habe und ihn beinahe nicht mehr geliebt hätte, nur weil er unsere Tore nicht für die Migranten öffnen und sie anständig empfangen wollte … Das war ein Fehler, klar, doch wer sagt, dass Fehler unverzeihlich sind? Dass sie einen guten Grund dafür liefern, die Leute im Stich zu lassen, denen man ganz im Gegenteil beistehen sollte, um sie aufzuklären und ihnen den Weg zu weisen? Das war mir allerdings eine Lehre und wird nicht wieder vorkommen: Mit dem Abtrünnigwerden bin ich durch.

Der Untergang unseres Hauses der Lust hat einen ganzen Mahlstrom an Artikeln, überspannten Reportagen, rachsüchtigen Tweets, feierlichen Kommentaren und entrüsteten Aussagen von Leuten ausgelöst, die uns gekannt haben wollen – lauter Momente des Verrats, die sich wie Dornen in mein Herz bohren, Epifanio, Kinbote, Palmyre und, völlig unerwartet, auch Jewel! Jewel, die nicht mit den anderen gestorben ist, die sich nicht mit ihnen unter die Pinien gelegt hat, sondern wie durch ein Wunder zur Überlebenden dieser Hölle mutiert ist, rehabilitiert, nicht wiederzuerkennen und eine frei erfundene Geschichte nach der anderen absondernd. Obwohl sich mit einem Blick erkennen lässt, dass Jewel nicht mehr voll zurechnungsfähig ist, durfte sie das Liberty House ungestraft über Tage verleumden, während meine nüchtern gehaltene Zeugenaussage absolut niemanden interessierte.

Man muss auch sagen, dass das Finale des Liberty House für die Meute eine Enttäuschung darstellte: Mit dem Tod von Arkady und Victor endete gleichzeitig eine Ermittlung, von der man sich orgiastische und barbarische Enthüllungen erhofft hatte, vergewaltigte Jungfrauen, Menschenopfer, getötete Neugeborene, all das, womit die Menschheit von jeher ihr Verlangen stillt, die Schönheit auszurotten und sich selbst zu vernichten. Mein Brief an die Welt, sollte ich ihn eines Tages schreiben, wird so beginnen: Liebe Weltöffentlichkeit, es ist höchste Zeit, dich einer Gewissensprüfung zu unterziehen und danach entsprechend vorzugehen. Diesen Brief würde ich mit meinem Blut unterschreiben. Es wäre nicht umsonst geflossen, wenn ich eine Unterbrechung der großen kannibalistischen Raserei bewirken kann, die Entwaffnung der globalen Miliz und eine Teilung des Roten Meeres hin zum gelobten Land, auf dass es kein maritimer Friedhof mehr sei.

Nach wochenlangen Umtrieben bei der Polizei und in den Medien wurden die Leichen, die man zu Autopsiezwecken beschlagnahmt hatte, wieder freigegeben. Die biologischen Familien kamen aus der Deckung, machten ihre Rechte geltend und nahmen jeweils die ihnen zustehenden Überreste mit. Wir für unseren Teil haben Rehlein und Marqui ohne Pauken und Trompeten begraben, mit Kirsten als Zeremonienmeisterin, in Schwarz gehüllt und an Malika geklammert, die zwar in Tränen aufgelöst war, aber mehr denn je vor sich hin raschelte. Meine Großeltern väterlicherseits waren auch da, drückten mechanisch ein paar Hände, darunter auch meine, ohne in dem jungen Mann, zu dem ich geworden bin, ihre Enkelin wiederzuerkennen. Binnen fünfzehn Jahren waren sie höchstens dreimal im Liberty House gewesen und hatten nie wirklich verstanden, was dort vor sich ging, und so reagierten sie eher benommen als traurig auf diesen kollektiven, durchgeplanten Tod. Als ich mich umständlich zu erkennen gab, war das die eine Information zu viel, mit der sie weder etwas anfangen konnten, noch zu der sie etwas zu sagen wussten:

»Ach, Farah, sagen Sie?«

»Farah, genau.«

»Farah, weißt du ...«

»Farah.«

»Ah ...«

Ihre Äußerungen fielen immer knapper aus, bis zwischen uns nur noch Totenstille herrschte, was durchaus den Umständen entsprach, und wir schließlich Abschied nahmen. Farah, genau ... Ich konnte ihre Verlegenheit nachvollziehen: Als sie mich das letzte Mal gesehen hatten, war ich dreizehn und noch längst nicht alle Hoffnung auf eine gewisse Normalität verloren. Ich war nur ein dunkles und stämmiges Mädchen, mit einem Amphibiengesichtchen unter schwerem Pony. Wahrscheinlich dachten sie, dass ich in der Pubertät etwas weiblicher, wenn schon nicht anmutiger werden dürfte, und wie hätte man überhaupt ahnen sollen, dass das genaue Gegenteil eintreten würde? Denn ich bin ja gerade dadurch anmutiger geworden, dass ich meine geschlechtliche Identität verloren habe. Die Anmut ändert nichts an der Hässlichkeit, geht aber ohne Weiteres über sie hinaus. Als Opi und Omi gingen, überlegten sie bestimmt, was es mit unserer Begegnung der dritten Art auf sich hatte, aber ich glaube kaum, dass diese Überlegungen länger als fünfzehn Minuten ihren senilen Ängsten im Hinblick auf die Zugheimfahrt und die Verdauung ihrer Lachsschnittchen standhielten. Hätten sie mir dafür Zeit gelassen, hätte ich ihnen ein paar Ernährungstipps mitgeben können, unter anderem den, niemals ein Wesen zu essen, dessen Leben und Tod so trostlos sind wie im Falle eines Zuchtlachses.

Ich weiß immer noch nicht, was ich bin, die Liste meiner Wünsche ist aber unendlich – und die Liste meiner Abneigungen ist es nicht minder. Auf keinen Fall will ich leben wie alle anderen und einen Großteil meiner Zeit dafür aufwenden, mich mit Industriefraß, blöden Bildchen und seelenloser Musik vollzustopfen. Man findet sich stets viel zu schnell damit ab, ein Mülleimer zu sein. Ein paar Monate lang hat mir das Spaß gemacht, bis ich erkannte, worum es eigentlich geht und woraus das Leben der anderen besteht, aber damit ist es auch vorbei. Ich habe die Liebe als Erbe erhalten und mit ihr die Verpflichtung, diese frohe Botschaft zu verbreiten, als glühende Zündpulverspur in einer Gesellschaft, die keine Liebe wünscht und erst recht kein Glühen, eine Gesellschaft, die es vorzieht, ein offener Müllablageplatz zu sein, eine gigantische Unterbringungsstätte für unglückliche Menschen, die auf grausame Weise von dem abhängig sind, was sie umbringt.

Mit Mor und Nello fühle ich mich imstande, eine neue Gemeinschaft zu gründen, die von den Fehlern der alten profitieren und auf deren autarke Funktionsweise, die verschlossenen Tore und das eifersüchtige Hüten des Glücks verzichten würde. Ich stelle mir ein mobiles Einsatzkommando vor, eine nomadische Eingreiftruppe, die sich von der einen Zone, die es zu verteidigen gilt, zur nächsten bewegt, anstatt von einem idyllischen Hauptquartier aus zu agieren, einer gemütlich hinter ihre Festungsmauern gekuschelten Zitadelle. Das Liberty House war ein Paradies, von nun an werden wir das Paradies aber mit uns herumschleppen und versuchen, es möglichst überall zu errichten.

Unser Vorteil besteht darin, dass wir drei weder hetero noch cisgender sind. Klar, wir sind weiß, dem lässt sich jedoch abhelfen: Sobald wir unsere ersten Jünger unter den im Tal umherziehenden Flüchtlingen gewonnen haben, werden wir die Kämpfe zusammenführen. Nichts wird dem widerstehen, diesem stolzen Aufmarsch der Vielfalt, dieser ganz neuen Art von Migrantenflut, so fließend wie bunt gemischt, so außergewöhnlich wie radikal. Auch das gehört zu meinem Erbe, die Gewissheit, dass die Abweichung über die Norm siegen muss, die Überzeugung, dass das Leben nur regelwidrig und die Schönheit nur monströs sein kann. Ich bin geboren, um das alte Testament abzuschaffen, das die Welt stets jenen hinterließ, die schon alles hatten, und das die immergleichen Dynastien mit ihren unfassbaren Privilegien fortführte. Der Krieg der Könige hat nicht stattgefunden, er war nur ein Scheingefecht, eine Runde Reise nach Jerusalem, ein Austausch von Gefälligkeiten unter Vermögenden, von dem die hungernden Zwangsarbeiter, die Gefangenen, die Unterlegenen – und noch so viele andere – stets ausgeschlossen blieben.

Unser Vorteil besteht darin, dass aus uns dreien im Nu Millionen werden können. Es geht weniger darum, die anderen zu besiegen, als sie vielmehr zu überwältigen. Mir liegt ohnehin nichts daran zu siegen oder auch nur zu kämpfen. Auch das habe ich von Arkady gelernt – dass der Sieg in jedem Fall zu teuer erkauft wird. Ich habe zu lange im Frieden gelebt, um mir Krieg zu wünschen, und Blutdurst wird bekanntlich von Kindesbeinen an erlernt. In einer Gemeinschaft lösen sich die giftigen Gärstoffe irgendwann in nichts auf, das ist ihr Vorzug – während der familiäre Zusammenschluss den Ehrgeiz begünstigt, die Eifersucht, die Bitterkeit, den gnadenlosen Kampf. Her mit den eriträischen Erzengeln, komischen Hermaphroditen, Asperger- oder Küster-Hauser-Syndromen, schwarzen Göttinnen, scheckhäutigen Bipolaren, Paradiesvertriebenen oder Kriegsflüchtlingen, wir werden zur Masse anwachsen, wir werden zahlenmäßig überlegen sein. Man könnte einwenden, dass Revolutionen nur zur Aufrechterhaltung der bestehenden Ordnung beitrag, dass diese große pazifistische und pathologische Revolte von Anfang an aussichtslos scheint. Umso besser. Je weniger man uns ernst nimmt, desto mehr wird der Überraschungseffekt bewirken. Man wird uns nicht kommen sehen, eines Tages werden wir aber unverzichtbar sein, wir werden die Anlaufstelle für alle sein, die Lebenskraft tanken und sich von der Fäulnis heilen wollen.

Jetzt kehre ich jedoch zu den barbarischen Tagen zurück, die auf unsere letzte Saison folgten, die Beerdigung des einen, die Einäscherung des anderen, Erde und Asche über unsere Kindheit, da man die Zeugen der Reihe nach verscharrte, ohne uns auch nur zu informieren, als ginge der Tod von Victor oder Fiorentina nur ihre biologischen Familien etwas an. Was die überlebenden Zeugen betrifft, Jewel, Epifanio, Palmyre, so taugten sie lediglich dazu, das, was sie vergöttert hatten, zu verbrennen, und boten dem Blitzlichtgewitter ihre vor Hass verzerrten Gesichter und schwarzen Münder dar. Kein Wunder, dass Arkadys Leichnam die Gunst dieser heiklen Zeiten nutzte, um sich zu verflüchtigen. Zwischen Leichenhalle und Kühlkammer, zwischen externer Untersuchung und gerichtsmedizinischer Autopsie ist er schließlich verschwunden, hat seinen letzten Zaubertrick vollführt und vielleicht einen Vorgeschmack auf eine ganze Reihe von Wundern gegeben, darunter seine Rückkehr in unsere Mitte.

Nie habe ich mir etwas sehnlicher gewünscht, aber so verrückt bin ich nun auch wieder nicht, dass ich daran glaube. Ich weiß, dass ich Arkady nicht in diesem Leben wiedersehen werde, sondern in der lichten, pastoralen Ewigkeit, die er uns versprochen hat. Der endgültige Tod mag für die meisten Leute taugen, doch eine so raffiniert angelegte Psyche wie die seine, eine so herrlich erfinderische Großzügigkeit und ein solches

Talent zur Freude sind nicht dazu bestimmt, sich im Nichts aufzulösen – geschweige denn, in einem Grab zu verrotten.

Meinen Brief an die Welt habe ich bereits geschrieben: Er ist sechs Fuß tief in der Erde vergraben, unter einer sanft abfallenden Wiese, wo die Kühe grasen und ihr Klingeling ertönen lassen, und er wird die Zeit so sicher durchqueren wie eine Raumsonde; mein Brief an die Welt beschränkt sich auf wenige Gegenstände: Die Feder eines Eichelhähers, Muscheln, die Sandelholznote von Arkadys Duft, eine Zikade aus Bakelit und einen zwar leicht ausgehöhlten, aber doch den endlosen Sommer bergenden Pfirsichkern; mein Brief an die Welt beschränkt sich auf wenige Wörter, die meine Menschenbrüder ohne jegliche Mühe übersetzen werden, ganz gleich, was der Sprache in dem Zeitraum, der uns von seiner Bergung trennt, auch widerfahren sein mag: Die Liebe gibt es.

*Dieses Buch enthält unter anderem – teils leicht abgeänderte –
Zitate von: Jean Anouilh, Louis Aragon, Christine
Arnothy, Antonin Artaud, Charles Baudelaire, Samuel
Beckett, René Belletto, Hélène Bessette, Jacques Brel,
Lewis Carroll, Blaise Cendrars, Aimé Césaire, Paul
Claudel, Dante, Charles Dickens, Emily Dickinson,
James Ellroy, Gustave Flaubert, André Gide, Victor
Hugo, James Joyce, Marie-Ève Lacasse, Jean de La
Fontaine, Patrick Lapeyre, Mathieu Lindon, Stéphane
Mallarmé, Daphné du Maurier, Curtis Mayfield, Henri
Michaux, Michel de Montaigne, Robert Musil, Alfred
de Musset, Vladimir Nabokov, Octave Mirbeau, Marcel
Pagnol, Cesare Pavese, Marguerite Porète, Marcel
Proust, Jean Racine, Atiq Rahimi, Rainer Maria Rilke,
Arthur Rimbaud, Jean-Jacques Rousseau, Sophokles,
Anton Tschechow, Paul Verlaine, Sarah Waters, Oscar Wilde.*

Inhaltsverzeichnis